Die Henkerstochter und der schwarze Mönch

刽子手的女儿和黑衣修士

[德国] 奥利弗 · 珀奇 著　程丽琴 译

译林出版社

图书在版编目(CIP)数据

剑子手的女儿和黑衣修士 / （德）珀奇著，程丽琴译．—南京：译林出版社，2013.9
（刽子手的女儿系列）
ISBN 978-7-5447-3910-8

Ⅰ.①刽… Ⅱ.①珀… ②程… Ⅲ.①长篇小说-德国-现代 Ⅳ.①I516.45

中国版本图书馆CIP数据核字（2013）第119853号

书　　名	刽子手的女儿和黑衣修士
作　　者	［德国］奥利弗·珀奇
译　　者	程丽琴
责任编辑	杨雅婷
原文出版	Ullstein
出版发行	凤凰出版传媒股份有限公司 译林出版社
出版社地址	南京市湖南路1号A楼，邮编：210009
电子邮箱	yilin@yilin.com
出版社网址	http://www.yilin.com
经　　销	凤凰出版传媒股份有限公司
印　　刷	江苏凤凰通达印刷有限公司
开　　本	880毫米×1230毫米　1/32
印　　张	13.125
插　　页	2
字　　数	323千
版　　次	2013年9月第1版　2013年9月第1次印刷
书　　号	ISBN 978-7-5447-3910-8
定　　价	39.80元

译林版图书若有印装错误可向出版社调换
（电话：025-83658316）

献给我的祖母——我们的家庭之王

也献给我的母亲——我所知的最会讲故事的人

普法芬温克尔
17世纪
通往
奥格斯堡
兰茨贝格
阿默湖
安代克斯
奥格斯堡
教区
巴伐利亚大公国
阿默河
莱希河
韦索布伦
(本笃会修道院)
魏尔海姆
阿尔滕施塔特
(洛伦茨教堂和圣米
迦勒巴西利卡教堂)
N
W
O
S
雄高
派廷
(韦尔夫家族遗址)
派森贝格山
阿默峡谷
老运输干道
罗滕布赫
(奥古斯丁律修会修道院)
奥格斯堡
教区
施泰因加登
(普雷蒙特雷律修会修道院)
施塔弗尔湖
穆尔瑙
阿默河
盐商路
洛伊萨赫河
班瓦尔德湖
菲森
通往
山口
霍恩施万高
埃塔尔
阿尔卑斯山
通往
布伦纳山口
帕腾基兴
0
5
10 公里

SIGILLVM:MILITVM

人物表

雅各布·奎瑟，雄高的刽子手

西蒙·福荣威泽，市医的儿子

玛格达莱娜·奎瑟，刽子手的女儿

安娜·玛丽亚·奎瑟，刽子手的妻子

乔治和芭芭拉，刽子手的双胞胎

公民

伯尼法茨·福荣威泽，雄高的市医

贝内迪克塔·考普迈亚，位于莱希河边的兰茨贝格城的女商人

玛尔塔·史泰茜琳，接生婆

玛格达，阿尔滕施塔特的洛伦茨教堂神甫的女管家

亚伯拉罕·盖德勒，阿尔滕施塔特的洛伦茨教堂的辅祭

玛丽亚·施雷佛阁，议员太太

弗朗兹·施特拉塞尔，阿尔滕施塔特的酒馆老板

巴尔塔扎·黑默勒，阿尔滕施塔特的木匠

汉斯·贝希托尔德，雄高市面包师的儿子

塞巴斯蒂安•塞莫尔，第一市长的儿子

市议会议员

约翰•莱希纳，法院记录官

卡尔•塞莫尔，第一市长，金星客栈的老板

马蒂亚斯•霍尔茨侯伏，第二市长

雅各布•施雷佛阁，陶瓷匠，议员

米夏埃尔•贝希托尔德，面包师，议员

奥格斯堡人

菲利普•哈特曼，奥格斯堡的刽子手

内普慕克•比尔曼，奥格斯堡马利亚药店的主人

奥斯瓦尔德•海因米勒，奥格斯堡的商人

莱昂哈特•维亚，奥格斯堡的商人

教会人员

安德烈亚斯•考普迈亚，阿尔滕施塔特的洛伦茨教堂神甫

埃利亚斯•齐格勒，阿尔滕施塔特的圣米迦勒巴西利卡教堂的神甫

奥古斯丁•波南迈尔，施泰因加登的普雷蒙特雷律修会修道院院长

米夏埃尔•皮斯卡托，罗滕布赫奥古斯丁律修会修道院院长

伯恩哈德•格林，韦索布伦本笃会修道院院长

修士

雅各布斯兄弟，阿芬那留斯兄弟，纳塔内尔兄弟

目 录

“惊奇给人以快感，这一点可以这样看出来：每一个报告消息的人都添枝加叶，以为这样可以讨听众喜悦。”

亚里士多德，《诗学》

序幕

雄高附近的阿尔滕施塔特

公元1660年1月17日夜晚

当安德烈亚斯·考普迈亚神甫把最后一块石头塞进墙洞里，并用石灰泥把洞口抹平的时候，他还能活四个小时。

他用宽大的手背擦了擦头上的汗，让自己背靠在冰冷、潮湿的墙上歇了一会儿。他紧张地看了看那个盘旋向上的石台阶。上面好像有什么东西在动。又传来一声声响，像是有人走在教堂的木地板上。但也可能是他听错了。木头这东西是活性的，总是随着周围的条件而弯曲。洛伦茨教堂已经很旧，而且被风吹得歪歪斜斜。工匠们几个星期来一直忙活着维修这座教堂，就是怕它有一天在做弥撒的时候塌下来。

外面，呼啸的狂风卷着大雪，在教堂的墙边不停地打着转儿，窗户的木挡板也被吹得咯咯响。但神甫并不是因为地下墓室的寒冷浑身直打冷战。他把身上打了很多补丁的长袍拉拉紧，把自己又裹严实了些。他再次仔细地打量了一下刚刚抹好的墙，然后才转过身，上了台阶。嗵嗵的脚步声回荡在结了一层霜的石台阶上。外面的狂风突然变得很响，压住了他头顶的长廊里传来的轻微响声。他肯定是听错了。谁会在这个时候到教堂来？已经过了半夜十二点。他的女管家玛格达早在教堂旁边的神甫住的小房子里睡着了，教堂的老辅祭六点钟的时候才会来。

神甫安德烈亚斯·考普迈亚上了最后一级台阶，从地下墓室钻了出来。他宽大的身躯塞住了地面上的出口。他身高足有六英尺，长得虎背熊腰，在男人中也算个巨人；他长着满脸的连鬓胡子、浓密的黑眉毛，看上去就像《旧约》里的神的化身。如果考普迈亚穿上黑长袍，站在祭坛前，用他低沉的嗓音讲经布道，那些虔诚的羔羊们只要看一下他的外表就会为地狱里的炼火而惊恐。

神甫用两只手把数百斤重的石板抬起来，喘着粗气把它挪到地下墓室的洞口上。咔的一声，洞口被盖上了，而且盖得很严实，就像从未被人打开过一样。考普迈亚很满意地看着自己的杰作，然后转身朝外面的风雪走去。

当他想打开教堂的门时，他发现教堂门前刮来了许多雪，并且堆得很高。他唉声叹气地使劲用肩膀撞着那扇沉重的橡木大门，门终于被撞开了一条缝，他费了很大的劲才从门缝里挤了出去。风刮着雪，像小刀子似的打在他的脸上。他不得不把眼睛闭上，一步一步地朝自己住的房子走去。

神甫住的小房子只有三十步远，此时，他却感到遥不可及。风拍打着他的长袍，长袍在他身上就像一面在风中狂舞的战旗，呼啦啦地响着。地上的雪齐腰深，即便是身材魁梧的考普迈亚走起路来也很艰难。他一面艰难地一步一步向前走，一面想着这两个星期发生的事情。考普迈亚神甫是上帝的一个很普通的侍从，但是他知道，他发现的东西却不同寻常。是一件让人烫手的东西，但是他不会去碰它。把入口堵死，他认为自己做得很对。应该让那些高层的、懂知识的人来决定是否要把洞口打开。也许他不应该给贝内迪克塔写信，但是他很信得过他的妹妹。作为一个女人，她很聪明，而且知识渊博。他经常向她请教一些问题，征求她的意见。这次她肯定也能帮他找到一个正确的答案。

安德烈亚斯·考普迈亚突然怔了一下。他觉得好像从眼角的余光中看到一个东西在动，就在自己房子右侧的一堆木头后面。他眯着眼睛，用手挡着飞雪。但是他什么都看不见。天太黑了，又加上飞扬的雪花，什么都看不清。神甫无可奈何地耸耸肩，继续往前走。他想，也许是一只想溜进鸡棚的狐狸，或者是一只在风雪中寻找遮挡的小鸟。

神甫终于到了自己住的小屋子门前。这里因为是朝南，积雪不是那么深。他打开门，挤了进去，到了前厅，然后把门闩插上。周围一下子变得宁静安详。暴风雪变得很远很远。在前厅的火炉里还有红彤彤的炭火，暖融融的，让他感到很舒服，前面的楼梯通往女管家的房间。神甫向右转，穿过前屋到自己的小房间去。

当他打开门时，迎面扑来一股甜甜的油香味。等看到这香味是从哪儿来的时候，安德烈亚斯·考普迈亚的嘴里马上流出了口水。在屋中间的桌子上放着一只搪瓷盆，里面装满了油面圈。考普迈亚走到近前，用手摸了一下，还都热乎乎的。

神甫惬意地笑了笑。好心的玛格达考虑得真周到。他只告诉她，他今天晚上要在教堂多待一会儿，要为教堂的维修工作做点贡献。临走时他带了一只大面包和一壶酒。但是他的女管家知道，像考普迈亚这样的男人仅靠这点东西是不能活的。所以她给他做了油面圈，这些面圈正静静地等着它们的归宿！

安德烈亚斯·考普迈亚用炉子里的火点着了一根蜡烛，把它放在桌上。他惊喜地发现，油面圈上还厚厚地抹了一层蜂蜜。他用两只大手把瓷盆拿到近前，拿起了一个热乎乎的油面圈，便有滋有味地吃起来。

太好吃了。

神甫静静地坐在那里嚼着面圈，他感到温暖又回到了体内。他很快就吃完了一个，又拿起了第二个。他用手把面圈掰成小块，不停地把还冒着热气的面圈塞进嘴里，而且越吃越快。不一会儿，他感到嘴里有一股不舒服的味道，但是马上又被蜂蜜的甜味压下去了。

一口气吃了六个面圈后，考普迈亚不得不停下来。他最后看了一眼盆底，里面还有两个油面圈。他长长地叹口气，轻轻地揉着自己的肚子。他不仅吃饱了，而且吃得太撑了。他起身走到隔壁的小房间，不久就陷入了沉睡之中。

鸡还没叫，考普迈亚就感到肚子疼，而且有点恶心。他暗暗地骂着自己的嘴馋和贪婪，对天念了一段祈祷词，他很清楚，暴食是七宗罪之一。也许玛格达的一盆面圈是准备吃好几天的。可是面圈太好吃了！现在上帝马上用恶心和全身酸痛来惩罚他。谁让他深更半夜大吃特吃！他是罪有应得！

他刚想下床，去拿为意外情况准备好的夜壶，可是肚子的疼痛变得强烈起来。他像被闪电击了一下似的，全身抽动起来。他紧紧地握住床头，气喘吁吁地站起来，颤巍巍地向隔壁的前屋走去。屋里的桌子上放着一壶水，他站在桌边，一口气把壶里的水全部喝光，希望冷水能减轻点疼痛。

在他走回自己房间的时候，阵痛又从喉咙冒了出来，而且直钻到胃里。他从没有过这样的疼痛。考普迈亚想喊人帮忙，可是话卡在嗓子里，一点声都发不出来。他的舌头硬得像一只堵在喉咙里的瓶塞。神甫跪在地上，他的嗓子在冒火。他吐出了一块块的面糊糊，但是疼痛并没有减轻，相反，疼得越来越厉害。考普迈亚只能像一只被打过的狗，四肢着地，一点一点地爬。他使劲地想叫自己的女管家，但是火已经烧坏了他的喉咙，嗓子发不出任何声音。

神甫慢慢地感到，这不是正常的肚子疼，也不是玛格达为了节省，用变质的牛奶做面圈。考普迈亚感到自己要死了。他躺在那里，不再挣扎。

他感到恐惧和绝望。几分钟后他做出了一个决定。他用仅剩下的力气把房门撞开。狂风暴雪又迎面扑来，如一道冷墙，如千把冰刀从天上飞下来。呼啸的狂风好像是在嘲笑他。

他沿着自己几小时前留下的、还能看得见的脚印，艰难地往教堂爬去。每次疼痛袭来时，他都要停下来，躺在地上。雪和冰钻进了他的长袍，他的手冻成了两个冰坨。考普迈亚失去了时间感，他的心里只有一个目标：他必须回到教堂去。

终于，他的头撞到了一堵墙上。犹豫了几秒钟后，他意识到这是洛伦茨教堂的大门。他用尽最后的力气把原本是手的两个冰坨塞进门缝里，把门拽开。在教堂里，他已经不能用四肢爬行了。两条腿完全失去了知觉，与沉重的身体融为一体。最后的几米，他只能像海狗一样，靠肚子一撅一撅地往前移动。他的体内正进行着一场无情的搏斗。他感到自己的五脏六腑正一点点地停止运转。

当神甫爬到地下墓室的石板时，他用手抚摸着身体下面的女人浮雕。他像亲吻情人一样吻着这块已经有些风化的浮雕，最后将自己的脸紧紧地贴在女人的面颊上。麻木感渐渐地从腿下传到了身体的上部。在手还有知觉的时候，考普迈亚用锯齿般的右手食指指甲在石板上结霜的地方画了一个圆圈。他牛一样的身体突然变松弛了，一下子瘫在了地上。他挣扎着想抬起头，但是好像有什么东西拽住他不放。

安德烈亚斯·考普迈亚最后感觉到的只是他的胡子、他的右耳朵和他的脸皮冻在了石板上。他的体内充满了寒冷和宁静。

第一章

西蒙·福荣威泽沿着阿尔滕施塔特的公路，深一脚浅一脚地在雪地里走着，他不停地骂着自己的职业。农民、长工、木匠，就连妓女、乞丐在这种鬼天气都待在暖和的地方。只有他——雄高城的医生，还要去看一个病人。

尽管他在外套外面穿了一件厚厚的羊毛大衣，戴了一副里面衬着毛的皮手套，但是他仍然被冻得让神看了也觉得可怜。他的衣领上积满了雪块和冰坨，靴子里也灌进了雪泥。当他低头打量自己的时候，他发现左脚的靴子前面有了一个新洞，冻得通红的大脚趾正探着头往外看。西蒙咬紧牙。他的靴子正好赶在冬天破了。他刚用所有的积蓄买了一条上宽下窄的马裤。那也是很必要的呀。他宁可冻掉一根脚指头，也不能放弃新流行的法国时装。他一定要保持自己的风格，尤其是在雄高这样位于巴伐利亚偏僻地区的小城市。

西蒙把目光转向公路。大雪刚刚停了。在上午这段时间，城市周围的田野和森林冷得刺骨。有人在公路的中间走出了一条小道，每走一步，上面的冰雪就会发出咯吱咯吱的响声。树枝上挂满了冰溜子，大树被厚厚的积雪压得吱吱作响。不时有树枝被压断，积雪重重地掉在地上，发出轰轰的响声。西蒙精心修剪的尖髯和齐肩的黑发已经被冻得硬挺挺的。医生用手摸了摸自己的眉毛，两条眉毛也像冰块一样硬。他又一次破口大骂。这是他妈的一年里最冷的一天，他必须按照他父亲的吩咐去阿尔滕施塔特！而且这一切都是因为一个生了病的神甫！

西蒙可以想象那个大胖子考普迈亚得了什么病。肯定是吃得太多了，他经常干这种事！现在他肚子疼，躺在床上，想喝椴树花茶。就好像他的女管家玛格达不会给他烧茶似的！但是还有一种可能：神甫又在外面大吃一场，没准还和村里的妓女勾搭上了，玛格达生气了，不理他，所以要西蒙来处理这件事。

今天一大早，阿尔滕施塔特洛伦茨教堂的辅祭亚伯拉罕·盖德勒就跑来敲福荣威泽的门。他表情怪怪的，吞吞吐吐地只说神甫病了，让医生马上就去，然后便转身冒着风雪回阿尔滕施塔特了。

像往常一样，西蒙这个时候还躺在床上。因为昨天晚上在金星客栈喝了托考伊葡萄酒，他感到头很沉。但是他父亲破口大骂，硬是把他从床上拽下来，连早饭都没让他吃一口，就把他赶出了门。

有一次，西蒙陷进了齐腰深的雪中，他艰难地在雪中挣扎了好久。尽管这时天气干冷，他仍然是满头大汗。他差一点把靴子丢在雪里，一面用力把右腿从雪堆里往外拔，一面咧着嘴庆幸地笑着。如果他不小心的话，下一个该轮到给自己治病了！在这样的天气去阿尔滕施塔特，简直是发疯，但是他又能怎么样呢？他父亲——雄高的市医伯尼法茨·福荣威泽，此时正给一个财大气粗的议员大人治疗痛风，理发师因患伤寒病卧床不起；老福荣威泽宁愿把自己的手指切下来，也不会派刽子手去阿尔滕施塔特。没办法，他只能派他这个任性的儿子去……

麻秆一样瘦的教堂辅祭已经站在小教堂的门口等着西蒙了。小教堂位于村边的一处高地上。盖德勒的脸像身旁的雪一样白，眼睛周围有一道黑圈，浑身不停地颤抖着。西蒙心里琢磨着，也许是盖德勒而不是神甫本人要看病。看上去教堂辅祭好像连着几夜都没有合眼。

“嗨，盖德勒，”西蒙友好地向他打招呼，“神甫他得了什么病？是绞肠痧吗？大便干燥？我给他开一副灌肠剂，马上就会好的。给你也应该开一剂。”

他径直朝神甫的小房子走去，但是辅祭拦住了他，沉默地指了指教堂。

“他在那里面？”西蒙惊讶地问，“这么冷的天？没被死鬼抓走，他应该高兴才是。”

他转身向教堂走去。快到教堂门口的时候，他听到身后有人咳嗽。他转过身。

“什么事，盖德勒？”

“神甫他……”

辅祭没声了，眼睛直勾勾地看着地面。

突然，西蒙产生了一种预感，马上推开了大门。一股冷风迎面扑来，教堂里比外面还要冷。不知在哪里有一扇敞开的窗户又被风关上了。

医生向四周看了一眼。教堂的墙边立着高高的脚手架，直达上面的长廊。在房顶已经架起了房梁，一看就知道，不久教堂就会有一个新的天花板。后墙的一些窗户已被凿开，所以总是有冷风在教堂里穿堂而过。西蒙感到自己的呼吸就像薄雾一样，在脸上萦绕不散。

神甫安德烈亚斯·考普迈亚在教堂的后面，离半圆形的壁龛只有几步远。他看上去像一座冰雕，一个倒下去的白色巨人，一个因为激怒神而被打倒的巨人。他的全身都覆了一层薄冰。西蒙小心地走到近前，伸手摸了摸那件白色的闪着冰花的长袍。它硬得像一块木板。即使在因为与死亡挣扎而睁得大大的眼睛上也结满了冰花，赋予了神甫的脸一种超凡脱俗的光芒。

西蒙震惊地转过身。辅祭内疚地站在门口，手里不停地转着自己的帽子。

“他……早就死了！”西蒙朝着他大喊，“你为什么不马上告诉我？”

“我们……我们不想惹麻烦，大人，”盖德勒小声地嘟囔着说，“我们想，如果我们在城里讲，就连小孩子也会马上知道。然后就会引来各种流言蜚语，也许会影响维修教堂……”

“我们？”西蒙不解地问。

就在这时，神甫的女管家玛格达哭哭啼啼地出现在辅祭的身旁。她正好与亚伯拉罕·盖德勒相反，胖得像一只酸菜缸，长着两条水肿的粗腿。她正用一条白色的大手绢擦着鼻子，所以西蒙只看见她半张哭肿了的胖脸。

“这简直是一种耻辱，一种耻辱，”她抱怨地说，“一个人这样地走了，而且还是个神甫。可是我一直跟他说，不要贪吃！”

辅祭点着头，仍然捏着手里的帽子。“他吃了太多的油面圈，”他嘟囔着说，“仅剩下两个没吃掉。祈祷的时候不行了。”

“油面圈……”西蒙皱皱眉头。他的猜测至少有一部分是对的，唯一的区别是神甫没有病，而是死了。

“那他为什么在这里，而不是在床上？”他这话更多是在问自己，而不是问旁边站着的人。

“像我刚才说的，他可能想在见造物主之前再祈祷一次吧。”盖德勒小声地说。

“在这种天气？”西蒙怀疑地摇摇头，“我可以到神甫的房子里看看吗？”

辅祭耸耸肩，和仍然抽抽搭搭哭着的玛格达一起，转身向外走去。他们走到教堂对面的小房子。玛格达没有关门，所以现在雪已经刮进了门厅，在西蒙的脚下吱吱作响。在屋里的桌子上放着一只搪瓷盆，盆里有两个油汪汪的油面圈。看上去真让人流口水——金灿灿的，每个都有一只小盘子那样大，厚厚地抹了一层蜂蜜。虽然刚刚看到死尸，并不是让人很开胃，但是看见这两个面圈，西蒙馋得直流口水。他马上想起来自己早上还没吃早饭。有那么片刻他真想拿起一个面圈尝一尝，最后他放弃了这个想法。他是来看尸体的，不是来参加葬礼宴的。雄高的医生站在床边，想象着神甫死前的最后一刻该是怎样的。

“他肯定是从床上下来，走到厨房那里去喝水。在这里他倒在了地上。”他指着地上的碎片和呕吐出来的面糊糊。在这个小房间里有一股刺鼻的胃酸味和酸牛奶味。

“但是上帝才知道，他为什么到外面的教堂去呢？”他自言自语地问着。突然他转过身，看着教堂辅祭。

“考普迈亚神甫昨天晚上干什么了？”

“他……他在教堂里，一直待到夜里。”盖德勒回答说。

女管家也点点头。“他还带了一壶酒和一只大面包。他说要待很长时间。我上床睡觉的时候，他还在那里。半夜前我醒过一次，看见教堂那边还亮着灯。”

“半夜前？”西蒙插话说，“神甫在这个时候还在冰冷的教堂里干什么？”

“他……他说，他要看看唱诗班席的拱顶维修情况，”辅祭说，“神甫近两个星期很奇怪，大冷天的，他总待在教堂那里！”

“他不让任何人插手，这个好心人，”玛格达打断他说，“是一个真正的男子汉大丈夫。干起活来没人能比得上他。”

西蒙想了一会儿。昨天夜里是这一段时间最冷的一夜。工匠们一月份停下了教堂的维修工作，并不是没有道理。一个人如果在这样的夜晚拿着锤子、凿子在教堂里干活，肯定是有其他该死的原因。

西蒙不再理会辅祭和女管家，又回到了教堂。神甫还躺在那里。直到这时西蒙才注意到，尸体正好躺在一块石板上。上面是一个女人的浮雕，看上去像圣母马利亚。在浮雕的头上面环绕着一圈拉丁文，像光环一样。

“世间荣耀流逝如斯……”西蒙小声地念着，“确实如此。”他经常读到这句话。很多墓碑上也刻着这句话。在古罗马时期有一种风俗，将军凯旋而归、率兵进城时，一个奴隶要不停地在主人的耳边说这句话。世间的东西不会永存……

好像神甫在咽最后一口气的时候，特意用右手指着这行字。西蒙叹了口气。难道神甫安德烈亚斯·考普迈亚真的死于肉体的欲望吗？还是他想以此来警告后人呢？

一声咳嗽让他吓了一跳。原来是玛格达从后面走过来了。她张着嘴，瞪着地上结了冰的尸体，然后抬头看着西蒙。看上去她想要说什么，但是不知从何说起。

“什么事？”西蒙不耐烦地问。

“那……那两个剩面圈……”女管家开始说。

“剩面圈怎么了？”

“它们……它们上面抹了蜂蜜。”

西蒙耸耸肩，站直了身子，拍了拍手上的雪。他想走，这里已经没他的事了。

“那又怎么样呢？在金星做炸面圈也抹蜂蜜。好吃极了。你是从他们那里学来的吗？”

“可是……可是我没有在上面抹蜂蜜呀。”

西蒙一下子觉得脚底下的地面被人挖走了。他以为自己听错了。

“你……你没在上面抹蜂蜜？”

女管家摇摇头。

“我们的蜂蜜罐已经空了。我想下星期到市场去买一罐新的，所以这次没有抹蜂蜜。鬼知道谁在上面抹了蜂蜜，反正不是我。”

西蒙看看僵硬的神甫，又小心地环顾了一下教堂。一股冷风吹起了他的头发。突然他觉得有人在观察自己。他跑出了教堂，身后跟着玛格达。风吹打着他的大衣，好像想要拉住他。

终于到了外面，他把手放在脸色苍白的女管家的肩上，深深地凝视着她的眼睛。

“听我说。派盖德勒到雄高，”他小声地说，“要他把刽子手叫来。”

“刽子手？”玛格达细声细气地问。她的脸比刚才又白了一层。“为什么叫刽子手？”

“相信我，”西蒙低声地说，“如果现在有人能帮我们，那就是他。不要问那么多，快去！”

他朝女管家的屁股上打了一巴掌。然后他用力推了一下那两扇沉重的大门，咣当一声，门关上了。医生马上把铜钥匙塞进锁孔里，拧了一圈，把钥匙拔出来，放进了自己的大衣兜里。这时他才感到了一丝安全。

魔鬼在教堂里，只有刽子手才能把它赶出来。

不一会儿，西蒙坐在神甫的前屋里，嘴里嚼着一块面包，忧郁地喝着玛格达为他烧好的椴树花茶。这本来是西蒙给神甫带来的茶，但是他现在不需要了。这种棕绿色的茶汤闻上去就让人想到生病和头疼。

西蒙一边喝着茶，一边叹着气。此时，他一个人待在屋里。辅祭去雄高找刽子手了，玛格达到村子里去了，她要马上把这个可怕的消息告诉人们。如果神甫是因为吃多了面圈而撑死的话，她还会有所保留，可是神甫是被毒死的，就绝不能保留了。很可能村里的人都在吵吵嚷嚷地议论，哪个女人可能下了毒、魔鬼撒旦的仪式等等。医生无奈地摇摇头。此时他多想喝一杯浓咖啡，而不是茶，可是那些棕色的硬豆豆全放在家里了，收在柜子里的一只皮袋子里。那是他在上一次奥格斯堡的年市上买来的，剩得不是很多了。他要省着点喝，因为咖啡是一种稀有的贵重物产。很少有商人从君士坦丁堡或更远的地方把这种东西带来。西蒙很喜欢这种苦味，它能让他清醒地思考问题。用咖啡他能解决许多难题，现在他正好需要一杯咖啡。

突然，窗外传来了响声，打断了西蒙的沉思。先是轻轻的咔嚓声，然后是吱吱声，像一扇生了锈的栅栏门正在慢慢打开。他轻手轻脚地走到门口，把门推开了一条缝，向外看了看。什么都没有。正当他想再进到屋里时，他的目光朝地上扫了一下。他吃惊地发现，雪地里增加了一些新的脚印，直通教堂。他的目光一直跟踪到教堂的大门口。

宽大的木门敞开了一条缝。

西蒙心里暗暗地骂了一声。他把手伸进自己的衣兜里，摸到了那把冰冷的教堂钥匙。天哪，怎么会？

医生紧张地在屋子里搜寻着，想找到一件东西当武器。他的目光扫过火炉，看到了一把切肉的大刀。他拿起那把刀，它摸上去很凉，但是也很沉。然后他朝外面走去。

地上的脚印很明显是一个高大的男人留下的，从林荫大道一直通向教堂。西蒙手里拿着刀，轻轻地在雪地里走着，来到了教堂的大门口。因为教堂里很暗，从这里什么都看不清。他鼓足勇气，走了进去。

神甫的尸体仍然躺在教堂的后面。钉在十字架上的血淋淋的耶稣用充满责怪的目光从壁龛的另一侧望着他。在教堂两侧的墙角里镶着一些殉道者的小木雕像，他们在死亡的痛苦中挣扎，要么被折磨死，要么被打死，要么被刺死，就像西蒙左边的圣塞巴斯蒂安，被六支箭穿身刺死。

高达长廊的脚手架上挂上了一层霜。西蒙听到有人大声地吐了一口痰，他向前走了一步，慌乱地转过身，手里拿着刀四下搜寻，打量着这些殉道者从墙上投下的阴影。

“把刀扔掉吧，免得伤了你自己，江湖医生，”一个人大声吼着，“不要像个小偷一样蹑手蹑脚地在教堂里走。否则的话，你可不是第一个被我吊死的偷捐款箱的盗贼。”

声音来自上面的长廊。西蒙抬头向上望着，看见在残破的栏杆后面站着一个高大的蒙面男人。他的大衣领子向上立着，头上的宽边帽子拉得很低，遮住了脸，所以只能看见那只大鹰钩鼻子。当这个人在他那只长杆烟斗上吸了几口后，一团团的烟云升了上来。在大帽子和蓬乱的胡须之间是两只警惕的眼睛，正充满嘲笑地向下看着西蒙。

“噢，我的上帝，奎瑟！”西蒙顿感轻松，喊起来，“您可把我吓坏了！”

“如果你下次再偷偷地走过一个房间，最好先往上看，”刽子手一边骂骂咧咧地说着，一边抓着脚手架的横栏往下跳，“不然，你就正好落在凶手的刀刃下，到时候就别想过学识渊博的医生的生活了。”

到了下面，雅各布·奎瑟拍了拍自己那件破旧大衣上的尘土，轻蔑地用鼻子哼着，用烟斗杆指着神甫的尸体。

“一个吃多了撑死的胖神甫……你就为这个派人去叫我？作为刽子手和宰杀老马的人，这个死神甫关我什么事。”

“我想，他是被毒死的。”西蒙小声地说。

刽子手从牙缝里吹了一声口哨。“被毒死的？你认为我能告诉你，是什么毒药，对吗？”

西蒙点点头。雄高的刽子手是他这个行业中远近闻名的大师，不仅因为他的剑法，而且也因为他精通药草和毒草。不论是在意外怀孕时用的由麦角和芸香熬的药、治便秘的几粒药丸，还是由罂粟和缬草熬成的安眠药——许多雄高的普通市民生病的时候，都愿意去找刽子手，而不是去看医生。因为去刽子手那里很便宜，而且回来的时候病不会加重。西蒙经常在下药和治疗疑难病症的时候向刽子手请教，这让他父亲很懊恼。

“您不能靠近一点看看吗？”西蒙恳求道，并指着冻硬了的尸体，“也许我们能找到一点凶手的迹象。”

雅各布·奎瑟耸耸肩。“不知道这能有什么用。既然我已经来了，那就看看吧……”

他深深地吸了一口烟，然后好奇地看着地上的尸体。他蹲下去，检查着神甫的外表。“没有流血，也没有勒的迹象，没有进行搏斗，”他小声地嘟囔着，一边用手摸着神甫的长袍，上面还沾着冻成冰的呕吐物，“你为什么认为他是被毒死的呢？”

西蒙清了清嗓子说：“油面圈……”

“油面圈？”刽子手的浓眉不解地向上挑起。

医生耸耸肩，然后简单地向雅各布·奎瑟讲了辅祭和女管家告诉他的话。

“您最好先跟我去神甫的房子里看看，”他最后加了一句，然后便向门口走去，“也许我忽略了什么。”

当他们走出教堂后，西蒙斜眼看着雅各布·奎瑟问：“您是怎样进到教堂里的？我是说，钥匙在我这里……”

刽子手狡猾地笑着，拿出一根长长的、弯曲的木匠钉给他看。“教堂的门就像窗帘一样，怪不得这一带有很多偷捐款箱的盗贼。这些黑长袍们完全可以把教堂的门敞开，没必要上锁。”

到了神甫的房子，西蒙把刽子手让进了前屋，指着桌上剩的两个面圈和地上的呕吐物。

“肯定至少有二十多个油面圈，”西蒙说，“都抹了一层蜂蜜。女管家说，不是她抹的。”

雅各布·奎瑟用他的大手拿起了一个面圈，闻了闻。他闭着眼睛，两个鼻孔像马一样翕动着，好像要用鼻子把这个面圈吸进肚子里似的。最后，他放下面圈，又去闻地上的呕吐物。西蒙慢慢地感到有些恶心。在小房间里有一股烟味，混合着刺鼻的酸味和腐烂味，还有一种西蒙说不出来的味道。

“您……您在那儿干什么？”

剑子手站起身。

“我还可以相信它，”他一边说着，一边用指尖点着自己红红的鹰钩鼻子，“每一种小病我都能从臭夜壶里把它闻出来。这摊东西有一股死亡的臭味，那两个面圈也一样。”

他又拿起了一个面圈，开始把它一点一点地掰开。“毒药是放在蜂蜜里的，”过了一会儿他小声地说，“闻上去像……”他举起一小块面圈放到鼻尖下闻了闻，然后咧开嘴笑着说：“老鼠尿。正如我想象的。”

“老鼠尿？”西蒙疑惑地问。

雅各布·奎瑟点点头。“毒堇闻上去就这样。是我们普法芬温克尔这一带最强的毒草。先是双脚麻木，然后慢慢地扩散到心脏。你可以看着自己渐渐地死去。”

西蒙吃惊地摇摇头。

“哪个魔鬼会想到这个？肯定不是村里人干的，对吗？如果是一个吃醋的工匠，他会从背后一棍子把考普迈亚打死，不会想到这玩意儿！”

剑子手若有所思地吸着自己的冷烟斗。突然他转身离开温暖的小房间，向门口走去。

“您要到哪里去？”西蒙在后面喊着。

“我再好好看看那个神甫，”雅各布·奎瑟在外面瓮声瓮气地说，“这件事有点不对劲。”

西蒙不由自主地暗笑起来。剑子手闻到了血腥味。如果他的头脑被唤醒的话，他就像纽伦堡的怀表，走得精确无误。

雅各布·奎瑟回到了教堂，弯着身子仔细地检查着尸体。他没有动尸体，而是围着它走，好像是在研究尸体的姿态。安德烈亚斯·考普迈亚仍然和早晨一样趴在石板上，上面围绕光环的圣母面容已经有些模糊不清。神甫的头发结了一层白色的冰花；他弯曲着身子，侧身躺在那里，所以只能看见他的半张脸。现在他脸上的肤色跟冻鲤鱼一个颜色。他的左胳膊弯曲地蜷在身上，右手好像指着圣母头上的字。

“世间荣耀流逝如斯……”刽子手小声地念着。

“他竟然把这句话圈了起来。您看这里！”西蒙说着，并用手指着一个弯弯曲曲的圆圈。线条抖得厉害，好像是考普迈亚用尽最后的力气画上去的。

“看来他很清楚，自己不行了，”西蒙沉思地说，“老考普迈亚人很幽默，不得不承认。”

刽子手蹲下来，用手抚摸着圣母马利亚的浮雕，她的头上冠有一道光环。

“有一点我很惊奇，”他小声地说，“这是一块墓碑，对吗？”

西蒙点点头。“整座洛伦茨教堂里到处都是墓碑。您为什么问这个？”

“你自己看，你这个笨蛋。”刽子手用手指着教堂里面说，“在其他的石板上都能看到死人的肖像——议员大人、法官、贵妇。但是这块石板上刻的无疑是圣母马利亚。没有哪个女人会自不量力，让人在自己的头顶刻上圣光。”

“也许是捐赠给教堂的物品？”西蒙猜测道。

“流逝如斯……”刽子手又低声地念了一遍。

“世间荣耀流逝如斯，”西蒙不耐烦地说，“我知道，但是这和谋杀有什么关系？”

“也许和谋杀无关，但是和一个秘密有关。”刽子手突然说。

“秘密？”

“你不是跟我说，神甫昨天整夜都在教堂里干活吗？”

“是这样。可是……”

“你好好地看看那个圆圈，”刽子手嘟囔着说，“你发现有什么特殊的吗？”

西蒙蹲下身，仔细地看着那个圆圈，像被雷电击了一下一样震惊。

“圆圈并没有圈住全部的字，而是圈在后面的两个字……”

“流逝如斯，”雅各布·奎瑟咧嘴笑着说，“学识渊博的医生肯定知道这是什么意思。”

“就这样走了过去……”西蒙若有所思地嘟囔着，最后好像明白了。

“通过……这块石板？”他满怀疑惑地小声说道。

“我们当然要先把这块石板挪开了。”说着，刽子手就开始行动。他先把安德烈亚斯·考普迈亚的庞大尸体拽到了旁边，然后抓住他的长袍，把他拉到几米远的祭坛后面。“先让他在这儿静静地待一会儿，”他说道，“没必要让一个来祈祷的老太婆看到他而吓得半死。”他往手里吐了口唾沫。“现在马上行动。”

“可是这块石板……肯定有几百斤重。”西蒙插话说。

“那又怎么样？”此时，雅各布·奎瑟已经用木匠钉把石板从地上撬了起来。他用两只手紧紧地抓住石板，慢慢地把它抬起来，一厘米一厘米地往上举。他脖子的两侧露出了手指粗的肌腱。

“如果一个胖神甫能把它搬起来的话，说明还不是那么沉，对吗？”他气喘吁吁地说。

沉甸甸的大石板吱吱地离开了地面，然后砰的一声落到了西蒙的脚旁。

玛格达莱娜跪在血糊糊的干草上，用手压着海因米勒女人鼓起的肚子。女人的喊叫紧贴在耳边，让她感到毛骨悚然。产妇不停地大喊大叫，已经有好几个小时了，玛格达莱娜感觉就像喊了一天似的。昨天晚上，刽子手的女儿和接生婆玛尔塔·史泰茜琳一起来到海因米勒的家。一开始看上去像正常分娩，婶婶、侄女、表姐妹和邻居们已经准备好了新鲜的干草和亚麻布片，还烧上了热水。屋子里闻上去有一股熏艾蒿味。约瑟法·海因米勒躺在那里，满脸通红，在有规律的阵痛袭来时，用力往下挤压。这是农妇第六次生孩子，前面几次都生得很顺利。

但是，约瑟法流的血越来越多。刚开始因为羊水破裂而染成粉红色的床单，很快就变成了深红色，跟屠宰牲畜的案板一个颜色。可婴儿就是不想出来。约瑟法·海因米勒最初的呻吟变成了抽泣，然后又转成大喊大叫，让她男人不时满怀惊恐地敲着房门，高声地向圣玛格丽特祈祷。他不敢进屋——那是女人的事情；但是如果他女人或婴儿丧命的话，他现在就知道是谁的责任：那个受上帝诅咒的接生婆。

玛尔塔·史泰茜琳把手伸进产妇的体内，试着用手去摸横卧的婴儿。她几乎把整条小臂都伸进了海因米勒女人的肚子里，但是仍然抓不到婴儿。接生婆的脸上溅满了血，汗水从头上一滴一滴地淌到脸上；汗珠流进了眼里，她只得不停地眨着眼睛。

玛格达莱娜焦虑地看着待在一边的婶婶和表姐妹们。她们嘀嘀咕咕地说着话，捻着手里的念珠，还不时地指着接生婆。去年，人们怀疑玛尔塔·史泰茜琳跟小孩谋杀案及巫术有关。幸亏玛格达莱娜的父亲和年轻的医生及时干涉，才使她免遭焚烧。但是，在城里人们仍然斜着眼睛看接生婆。对她的怀疑就像胎粪一样理所当然。人们虽然像从前一样找她来接生，或者向她讨些退烧的药草，但是在她的身后，那些胆小怕事的市民都要在胸前画个十字，以此来抵御黑魔法。

他们也会这样对待我，玛格达莱娜心里想着，把成绺的黑头发从眼前拨开。她那双笑眼看上去很疲劳，眯成了一条缝，浓浓的眉毛间积满了汗水。她叹了口气，继续有节奏地挤压着产妇的肚子。

半年前，当史泰茜琳问她是否做自己的学徒时，玛格达莱娜很感激。作为刽子手的女儿，她没有太多的选择。刽子手被看作一种可耻的职业，人们都避免和她及她的家人接触。如果嫁人的话，她注定只能嫁给一个刽子手。但是因为她不愿意，所以她必须挣钱养活自己。她已经二十一岁了，不能总靠父母养活。

接生婆这个职业对她来说确实很合适。玛格达莱娜从小就从她父亲那里学到了许多药草的知识。她知道艾蒿在内出血时能帮助止血，香芹可以阻止不想要的孩子出世。她知道用鹅油、香蜂草、羊骨可以制成药膏，而且她也知道如何把大麻籽用研钵捣碎，用它配药治疗不孕症。但是，当她现在看着这么多血，看着那些嘀嘀咕咕的大姑大婶们，看着大喊大叫的海因米勒，她突然怀疑自己是否真的想成为接生婆。在她继续挤压着海因米勒肚子的同时，她的心思完全飘到了另一件事上。在另一个世界里，她看见自己和西蒙一起站在祭坛前，头上戴着花环，正在说愿意；他们将生儿育女，他将会成为受人尊重的市医，会有一定的收入。他们可以……

"姑娘，不要做梦了，我要一盆干净水！"玛尔塔·史泰茜琳把溅满血的脸转向玛格达莱娜说。她虽然努力让自己的声音保持平静，但是她的眼神泄露了她的不安。玛格达莱娜觉得，在这个四十岁女人的脸上又增加了几道皱纹。她的头发在去年几乎都变白了。

"还要止血的青苔！"接生婆又在刽子手女儿身后喊了一声，"她流血太多了。"

玛格达莱娜从沉思中醒来，马上点头。她走向走廊的时候，用眼睛扫了一下闷热昏暗的前屋。所有的窗户都被遮上了，窗户缝也用泥草封死了。左邻右舍的女人围坐在火炉和桌子旁，满脸焦虑，怀疑地看着一直忙活着的接生婆和她的年轻助手。

"万福马利亚，主与你同在……"有几个老太太开始大声地念《玫瑰经》。显然，她们认为约瑟法·海因米勒不久就会去见上帝了。

玛格达莱娜急忙走到走廊，从接生婆的药箱里拿出一把青苔，在灶台上的大铜盆里打了一碗热水。她再次回到前屋时，在沾满血的干草上滑了一跤，一下子摔了个嘴啃泥。碗里的水溅到了那些老太太的裙子上。

"天哪，你不能小心点吗！"一个女邻居愤怒地训斥道，"再说了，你一个年轻姑娘家跑到这里来干什么？该死的刽子手婊子！”

又一个女邻居马上插嘴说：“人们说得就是有道理。刽子手到家里来，就会遭灾。”

“她是我的学徒，”玛尔塔·史泰茜琳一边气喘吁吁地说着，一边继续在海因米勒的肚子里抓，“你们现在不要管她，最好给我拿些干净的亚麻布来。”

玛格达莱娜咬着牙，又到外面重新打了一碗水。愤怒的泪水静静地流到她脸上。等她再回到前屋时，那些老太太还没有安静下来，她们不管产妇的尖叫，又开始指着玛格达莱娜嘀嘀咕咕议论起来。

“为什么用这么多水洗？”一个年纪大一点的婶婶站出来说话了。她一脸黑烟灰，嘴里只剩下了三颗黄牙。“难产的情况下还从来没用过水呢！要用贯叶连翘和野墨角兰，把魔鬼熏出来。即使用水的话，也要用圣水，这种从井里打上来的水能管什么用，真是可笑！”

玛格达莱娜听了，简直要气炸了肺。“你们这些笨婆娘！”她一边大声地喊着，一边把水盆重重地摔在桌子上，“你们懂得什么医术！是污垢和胡言乱语让人生病！”她突然感到有些窒息，满屋子都是刺鼻的艾蒿和大蒜味，混杂在呛人的烟味里，她已经闻得太久了。她疾步走到窗前，一下子把关着的挡板打开了。外面的光线照进了屋里，呛人的烟从窗户呼呼地飘了出去。

邻居和亲属们都屏住了呼吸。孕妇分娩时不许开窗户，这是一条铁规矩。新鲜空气和寒冷无疑会让新生婴儿丧命。有一阵子只能听到海因米勒的喊叫，现在叫声一直传到街上。

“我想，你最好先走吧，”玛尔塔·史泰茜琳小声地对她说，并小心地看了看周围，“你在这里反正帮不上什么忙了。”

“可是……”玛格达莱娜想说什么。

“走吧，”接生婆打断她说，“对我们大家都有好处。”

玛格达莱娜在那些女人充满惩罚的目光中走到了外面。当她把门关上的时候，她听到里面的人又开始议论起来，还有关窗户的声音。她哽咽着强忍住泪水。她怎么这样倔犟！这是她从父亲那里继承来的性格，曾常给她带来麻烦。这次在海因米勒家很有可能是她的接生婆生涯中的最后一次出诊。人们很快就会在街头巷尾议论她的举止言行。而且史泰茜琳那里她也不用马上再去了。

她叹了口气，把装着剪刀、亚麻布和药膏的皮袋背在肩上，踏上了回雄高的路。也许她今天能见到西蒙。当玛格达莱娜想着年轻的医生时，她感到心里产生了一种强烈的渴望。愤怒一下子散尽了，肚子里暖融融的，像有一只蝴蝶在里面噗噗地飞着。自上一次他们俩在一起待了几小时后，已经有很长时间没有见到他了。那还是圣三王节那天；化装成圣三王的歌手们举着星星，挨家挨户地唱着圣歌，年轻的小伙子们戴着野兽面具，吓唬小孩。因为藏在面具中间，没有人注意到有一对人手拉着手，消失在莱希河边的一个草棚里。

一阵马蹄声打断了玛格达莱娜的幻想。在雪深过膝的宽阔的林荫大路上，迎面过来一个骑马的人。刽子手的女儿眯起眼睛，仔细地看着前方。骑在马上的人不是男人，而是一个女人。她看上去不像本地人；她的目光在周围的风景中搜寻着，好像是在找什么。

玛格达莱娜决定待在路边等这个陌生人。等骑马的女人到了近前时，刽子手的女儿看出，面前的女人来自一个富有人家。她穿着一件深蓝色的精织斗篷，斗篷下面是一件硬挺的白裙和一双擦得铮亮的皮靴。她手上戴着皮手套，松松地攥着缰绳。最显眼的当然是丝绒帽下面那头亮闪闪的红发，像镜框一样围绕着一张贵族气的白脸。骑马人三十多岁，身材很高，她肯定不是当地人。她更像是从一座大城市来的，也许是从遥远的慕尼黑来的。但是她跑到阿尔滕施塔特这个鬼地方来干什么？

“我能帮您吗？”玛格达莱娜友好地微笑着问。陌生人犹豫了一会儿，也朝她笑了笑。

“你能帮我，小姑娘。我找我哥哥，他是这个村里的神甫。他叫安德烈亚斯·考普迈亚。”

她弯下身，想把戴着手套的手伸给玛格达莱娜。

“我叫贝内迪克塔·考普迈亚。你叫什么？”

“玛格达莱娜·奎瑟。我是……这里的接生婆。”如往常一样，玛格达莱娜感到很难告诉人们自己是现任刽子手的女儿。人们经常要在胸前画个十字，或者小声祈祷着把脸转向旁边。

“玛格达莱娜，一个很好听的名字，”这位女士一边说着，一边指着她肩上的皮袋，“看上去，你刚刚接产回来，分娩顺利吗？”

玛格达莱娜点点头，但是眼睛却看着地面。她希望眼前的女人没有注意到她的脸变红了。

“我很高兴，”女士说着，又笑了，“那你知道我哥哥的教堂在哪里吗？”

玛格达莱娜二话没说，马上转过身，又回到了去村里的小路。她暗地里很高兴碰上了这个陌生人，她正需要分散一下精力。

“跟我走吧。离这里不远。”她指了指西边，“过了那座小山，您就能看到洛伦茨教堂了。”

“我希望我哥哥在家里，”贝内迪克塔·考普迈亚说，然后很典雅地从马背上下来，“让这匹枣红马也喘喘气，休息一下。他给我写了一封信。好像有什么重要的事。”

她用手牵着马，跟着玛格达莱娜走上了阿尔滕施塔特的乡间小路。村民们从路两边的窗户缝里满脸狐疑地看着这两个女人。

西蒙看了看他们面前露出来的漆黑的洞口。从四方形的洞口冒上来一股潮湿的霉味。下面有一个石台阶，没过几米就隐没在黑暗之中。

“我们要……”他小心地说。当他看见刽子手坚定地点着头时，便停下不再问了。最后他说：“我们需要一盏灯。”

“我们用这个。”雅各布·奎瑟指着放在祭坛上的两只五臂烛台，“仁慈的上帝不会怪我们。”

说着，他拿起了那两只烛台。在旁边的墙角里，在乱箭穿身的圣塞巴斯蒂安的雕像前正好燃着一根许愿烛。他用这支蜡烛的火点着了烛台上的蜡烛。

“走，现在下去。”

他递给西蒙一只烛台，然后下了台阶。西蒙跟在后面。台阶很潮湿，而且很滑。当医生往下走的时候，他闻到了一股特殊的味道。只是他一时说不出来是什么味，而且这股味很快又消失了。

没走几米，他们就到了地底下。雅各布·奎瑟用烛台照着这个几乎是正方形的房间。地上堆着几只破木桶和一些烂木条。一个墙角里躺着一个掉了颜色的耶稣十字架，在另一个墙角里堆放着一捆系起来的布。西蒙伸手摸了一下。在发霉的布里包着殉葬品和十字架。布在他的手里马上就被捻碎了。

雅各布·奎瑟此时已经打开了一只摆在地面中央的箱子。他从箱子里拿出了一只生了锈的烛台和一截蜡烛头。他反感地把这两件东西又扔回了箱子。“圣安多尼，谢谢你了！我们找到了教堂的储藏室，”他大声地说，“都是些没用的东西。”

西蒙表示赞同地点点头。看上去他们进了洛伦茨教堂的储藏室。很显然，几百年来人们把不能用的东西都搬到这里来了。这么说死去的神甫躺在这块石板上纯属偶然？

西蒙的目光掠过墙面，在烛光的照射下，有两个巨大的人影正在跳舞。墙中间堆放着一堆废物，正好在他的对面。木条、破椅子，还有一张大橡木桌子。桌子后面的墙壁有些发白。西蒙走过去，用手摸了摸。

他在烛光下看自己的手时，发现手上沾着白色的石灰。

现在他又想起了刚才在石台阶上闻到的气味。是石灰味。是新和好的石灰砂浆味。

“奎瑟！”他马上喊起来，“我想这里有东西！”

当刽子手看到砂浆时，他一下子把那张橡木桌子推到了一边。后面露出了一个刚封起来的门洞。

“你看看，”雅各布·奎瑟一边用脚把其他的废物踢到旁边，一边喘着粗气说，“神甫还真是亲手维修了教堂，只不过和我们想象的不同。看上去他刚刚把这个门洞堵上。”说着，他用手指在还没干的砂浆上钻了起来。

“后面能是什么呢？”西蒙问道。

“如果不是值钱东西的话，就让鬼把我抓去，”雅各布·奎瑟一边说着，一边用木匠钉刮着墙上的砂浆，直到墙砖露出来为止，“我敢打赌，神甫就是因为这个被害死的。”

他使劲地往门洞上踹了一脚。几块砖掉了出来，引起了连锁反应。墙上的砖块砰砰地掉了下来，过了好长时间才安静。砂浆尘弥漫在屋子里，挡住了视线。等尘土落下以后，西蒙才看清门后还有一个房间。屋子中间有一个巨大的物体，因为很黑，看不清是什么。

刽子手跃过那堆碎砖，猫着腰进到了门里。西蒙听出，他吹出的口哨中充满了肯定。

“什么东西？”西蒙一边问，一边想从自己站的地方看出个所以然来，但是除了一个巨大的轮廓，他什么都看不到。

“你最好自己来看一下。”雅各布·奎瑟回答说。

西蒙叹了口气，也跟了进去。他弯着身子，穿过门洞，用手里的蜡烛照着这个房间。

除了中间一口放在石台上的庞大石棺外，房间是空的。石棺很朴素，没有任何装饰物。在棺盖上只刻了一把足有五英尺长的双刃剑。在朝向他们那面的石台上刻有一排拉丁文字。西蒙走到近前，试着轻声地读起来。

“赐予我们光荣，上帝，赐予我们光荣，非为了我们，而是为了您的名字。”

他知道这句话，但是他记不起来什么时候在什么地方看过这句话。他疑惑地看着身边的刽子手，后者也正蹲在地上深思地看着这行字。

最后，刽子手无可奈何地耸耸肩。“你是上过大学的学者，”他瓮声瓮气地说，“现在该显示一下你那昂贵的大学到底有什么用了。”

西蒙不由自主地笑了起来。雅各布·奎瑟将永远不会原谅西蒙上过大学，他自己却因为声名狼藉的职业而被大学拒之门外。奎瑟并不看重那些上过大学的医生，很多时候西蒙也赞同他的观点。他在英格尔施塔特大学学了三年半的医学，后来真不应该因为钱和懒惰中断学业。

“我不知道在什么地方看到过这句话，”医生骂骂咧咧地说，“但是我发誓，我能找出来。如果我……”

他停下来不说了，因为他觉得从隔壁的房间里传来了响声。是快速离去的刮着地的脚步声，还有什么东西在墙上蹭着。也许是他搞错了？一个空荡荡的地下室有时也会捉弄人。也许声音是从上面的教堂传来的。

刽子手显然没有听见什么声音。他现在正用手一点一点地触摸着墙，但并没有找到第二个洞口。

“如果这胖神甫确实是为这个而死的话，”他小声地说着，“那么这下面应该还有更多的石棺。或者……”他转过身，又看了一眼石棺。“秘密就在棺材里。”

他走到石棺的头部，使劲把棺材盖往边上推。他的脸变成了紫红色。

“奎瑟！您可不能……”西蒙喊道，“这是亵渎死者。”

“废话！”刽子手气喘吁吁地说，继续用力推着棺材盖，“死人根本不在乎这个。这里的人已经死了那么长时间，连活人都抱怨不成了。”

吱的一声，石棺盖向后移动了一指宽。西蒙很惊奇地看着雅各布·奎瑟一个人搬弄这样一块大石板，很久以前可能是几个强壮的男人一起把它放上去的。

他们肯定还使用了工具和绳索……

他经常为刽子手的力大无穷而惊叹。石板吱的一声又移动了一下，露出了巴掌大的缝。

“你不要在那里光瞪着眼睛傻看！”奎瑟一边喘着粗气，一边骂道，“快过来帮我！”

西蒙走过去，帮着一起推。他知道自己并不能帮很大的忙。几分钟后他们把石板向后推开了足足半米远。刽子手气喘吁吁地停下来，举着烛台往棺材里照了一照。一股霉味从棺材里冒上来，一只死人头颅正看着他们笑。在灰尘和生锈的盔甲间露出了白色的尸骨。刽子手抓起一根骨头，拿到蜡烛近前。西蒙凭着他在英格尔施塔特大学的几堂解剖课认出来，这是人的肱骨。但是这是怎样的一根肱骨！

“我的天哪，”刽子手小声地说，“我活到现在还从没见过这么大的骨头。这个人肯定是一个巨人……”

西蒙也很吃惊，他在想象这个巨人一样的骑士如何挥舞如同浮雕上那么长的双刃剑。

“那把剑。”他小声地对刽子手说。他突然觉得，在一个神秘的骑士棺材里翻翻找找地搜寻一番，是个让人兴奋的主意。他不由得想起关于亚瑟王和圆桌骑士团的传说。他在大学里更喜欢看这样的书，而不愿意看那些枯燥的关于人的四种体液的书。“您看看那把剑是否也在棺材里面！”

雅各布·奎瑟点点头，继续在棺材里搜寻。他拿出了一部分盔甲、因为生锈而脱了链的锁子甲、一块棕色的干布片，最后又拿出了一根像木棍那么长的大腿骨。

只是没有宝剑。

剑子手正想放弃，不再找了，他的手突然碰到了一个平滑的、凉凉的东西。他小心地把那个东西拿上来。是一块像书一样大的很薄的大理石片，上面刻着文字，每个字母上都贴了金箔。文字和石台阶上的一样，是用拉丁文写的。

两人一起研究了一会儿，西蒙大声地翻译道："我要使我那两个见证人传道。他们做完见证的时候，从那无底坑里上来的兽必与他们交战，并且得胜，把他们杀了。"

"这是什么疯话，"奎瑟骂着说，"谁能看明白！"

"我必须承认，我也不知道从何下手，"西蒙一边说着，一边拿着大理石片翻来覆去地看，"但是看起来很重要，否则不会放在棺材里。没有宝剑，只有这块石片……"

他的思路突然被打断了，从隔壁的房间里传来了脚步声。有人从石台阶下来了！西蒙突然感到一阵恐惧，抓起地上的大腿骨，把它像棍子一样紧紧地握在手里。刽子手紧挨着他，右手攥着蜡烛台。两人紧张地等着脚步一点一点地靠近。最后门洞里露出了一张脸，一张特别漂亮的脸。

是玛格达莱娜，后面还跟着一个红头发、白皮肤的女人。两个女人手里各拿一根蜡烛，并不害怕，而是惊讶地看着眼前的两个男人。

"天哪，西蒙，你到这里来干什么？"玛格达莱娜问，"看在上帝的分上，你手里拿着骨头干什么？"

西蒙很尴尬地把手里的骨头放回棺材里。

"这不是一两句可以解释清楚的，"他说，"我们还是上去说吧。"

上面，在洛伦茨教堂的门外，有一个穿着黑衣服的人正躲在一块歪斜的、盖满积雪的墓碑后面，小声地骂着。他来晚了！那个胖神甫显然已经跟人讲了出去。否则的话无法解释，这个医生怎么这么快就找到了地下墓室。现在这两个婆娘和那个身材魁梧的大家伙也知道了这个秘密。这件事情越出了轨道！他先要打探一下，这些人是干什么的，会不会有危险。那个抽着烟斗的大家伙尤其可能构成威胁。这个人让他感到不安。冷汗像蚂蚁一样在他的头上爬着。

他慌忙地从黑斗篷下拿出了一只玻璃瓶，倒出来几滴液体，抹在脖子上和耳朵后面。一股甜甜的堇菜花香味在冷空气中慢慢地散开，陌生人马上又感到了安全、不可侵犯。他怀疑那些普通人在下面发现的东西比他和他的同伙发现的还要多。但是为安全起见，他们从现在起就要跟踪这些人。也许还真能通过那只抽着烟斗的大黑熊知道更多的东西呢。

那个人像一个黑影一样，从墓碑后面溜出来，又蹑手蹑脚地溜走了。只有那股甜甜的香味还在空中滞留了一段时间，最后在一月的寒气中散尽。

第二章

西蒙、刽子手和两个女人默默地走上狭窄的台阶，从地下墓室来到了上面。直到他们在神甫的小屋子里坐下后，在玛格达莱娜满怀期望的注视下，西蒙才开始讲事情的经过。但是讲了几句后，他又变得结结巴巴。由于激动，他完全忘了问玛格达莱娜身旁的漂亮女人是谁。总之，不是村里人，这一点他可以肯定。玛格达莱娜注意到了他带有疑虑的目光。

“我还没给你们介绍，”她说，“这是贝内迪克塔•考普迈亚，考普迈亚神甫的妹妹。她在找她哥哥。”

雅各布•奎瑟一直在旁边闷闷地吸着烟斗，这时开始咳嗽起来。他躲在浓浓的烟雾后面，大家根本看不清他的脸。医生有些懊悔地向旁边看看。等了一会儿，贝内迪克塔才开口。

“我哥哥怎么了？我能看出，你们在瞒着什么。”

西蒙终于下定决心，结结巴巴地说：“是这样，您哥哥，我怎么说好呢，他……”

“他死了，”奎瑟打断他说，“已经僵硬了，死了。为他祈祷吧，他正需要。”

说完，他站了起来，向外面走去。吱吱的开门声在屋子里回响了很久，西蒙仍然在找着合适的词句。贝内迪克塔•考普迈亚本来就很白的面孔一下子白得有些透明。她目瞪口呆地看着医生。

“是真的吗？”她小声地问，“安德烈亚斯死了？”

“这是怎么回事？”这时玛格达莱娜也开始问，“西蒙，你快说。”

西蒙心里暗暗地骂这个闷闷的、木头脑袋的刽子手不讲究策略。他以前也遇到很多这样的情况；尽管如此，他仍然为刽子手粗暴的举止感到恼火，这根本不像另外一个雅各布•奎瑟——几小时都沉浸在书本里，或者和他七岁的双胞胎子女乔治、芭芭拉在花园里追跑玩耍。

西蒙犹豫了一会儿，然后开始讲起来。神甫的妹妹在他讲话的时候看上去又恢复了正常。她听得很用心，攥紧了拳头，她的眼神告诉西蒙，这位优雅的女士一生中已经经历了几次命运的打击。

“我不知道这里到底发生了什么事，”最后她说，“但是现在至少能解释一下我哥哥寄给我的信。他在信里说他发现了一个稀奇的东西，他不知道应该跟谁讲。我哥哥和我……”她停顿了一下，闭上眼睛，紧紧地咬着嘴唇。“我们俩关系很密切。他遇上重要的事情时征求我的意见，也不是第一次了。他总是听从我这个当妹妹的建议……”她勉强地笑了一下。

“我可以问一下吗，您什么时候收到信的？”西蒙小声地问。

“三天前。我马上就赶来了。”

“从哪儿来？”西蒙又问道。

贝内迪克塔•考普迈亚不解地看着西蒙。“我还没有提到吗？我从兰茨贝格来，在莱希河的下游。我丈夫曾在那里做葡萄酒生意。几年前他去世了，之后我把生意接管了过来。”

很显然生意不错，西蒙心里想着，一面打量着这位酒商遗孀一身典雅的衣着。她那张轮廓温柔的面庞又引起了他的注意。她的脸上已经出现年龄带来的细微皱纹。她的嘴看上去有些严厉，看来这个女人已经习惯对人发号施令；但是她的眼睛却有一股孩子气的魅力。衣服看上去是法国时装。贝内迪克塔整个人都闪着优雅的贵族之光，一种西蒙在雄高经常思念的风度。

他站起来说："我想，您现在肯定想再看您哥哥一眼。"

女商人点点头，也站了起来，把红头发打了个卷盘在头上，然后跟着医生走到外面。

"当然要看[1]。"她小声地说着，拖着长裙子从西蒙身边走过。

西蒙一下子被迷住了。这位从兰茨贝格来的优雅女士不仅穿着法国的时装，还会说法语！这是一个多么不同寻常的女人啊！

玛格达莱娜跟在他们俩的后面。西蒙如果往后看的话，会看到她脸上挂着阴沉的表情。但是医生的心思现在全在这位优雅、精于世故的陌生人身上。

一个小时后，他们三人一起踏上了回雄高的路。他们把考普迈亚的尸体抬到了教堂旁边的停尸房，让他妹妹单独在里面待了一段时间。等贝内迪克塔·考普迈亚从停尸房出来时，她的脸色仍然很苍白，但是她给人很镇静的印象。

雅各布·奎瑟不见了，西蒙并不觉得奇怪。很多人都因为刽子手那种粗鲁的，有时还侮辱人的方式而对他不满，但是西蒙现在已经很了解他了，所以一点儿都不计较。他想，如果一个人一生中要把几十个犯人要么吊死、要么砍头、要么分肢解体，这个人是无法和人交朋友的。西蒙还清楚地记得上次死刑。差不多一年前，一个禽兽般地谋杀雄高小孩的雇佣兵，被绑在大轮子上处死了。雅各布·奎瑟把这个人的骨头都打断了，让他在轮子上待了两天后，才一下子把他勒死。在整个过程中，在喊叫和哭声中，奎瑟都表现出无动于衷。他连眉毛都没动一下，什么都无法打动他。

他们三人沉默无语，并排走在路上。西蒙向贝内迪克塔那边看看。她

① 原文为法语。

牵着马，走在深雪里。看上去她正在深思，显然她对哥哥的死感到很悲伤。西蒙不敢跟她讲话。玛格达莱娜也沉默不语，眼睛直盯盯地看着前面的路。西蒙有几次试着跟她讲话，但是她只是闷闷地回答他，或者只说一个字，渐渐地他也失去了兴趣。她怎么了？他又得罪了她吗？他爱这个女孩，虽然他知道与刽子手的女儿结婚是不可能的事。他父亲经常劝说他向雄高的富有公民家的女儿献殷勤。西蒙在当地很受女人的青睐。他总是穿着流行时装，注意自己的外表，见到人，总会说上两句让人着迷的恭维话。他虽然只有五英尺高，在男人中较矮，但是女人们都不在乎这个。他也曾经和一两个女人跑到附近的草棚里快乐一番，但是，自从他认识玛格达莱娜后，一切都变了。他被这个女人的热情、学识以及她对草药和毒药的认知所吸引。即便玛格达莱娜的固执和她偶尔的暴躁脾气使他们极少的幽会变得更难，也不能让他动摇。

再说了，哪个女人是好揣摩的呢？

不一会儿，松树变得稀少了，露出了一片田野。田野后面，莱希河像一条绿色缎带一样从雪地里露了出来。在冬天晴朗的空中，雄高城与它的城墙和塔楼高高地耸立在山顶。看到城门口两个打盹的哨兵时，西蒙终于松了口气。他身边的贝内迪克塔现在看上去有些精疲力竭。她决定在金星客栈住下来，等她哥哥的死因搞清楚后再走。医生还想劝说她，但是她的目光让他马上闭上了嘴。女商人看上去不能容忍别人反驳她。

西蒙又开始琢磨起教堂的地下墓室和棺材上的文字。

赐予我们光荣，上帝，赐予我们光荣，非为了我们，而是为了您的名字……

他在哪儿看到过这句话？是在英格尔施塔特的大学里吗？不是，没有这么长的时间。那就是在雄高？在城里他只知道三个地方有很多藏书，而不仅仅是《圣经》和几本农民的历书。第一个地方是西蒙的睡房，确切地说是在他床边的箱子里；即使在白天，他也喜欢待在睡房里。第二个地方是刽子手家的小房间，雅各布·奎瑟在一个大书柜里藏了好多关于药草、毒药的书，还有关于新疗法的著作。第三个地方是绅士雅各布·施雷佛阁暖融融的书房，施雷佛阁是西蒙在去年的小孩谋杀案后结交的书友。当时医生救了绅士女儿的命。

施雷佛阁……书房……

西蒙的脑子里响起了一阵微微的钟声。

他没有等同行的两个人，径直跑过城门，惊醒了两个还在打盹的哨兵。

“你要去哪里，西蒙？”玛格达莱娜在后面喊着。

“我……要马上办……一件事。”西蒙一边跑着，一边回答说。然后他便消失在街巷中了。

“他经常这样吗？”贝内迪克塔问身边的玛格达莱娜。

刽子手的女儿耸耸肩。“您最好自己去问他。有时候我觉得一点都不了解他。”

西蒙沿着硬币胡同跑下去，跑过市政府。在广场的后面是一排绅士贵族的豪华住宅。带有华丽阳台的三层楼房雕梁画栋，显示着房主的富裕奢华。雄高市在三十年战争期间遭到了劫难，但是这些议员大人们都能让自己渡过难关，进入新时代。雄高市向瑞典人交了一大笔赎金，才避免全城覆灭。瑞典人的军队虽然把城外靠莱希河的房子烧得一干二净，但是市场广场附近的房子都保留了下来，还能让人看到几百年前的富丽豪华，那时雄高还是一座强大的商贸城市。现在，房屋的墙皮有些已经脱落，颜色也变淡了，让人感到这座位于莱希河边的城市正在一天一天地衰弱，了无生气。生机勃勃的生活是在法国、在荷兰，也许还在慕尼黑和奥格斯堡，但肯定不是在位于阿尔卑斯山前沿地段的巴伐利亚普法芬温克尔地区。

虽然还不到黄昏，但是街上已经没有一个人影。人们都钻进屋子里，在前屋的壁炉旁或厨房的火炉边取暖。这些公民的玻璃窗户后面闪烁着烛光，有的人家还点上了油灯。西蒙直奔位于左边的施雷佛阁家的三层楼。他随时都可以到这位议员大人井然有序的书房来。他现在十分肯定，他曾在这里看过教堂地下墓室的那段文字。这句话肯定是在浏览书籍时引起了他的注意。

敲了两遍门后，女用人阿格内斯给他打开了门，并向他点头问好。在她身后传来了一声欢叫：是克拉拉·施雷佛阁，她正展开双臂迎面跑来。自从一年前他们共同历险后，西蒙对这个寄养在施雷佛阁家的十岁孤儿来说，就像一个叔叔。她一下子扑到他身上，用两只小手拽着西蒙的衣服。

“西蒙叔叔，你给我从市场带好吃的了吗？”她喊着，“西梅干，或者蜂蜜饼干？快说，你带来了吗？”

西蒙大笑着把小女孩放到地上。每次到施雷佛阁的书房来时，西蒙总要去看看克拉拉。很多时候他都会给她带个小礼物，比如一只小陀螺、一个小木头人或者一块糖果蜜饯什么的。

“你就像一棵牛蒡！你知道吗？而且还是能吃东西的牛蒡！”他轻抚着她的头发，“这次我什么都没带。你到厨房看看，厨娘也许有些苹果干给你。”

克拉拉撅着嘴走了。这时从宽大的楼梯上传来了脚步声。施雷佛阁穿着晨衣和拖鞋从上面走下来。议员的脖子上缠了一条围巾。他脸色苍白，轻微地咳嗽着。当他看到西蒙时，脸上的表情马上变得开朗。

“西蒙，看到您我太高兴了！”他从楼梯上喊着，伸出了双手，“在这种冷得要命的天气有客人来访，共同打发时间，真是让人高兴。”

“您看上去更需要卧床休息和一个医生，”西蒙有些焦虑地回答说，“碰巧您面前就有一个。要我先……”他伸手拿自己的医药包。他一大早就背着这个包到处跑。但是施雷佛阁挥挥手，让他放下。

“唉，这没什么，只是有点伤风。半个雄高的人比我病得更严重。只希望仁慈的上帝能让孩子们免遭这个病。”他向医生眨眨眼睛，“不管怎样，我不相信您来我这里只是为了出诊。还是陪我到书房去吧。那里的火炉可是暖暖的，如果您运气好的话，上面还剩点那种黑色的鬼东西。”

西蒙跟着他上了楼，想要喝一杯热咖啡的欲望让他加快了脚步。施雷佛阁是通过西蒙的介绍开始享受这种时髦饮品的。两年前，年轻的医生在一个撒拉森商人那里第一次买到这种暗棕色的硬豆。从那以后，他喝咖啡就上了瘾。看来现在他也让施雷佛阁上了瘾。他们俩还真有几次一起在书房里狂饮咖啡。喝下三壶咖啡后他们也会谈论一些枯燥的神学家，如大马士革的圣约翰、彼得·隆巴等。

西蒙走进书房，四下看了一眼。在这间木板房里点着一个铸铁火炉，墙边是一个油亮亮的樱桃木书架，上面摆满了一排排的书。雅各布·施雷佛阁很富有，他父亲把一个小陶瓷作坊扩建成了在这一地区有名的陶器厂。父亲死后，年轻的施雷佛阁把不少的钱花在了他的爱好——收藏书上，他和西蒙共享这种藏书的热情。

绅士让西蒙在一把高背椅上坐下来，给他倒了一杯热腾腾的咖啡。雅各布·施雷佛阁身材高大，和其他的施雷佛阁一样，也长着一只略微弯曲的大鼻子，现在差一点伸进咖啡杯里。绅士喝了一口热咖啡，西蒙问起今天早上议会开会的事。他知道他们今天讨论了很重要的议题。

“有结果吗？市议会决定怎样对付这伙强盗？”

雅各布·施雷佛阁严肃地点点头。“我们将派一支巡逻队去抓这些强盗。”

“但是你们不是已经这样做了嘛！”西蒙插话说。

“我知道，我知道，”施雷佛阁叹口气，“但是这次必须事先考虑好，需要一个有经验的头领。我们正在考虑让谁来做这个头领。”

西蒙点点头。这件事仅靠几个喝醉酒的哨兵是解决不了的。一伙强盗把这一带搞得人人不得安宁，已经持续好几个星期了。一个商人和两个富农遭到了抢劫；那个商人被强盗打死了，两个富农算是死里逃生活下来了。他们说有十几个强盗，有些人手里拿着弩弓，有的还拿着枪。即使这些人对城里构不成威胁，在城市的周围地带也是一大祸患。

“如果市议会近期不能抓到这些歹徒的话，我们就要派人去慕尼黑，要求派军队来！”雅各布·施雷佛阁轻声地骂着，并用嘴吹着自己的热咖啡，“但是市议会无论如何都要避免这种情况。您知道，军队要花钱的。”他扬了一下手。“我们不要谈政治，我感到很无聊。您肯定是因为别的事情来的。”

“确实是这样，”西蒙说，“我要找一本书，更确切地说是一句话，我想，我是在您这里看到的。”

“啊，一本书。”雅各布·施雷佛阁微笑着说，“我很高兴我的书房也让您喜欢。那么这句话是什么？”

“赐予我们光荣，上帝，赐予我们光荣，非为了我们，而是为了您的名字。”西蒙脱口而出。

绅士愣了一下。“您在哪里看到的这句话？”

“在阿尔滕施塔特的洛伦茨教堂里。”

“赐予我们光荣，上帝，赐予我们光荣，非为了我们，而是为了您的名字。”雅各布·施雷佛阁小声地念着，额头上出现了一道深深的皱纹，“很奇怪。据我所知这是圣殿骑士团的格言。”

西蒙差点被咖啡呛了，他不由得咳嗽起来。

“圣殿骑士团？”他问道。

施雷佛阁点点头。“这也是他们打仗时呼喊的口号。”

突然，议员皱了皱眉，好像想起了什么。他马上站起来，走到火炉边的书架前。“现在我知道您说的是哪本书了！”他在书架上翻了一会儿，拿出了一本只有咖啡盘那么大、皮革封面的小书来。“在这儿！”他喊着，并把书递给了西蒙，“塞灵的威廉写下的文献——《圣殿骑士团历史》。这是一本很少见的书。威廉是英国的本笃会修士，与教会相反，他不想让人忘记圣殿骑士团。所以他在两百年前写下了这本书。当时圣殿骑士团已经消失一百多年了。”

西蒙点点头，翻着手里破旧的小书。有几页被人撕掉了，还有几页被烧黑了。书是用拉丁文写的，每段的首字母都做了装饰，文字不是印出来的，而是手写的。看上去这本书在它长长的历史中也经历了一番磨砺。

“我当时只是随便翻翻看，”西蒙说，“但是仍然记住了这句话。您再给我讲讲这些……圣殿骑士。”

雅各布·施雷佛阁又坐了下来，喝了一口咖啡。静坐了好一会儿，他才开始讲话。外面的寒风拍打着窗户。

“他们的全名很长，叫‘基督和所罗门圣殿的贫苦骑士团’。我们所知道的关于他们的事情带有很多传奇色彩。”绅士在椅子里舒舒服服地坐好，然后继续讲下去，“有一点可以肯定，圣殿骑士团是有史以来最强大、最富有的联盟。在十字军东征的时候，他们只是一个很小的骑士团。他们最初的任务是在路上保护那些徒步去耶路撒冷的朝圣者。这是一个很独特的混合团体，既具有骑士风格又有苦行僧特征。但是他们很会行事，所以几十年之内就遍及全欧洲。到处都有圣殿骑士的据点。谁愿意的话，可以把他的黄金在科隆兑换成期票，在耶路撒冷或拜占庭再换回黄金。这个教团由教皇直接管辖，所以也可以说，他们是不可侵犯的。因为善于经营财政，圣殿骑士一点一点地富了起来，最后比国王和皇帝还富有。这也可能是他们最后遭厄运的原因……”

“发生了什么事？”西蒙好奇地问，又给自己倒了一杯咖啡。

“就像经常发生的一样。”雅各布·施雷佛阁几乎是感到内疚地耸耸肩，“法国国王腓力四世想夺取他们的钱财，一夜之间让人把所有在法国的圣殿骑士都抓了起来。他指控他们搞同性恋、举行敬拜撒旦的仪式，收买了一些证人，用酷刑强迫他们承认。最后教会也与圣殿骑士疏远，教皇不能再保留骑士团，最终让他们解散了。据我所知，他们最后的大团长在巴黎被判死刑，用火烧死了。几年之内，曾在欧洲最有权势的大人们都成了一无所有的流亡者。圣殿骑士如果没有及时隐藏起来的话，到处都会遭到追杀。这些都发生在他们与人共同主宰了两百多年的欧洲命运之后。”

“那他们的钱财呢？”西蒙追问道，“是被法国的国王占为己有了吗？”

绅士笑了笑说：“只有一小部分。剩下的一直到今天都不明下落。黄金，珠宝，圣物……人们说，圣殿骑士把这些财宝都埋起来了。有人相信他们把这些东西带到新世界去了。还有人说这些财宝被带到了圣地或者不列颠岛。谁如果找到它，可以买下任何一个宝座。”

西蒙吹了一声口哨。“我怎么从没听说过这些呢？”

一阵突然袭来的咳嗽让施雷佛阁无法说话。咳嗽了一阵后，他才继续往下说。

“因为教会不想让人知道，他们对此也负有责任。而且那些大贵族们也乖乖地沉默不语，把圣殿骑士的土地攫为己有。只有极少数像塞灵的威廉那样的人，打破了这种沉默。”

医生点点头。“但是这并不能解释为什么在洛伦茨教堂会发现圣殿骑士的格言。”

雅各布•施雷佛阁犹豫了一下，才说：“我听说过，洛伦茨教堂曾经是圣殿骑士的教堂。”

“圣殿骑士的教堂？在阿尔滕施塔特？”西蒙又差点呛了一口咖啡。

“是啊，为什么不能呢？”绅士耸耸肩说，“圣殿骑士到处都有自己的据点。在阿尔滕施塔特不是还有一条圣殿骑士胡同吗？”

“您说得有道理！”西蒙喊起来，“就是顺纳河桥前的那条小圣殿骑士胡同。奇怪，我怎么到现在都没有问，为什么这条胡同叫这个名字……”

“您看看。阿尔滕施塔特巴西利卡教堂的神甫肯定能给您解释得更详细。旁边的小教堂至少有一张建筑图纸。如果不存放在洛伦茨教堂的话，也会存放在圣米迦勒巴西利卡教堂。您还要一杯咖啡吗？”

西蒙站起来，握住雅各布·施雷佛阁的手。

“非常感谢您，我想我得去见我父亲。还要给几个人看病呢。咳嗽、发烧、放血，都是些常见的病状，没什么稀奇的。您帮了我很大的忙。”他犹豫了一下又说，“我还有一个请求。”

绅士点着头。“您只管说。”

西蒙指了指茶几上的那本皮革封面的小书。

“这本关于圣殿骑士的书，我可以借来看看吗？”

“可以。但是您要小心点。它可是无价之宝啊。”

西蒙拿起书，急忙向门口走去。在门槛上他又站住了，转过身。

“还有两句话，我不是很明白。说的是两个见证人和一只巨兽，他们进行搏斗，最后两个见证人被巨兽打死。也许您听到过？”

绅士想了一会儿，摇摇头。

“好像听过，但是我一时想不起来跟什么有关系。对不起。也许我能想起来。”他满怀焦虑地看着医生说，“西蒙，您不会又和刽子手卷到一宗险案里了吧？天哪，您可要小心！”

西蒙咧着嘴笑笑说：“我会努力的。如果您想起来的话，一定要让我知道。”

他鞠了一躬，然后拿着书跑下了楼梯。绅士站在窗前，看着他跑到市场广场，直到在雪中消失为止。

泥瓦匠彼得·鲍姆加特纳光着膀子，肌肉发达的上身全部裸露出来，他站在刽子手的小屋子里，由于害怕，差点尿在裤子里。冷风不停地吹打着用猪尿泡封起来的窗户，但是他的头上仍然冒着汗。他在琢磨着，自己是否该多花几个铜钱，离开刽子手去找医生。也许哪个都不要找，他真应该待在家里才对。念上一段圣母马利亚的祷文，再喝一杯烧酒，疼痛也许就没有了，上帝会帮他把肩膀治好的。可是现在已经晚了。

在桌子上放着各种各样的工具，他不知道这些是用来治病的医疗器具呢，还是用来折磨人的刑具。一把很长的大钳子，可能是用来拔牙的。各种大小不等的刀，磨得锋利雪亮。还有一把小手锯，锯齿上已经生了锈。鲍姆加特纳敢肯定那是已经变干了的血迹。

鲍姆加特纳最害怕的是这个身材魁梧的雄高刽子手就站在自己的眼前，正在一盆热呼呼的、油腻腻的粥状液体里仔细地搓那两只兽爪一样的大手。

“这是……人油吗？”泥瓦匠胆怯地问。

鲍姆加特纳虽然尽力保持镇静，可声音听上去仍然有些发抖。他知道，雄高的刽子手能把刚被处决的死人身上的皮干干净净地扒下来，然后再把人皮上的油刮净，用人油熬成一种药膏，可创造奇迹。鲍姆加特纳很愿意相信奇迹，但是一想到用恶人剩下的那种滑腻腻的东西抹在身上，就感到肚子疼。

“你这个狗东西，你以为我会浪费那么好的人油给你这样的蠢货？”雅各布·奎瑟生气地说，连头都不抬一下，“这是熊油，加了山金车、洋甘菊和其他的药草，它们的名字你连听都没听过。现在过来，会有点儿疼。”

鲍姆加特纳看到刽子手那两只沾满油、像盘子一样大的手掌时，马上小声地嘟囔着说：“奎瑟，不用了……我想我还是去老福荣威泽那儿……”

“让他收你两个古尔登，然后让你的胳膊以后不能动弹？不要装傻了，马上过来。”

鲍姆加特纳叹口气。一星期前，他从洛伦茨教堂的脚手架上摔了下来。从那以后，他的肩膀呈现出了各种颜色，一跳一跳地疼，一直疼到右手上，连吃饭的勺子都拿不住了。他拖了很长时间才来找刽子手。他怕自己将来不能再使用右手，所以他今天中午拿着自己的积蓄，来到了雄高。雅各布·奎瑟的医术远近闻名。和所有的刽子手一样，雅各布·奎瑟的收入只有一小部分是靠执行死刑、拷打犯人挣来的，一年也就那么几次。大部分钱是靠给人治病，卖自制的药膏、药丸和药水挣来的。除此之外，人们还能从他这里买一段刽子手用的绳子、窃贼的一根大拇指。把已经风干了的窃贼大拇指放在钱袋里可以防小偷。当然，只有天天用圣水喷洒钱袋、诚心诚意地相信才会管用。雅各布·奎瑟不信这个，但是能用它挣一点钱。

和其他的病人一样，彼得·鲍姆加特纳站在刽子手的小屋子里，面对刽子手，心里既充满恐惧，又满怀希望。大家都知道，进了奎瑟的屋子后，出来时病情至少不会加重，很多情况下病情都有好转。在那些上过学的医生那里却很少是这样。但是另一方面，雅各布·奎瑟是雄高的刽子手。他的一个眼神就会给人带来不幸，和他说话简直就是一种罪恶。鲍姆加特纳下次去教堂忏悔时，肯定要念上一百遍"我们在天上的父"这段主祷文。

"你他妈的快过来！要不等我把你另一只肩膀卸下来再说。"

雅各布·奎瑟站在泥瓦匠的前面，仍然举着两只沾满油的手。鲍姆加特纳投降似的点点头，在胸前画了个十字，向前走了一步。刽子手把他的身子转过去，用手小心地按着肿起来的肩膀，突然抓住鲍姆加特纳的右手，用力向后一拉，然后又向下一抻。啪的一声，骨头归位了。

一声尖叫一直传到了市场广场。

鲍姆加特纳两眼发黑，茫然地瘫坐在桌边的小凳子上。他差一点吐出来。正想开口大骂时，他一下子看到了自己的右手。

他的右手又可以动弹了！

肩膀上的疼痛好像也减轻了。雅各布·奎瑟拿了一只木瓶子，伸到他鼻子底下。

“告诉你女人，她要用这个一天给你往肩上抹三次，坚持一星期。两星期后你就能干活了。你付我一个古尔登。”

鲍姆加特纳因疼痛减轻获得的快感一下子受到了冲击。

“一个古尔登？”他不满地说，“他妈的，那个老福荣威泽还没要这么多钱呢。而且他上过大学！”

“他一下子是不要你这么多钱。他先给你放血，然后打发你回家。三个星期后他再收你三个古尔登，把你的胳膊锯掉。这就是他在大学里学的那点玩艺。”

鲍姆加特纳沉思地捏了捏自己的手，看上去真的是治好了！但是他仍然讨价还价说：

“一个古尔登，嗨？磨坊主一天还没有挣这么多呢。这样吧，半个古尔登，说好了。”

“说好了一个古尔登，这样我就不把你的另一只肩膀卸下来了。”

鲍姆加特纳叹了口气，放弃了谈价。他从口袋里把钱掏出来，一一地数好后，放在了桌子上。刽子手拿走了一半，把剩下的一半又推给鲍姆加特纳。

“我想了一下，”他说，“如果你能给我讲讲情况的话，就把这半个古尔登给你。”

鲍姆加特纳吃惊地看着他，赶忙又把钱放回到口袋里。

“你想知道什么呢？”

“你是洛伦茨教堂的泥瓦匠，对吗？”

“当然了，”鲍姆加特纳说，“我就是他妈的在那里干活，从脚手架上摔下来的。”

雅各布·奎瑟拿出自己的烟草包，开始往烟斗里装烟。

“教堂上面到底在建什么？”

“其实……什么都没建。”鲍姆加特纳犹豫地说，蛮有兴趣地看着刽子手往烟斗里装着烟。吸烟是一种新的时髦现象。到现在为止，泥瓦匠没看见刽子手以外的什么人吸烟。雄高的神甫在最近的一次弥撒上已经防备性地讲到，吸烟是一种罪恶。

“我们只是维修教堂，”鲍姆加特纳继续说，“内墙和外墙，还有上面的长廊。教堂差一点就要塌了。说来这教堂也有五百多年了。”

“你们在维修时看到什么不寻常的了吗？”奎瑟问，“比如图纸、雕像，或者古老的绘画。”

泥瓦匠的眼睛一下子亮了起来。“还真有一个！在长廊上面，在墙上露出了这种红十字，左边的一面墙都画满了。”

“什么样的红十字？”

“嗯，和我们救世主的十字不一样。它们是这样……可以吗？”

鲍姆加特纳指了指桌上的一把刀。见刽子手点头同意，他拿起了刀，在桌面刻了一个四边一样长的十字。十字四头粗，中间细。画完，泥瓦匠满意地点着头。

“看上去是这样。”

“你们干什么了？”奎瑟继续问。

“很奇怪。神甫让我们把这些十字用泥抹掉。他刚因为地下墓室的事跟我们发了很大的火。”

“地下墓室？”刽子手的额头上出现了一道皱纹。

“是这样，在元旦那天铺瓷砖的时候，石匠约翰内斯发现，有一块石板下面是空的。我们把石板推到了旁边，三个人一起才推开的，那块石板真是又大又沉。从那儿能到地下墓室去。”

雅各布·奎瑟点点头，用木条点着刚装好的烟斗。鲍姆加特纳越来越兴奋地看着他。

“你们也跟着去地下墓室了吗？”奎瑟问着，深深地吸了一口烟。

“没有……就神甫一个人下去了。不一会儿，他又非常激动地上来了。

第二天他就叫我们把十字抹起来。我们就按照他说的做了。”

刽子手若有所思地点点头。“你们当中真的没有人下去吗？”他又问了一遍。

“以圣母马利亚的名义发誓，没有人下去！”鲍姆加特纳喊道，“这很重要吗？”

雅各布·奎瑟站起身，走到门口。“忘了它，你现在可以走了。”

彼得·鲍姆加特纳松了口气，站起来。他不明白刽子手问这些话是什么意思，但是他省下了半个古尔登。而且他很高兴，他终于可以离开刽子手家了。他在屋子里的每个角落都能看见邪恶。尽管如此，他还是忍不住问了最后一个问题。

“奎瑟？”

“什么事？”

“这个吸烟？嗯，好吸吗？闻起来……还不错。”

雅各布·奎瑟吐出了一团烟，差不多把自己的脑袋都罩了起来。

“你根本不要试，”他在一团烟后面说，“这个就像喝酒。很有意思，但是一沾上，就放不下了。”

等鲍姆加特纳走了以后，玛格达莱娜才从楼上的窄楼梯走下来。她经过了一夜的折腾，被接生婆从海因米勒家撵了出来，又碰见了贝内迪克塔·考普迈亚，回到家后，她上楼躺了一会儿。在乱糟糟的梦里，她碰见她的西蒙和贝内迪克塔一起坐在雪橇上。他们大笑着从她身边驶过，向她招了招手。西蒙的脸奸笑着，怪怪的，而且像雪一样慢慢地融化。一声大叫让她从梦中醒来。是鲍姆加特纳的喊叫。透过薄薄的地板，她听到了下面两个人的谈话。

“神甫让人把十字都抹掉，你知道为什么吗？”她一边下楼，一边问，“它们是否和教堂的地下墓室有关？还有，你们到底在下面发现了什么？”

“你最好什么都不知道，”她父亲生气地说，“否则的话，你又要开始到处打探了。”

“可是，父亲，”她说着，并用一种从小就能打动父亲的眼光看着他，“如果你不告诉我，西蒙也会告诉我。所以还是说吧！”

“你还是好好地看着你的西蒙吧。”

“你这是什么意思？”

“你很清楚。他不只是对这个城里来的女人献殷勤。”

玛格达莱娜的脸一下子红起来。

“你怎么能这样说？你根本就没看见他们在一起！”她喊道，“而且……我反正无所谓，西蒙愿和谁调情就和谁调情好了。”

“这样就好。”他走到火炉前，又往里扔了一块木头。炉火燃得更旺了。“更重要的是，我们要找出那些在教堂里干活的工匠。”

玛格达莱娜的心思现在全在西蒙身上，根本无法想别的事情。他们俩相好已经有一年多了，尽管他们的关系不允许在公共场合公开。一想到他和另外一个女人……她心里暗骂着父亲。

“为什么是工匠？”她问道，努力又回到正题上，“你难道认为……”

“你不是都听见了吗？”她父亲打断她的话说，“工匠们把教堂的地下墓室打开了。虽然鲍姆加特纳再三发誓他们当中没有人下去，但是我不相信。肯定有人去打探了。”

“然后把神甫杀了？”玛格达莱娜接过话说。

“瞎扯！”奎瑟往地上吐了一口痰。他只敢在他妻子安娜·玛丽亚不在家的时候这么做。这时候她正带着双胞胎在城里的市场上买东西。

“当然不是工匠杀了那个胖神甫，”他继续说，“但是他们没有把住自己的狗嘴。我们要查出来他们跟谁讲了这件事。我敢肯定，知道这个人，就知道了凶手。”

玛格达莱娜点点头。

“凶手知道了教堂的地下墓室，害怕考普迈亚发现更多的秘密，所以把他杀了。有可能是这样。”她沉思地说道。

刽子手打开了门，烟斗的烟雾和火炉的浓烟一下子被吸到外面，一股冷气吹了进来。

“你还等在这里干什么？”他说。

“你这是什么意思？”玛格达莱娜不解地问。

“你不是说要帮我到处打探吗？所以你要去找在洛伦茨教堂干活的工匠，和他们聊聊。和男人挤眉弄眼地聊天，这个你很在行，不是吗？”

玛格达莱娜生气地看了他一眼，然后披上自己的斗篷，向寒冷中走去。

当西蒙打开自家的房门时，他意识到，还要等上一阵子才能专心研读那本关于圣殿骑士的小书。在靠着火炉的板凳上坐着三个雄高人，看上去三个人需要的都不仅仅是几句安慰的话和一次凝乳冷敷。西蒙认识这三个人。其中两个是附近的农民，他经常在市场上看到他们。第三个人是雄高铁匠的学徒工。他咳出来的浓痰带着血丝，幸好他咳到了一块棕色的抹布里。但是仍然有一些痰溅到木地板上，地板上只是临时铺了一些干草。病人的脸颊都深陷了进去，额头上布满了汗珠；每人都有深深的黑眼圈，脸色蜡黄。

为了驱散病人呼出的毒病菌，避免传染，老福荣威泽在屋里点上了薰衣草和香蜂草，使小屋子里闻起来像教堂里复活节时的弥撒。西蒙不相信这个方法能起作用。他读过的很多书都认为肮脏的环境和人体的液体会传染病菌，但是他父亲认为这是胡说八道。当他身边的铁匠学徒又开始咳嗽时，西蒙小心地向后退了一步。

“很好，年轻的先生也来了。你在阿尔滕施塔特干什么了？这么长时间，不会是和神甫一起吃饭了吧？”

伯尼法茨·福荣威泽从旁边的房间里走出来，一只手里拿着一根还在冒烟的细木条，另一只手里拿着一把薰衣草。他看上去要比五十岁的年龄老许多。从前他长得很精神，不少女孩子都向这位潇洒的军医抛媚眼。但是现在，他的头发不仅变白了，而且还少了许多，他的背也驼了，只有那双炯炯有神的眼睛还没有变。他那种强硬的口气也没有变。

“我等你好几个小时了！”他小声地责备说，生怕凳子上的三个病人听到，“我要到哈登贝格先生那里去，不管怎么说，他是议会成员。他也被传染上了！这可倒好，我被困在这里给这些农民看病，看得好了，顶多也就给几只鸡蛋！”

他用干枯的手指指着西蒙的胸脯。“你说说，你又跟那个刽子手混在一起了，又把脑袋钻进了那些臭书里！你让人到处扯你的闲话。”

西蒙翻了翻眼睛。伯尼法茨·福荣威泽恨刽子手，他认为刽子手用他那些邪门歪道的医疗方法和书本腐蚀了自己的儿子。

“父亲，神甫他……”西蒙想打断父亲的唠叨。但是他父亲马上又开始数落起来。

“啊，是这样！你不会和那个老胖子一起喝酒了吧，嗯？但愿你吃得很好，”他瓮声瓮气地说着，“听说考普迈亚的女管家很会做饭！”

“神甫他死了，父亲。”西蒙小声地说道。

“什么？”伯尼法茨·福荣威泽看上去有些疑惑不解。他本想继续痛斥西蒙，犹豫了一会儿，还是放弃了。他没想到事情是这样。

“考普迈亚死了，所以有些事情要处理。”西蒙又重复了一遍。

“我……很抱歉，”老医生愣了一会儿，小声地嘟囔着说，“他也得了这种高烧病吗？”

西蒙看了看那三个病人，他们正半惊恐、半好奇地往自己这里看呢。他摇摇头，对父亲说：“是……别的病，我过后告诉你。”

"那好吧，"他父亲喃喃地说，又恢复了原来的样子，"那你就干活吧。你看，这里还有几个大活人，他们需要得到治疗。"

西蒙叹了口气，然后开始帮他父亲检查病人。其实不用做太多。把几种干药草煮一下，在胸腔上敲一敲，看看舌苔，再闻一闻，看看尿液。西蒙很清楚。很多东西都像演戏一样，是做出来给病人看的，为的是让病人产生错误的希望，为的是挣到病人的钱。即便是上过大学的医生也只能在极少的情况下讲出个所以然来。高烧病在雄高肆虐两个多星期了，而且已有十几个人丧了命，两个福荣威泽简直是束手无策。病人的症状是打寒战、肢体疼痛，有些人竟会在一夜之间猝死。还有的人虽然挺过来了，但是不久就会撕心裂肺地咳嗽起来。只能看着病人等死，这让西蒙很气愤。与他相反，父亲显然已经默认这个事实了。他们的关系可以说正绷得很紧。作为雄高的市医，伯尼法茨·福荣威泽希望儿子有朝一日能踏上自己的足迹。但是西蒙不想和他父亲那种过时的医疗方法有任何关系。给病人打灌肠剂、放血、闻老人的尿液……与这些相比，年轻的医生更愿意研究雄高刽子手借给他的书。那一箱子皮革封面的书，是雅各布·奎瑟一年前送给他的，他都仔仔细细地研读了好几遍。他还想得到更多的书。即使在给眼前的这三个人看病时，他脑子里也不时地想着那些有争议的科学理论。西蒙现在又在读一个叫威廉·哈维的英国人写的著作，他在书里论述了血液在人体内循环运动的理论。也许血液真的是由无数的微小动物组成的？……

"又在做梦呢，你这个没用的家伙！"他父亲嗡嗡响的话声打搅了他的沉思。"过来！给约翰内斯·斯特林格放血！我现在要到议员大人那里去。放血，这个你应该能自己做吧！"

说着，他把那个给病人割血管用的、磨得锋利的小刀片递给了西蒙，向病人说完早日恢复健康后，便往门口走去。走过西蒙身旁时，他又加了一句："不要让他们用几只鸡蛋、一个面包就把你打发了。"

西蒙看着约翰内斯·斯特林格，他坐在凳子上浑身发抖，正好又往他的抹布里吐了一口带血丝的黄浓痰。西蒙出诊时曾见到过这个铁匠学徒工，他长得结实，说话声很大，现在却瘫坐在凳子上，目光空洞，什么都干不了。一想到还要给这个病弱的身体放血，西蒙就感到十分愚蠢。西蒙知道，放血是一种久经考验的方法，几乎用来治疗所有病症；尽管如此，他还是把小刀片放到了一边。

“完事了，斯特林格，”他说，“你可以回家了。让你女人给你熬一锅鼠尾草汤喝，靠火边躺着，慢慢地养，会好的。”

“不放血了？”学徒工气喘吁吁地问。

“等下一次再放吧。你现在正需要血。回家去吧。”

斯特林格点点头，站起来，回家去了；那两个农民也一样。西蒙给了他们每人一瓶麝香草药膏。作为医疗费，他们给了西蒙几枚生了锈的铜钱和半只熏火腿。他谢了他们，等人全走了以后，便把门关上了。

西蒙轻松地喘了口气。他现在终于可以静下来研读从绅士那里借来的小书了。他急切地坐在火炉旁的凳子上，翻开已经有些发黄的第一页。

从书里他知道了很多关于圣殿骑士兴衰的历史。他读到，他们曾借钱给教皇。这是一个宣过誓的团体，有很多奇怪的规矩、礼节，冲锋陷阵，为上帝而战，就连敌人也为他们的勇敢而肃然起敬。他读到在“应许之地”的大战役、耶路撒冷的陷落、圣殿骑士往塞浦路斯方向的大逃亡以及他们在欧洲保存的势力。西蒙很吃惊，这个骑士团在最后有一万多座城堡和地产，从英国到拜占庭！在雄高也存在这样一个骑士团吗？在洛伦茨教堂发现的那具骑士尸骨是谁的呢？在大理石片上的铭文难道是他为后人留下的暗语吗？

两个见证人……那从无底坑里上来的兽必与他们交战，并且得胜，把他们杀了。

虽然西蒙读得很仔细，但是他在书里并没有发现刻在大理石片上的那句话，而且连一句关于传说中的宝藏的话都没有。也许它根本就不存在？他疲劳地揉着眼睛，向楼上自己的房间走去。风仍然不停地吹打着窗户的遮板，他的床柱慢慢地结上了一层薄冰。

第三章

玛格达莱娜一边敲着木匠巴尔塔扎·黑默勒的门，一边听着屋里的脚步声。现在还是早上。昨天她就拜访了阿尔滕施塔特的泥瓦匠和石匠们。那些男人一开始都怀疑地看着她，谁都不愿意看见刽子手的女儿站在自家门前；家里的牲口很可能明天就会生病。当他们听说跟死去的阿尔滕施塔特神甫和维修教堂的事有关，才不情愿地把她让进屋里，而且是在自家女人怀疑的注视下。玛格达莱娜不仅是刽子手的女儿，而且还是一个让人销魂的女人，浓密的黑发、浓浓的眉毛，再加上丰润的嘴唇，常会唤起男人的欲望。但是除了西蒙之外，还没有一个小伙子敢邀请她一起跳舞。

昨天晚上的谈话没有什么结果。所有的工匠都讲到他们发现了教堂的地下墓室，而且只有神甫一个人下去了。他脸色苍白地上来后，用香火熏了熏洞口，然后让他们把洞口堵上了。他们也讲到了墙上那些奇怪的十字，但是他们声称没有向外人讲过这件事。到木匠家来是玛格达莱娜的最后一线希望。她让巴尔塔扎·黑默勒把自己引进前屋。木匠是一个和善的、像熊一样强壮的男人，蓄着一部毛茸茸的连鬓胡子，满脸都是麻子坑，但是长着一双明亮友好的眼睛。与当地的许多男人不同，他从不在意玛格达莱娜是一个无耻的刽子手的女儿。上次在教会义卖时他还向她微笑过，并开玩笑似的摘下了自己的木匠帽子。玛格达莱娜知道，他经常向漂亮的姑娘献媚，因此他还会挨自己女人的打。幸好卡塔琳娜•黑默勒此时正在雄高的市场上。

“嗨，你这血淋淋的姑娘，你找我想干什么？”黑默勒笑着问，并把一杯热调味酒推到她面前，“城里需要一个新的绞刑架吗？现在的绞刑架看上去已经快烂掉了，你不觉得吗？我敢打赌，下次吊人的时候，它肯定会断，到时候你父亲就在那里傻瞪眼吧。”

玛格达莱娜笑着摇摇头，拿起酒杯，喝了一大口热酒后才告诉他自己来的目的。巴尔塔扎•黑默勒沉思地看了她好长时间。

“这跟那个胖考普迈亚被毒死有关系吗？”

玛格达莱娜耸耸肩说：“我们想查清楚。”

黑默勒点着头。“我不知道你和这有什么关系，”他说，“但是我们当中确实没有人下到地下墓室去。抹灰工把那些十字都乖乖地抹掉了。”

“你们和什么人说过这件事吗？”玛格达莱娜问着，又喝了一口调味酒。她感到浑身都热了起来。她决不能把一杯酒都喝下去，否则，她就回不了家了。

“我们能和谁说这件事？”黑默勒说，“不过……”他停了一下。“我们上个星期天从教堂出来后，在施特拉塞尔的酒馆里又说起了这件事。因为神甫在做弥撒时有些紧张。当时在酒馆里确实有几个我们不认识的人……”

“什么人？”玛格达莱娜感到自己的心一下子跳得很快，这并不是因为喝下的热酒。

“陌生人呗，”黑默勒大声地说，“我没有好好看。他们坐在我们的桌旁，都穿着黑色的斗篷，像修士。他们连风帽都没有摘下来。”

“除此之外，你还发现有什么特殊的吗？”

木匠的额头出现了几道皱纹，最后好像又想起了什么。

“当时闻起来有股味儿，像是很贵的香水，”他说，“而且在门外有三匹黑骏马，不是像你父亲那样的老马。它们都很高大，身上的毛黝黑黝黑的，看上去真有些让人害怕……”他摇晃着头，大笑起来。

“这又能怎样！还是让我们俩说点别的吧。”他意味深长地笑着，“我刚用云杉木做了一张新床，就在旁边的房间里，又大又漂亮。你想看看吗?”

玛格达莱娜笑笑说：“你想让你女人把我的脖子拧断吗？谢谢了，我可不想看。”

她一口气把酒喝干，然后向外走去。她略微摇晃地踏着雪走向雄高。

巴尔塔扎·黑默勒在门口向她挥着手，但是他的脸马上又变得严肃起来。他不由得又想起了那些男人和黑马。有一会儿，他感到在冷空气中又闻到了那种香水味。但是也有可能是调味酒的香味。

一大早，西蒙就上了路，急急忙忙赶往阿尔滕施塔特。天还没亮，他就悄悄地从父亲的房门前溜过，他父亲还沉睡在鼾声中。伯尼法茨·福荣威泽昨天夜里很晚才回来。西蒙猜测，他父亲把从哈登贝格议员那里挣来的看病钱马上换成了酒。即使已经过了晚上八点的宵禁时间，如果有足够的铜钱，巴林大厦后面的酒馆老板也会让一两个客人坐在酒馆里。那位德高望重的哈登贝格一定付了他不少钱，肯定比这个星期所有的农民付的看病钱加起来还要多。至少够喝三杯贵重的勃艮第散装葡萄酒。

西蒙轻轻地关上门，疾步向街道尽头的侯府大门走去。哨兵约瑟夫靠着倒塌的公爵府的墙根站着。他已经把用铁闩加固的城门打开了，正疲劳地瞪着眼睛看着迎面走来的身影。

“这么早就上路了，西蒙？”他粗声粗气地说。他们很熟悉，年轻的医生不久前刚给约瑟夫的儿子治好疥疮。当然没有要一分钱，因为能和一个看城门的哨兵交朋友是一件很有用的事。这样在太阳落山后他仍然可以从小边门溜进城。

“还要去阿尔滕施塔特一趟，”西蒙说，“要看一个病人。”

“又是咳嗽出冷汗吗？”约瑟夫问，他知道在阿尔滕施塔特也有很多人得了这种奇怪的发烧病。西蒙点点头，马上走出了城门。没必要让人知道他去阿尔滕施塔特干什么。约瑟夫目送着西蒙走了一段，然后在雪地上画了两个交叉的三角形——一个特鲁德符号[①]。

“上帝，你要阻止瘟疫再回到雄高！”他朝着西蒙的身后喊道，“上帝会阻止的！”他又感谢圣母马利亚保佑他到现在也没有染上这个病。然后他睁着眼睛睡起觉来。

在山里，路开始陡起来，弯弯曲曲地往山上绕。尽管外面十分干冷，但是西蒙不一会儿就感到浑身热乎乎的。路上他一直在想，自己为什么一大早就上路，去寻找一个跟自己没半点关系的人的死因。他躺在床上多好，敲九点钟的时候喝一杯热咖啡，坐在烧得红彤彤的火炉前，看着雪花在窗外飞舞。但他总是被好奇心所驱使，这是天生的，他总想把事情的幕后情况研究清楚；当然了，也和贝内迪克塔•考普迈亚有关。自从昨天看到她后，他便无法把她从自己的脑子里赶走。也许通过今天早上这一趟阿尔滕施塔特之行，能博取她的好感？

西蒙的目的地是阿尔滕施塔特的圣米迦勒巴西利卡教堂。威武结实的教堂像一个庞然大物，高耸在一片低矮的房屋间，让人想起这个小村庄曾是古罗马克劳迪亚•奥古斯塔商路的重要枢纽。由巨大石块垒起来的高高的围墙，还有两座高耸入云的塔楼，让这座巴西利卡教堂看上去更像一座城堡。

西蒙走上宽大的台阶，直奔主门。在两扇门板上方有一幅庞大的浮雕。上面是一个拿着盾牌和宝剑、头戴盔甲的全副武装的骑士，他正在跟一条巨龙搏斗。巨龙嘴里叼着一个人。西蒙摇摇头。跟许多当地人不同，

① 象征三位一体。

西蒙从没认为教堂里这种表现血淋淋的凶神恶煞的艺术有什么好。这样的画面可能是想让人想到地狱的可怕，对西蒙来说，则更像是传播人们很久以前所经历的时代的信使。

进了教堂后，把目光转向前殿时，他的心才静下来。在祭坛上方的拱顶上挂着普法芬温克尔地区最大、最美的十字架。“阿尔滕施塔特的伟大上帝”远近闻名，即便是善于冷静思考的西蒙也顿生敬畏。用落叶松木雕成的人物体形巨大，耶稣被钉在一个长和宽都超过三米的十字架上。左右两边站着一人多高的马利亚和约翰。整组人物立在一根横跨整个中廊、约七米长的木梁上。最特殊的是救世主的面部表情。他不是痛苦或抱怨地往下看着信徒，而是目光充满温柔，甚至有些怜悯。

等西蒙再抬头向前看时，发现教堂前排的凳子上有一个人。也许那个人刚才正跪在凳子上低头祈祷，所以他没有看到。这个人头上盖着一条头巾。还没等西蒙说什么，那个人站了起来，在胸前画了个十字，然后转过身来。西蒙一怔。是贝内迪克塔•考普迈亚！她的脸看上去比昨天还要苍白，好像没有睡觉。但是她仍然显露出一种西蒙在其他女人那里从没见过的刚强。女商人认出西蒙时，微笑着看着他。

“我……我没想到能在教堂见到您。”看着她向自己走过来，西蒙有些紧张地说。她看上去就像在淡白的晨光中飘过来一样。“我想您在雄高的金星住下来了。”

“正是这样。”她小声地说，并向西蒙伸出戴满戒指的手，他马上行了一个吻手礼。“但是我睡不着觉，就到这里来祈祷。这座教堂……很特别，您不觉得吗？”

西蒙点点头。看来贝内迪克塔也被教堂的神力所吸引。这时他想起来，她肯定是在天亮前就从雄高到阿尔滕施塔特来了。

“您最好不要一个人在路上，”他有些焦虑地说，“目前正有一伙强盗在这一带胡作非为。一个像您这样的手无寸铁的女子……”

“我并不是像您看到的那样手无寸铁。”她打断他的话说。然后她指了指西蒙的两只空手，换了个话题。“您今天没有带您的医药包？您不要去看病人吗？您到这里干什么？也是来祈祷吗？”

西蒙笑了笑。“可惜不是。尽管我知道，神甫很想经常看到我来教堂。”他停了一下，又接着说：“是这样，和您哥哥有关。”

“和我哥哥有关？”贝内迪克塔惊奇地看着他。西蒙点点头，并看了一眼周围祈祷的人。

“看上去好像您哥哥在洛伦茨教堂的地下墓室里发现了什么东西，”西蒙近乎耳语地对她说，“也许正是因为这个，他才被人害死了。”

“但是您到圣米迦勒巴西利卡教堂来找什么？”她又继续追问道。

“我希望这里的神甫能跟我讲讲洛伦茨教堂。他们是属于一个教区的。”

贝内迪克塔点点头说：“我明白了。”犹豫了一会儿，她又说：“如果我陪您一起去神甫那里，您介意吗？我想知道我哥哥到底是怎么死的。”

西蒙耸耸肩说：“这有什么可介意的？那我们一起走吧，神甫可能正在为弥撒做准备呢。”

他们在法衣室碰见了神甫，他手里拿着一壶酒正要喝。显然他正在品尝圣酒。

“耶稣的血，”西蒙故意地大声说，好让神甫听到，“这真是一件幸运的事，救世主给我们留下了这么好的遗产。”

神甫埃利亚斯•齐格勒猛地愣了一下，马上又平静下来。他生气地转过身，看着眼前的不速之客。他身材不高，但是很胖，肉乎乎的脸上长着一个歪鼻子，上面的毛细血管红红的，清晰可见。他看上去很认可圣酒的质量。

“您知道，圣酒将转换成耶稣的血液，”他毫无表情地解释说，“现在这只是普通的葡萄酒，但也是很好的酒。”神甫用手擦擦嘴，把酒壶放在一只已经放了圣体饼的银托盘上。然后他把略微潮湿的手指在黑色的长袍上抹了两下。他听上去好像是在自语："我想，您在准备弥撒的时候来打搅我，肯定有什么原因，还带着这个女人到法衣室来……"

"我们长话短说，神甫。"西蒙说。他先介绍了一下自己和贝内迪克塔。当听到考普迈亚这名字时，神甫眼睛一亮。

"安德烈亚斯·考普迈亚？"他问，"洛伦茨教堂的神甫？我听说他死了。我在此向他妹妹表示哀悼。知道是……"

"我非常希望您能来主持我哥哥的葬礼，"贝内迪克塔打断他说，"可以吗？"

"当……当然可以。"神甫也被她的那种优雅自信所吸引。作为这一带最大教堂的主管，他已经习惯处处显示自己的尊严。但是眼前的这个女人削弱了他的尊严。仅仅一句话，让他又缩回到原有的高度。

"我会做一切必要的准备，"他喃喃地说，"您放心。葬礼在什么时候举行？"

他们商量了一下，决定下星期六举行。最后西蒙才转入正题，向神甫提起装在心里的问题。

"洛伦茨教堂……"他开始说，"身为过世神甫的妹妹，贝内迪克塔·考普迈亚很想了解一下她哥哥待过了这么长时间的教堂，想知道它的历史。在圣米迦勒教堂有关于它的文字记载吗？"

齐格勒神甫摇摇头。

"对不起，没有这样的文字记载。洛伦茨教堂不归圣米迦勒堂区管理。你们要去施泰因加登。"

"去施泰因加登？"西蒙吃惊地问。

神甫点点头。"洛伦茨教堂属于施泰因加登的普雷蒙特雷律修会。据我所知，律修会很早就买下了这座教堂。如果瑞典人没有把相关的文字烧毁的话，你们在那里应该能找到。"

“那在这之前教堂属于哪里呢？”西蒙尽量装出只是随便问问的样子，“属于圣米迦勒堂区吗？”

神甫哈哈地笑起来。“我不得不再次让您失望，我们和洛伦茨教堂真的没有任何关系。真的没有。如果这些传闻真实的话，教堂从前属于十字军骑士、圣殿骑士。但这是很久以前的事了。您为什么对这个感兴趣？”

“我哥哥总是很自豪地说起他的教堂，”贝内迪克塔说，她的微笑足以融化外面一月的寒冰，“我只是想多了解一下他生前非常看重的地方。也许您在葬礼上致悼词的时候也可以提一下……”

“那当然，那当然。”埃利亚斯·齐格勒不停地点着头，“我看看我能做什么。知道是为什么……”

“请原谅我们，”贝内迪克塔小声地说，“我现在心里仍然感到很难受。我想再去祈祷一下。”

神甫无可奈何地点点头，看着两人从法衣室走到外面。然后他又开始品尝圣酒。把这么好的红葡萄酒转变成耶稣的血液，简直太可惜了。

“我们必须去施泰因加登，”当他们在教堂里穿行的时候，贝内迪克塔小声地说，“最好今天就去。”

“您想一起去？”西蒙问，他还要仔细考虑一下这个计划。

“当然了。我要知道我哥哥为什么死。难道这不可以理解吗？”

“不是这个意思。只是非要今天就去吗？”此时他们已经出了教堂，站在门口。雪花飞到了他们的脸上。西蒙指了指天。“又开始下雪了，我们路上会很艰难。”他有些顾虑地说。

“我有一匹马。它肯定能驮着我在膝盖深的雪里走，”贝内迪克塔一边说，一边审视着西蒙，“您呢？作为市医您肯定也会有一匹马吧。您是城里的医生吧？”

“嗯，当然当然，只是……”

“那不就行了，”贝内迪克塔说着，急忙走下了台阶，“我们两小时后出发。”

西蒙在后面生气地看着，无奈地耸耸肩，跟了上去。

“您总是这样果断吗？”他追上来的时候问。

“如果我遇到事情总是思考、讨论的话，我就不会成为成功的商人，”她回答说，“还是让坐在酒馆里的男人们去讨论问题吧。”

西蒙笑了笑。“我希望我不要和您做生意。很可能我还没来得及眨一下眼睛呢，您就把三桶葡萄酒高价卖给了我。”贝内迪克塔咯咯地大笑起来。这是西蒙第一次听到她笑，他真希望能让这个自信、精明的女人喜欢自己。

眼下他需要一匹马，而且他已经想好到哪里去弄这匹马。

玛格达莱娜站在离圣米迦勒巴西利卡教堂不远的一个街角上，望着两人沿着大街回雄高去。几分钟前，刽子手的女儿带着几分醉意离开了巴尔塔扎·黑默勒的房子。现在她还想去见一下阿尔滕施塔特酒馆的老板，向他打听打听那几个奇怪的陌生人。看到西蒙和一个陌生人从教堂里出来，让她感到就像胸口被人打了一棍。两人看上去谈笑风生，过了一会儿，西蒙还给贝内迪克塔披上了大衣。玛格达莱娜觉得从远处传来低微的笑声。她努力把不好的想法赶走，但是她做不到。

酒精在她的体内开始起作用，把她卷入一股充满愤恨、嫉妒和悲伤的潮流。她愤怒地把自己的衣服系紧，迈步向酒馆走去。她父亲说了，她要和那些手工匠们挤眉弄眼。这个他完全不用担心。

“你要干什么？”刽子手把烟斗从嘴里拿出来，不相信地看着西蒙。西蒙在隔房而建的马圈里找到了刽子手，后者正在清理热气腾腾的马粪。那头叫蕾舍儿的大母牛站在刽子手的身旁，瞪着眼睛看着神色紧张的医生。西蒙十分小心在地上的牛粪和结了冰的尿液中站住脚。他手里攥着插着鸵鸟毛的毛毡帽，穿着自己最好的衣服——一条高高卷起的马裤、一件缝着铮亮袖扣的衬衫、一件用法国细布料做的过膝长外套，外面罩了一件他刚刚擦洗干净的羊毛大衣。现在他很尴尬地站在刽子手面前，又重复了一下他刚才的话。

"我能借用一下您的马吗？"听上去他更像是在那里低声唠叨，而不是讲话，"明天早上就还给您。"

雅各布·奎瑟默默地看了他一会儿，然后哈哈大笑起来。

"我的老瓦利？这个老畜生？它会把你漂亮的帽子当芹菜吃到肚子里。还没等你眨眼呢，它就把你从背上扔下来了！"他笑着摇头。

西蒙看了一眼站在马圈后面闷闷地嚼着草的老瘦马。很可能刽子手的话是对的。

"看看你这模样，你到底要去哪里？去威尼斯？去参加狂欢节？"刽子手一边问着，一边把西蒙从头到脚打量了一遍。

"我……我要去施泰因加登，去修道院。也许我在那里能找到更多关于洛伦茨教堂的资料。"

他结结巴巴地跟刽子手讲了他去圣米迦勒巴西利卡教堂的事，以及在那里发现的新情况，只是在最后随便加了一句："贝内迪克塔·考普迈亚要和我一起去。她想更多地了解她哥哥的死因。"

"噢，是这样。"雅各布·奎瑟往粪堆里吐了一口痰，然后开始用粪叉把干草分摊在马圈里，"所以你才是这身打扮。依我看，你可以借瓦利。反正我在送犯人到绞刑架的时候才用它，现在又没什么人要吊死。但是你要小心，这个畜生犟得像头驴，很可恶！"

"我……我对马还是很熟悉的。"西蒙安慰着自己。反正现在已经晚了，事情难以挽回了。贝内迪克塔在金星门前等着他呢，他已经有些迟了。穿衣服用的时间太长。西蒙很为自己的衣服自豪，尽管收入微薄，但是他仍然置备了一些高档的时装。那些有钱人的女儿们常会偷偷地塞给他点钱或上等布料。他虽然身材矮小，但在雄高却是公认的见过世面的人。玛格达莱娜经常跟他说，在一个像雄高这样的巴伐利亚小城里，这并不算什么了不起的事。

“那就谢谢您了！”西蒙高兴地说，然后十分小心地向马圈后面走去，生怕把自己的衣服弄脏。

瓦利被单独隔了起来。这匹老黑马一边嚼着草，一边生气地看着他。看上去它一点都没有兴趣跟着眼前这个两条腿的人走。当西蒙走到近前时，老马突突地哼了两声，然后抬起两条前腿，紧张地踢着马圈的木条。

“马缰就挂在旁边，”刽子手低着头，大声地说，“但愿你自己能行。我一会儿就要走。莱希纳有话跟我说，上面的命令。”他放下粪叉，拍了拍长满老茧的手，便向门口走去。“很可能又有议员在他那里控告我违法卖药给病人，”他嘟囔着说，“一群白痴，蠢货！”接着他又转过身来。

“啊呀，如果瓦利不听话，你就抓住它，拽它的耳朵。这样它就会安静下来。”说完，他便转身进了屋。

西蒙盯着眼前的马，老马也用自己的小眼睛生气地看着他。医生叹了口气，拿下墙上的辔具，一边说着温柔的话，一边轻轻地、慢慢地打开马圈的门。贝内迪克塔还要再等一会儿。

雅各布·奎瑟换上了干净的衬衫，把手洗干净，然后进城去了。一路上他仍然骂个不停。如果法院记录官约翰·莱希纳派人来叫他，从来没有好事。莱希纳暗地里被认为是雄高的首领，虽然有市议会和四个按季度轮换的市长，但是莱希纳是选帝侯公使的地方代表。因为选帝侯公使冯·桑迪策尔伯爵很少在这里露面（更不用说选帝侯本人了），莱希纳就像一个没有王冠的国王。他本来只负责与选帝侯有关的事情，但是因为做事有方，城里的大事小事他都要插上一手。

刽子手从莱希门进了城，向右转进了母鸡胡同。风吹着雪花打在脸上，他不得不眯着眼睛前行。他避开了大街道；在城里，人们不愿意见到他。在风雪中见到他的几个人马上把脸转向旁边，并嘟嘟囔囔地在胸前画个十字。作为刽子手，雅各布·奎瑟不能按基督教的仪式结婚，死后也不能像基督徒那样安葬。他的孩子都没有受过洗礼。他在巴林大厦后面昏暗的小酒馆里喝啤酒时，也是单独坐在自己固定的桌子前，被隔离、被避开。但是人们仍然偷偷地去找他看病，或买一个避邪的护身符。雅各布·奎瑟叹口气。他早已放弃了，不再为这些人的理智伤脑筋了。

剑子手终于到了紧挨着西城墙的公爵府。公爵府看上去已是荒芜残败，一座瞭望塔的房顶已经没了，雪落在变成黑炭的房梁上。护城河里杂草丛生，过了桥，便进到了公爵府的内墙，但是桥上的栏杆已经腐烂了一半。

正当刽子手过桥时，从公爵府的院子里传来了马蹄声和马鸣。一匹黑色的骏马迎面奔驰而来。骑在马上的人披着带有风帽的黑斗篷，脸几乎全被遮住。这个人好像根本没有看见雅各布·奎瑟。他骑着马直奔刽子手而来，奎瑟在最后一刻不得不跳到一边。斗篷的一角刮到了奎瑟的脸上，他闻到了一股稀有的高级香水味，这个人很快就消失了。他朝着骑马人的方向骂了几句，过了桥，走进了公爵府。

雅各布·奎瑟来到一楼，正想敲记录官的房门时，发现门只是虚掩着。他把门吱的一声推开，正好看见约翰·莱希纳坐在放着墨水、纸卷的桌子前，手里拿着羽毛笔，吱吱地在羊皮纸上写着字。很长时间里，只能听到羽毛笔画在纸上的声音。

“奎瑟，你先坐下。”法院记录官说，但是并没有抬头。他脸色苍白，白得有些透明，脸上黑色的尖胡子变得更加明显。他戴了一顶深色的丝绒平顶帽，身上穿了一件同样颜色的外套。过了一会儿，莱希纳才抬起头，奎瑟看到的是两只看上去总是在转的黑眼睛。因为戴着夹鼻眼镜，在那张瘦脸上，眼睛显得异常地大。

“你坐下吧，”记录官又说了一遍，并指了指桌旁的一只凳子，“我要派一个任务给你。”

“您终于抓到了一个强盗？”雅各布·奎瑟大声地说着，在凳子上坐了下来。木板凳被他魁梧的身体压得吱吱响。

“还没有，”记录官回答说，手里玩弄着羽毛笔，“所以我派人叫你来。”说着，他舒舒服服地靠在椅背上。“你可能已经听说了，我们要派一队公民去追捕这伙强盗。我想要你来带队。”

“我？”雅各布·奎瑟一下子不知说什么好，“可是……”

“我知道，作为刽子手你本是名誉不好的，没有权利对公民发号施令，”记录官打断他的话，“但是他们都怕你，不敢反驳你。这是一个很好的前提条件。再说，在这件事上，你是唯一可以让我信任的人。你去年不是打死了那条大灰狼吗？还有春天的那些雇佣兵……你强壮、聪明，你会打仗，对强盗的行踪也很清楚。”

“您为什么不任命一个议员当首领呢？”刽子手嘲笑地问，“他们都会发号施令指使人。”

约翰·莱希纳大笑几声。“派塞莫尔，还是老哈登贝格？那我还不如派我母亲去呢。他们都是一些软弱的胖财主！就连瑞典人都不想把他们当人质。这些人不行，奎瑟，这个头要由你来带。已经多次证明，你不只会砍头、吊人，你还能干更多的事情。至于发号施令嘛……”他朝刽子手笑了笑说，“这个你不要担心，我会教这些大人按照刽子手的口令走路。这对他们有好处。你战争时用的枪还在吗？你参加过战争，不是吗？”

雅各布·奎瑟点点头。战争的情景像一片毒云一样从他的脑海里飘过。*我打过的仗你根本无法想象*，他心里想着。

“好吧，”记录官说，“后天早上八点出发捉强盗。我事先还要通知这些人。你按约定时间到市场广场。每天给你半个古尔登，每抓到一个强盗再加一个古尔登。”莱希纳又开始低头看文件。“你现在可以走了。”

雅各布·奎瑟还想再说什么，但是看到记录官那种聚精会神的样子时，他知道反驳是没用的。他转身向门口走去，突然身后又传来了莱希纳的声音。

“啊，奎瑟！等一会儿！”雅各布·奎瑟又转回身。法院记录官戴着夹鼻眼镜审视着他。“我听说，阿尔滕施塔特的神甫过世了。你本人在他死后不久到了现场。有什么……让人生疑的迹象吗？”

刽子手心中暗暗地骂着。记录官怎么这么快就知道了洛伦茨教堂的事？看来没有什么能瞒得住莱希纳。雅各布·奎瑟想了想，然后决定讲实话。

“看上去神甫是被毒死的。”

“被毒死的？”记录官皱皱眉头，“嗯，这可不太好。凭我对你的了解，你已经知道是谁干的了。”

雅各布·奎瑟摇摇头。“还不知道，大人，我还不知道是谁干的。”

“这也好。让阿尔滕施塔特的人自己去调查神甫的死因。”记录官又皱了皱眉头说，“也许那个胖神甫又吃多了。”

“不是，大人，我相信……”

“你要在教堂里相信。”莱希纳打断他的话，“我希望你只关心外面的那些强盗。仅此而已，明白吗？这是命令。我们的城市需要你的嗅觉和你的强大，是雄高，而不是阿尔滕施塔特。别的事情可以等一等。明白这一点吗？”

雅各布·奎瑟沉默不语。

“我想知道，你是否听明白了。”

刽子手点点头，不再说一句话，转身走了。他能听到身后羽毛笔吱吱地画在纸上。

记录官谨慎地从一堆纸里抽出了一份文件，在刽子手进门之前他把它藏了起来。他又看了一眼手里的文件。蜡封印看上去是真的，送文件来的那个人看上去也十分可信。

莱希纳用鹅毛笔刮了刮鼻子。如果拒绝这样一位有权有势之人的请求，实在是不够聪明，尽管他还没有想出这位有权之人写信的背景是什么。本来莱希纳想在刽子手那儿询问一下考普迈亚被害的缘由，但是那个陌生人刚才十分明确地告诉他，不希望他们调查考普迈亚的案件。为了达到目的，那个人还留下一大笔钱。莱希纳玩弄着写字桌抽屉里的硬币。摸上去又凉又结实。雄高还真需要一笔钱做一些整修工作，尤其是公爵府正处于一个可怜巴巴的状况。那个陌生人说还会有更多的钱，如果刽子手闭嘴不谈此事的话……

但是这件事仍然让莱希纳感到费解。这样一位有权势的人为什么不希望刽子手在阿尔滕施塔特到处打探呢。现在他将停止他的侦探工作，莱希纳必须派他去干别的事情。莱希纳不由得暗自发笑，一想到雅各布·奎瑟接下来几天要对那些肥胖的议员大人们发号施令，就感到十分惬意。仅因为这个就足以让人撒个小谎。

贝内迪克塔不耐烦地站在金星客栈门前，在雪中等着西蒙。金星紧挨着巴林大厦。她身边的枣红马紧张地在地上踏着蹄子。女商人终于看见了西蒙，这时脸上才露出了一丝笑容。

“您更像是走路，而不是骑马，对吗，医生大人？”她问道。

西蒙坐在那匹老马上，看起来确实有些怪怪的。从莱希河到这里，一路上这牲畜有两次差点把西蒙从马背上摔下来。对西蒙来说这如同一场搏斗，瓦利好几次从他手里挣脱了缰绳。西蒙累得满脸是汗，那顶插了鸵鸟羽毛的帽子歪歪斜斜地扣在脑袋上。他还在马圈里跌了一跤，外套上现在有了一块黄棕色的污迹。尽管如此，他还是努力地笑着。

“瓦利是一匹很固执的老马。”他说。老马此时又在挣扎着，想挣脱他手里的缰绳。“我喜欢任性的女人。”

女商人微笑着说：“还真值得称道。不过这匹马想要女人与女人之间的交谈。”

贝内迪克塔走下来，慢慢地接近突突地喘着气的老马。她走到马跟前，抓住马鬃，把马头拉向自己，并在它耳边低声地说了几句话。老马马上就安静了下来。它不再突突地喘气，而是安安静静地站在那里等候。

“您怎么……您做了什么？”西蒙不敢相信地问。

“这是女性的秘密，女人的秘密。”

贝内迪克塔微笑着跃上马背。“我们现在就上路，”她说道，“否则我们在天黑前无法赶到施泰因加登。现在已经过了晌午。”

他们骑马出了莱希门，上了去派廷的路。风雪又变大了。西蒙要不停地眨眼睛才能看清前面的路。他以路上留下的车辙为向导，此时它们几乎全部被雪盖住了。在渐渐变得陡峭的山路上，他们偶尔会遇见一两个行人，或者一辆牛车。但是等他们走过派廷的最后几幢房屋后，路上就仅有他们两人。四周一片寂静，雪压住了一切声响。

他们经过的几个小村落看上去很荒凉。窗户和门都关得紧紧的，偶尔会从窗户缝里漏出点灯光来，或者一张胆怯的小孩子的脸。两人骑着马走过几个结了冰的小池塘，惊起了躲在芦苇下面的鸭子，鸭子扑腾着，呱呱地叫着飞向天空。每次听到芦苇里的鸭子叫，西蒙都不由得一惊，想到那伙在这一带胡作非为的强盗。

身边的贝内迪克塔嘴里哼着一首法国歌。

佳丽牵引着我的生活，沉醉在她的双眼……

西蒙倾听着她的声音，发现自己的心奇怪地温暖了许多。他虽然只听懂了一半，但是这种陌生语言的音调马上让他内心升起对远方的向往。在普法芬温克尔这里，人们都是那么……敬畏上帝。一切都是那么死板，那么笨拙。无论什么都一成不变。在巴黎，人们懂得生活！他听说那里每个街角都有一座剧场和裁缝铺；那里的人闻上去都有一股由薰衣草和勿忘我花制成的香水的气味，全欧洲最好的医学家在索邦大学授课！

他骑在马上这样想着。等那伙强盗快到眼前了，他才看见。

纷飞的雪花中有三个人站在路边等着他们。其中两个人手里拿着长木棍。第三个人的腰间挂了一把长剑。现在西蒙又发现了第四个人。在密林中，这个人正趴在一个树墩上，拿着鸟枪瞄准他们。四个人各个看上去都像饿死鬼。他们脸颊深陷，颧骨凸出，胡子粘着冰块。他们身上穿的是破烂的外套和脏兮兮的军大衣，脚上的靴子已经变成一条一条的了。

“呦，看看我们这儿有什么？”挂着长剑的那个人说道，并笑着向同伙暗示。显然他是他们的头领。“一个漂亮的女人和她的花花公子孤身而行。两人穿得都是那么地得体！”说完，他把一只脚后退半步，行了一个鞠躬礼，其他三个人像绵羊一样笑起来。西蒙心里骂着自己这身自以为是的打扮。在森林里他看上去肯定像一只正在求偶的野鸡。

“现在救济救济我们这几个被战争捉弄了的罪人吧，我们没有钱买漂亮的衣服。”那个头领仍然鞠着躬说。他伸出了一只手索要钱物，同时用另一只手玩弄着长剑。

西蒙能看到，路边的一个强盗正眼馋地打量着贝内迪克塔，伸出舌头舔着嘴唇。拿着鸟枪的那个人从上到下审视着西蒙这身装扮，那两只眼睛让西蒙想起了野兽那种呆滞却带有贪婪的眼神，没有一点儿人味。西蒙张开嘴，想说话，虽然不能用武器保护身边的这个女人，但是总可以用话试试吧。然而除了几声嘶哑的喊声，他什么都说不出来。他知道：这些人将把他们洗劫一空，像牲口一样地宰了。但是事先他们要一个接一个地拿贝内迪克塔寻开心。医生在自己的大衣口袋里摸着那把匕首，他总是把匕首和其他几样看病用的刀具带在身上。但是一把匕首对付四个拿着武器的强盗又能怎么样呢！还有，瓦利也开始紧张起来，不停地用马蹄蹬着地面。用不了多长时间他就控制不住这匹老马了。

“滚一边儿去，否则我要把你从肚子一直豁到嗓子眼儿。混账王八！”

有一会儿西蒙觉得听错了，但说话的人确实是贝内迪克塔。她冷静地看着眼前的土匪头子，两只手静静地放在马鞍的鞍桥上。

强盗们也因如此的放肆大吃一惊。土匪头子张开嘴，停了好一会儿才冒出声来。

“你这个傲慢的小东西，”他怒吼着，“等我跟你完事，你就只会哼唧了。然后让我的同伙们轮着来。这只孔雀嘛，只能在旁边看着。”

“我说最后一遍，滚一边儿去。”贝内迪克塔的声音听上去仍然很冷酷。她身下的马喘着气，从鼻孔喷出团团的热气。

“现在够了，你他妈的小娼妇。”土匪头子抓住眼前的马缰，“我要让你看看，什么……”

枪声像在林中甩起的马鞭声，余音回荡。土匪头子还站了一会儿，张嘴看着自己胸口上的洞。子弹打穿了大衣、外套和下面的肉体，血一下冒了出来。他打了一个嗝，身子向后一仰，便倒在了地上。

西蒙紧张地向四周看着，想知道枪声是从哪里来的，最后才发现贝内迪克塔手里那把还冒着烟的手枪。她肯定是在半秒钟内把手枪从大衣下面拿出来的，而且枪已经装上了火药！

在以下的几秒钟内，一连发生了好几件事情。贝内迪克塔在马肚子上踹了一脚，她的马像射出的箭一样，飞快地跑了。咔嚓一声，什么东西断了，西蒙感到冷风吹向左脸。那两个拿着长棍的强盗大喊着向他扑来，瓦利惊得嘶嘶地叫，抬起两条前腿在空中乱踢。

“贝内迪克塔！”西蒙一边喊着，一边哆哆嗦嗦地拽住缰绳，不让自己掉下来，“等等我！”

老马带着他跑起来，林中的树枝打在了他的脸上。他感到自己的大腿上挨了一击，肯定是一个拿着长棍的强盗打中了他。一只青筋暴突的手想从侧面抓住他的缰绳。西蒙凭本能抽出了匕首，向那只手刺去。一声大叫，手没有了，瓦利奔跑起来。

现在医生才敢在马鞍上坐直身子，向四下张望。路没有了。瓦利像被魔鬼咬了一口似的，直往森林深处奔跑。松枝噼里啪啦地打在他的脸上。西蒙艰难地转身向后面看。没有路，也没有马，就连贝内迪克塔也从地面消失了！他现在一个人在森林里，坐在一匹奔往地狱的马上。他犹豫了片刻，思考是否该从马上跳下来；等他看到身下的地面时，他把缰绳拽得更紧了。贝内迪克塔在哪儿？他又紧张地看了看四周。他身后的松林越来越密。同时西蒙还发现自己那顶很贵的帽子也丢了。一共花了他两个古尔登！但是也许有一天他根本不需要戴帽子了，因为他的脑袋已经没了……

等他再想转过身时，他听到嚓的一声，一样东西从侧面打中了他的太阳穴。

他眼前一下子变得漆黑一片。刚开始他还能感觉到自己如何从马上掉到雪地里。雪是那样地软和，真奇怪，像羽绒被一样，他心里想着。他感到好像有一只手抓住了他，之后，他便融入了黑暗中。

第四章

玛格达莱娜生气地走在去施特拉塞尔酒馆的路上。木匠的调味酒的酒劲渐渐地减弱了，但是她现在需要更多的酒，以便把碰见西蒙和贝内迪克塔的事忘掉。他怎么能这样对待她？一个城里来的妖精！也许她错怪了贝内迪克塔，也许这两个人只是碰巧在教堂遇见的，只不过是同路回雄高而已。但是西蒙为什么要帮她穿大衣呢？还有那笑声……

当她拉开酒馆的门时，一股闷热的气流迎面扑来。有人在拉三弦琴，一个人随着节奏用脚在地上打着拍子。低矮昏暗的小酒馆里只点着几根木条用来照明，中午这个时候，这里已经聚集了十多个手工匠。她昨天问过的那几个泥瓦匠也在里面。他们怀疑地看了玛格达莱娜一眼，又开始喝啤酒。在屋子中间一张摇摇晃晃的桌子上站着一个年轻小伙子，拉着三弦琴；几个人围着桌子站着，一边鼓掌，一边跳舞。

刽子手的女儿微笑着。这些男人都已经喝多了。现在是冬天，工匠们都在家歇着，靠打散工挣点钱，然后用那点微薄工钱买了酒喝到肚子里，等着春天的到来。这些高兴的男人们看见一个女人走进酒馆时，都举杯向她敬酒，还说了几句下流话。

“姑娘，到我们这边来！让我看看你那两只软软的东西，我给你买一杯啤酒！”

一个矮小、驼背的木匠迈着舞步向她走来，鞠了一躬，想用手挎住玛格达莱娜。

“嘿，刽子手的婊子，过来一起跳舞！施魔法把我的背变直，让我的鸡巴长大点儿！”

玛格达莱娜绷起脸。“没有的东西我变不出来。快他妈的滚蛋！”

她找了一张位于角落里的桌子坐下来。那些男人还向她递来充满暗示的目光，然后又随着音乐摇晃，大喝起来。女人单身到酒馆里来坐并不是常见的事。玛格达莱娜身为刽子手的女儿，不是公民意识里的正常女人，她是一个无耻之人，碰不得。*应该说她是女人和东西的混合物*，她生气地想着，心思又回到西蒙和贝内迪克塔身上。医生想和自己这样的人做什么呢？相反，贝内迪克塔是一位优雅的女士……

当酒馆老板施特拉塞尔手里拿着冒着白沫的啤酒突然出现在眼前时，她几乎忘了自己为什么来这里。

“这是一个不知名的崇拜者送你的，”他笑着说，把啤酒杯砰的一声放到桌子上，“如果我没看错的话，不只是一杯。”

玛格达莱娜犹豫了一下，不知是否该拒绝这杯啤酒。刚才喝下的调味酒还在体内蹿个不停，她的自豪感也不允许她接受陌生男人送的啤酒。但是最后饥渴战胜了一切，她拿过啤酒杯，喝了一口，顿时感到很清爽。她用手擦了擦嘴上的啤酒沫，然后问阿尔滕施塔特的酒馆老板：“黑默勒跟我说，星期天有三个陌生人来过这里，都穿着黑色的斗篷，是吗？”

老板点点头。“肯定是哪里的修士。但不是一般的修士。他们的马都是上乘的骏马，这样的黑骏马在这一带很少见到。他们是受过教育的有钱人，我一下子就能看出来。”

“还有什么引起了你的注意吗？”玛格达莱娜继续问。

弗朗兹·施特拉塞尔皱皱眉头。“有一件事很奇怪。我给他们送啤酒的时候，他们马上停止了交谈。但我还是听到了一点儿。我想，他们一直用拉丁文交谈。”

玛格达莱娜睁大眼睛看着他，问：“拉丁文？”

“对，就像我们神甫在教堂讲话——上帝保佑他。”施特拉塞尔在胸前画了个十字，“并不是说我听懂了什么，但听上去是拉丁文，我以圣母马利亚的名义发誓。”

“你一点儿都没听懂吗？”

施特拉塞尔想了想。“他们经常重复一句话，克鲁兹·克里斯蒂……”他眼睛一亮，“对，就是它！克鲁兹·克里斯蒂！”

“克鲁兹·克里斯蒂是基督的十字架，”玛格达莱娜小声地自语道，“如果他们是修士，也没有什么奇怪的。还有呢？”

施特拉塞尔转身要走。“我怎么知道。你最好自己去问。他们中的一个人正好在吧台那里，他刚才还打听过你父亲呢。”

玛格达莱娜忽地一下子站起来。“你现在才告诉我？”

弗朗兹·施特拉塞尔抱歉地举起双手。

“他只是想知道吸着臭草的那个大男人是谁。”他笑了笑，“他肯定会从奎瑟那里买一些。我也跟他提到了你。”

“提到了我？”刽子手的女儿差一点被啤酒呛住了。

“你不也卖药草吗？不对吗？也许你也卖这种所谓的‘烟草’。”弗朗兹走在前面，“过来，他手头肯定很宽松。能看得出，他是一位有权势的大人。”

玛格达莱娜跳起来，跟着老板穿梭在酒馆里，此时酒馆里的人已经越聚越多。她迅速地朝四下看了一眼，希望在众多的阿尔滕施塔特人中看到那个陌生人。但是在吧台她看见的只是那些面熟的阿尔滕施塔特人。一个泥瓦匠试着在她身上摸来摸去，被她抽了一个耳光后，躲得远远的。

“怪了，”施特拉塞尔嘟囔着说，“刚才那个人还在呢。”他走到吧台后面。“他肯定是去了教皇也要去的地方。你先等一会儿!”

玛格达莱娜又回到了自己的桌前。她一边喝啤酒一边琢磨着。三个穿黑斗篷的男人用拉丁文交谈……陌生人肯定是行脚僧。但是为什么会有这么贵的黑骏马呢?他们中的一个人为什么要打听她父亲呢?

她又喝了一大口啤酒。真是很爽口,有点苦,但是让她的各种感官知觉都活了起来。另外,她感到自己的头变得很奇怪,像轻轻地飘起来似的。她还没来得及仔细琢磨,脑子里的想法就都飞走了。音乐和吧台边男人的欢笑变成了哼哼唧唧的噪声。这是酒精在起作用吗?但是她还没有喝那么多啊……不管怎样,她感到自己很自由,脸上泛起一丝微笑。她一面喝酒,一面用脚随着音乐打拍子。

穿着黑斗篷的男人站在门外,透过窗户挡板的一道缝隙观察着她的一举一动。他还要等一会儿,天仙子才能起作用。但是这个女人总要出来吧,到时候她一定需要人帮忙。一个乐于帮忙的男人把喝醉了的女孩子送回家,谁会怀疑呢?这个女孩子的名字叫什么来着?

玛格达莱娜。

他的身体猛地哆嗦了一下,他自己也不能解释为什么。

雅各布·奎瑟喜欢宁静,没有什么比得上下了一天雪后的冬夜的宁静。它让人感到好像所有的声音都被雪盖住了。剩下的只是一片空白,这片空白也会钻进人的大脑。没有任何想法,不再思索,不再研究,只是一种简单的存在。有时候雅各布·奎瑟真希望世上只有冬天,所有的闲言碎语都随之消失,不再存在。

他大步走在去阿尔滕施塔特的堆满积雪的林荫大路上,远处传来巴西利卡大教堂的钟声。刽子手去找他女儿。今天一大早她就不见了,现在已经过了晌午。玛格达莱娜答应帮她母亲缝补大衣和床单。安娜·玛丽亚·奎瑟已经有好几次站在门口，盼望女儿归来。一开始的怒骂已经变成了焦虑的沉默。最后刽子手向自己的女人坦白，是他派玛格达莱娜到阿尔滕施塔特去打听事了。她立马把他赶出了门。他身后传来的话很清楚：雅各布·奎瑟只允许和玛格达莱娜一起再进这个家门。

刽子手很爱他的女人，他尊重她。有些人说他是惧内，这当然是胡说八道。刽子手什么都不怕，也不惧怕任何人，最不惧怕的就是他女人。但是雅各布·奎瑟知道，反驳的话没有任何意义，只能导致他热盼的宁静不再返回自己的屋里。所以他只能上路去找玛格达莱娜。

等他到了阿尔滕施塔特的时候，从唯一的一家酒馆里传来了音乐。从施特拉塞尔酒馆的窗户透出暖融融的光亮。站在外面就能听到笑声、脚踏地的声音和一把跑了调的三弦琴的琴声。雅各布·奎瑟走近一扇窗户，透过窗户缝往里看了看。

他所看见的景象让他立即目瞪口呆。

在屋子中间的桌子上，有几个小伙子一边扯着嗓子唱一首粗鲁的农民歌曲，一边跳着舞。观众们围成了一圈，不时地举起酒杯，大声地起哄。一个女孩子也在桌上跳舞的人群里，她放荡地把手伸向空中，头往后仰着，正让一个小伙子往自己的嘴里倒啤酒。

她是玛格达莱娜。

她的眼睛奇怪地翻着。一个小伙子淫荡地抓住她的裙子，另一个人用手去解她束身衣的绳带。

雅各布·奎瑟咣当一脚踹开了门。他像攻城锤一样冲向人群，一把揪住一个愣愣的小伙子，在空中转了一圈，然后把他扔向围观的人群。小伙子的头正好撞在一只板凳上，板凳立刻分成两半。第二个小伙子自卫地举起啤酒杯向刽子手砸去，但是他马上意识到自己犯了一个极大的错误。刽子手抓住他举起的胳膊，把他拽向自己，扇了他一耳光，然后把他推向另外两个男人。三个人胳膊腿交叉在一起，仰面倒在地上。啤酒杯掉在地上，摔得粉碎，一摊啤酒流淌在那些目瞪口呆的看客的腿脚之间。

雅各布·奎瑟像扛一袋粮食一样把女儿扛在肩上。玛格达莱娜大喊大叫地抗拒着，她看上去好像神志不清，但是他的手就像拇指夹一样扣得紧紧的。

“谁还想吃个嘴巴？”他朝着人群怒吼着。那些小伙子们都一边揉着脑袋，一边紧张地避开他的目光。

“如果你们谁再敢动我女儿一下，我就折断他所有的骨头。听明白了吗？”他的声音很低，却十分逼人，“她虽然是刽子手的女儿，但还不是野姑娘。”

“是她自己想跳舞的，”一个木匠学徒小声地说，“她喝得有点多了……”

刽子手看了他一眼，他马上闭上嘴，不再说什么。酒馆老板也和其他人一起站在墙边，敬畏地看着刽子手。奎瑟掏出几枚硬币扔给他。

“给你，施特拉塞尔，重新买只啤酒杯和板凳，剩下的给大家买啤酒，算我请客。现在我祝你一切都好。”

门咣当一声关上了，剩下的年轻人像是刚从梦中醒过来一样。等雅各布·奎瑟和玛格达莱娜在墙角消失后，才有人小声地嘀咕起来，不久又爆发出一阵大笑。

“你疯了吗，父亲？”玛格达莱娜喊道。此时两人已经上了大路。她仍然像一袋粮食一样在父亲的肩上晃来晃去。她有些口齿不清地说：“让……让我下……来！”

刽子手一甩手，一下子把女儿扔到路边的雪堆里。他走过去，不停地用雪擦女儿的脸，直到她脸色变得红通通的。最后他掏出一只小瓶，把苦味的液体滴到玛格达莱娜的嘴里，直到她咳嗽呕吐出来。

“天哪，这是什么？”她一边啧啧地叫着，一边擦嘴。她举止仍然有些笨拙，但已经清醒一点，可以思考了。

“麻黄、龙胆，又加了点西蒙的棕色豆汁，”她父亲大声地说，“本来是给汉斯·科尔贝尔格准备的，因为他女人总是精神不振，瞪着眼睛往窗外看。但是现在对你也管用。”

玛格达莱娜摇摇头说：“难喝死了，但是很管用。”

她朝父亲做了个鬼脸，表情马上又严肃起来。她到底怎么啦？她还记得自己坐在桌边，喝了那杯啤酒，然后她就变得越来越兴奋，走到手工匠那里和他们一起跳起舞来。从这时起，她的记忆有些模糊了。难道是有人往她的啤酒里放了什么？还是她喝得太多了？为了不让父亲感到不安，她决定沉默不语，让父亲痛骂自己，此时他的斥责正达到高潮。

“简直不可想象，你在酒馆里都干了什么！你这不要脸的东西，丢死人了！你让人们怎么想？你……你……”他深深地吸了一口气，让自己镇静下来。

“让那些人随便说去，”她小声地说，“反正我是一个刽子手的女儿。那些人早都扯破了嗓子议论我了。”

“那西蒙呢？”他咆哮道，“你让西蒙怎么说？”

“你不要提西蒙！”她一下子把头转向旁边。

刽子手笑了笑。“哟，原来是这面刮来的风……靠这个你可不能把你的西蒙夺回来。”

他没有向她讲，他把马借给了西蒙，让他和贝内迪克塔去施泰因加登。他马上换了个话题。

“教堂的事，你有什么新线索吗？”

玛格达莱娜点点头，向他讲了巴尔塔扎·黑默勒和施特拉塞尔老板讲的话。

刽子手沉思了一会儿说：“我想，我也见过一个这样的修士……”

“在哪儿？”玛格达莱娜好奇地问。

她父亲马上转身，向雄高走去。“就这样吧，”他嘟囔着说，“谁杀了考普迈亚，关我们什么事。你母亲说得对，这跟我们根本没关系。现在回家吃饭去。”

玛格达莱娜追上他，拽住他的胳膊。

“不行！”她喊道，“我想知道发生了什么事。考普迈亚是被毒死的！在教堂下面是一个古老的地下墓室，几个陌生人在这一带进进出出，用拉丁文交谈，鬼知道是什么魔语。这一切都意味着什么？你现在不能就这么简简单单地回家，把腿高高地架起来，坐在火炉旁取暖！”

“我当然可以。”雅各布·奎瑟继续踏步向前走着。

玛格达莱娜的声音突然变得很低，但却很严厉。“如果他们为考普迈亚的谋杀案再找一个无辜的替罪羊，你怎么办？像去年史泰茜琳那样？”她知道，用这个能触痛父亲。“那个神甫是被毒死的，不是吗？”她追问道，“也很有可能，他们还会让你用酷刑拷打接生婆，她知道毒药如何起作用。你愿意这样吗？”

刽子手停下来。有好长时间只能听到乌鸦在叫。

“那好吧，”他最后说，“我们再去洛伦茨教堂看看。现在就去。否则你也睡不好觉。”

陌生人望着两个人从大街上朝洛伦茨教堂走去。他强忍着，不断地念着“我们在天上的父”，以此安慰自己。他的计划没能得逞！他多么希望能从刽子手的女儿嘴里榨出她父亲在教堂的地下墓室发现了什么。

玛格达莱娜……

一丝记忆在脑海里闪了一下，立即又消失了。

陌生人摇晃了一下身子。他还要再和那个记录官谈谈。他已经付了一笔重金，不让刽子手再插手此事。现在看来，雄高的这个臭收尸人可以天马行空，不受任何管制。

陌生人掏出了衣服下面紧贴着胸脯的金十字架。他需要力量。他的兄弟们从不认为让平民百姓读书识字有什么好处。看看，现在就有问题了。他们会叛逆，连上面的命令都置之不理。他在酒馆里听说，刽子手虽然出身低贱，但是很有学问，所以也变得很危险。至少要比那个小个子危险，那条只会跟在主人后面跑的走狗。

陌生人吻了一下十字架，又把它塞回到白色衬衣下。他现在很清楚要干什么。记录官靠不住，他必须亲自动手。他们要把刽子手干掉，而且要马上除掉；如果他插手进来，危险就太大了。他现在必须要警告其他人。

厚厚的积雪吞噬了他的脚步。

剑子手和女儿一起走向洛伦茨教堂，被风吹得有些歪斜的钟楼几乎消失在傍晚时分升起的雾气中。风虽然停了，但仍是寒冷刺骨。从对面神甫房子的窗户缝里，玛格达莱娜能看到点起的灯火。神甫的女管家和教堂辅祭显然还没有睡下。雅各布·奎瑟径直走向教堂，突然，他女儿紧张地扯了一下他的衣袖。

“看，那边！”她指着教堂小声地说道。

教堂的大门用一条铁链拴了起来，在教堂里却有火光闪了一下。虽然很短暂，但奎瑟看得很清楚，是火把的火光。

“见鬼了？……”他嘟囔道，围着教堂走了一圈。玛格达莱娜紧紧地跟在他后面。在墓地的门口，他们发现了雪地上直通教堂的脚印。

剑子手弯下身子，仔细地看着地上的脚印。“是两个人，”他小声地说，“很结实的鞋，是皮靴。不是这里的农民和手工匠。”他的目光跟随着脚印，停在了一个摇摇晃晃的脚手架上，那是工匠们在秋天搭的。紧挨着脚手架的一扇窗户被打开了。

“我们应该叫人来帮忙。”玛格达莱娜害怕地说。

她父亲小声地笑了笑。“叫谁来？那个胖玛格达，还是那个麻秆儿辅祭？”他踏着雪向脚手架走去。“最后还得我自己来。”他一边走，一边嘟囊。然后他转过身面对玛格达莱娜。

“你待在这儿，明白吗？不管发生什么。如果我在下次钟响的时候还没有出来，你可以叫人来，但是在此之前不能。”

“不要我陪你一起去吗？”她问。

“不行。你帮不上我。你最好蹲在墓碑后面等着我出来。”

说完，他就开始抓着脚手架往上爬。脚手架虽然被压得摇摇晃晃，吱吱地响，但是还算牢固。一眨眼的工夫刽子手就上到了第二层。他走在结了冰的木板上，努力保持平稳，最后到了那扇打开的窗户前，猫着腰钻了进去。

虽然外面暮色刚刚降临，但是教堂里面已是黑得伸手不见五指。雅各布·奎瑟眯着眼睛，过了一段时间才适应了这里的黑暗。刽子手能闻到脚下长廊新磨平的地面的气味，从什么地方传来一阵叮叮当当的敲打声，还有嘶嘶的杂音掺杂在里面。他终于能模模糊糊地看到墙壁和地面。只看一眼，就证明泥瓦匠彼得·鲍姆加特纳没有说谎。在长廊的高墙上确实画着红色的对称十字，虽然刚刚用白石灰涂盖过，但是有人把几处白石灰清洗掉了。

看来有人想看看后面到底是什么，刽子手心里想着。

他从长廊往下看，看到地上的那块石板被推到了一边。他记得很清楚，自己离开教堂时把石板又推回了原处。

他用手摸了摸大衣下面那根总是挂在腰带上的落叶松木棍。刚才在酒馆里他没有用这根木棍。奎瑟知道，他一棍打下去，对方的脑袋会立即像核桃一样四分五裂。现在他拿出棍子来，在手里掂了掂。他今天会用上它，这是十分肯定的。

他蹑手蹑脚地向楼梯走去，像猫一样，很快便到了下面，直奔地上的洞口。从下面传来声音。听上去回声很大，那两个人应该是在石棺所在的地下墓室的后半部。

剑子手沉思地打量着身边这块斜放在洞口的沉重石板。不管是谁在下面，肯定是刚下去不久；他和玛格达莱娜刚才不是还看见火光了吗？

剑子手又向四周看了看，然后轻轻地走下石台阶。到了储藏室，他先停了一会儿。

墙对面的那张桌子被挪开了。门洞那边，灯笼的火光隐约可见。现在声音听上去很清晰。

“他妈的，这里肯定还有一个暗示！肯定还有个东西！”其中一个人骂着说，声音听上去沙哑、奇怪，好像这个人说话有困难似的，“墓穴是对的，所以他肯定在这里藏了什么东西。”

“但是这里没有，上帝帮我作证！”第二个人的声音听上去很低沉，带着斯瓦比亚地区的口音，“除了这块带有铭文的大理石片，其他的都是骨头和碎布片。”声音变成了耳语。“以我的灵魂起誓，上帝不要因为打扰死者的安息而惩罚我们。”

“你还是好好地琢磨怎么破解这该死的谜题吧。正是为这个，大师才把你派到我们这里来的。别忘了正事，你这个娘娘腔的胖草包。要依着我，你现在还不知道在哪个地下室为书本掸灰尘呢。别叫苦了，继续找！这是上帝的旨意！”

这时雅各布·奎瑟才听出来，第一个陌生人沙哑的声音中带有一种很怪的口音。他应该是个外国人。

“那好吧，我们再到隔壁去找找，”那个胆怯的斯瓦比亚人说，“也许我忽略了那些箱子里的什么东西。异教徒可能把东西跟那堆破烂混在一起了。”

雅各布·奎瑟从声音可以判断出，这两个人正朝前屋走来。刽子手紧紧地贴在靠门口的墙上。脚步声越来越近，一道暖融融的火光慢慢地靠近他。一只拿着油灯、满是青筋的手先在门框里露了出来，然后是黑斗篷的袖子。

雅各布·奎瑟敏捷地一动，一棍子打在那只手上，油灯掉在了地上，忽地熄灭了。拿着油灯的人还没来得及喊，奎瑟就一把将他拽到前面，又狠狠地往他后脑勺上打了一棍。这个胖子只哼了一声，便倒在了地上。地下墓室里一片寂静。过了一会儿对面传来沙哑的声音。

“阿芬那留斯兄弟？你怎么了？你……”

声音断了，除了嘶嘶的喘气声，什么都听不见。

“你的阿芬那留斯兄弟不行了，”奎瑟打破寂静，大声喊道，“但是还比那个考普迈亚好些！是你们谋杀了他，对不对？”

他等着对方的反应，但是对面没有任何动静。所以他继续说：“我不喜欢有人在我的辖区毒死人！在这里只有一个人可以杀人，这个人就是我！”

“那么你是谁，竟然自以为是，认为这件事与你有关？”那个带有外国口音的人沙哑地反问道。

“我是刽子手，”奎瑟说，“你知道下毒者在我们这里的结局是什么？大车轮。但是我要先把你绑起来，也许还要先劈成两半。”

对面传来一阵沙哑的嘲笑。

“那么刽子手怎样死呢？少废话，你马上就会知道。”

雅各布·奎瑟咆哮起来。他已经厌烦了这种戏谑。他身旁躺在地上的人开始呻吟起来，看来打下去的那一棍不是很厉害，这个人马上就会醒过来。刽子手刚想再打一棍，突然感到一股冷气扑来。一个身影从门口跳了出来，直奔他的侧面。刽子手往边上一闪，感到一片弧形刀刃在自己的手臂上划了一刀。刽子手抡起棍子便打，但是只与对方擦边而过，没有打中。奎瑟紧接着抬腿踢出一脚，正好踢中那个人的两腿之间。他满意地听着那个人大声地呻吟着往后退。在暗中奎瑟只能辨认出一个黑色的轮廓。对面的人看上去穿了一件修士斗篷，手里攥了一把弧形匕首，像他在穆斯林战士那里看到的那种。但是他没有时间来考证，因为陌生人又开始进攻，持刀直刺刽子手的心脏。奎瑟躲过了这一刀，挥棍挡住了对方的攻击。他向前迈了一步，踩到了一个软乎乎的大东西，差点跌了一跤。那个他一开始就解决了的胖斯瓦比亚人仍然躺在地上。

就在奎瑟想再抡几棍阻挡对手的攻击时，他突然听见身后传来轻微的嚓嚓的刮地声。紧接着一条细绳索套住了他的脖子。

不是只有两个人吗？

他伸手去抓脖子，但是细皮绳已经深深地嵌进了肉里。他像一条落在地上的鱼一样张着嘴，呼呼地喘着气。他绝望地把全身的重力往后压，突然碰到了阻力。是墙！他双脚用力踩在地上，使劲用自己的宽肩厚背把身后的人往墙上挤。脖子上的压力终于减轻了，空气又钻进了肺里。他喘着气，咳嗽了一阵，然后咆哮着跳了起来，准备再战。他用左手攥住眼前的一块丝绒布，嚓地撕了一块下来，右手摸索他刚才丢掉的那根木棍。他屈膝而立，眼睛不停地在暗中搜索。各种轮廓都开始变得模糊不清。各种影子都重叠在一起，变成了一个巨大的物体。

突然，他觉得一种麻醉感正慢慢地在体内扩散。从受伤的左臂开始，一直到脚尖。他感到麻木。他艰难地想动一动手指，手指却一点都不听使唤。

弧形匕首……有毒……

他顺着地下墓室的墙壁滑坐在地上。一股香水味钻进了鼻子里，一股浓烈的堇菜花香，让他想到一大片开满野花的草地。他连动一下小手指的力气都没有，只能睁着眼看着面前这三个穿着黑色斗篷的修士在自己的头顶交头接耳。

第三个人……他肯定是跟踪了我……玛格达莱娜在哪儿？

雅各布·奎瑟能感到三个人把自己从地上拽起来，抬走了。

西蒙醒来的时候，发现自己躺在一张铺着白色亚麻床单的床上，他瞪着眼睛望着头上散发出新鲜红松味儿的木头天花板。从外面传来建筑工地特有的响声：叮叮当当的锤子和吱吱响的手锯，还夹杂着人的喊声。天知道他这是在哪里？

他坐了起来，马上感到头上一阵钻心的刺痛。他小心地用手摸摸自己的头，头上缠着一条亚麻绷带。他又想起来了。他们遇到了强盗！贝内迪克塔她……对了，她开了一枪，然后就逃到森林里，最后是一片漆黑。他肯定是被一根树枝打中，掉在了地上。一双有力的大手把他抬到马背上，他还能记得说话的声音和摇摇晃晃的马背。除此之外，便什么都不记得了。

西蒙感到很渴。他向周围看了看，看到床的右侧有一张膝盖高的床头桌，上面放了一只陶瓷杯子。不仅是天花板，就连这张床头桌看上去也像前不久刚做好的，这张大床也是如此；房间里有一股松油和新劈好的木材香味。墙角还有一个小壁炉，里面的火烧得正旺。除了这些，整个房间是空的。窗户的挡板还关着，从窗户缝里透过一道光线。应该是白天。

西蒙拿起桌上的杯子，喝了一口。味道很苦，有点像薄荷，显然是为他准备的药。正在他大口大口地继续喝的时候，房门吱的一声开了。贝内迪克塔站在门口，微笑地看着他。

“睡好了？”她指了指他头上的绷带，“这虽然不是医生给您包扎的，但是我想这些律修会的修士们也懂得穿针引线。”

“律修会的修士？”西蒙不解地看着她。

贝内迪克塔点点头。“普雷蒙特雷修士。我们现在在施泰因加登的修道院。在遇到强盗逃跑时，您的头撞在了一根树枝上。我把您扶到马上，带到这里来了。只有几英里的路。”

“可是那些人呢……有人说话……”西蒙感到头很疼，而这种疼痛正在吞噬他的记忆。贝内迪克塔非常同情地看着他。他感到一股热流从体内蹿上来。头上缠着绷带，脸色惨白，身上仅穿了一件脏兮兮的亚麻布衫，他看上去肯定很惨。

“什么人说话？”她问道。

“我昏迷的时候，是谁把我弄到了马背上？”

贝内迪克塔哈哈大笑起来。“是我！如果您感到不安的话，是那些修士帮您脱的衣服。”

她故作生气地扬起眉毛，转身要走。

“在越轨之前，还是先归到正题上来吧，我们为什么要到这里来，”她说，“修道院的院长已经等着我们了。当然了，要在您的伤情允许的情况下。”接着她又语带嘲讽地笑着说：“我在外面等您。”

门关上了，但是西蒙还是在床上躺了一会儿，整理了一下自己的思路。这个女人……让他迷惑不解。最后他起身下了床，穿上衣服。头疼得仍然很厉害，不过他用手摸了摸头上的绷带，知道修士们做得不错。他能感到，伤口缝得很好；在头发根那里可能会留下一个小小的伤疤。

西蒙小心地打开门，马上被外面的阳光晃得睁不开眼睛。天空蓝得透明，在阳光下，精白的积雪闪闪发光。过了好长时间西蒙的眼睛才适应。然后他望着迄今为止看到的最大的建筑工地。

他面前是施泰因加登的修道院，更确切地说，是在瑞典人洗劫后要重新建起的华丽的修道院。西蒙听说过，现任院长奥古斯丁•波南迈尔有一个宏伟的计划。现在他亲眼看见了这个计划到底有多么宏伟。到处都是刚刚建起的房屋。很多新建好的房顶在阳光下闪闪发亮；大多数的建筑还没有撤掉脚手架，身着白色长袍的修士和无数手工匠肩并肩地推着装满砂浆的手推车，拿着工具热火朝天地干活。西蒙的左边正有三个人大声吆喝着把一个滑轮拽了上去，后面一辆牛车驶在新铺好的砖路上，朝这边急驰而来，车上装满了新锯好的木板。到处都散发着树脂和石灰的味道。

贝内迪克塔看着西蒙惊奇的目光，向他解释说：“一个建筑师已经带我转了一遍。我们睡觉的地方将来是旅馆。紧挨着的是拉丁文学校，那儿……”她指着花园对面的一座小房子。“那里将来还要建一座剧院呢。”

她一边在前面走，一边说，“我今天早上和修道院院长谈过了。波南迈尔院长打算把修道院建成这一地区最美的地方。他说至少要和罗滕布赫的修道院一样美。他正在修道院那边等我们呢，他中午的时候可以见我们。”

西蒙除了点头、跟在她后面走，简直是无话可说。贝内迪克塔自然而然地成了首领。西蒙现在可以理解，她哥哥为什么要征求她的意见。贝内迪克塔在她那张优雅的面具后面有一种极强的让人就范的方式。一想到昨天下午的那一枪，西蒙仍然感到不寒而栗。

他们在修道院和教堂中间的十字廊上遇到了修道院院长。奥古斯丁·波南迈尔身材很瘦，长着一张瘦削的脸，鼻子上架着一副铜眼镜，正在打量十字廊边一座小教堂的壁画。他右胳膊下夹着一卷羊皮纸卷，腰带上除了一大串钥匙外，还挂了一条铅垂线和一把角尺。他看上去更像一个建筑师，而不是修道院院长。

听到两人的脚步声，他转过身看着贝内迪克塔和西蒙。

“啊，那位带着请求的年轻女士！他们已经通知了您的来访！”他大声地说着，拿下鼻子上的眼镜。“您就是那位年轻的福荣威泽先生吧。”修道院院长微笑着走向西蒙，向他伸出手。奥古斯丁·波南迈尔像所有的普雷蒙特雷的修士一样，也穿了一件白色的长袍，但是在腰间系了一条紫色的缎带，显出修道院院长的地位。西蒙跪在地上，吻了一下那枚镶有十字的金印戒。

“请允许我直言，”西蒙跪着小声说，“我从没见过这么壮观的修道院。”

波南迈尔哈哈大笑，把西蒙扶了起来。“确实如此。我们将修复所有的建筑。磨坊、酿酒屋、学校，当然也有修道院的教堂。这里将成为一片圣地，让人们成群结队地来这里，亲感上帝就在身边。”

“我敢肯定，施泰因加登会成为普法芬温克尔地区的圣地。”贝内迪克塔说。

修道院院长微笑着说："人类现在又需要圣地了。在那些圣地我们能感受到上帝的伟大。"他从小教堂走出来，来到十字廊。"但是你们不是为讨论圣地而来，对吧？我听说，你们来是为了一件悲伤之事。"

西蒙点点头，然后简略地说了一下他们来的目的。"也许我们在洛伦茨教堂的历史中能找出神甫的死因。"他最后说道。

修道院院长皱皱眉头，把头转向贝内迪克塔说："您真的相信您哥哥是因为他教堂里某个不可告人的秘密而被毒死的？这是不是有点牵强附会？"

没等贝内迪克塔回答，西蒙马上很随便地插话说："神甫，洛伦茨教堂属于您的教会领地，有教堂的图纸吗？或者有人知道它最初属于哪个教派吗？"

奥古斯丁·波南迈尔用手刮了刮鼻梁。

"修道院有那么多的财产，我真的不是每样都了如指掌。也许在我们的档案室能找出什么来。跟我来。"

他们走出十字廊，向修道院走去。在第一层有一扇毫无修饰的小矮门，上面上了两把大锁。修道院院长打开了门，西蒙马上闻到一股发霉了的旧羊皮纸味儿。这个房间有四步多高，里面摆满了书架，书架上是各种各样挂有修道院红章的书本、书卷和羊皮纸卷，高达房顶。到处都挂满了蜘蛛网。在屋子中间摆了一张油光铮亮的桃木桌子，桌面上落了一层薄薄的灰尘。

"这是我们修道院有几百年历史的老图书馆，"波南迈尔说，"没有被那场大火烧掉，简直是个奇迹。你们看，我们现在很少到这里来，但是秩序没有变。等一下……"

他从墙角拿来一把梯子，爬到书架的倒数第二层。

"洛伦茨教堂，洛伦茨教堂……"他一面唠叨着，一面用目光扫视架上的每一本书，最后惊喜地大叫起来。

“竟有此事！它怎么摆到了前面。”他从梯子上下来，手里拿着一卷有些破烂的羊皮纸卷，上面还沾着一些红漆。

西蒙惊奇地指着被打开的封印说：“看来纸卷已经被人打开过了。”他用指尖沿着纸卷的边摸了一遍。“而且是不久前打开的。封印的断口还很光亮。”

奥古斯丁•波南迈尔沉思地打量着这破烂纸卷。

“确实如此，”他嘟囔着说，“奇怪。这纸卷已保存几百年了。现在……”

他走到桌子前，把纸卷展开。“也许是因为它的状况不好，前不久刚被抄写了一遍。不管这个，还是先让我们看看……”

西蒙和贝内迪克塔站在修道院院长的两边，一起看着这份边缘参差不齐的文件。字迹已经有些浅，但是仍能读。

“这里写着。”波南迈尔用右手指着中间的一行字说，“施泰因加登的修道院在1298年买下了以下财产：在瓦伦贝格的两座庄园，在布鲁格的两座庄园，在迪特尔里特的一座庄园，在伊登霍芬的三座庄园，在阿尔滕施塔特的一座庄园……事实上就是阿尔滕施塔特的洛伦茨教堂！”波南迈尔吹了一声口哨。“估计是一笔很大的交易。足足花了我们二百二十五磅的迪纳里银币。这在当时肯定是一大笔钱。”

“那么是谁卖的呢？”西蒙追问道。

修道院院长的手在羊皮纸卷上从下面滑到上面。

“是一个叫弗里德里希•威尔德格拉夫的人。”

“什么人？”西蒙赶紧问道，“是个商人，绅士？请您告诉我！”

修道院院长摇摇头。

“如果确实如这里所写，弗里德里希•威尔德格拉夫的地位不亚于德意志圣殿骑士团的团长。在那个时代是一位权威人士。”

波南迈尔抬起头，看到的是西蒙那张僵硬的面孔。

“您怎么了？”他焦虑地问，“您感到不舒服吗？也许我应该先给你们解释一下，什么是圣殿骑士团。”

“没必要，”西蒙说，“我们知道是什么。”

半小时后，他们离开了修道院。有一个人从十分隐蔽的地方一直观察着他们俩，直到他们骑马消失在丛林中为止。这个人转过身，开始拨他的念珠，一粒一粒、一节一节地拨着。虽然过去了这么多年，但是现在他感到，他们快达到目的了。上帝选择了他们。

“这是上帝的旨意。”他小声地默念着，双腿跪在地上，开始祈祷起来。

第五章

等雅各布·奎瑟从昏迷中醒过来的时候，他闻到了一股很难闻的气味，似乎是东西发了霉，还夹着一股尘土味，好像腐烂了，而且很潮湿。就像在地窖里一样，他这样想着。

我在哪里？发生了什么事？

他的记忆像一股浪潮一样又涌了回来，还伴有愤怒和疼痛。他没有看到第三个人！那人肯定是跟在他后面下到地下墓室的。那个闻上去有一股堇菜花香的人差一点用一根皮绳把他勒死。雅各布·奎瑟知道，在绞刑时，一分钟后人就会进入昏迷状态，用不了几分钟死亡就会接踵而来。因为他已经用这种方法处死过好几个人了，所以他知道得很清楚。那些被判火刑的死囚事先给了他钱，以免遭受烈火焚身的痛苦。在浓烟中，看热闹的人看不出来，柴火堆上的人没烧之前就已经死了。

雅各布·奎瑟记起那把几分钟内就让他在地下墓室全身失去知觉的毒刀。是一种很有趣的毒药，一种他还不认识的毒药。所用的植物或浆果肯定来自遥远的地方。刽子手小心地活动了一下手指和脚趾。它们还能动，说明不是坏事。看来不管是什么毒药，它的毒性已经减弱。他慢慢地睁开眼睛。

但是他什么都看不见。

他眨了几下眼睛。难道他失明了吗？那些人把他的眼睛蒙起来了吗？还是这个地窖就是这么黑？他举起手，想摸一下自己的脸颊。

可是他不能。

他的手刚抬起几厘米，就碰到了一个冰凉坚硬的东西。他又举起另一只手，也是一样。他想坐起来，但是他的额头却碰到了一块石板。他马上出了一身汗，嘴里干干的。他向四周转了转，到处都是冰冷的石头。他感到自己的心急促地跳了起来。他费了很大的劲才让自己平静下来。

他们把我活埋了。在棺材里……

雅各布•奎瑟一下一下地数着自己的心跳次数。他有意识地让自己呼吸平稳，最后他感到心跳得越来越慢，终于达到了平常的速度。然后他开始大喊起来。

"嗨！有人吗？我在这儿！"

他感到自己的声音只传到石板，便被吞没了。很可能是因为石板太厚，即便有人站在棺材旁边，也听不见他喊。他要自己帮自己才行。

也许雅各布•奎瑟可以用那双肌肉发达的胳膊把棺材盖举起来。但是里面的地方那么小，他的胳膊只能在胸下活动。除非他能用身体把棺材盖向上抬起来一点……

刽子手深深地吸了一口气，然后用尽全身的力气向上顶棺材盖，他那宽大的额头紧紧地贴在石板上。

他感到自己好像是在用脑袋拆一堵墙。

太阳穴附近的青筋都凸了出来，血液飞快地涌到头上，可是棺材盖动都没动一下。他用尽力气向上顶，他能听到自己的骨头咯咯作响，他身体上的肌肉如岩石一般硬。

终于吱地响了一下。

从裂开的小细缝射进一束光线——其实根本不是什么光线，只是不像棺材里那么黑而已。雅各布·奎瑟继续用身体顶撞那块石板。他很清楚，如果现在放弃的话，他要等好长时间才能攒足力气再把石板推开。也许永远也不能推开。他的背如同一棵正在被折断的橡树。终于，他又把石板推开了一点，他现在有足够的空间把两只胳膊举到胸前。他屈臂把两只手掌举过头顶，紧紧地贴在石板上。

随着一声吼叫，他推开了那块六百多斤沉的棺材盖。

那块大石板像一个仆人手中的托盘一样，在空中停了片刻，便轰的一声掉在石头地上，裂成了两半。刽子手像亡灵似的从棺材里站起来。他身上沾满了灰尘和骨粉。屋子里到处都是骨头和碎布片。那块刻有文字的石片被扔在了一个角落里。

雅各布·奎瑟纵身一跃，从棺材里跳了出来，伸手去拿那块大理石片。直到现在他才发现，他左手仍然拿着一块黑布片，是他在昏迷前从一个修士的黑斗篷上撕下来的。他把布片举到鼻子下，深深地吸了一口上面的香气。堇菜花、肉桂的香味，还有一种他无法辨别的味道。

他将永远不会忘记这种香味。

他一手拿着布片，一手拿着大理石片，上到地面，快步走出了教堂。他们将意识到，与刽子手较量是一个天大的错误。

昨天夜里对玛格达莱娜来说，实在是很难熬。她昨晚在洛伦茨教堂的外面足足等了一个钟头，也没有见到她父亲出来。后来有三个穿黑衣服的人从教堂的窗户爬了出来，在黑暗中消失了。玛格达莱娜在远处听到马的嘶鸣和飞快的马蹄声。

她父亲在哪里呢？

最后她跑到神甫的小房子里，叫醒了玛格达和骨瘦如柴的教堂辅祭。他们一起打开了教堂的大门，玛格达不停地在胸前画着十字，面向夜空一遍一遍地祈祷。如果里面真的有人在窥视的话，这两个人也许马上就会被吓死，玛格达莱娜心里暗自想着。但是教堂里什么都没有，只有地上的那块石板被推开了。尽管玛格达不停地祈祷、抱怨，玛格达莱娜仍然下到了地下墓室里，但是她仍然没能发现什么。显然在下面的两个房间里发生过一场搏斗。地上的东西被摔得稀烂。后面房间里的那口棺材显然也被搜索了一遍，满地都是死人骨头和碎布片。可是那口棺材却仍然被盖得紧紧的，跟她父亲和西蒙上次离开的时候没什么两样。在看着眼前的那口棺材时，有一种莫名其妙的感觉悄悄地袭上来，可她说不清是什么感觉。她似乎感到了父亲的存在，但是他却无影无踪。

她非常恐惧地在神甫的房子里熬过了一夜，第二天一大早便跑回了家。她母亲已经站在大门口，两眼哭得又红又肿。

“你到哪去了？”她问道，“你父亲呢？”

有那么片刻，玛格达莱娜想编个故事给母亲——因为一个难产，她必须在阿尔滕施塔特整夜忙接产，父亲因喝醉酒还在施特拉塞尔的酒馆里睡觉呢。但是她突然号啕大哭起来。

“我……我不知道他在哪儿！”说着，她一头扎进母亲的怀里，哽咽着，什么都说不出来了。在屋里，安娜·玛丽亚·奎瑟得知了丈夫生死不明的真相。

“我跟你父亲说过多少次了，不要插手别人的事！”安娜·玛丽亚·奎瑟骂道，“我们自己的困难还不够多吗？可是不行，他偏不听。总是把鼻子伸到书里和别人的屁股里去闻，现在可好，他还把自己的女儿卷进了危险的事情里！让他见鬼去吧！”

通过漫骂和诅咒来抗拒自己为丈夫担惊受怕的心理，是安娜·玛丽亚特有的方法。她骂得越多，恐惧就消失得越快；虽然她很爱自己的丈夫，骂到最后她还是诅咒自己的丈夫去死。安娜·玛丽亚·奎瑟本人也出身于肯普腾市的一个刽子手家庭。死亡和恐惧对她来说是很平常的事情，但是她对自己家的担惊受怕却与这不同。再说了，她简直不能想象，她的雅各布被三个外来的刺客给杀了、埋了。雅各布·奎瑟，雄高的刽子手，不能就这么简单地被人干掉！这个该死的、长着四棱脑袋的精明无赖！

就在这个可想而知不是时候的时候，雅各布·奎瑟回来了。门吱的一声被推开了，他宽大的身躯塞住了门口，身上仍然沾满了灰尘和骨头粉，脏兮兮的。他的头上和胳膊上还流着血，手也磨破了皮，每块肌肉都在疼，而且像木头一样僵硬。所以他无法躲开那只朝自己飞来的铜锅。

"你这长着羊脑的犟脑壳！我说过多少次了，你到处打探的时候不要把女儿扯进去！"

雅各布·奎瑟用手擦掉衣服上热乎乎的大麦粥，然后把一根手指伸进嘴里。"你还有吗，还是就这么多？蛮好吃的……"他小声地说。

一只陶瓷杯子又朝他飞来。这次刽子手有了准备。他迅速地转了一下僵硬的上身，杯子飞到了身后的墙上，嚓的一声撞得粉碎。

"你竟敢回来！"他妻子大声地喊道。但是她的怒火看上去已经小了一些。另外，她手里一下子没有了武器。"我为你们俩担尽了心！"

嗒，嗒，楼梯上传来了脚步声。七岁的双胞胎乔治和芭芭拉穿着睡衣，站在楼梯上往下看着。

"妈妈，爸爸的衣服上怎么都是大麦粥？"

"因为妈妈骂他了。"安娜·玛丽亚·奎瑟一面说着，一面走上楼梯，"因为你们有这样一个死脑壳的父亲，简直是一场灾祸。现在你们两个赶紧去穿衣服，免得死鬼来抓你们。"

她和两个孩子一起消失在上面的房间里。雅各布·奎瑟指了指玛格达莱娜和地上的锅，不由得嘿嘿笑了两声。

"看什么？你要给我再做一碗粥吗？还是我也要挨你一勺子？"

玛格达莱娜微笑着说："哎，父亲，重要的是你又回来了。"说完，她拿起那只摔瘪的锅，走到了厨房，重新烧起水来。

刚过晌午，西蒙·福荣威泽就来到了刽子手的家，讲述了他和贝内迪克塔的经历。从施泰因加登回雄高的路上没出什么意外，刚上路不久，他们就遇到了一队佩带武器的运货商人，和他们一直走到雄高。一点强盗的迹象都看不见。也许这些商人的武器装备太强了，西蒙心里想着。也许是他们又记起了贝内迪克塔，所以决定先躲在森林里，养精蓄锐。

女商人下榻在金星，她要先写几封重要的信。

安娜·玛丽亚带着双胞胎去林子里拾柴火了；她仍然在和丈夫赌气，所以离他远远的。雅各布·奎瑟知道，最晚到明天，一切又会恢复正常。

雅各布·奎瑟和西蒙两人坐在桌旁，一起琢磨着这几天发生的事情。从立在墙角里的那个建得很粗糙的壁炉散出暖融融的热气。桌上的烛台里烧着一块木头，把低矮的房屋笼罩在一片朦胧之中。在凳子底下的鸡笼子里，几只母鸡咕咕地叫着。

玛格达莱娜用几种药草熬了一锅汤，两个男人略带不安地喝着汤。西蒙很想喝上一杯咖啡，但是玛格达莱娜禁止他喝这种兴奋汤；她说，在他这种情况下喝一剂有镇静作用的药草汤才对。西蒙觉得，她之所以禁止他喝咖啡，也是因为他和贝内迪克塔一起骑马去了施泰因加登。总之，玛格达莱娜满脸不高兴，只是一个字一个字地和他讲话。有一次，他扯了扯她的裙子，她马上转身躲开，到厨房看锅去了。她避免与他对视。

刽子手和医生两人的头上各缠了一条绷带。雅各布·奎瑟的手也被包扎起来，但是并不影响他一手拿着杯子、一手拿着烟斗。他只是简略地向西蒙讲了他在地下墓室遭到袭击的过程。现在的问题是他们下一步怎么办。

“让我们再总结一下，我们到底知道什么，”西蒙说，“在洛伦茨教堂的地下埋着一个圣殿骑士的尸骨。这可以从棺材上的铭文得知。”他先不情愿地喝了一口药草汤，然后继续说：“教堂本身在几百年前属于圣殿骑士团，后来才卖给了普雷蒙特雷修道院。卖主是一个叫弗里德里希·威尔德格拉夫的人，是当时圣殿骑士在德意志地区的团长。贝内迪克塔猜测……”

“快别提你的贝内迪克塔了！”玛格达莱娜很粗暴地插话说，“也许你们根本没在施泰因加登待到今天中午。说不定你们俩跑到哪个马棚里去鬼混了一场，早上手拉手从这里走了，遭强盗抢劫纯属是瞎编、说谎……”

“闭嘴，玛格达莱娜，不要胡说八道。你最好跟着一起想，这比什么都管用。”

她父亲的声音听上去平静而从容，但是玛格达莱娜知道，她不应该把弓弦拉得太紧。今天下午她和西蒙已经有过一场激烈的争吵。西蒙向她做了保证，他与贝内迪克塔之间没有任何事，但是他当时那种眼睛一直往别处看的样子让她感到不会有什么好事。

“也许地下墓室里埋的是那个弗里德里希·威尔德格拉夫的尸骨。”她接过话说。

“这一点贝内迪克塔也想到了。”西蒙耸耸肩说。

“胡说。”刽子手在桌子底下把一小瓶酒精浓度很高的液体倒进了自己的药草汤里，“这个圣殿骑士不是把那片地给卖了吗？他怎么还能被埋在那里？再说了，这样一位显赫的人物在到最后的审判庭之前肯定找到了一个更好的地方，而不会选择在这座被风吹得歪歪斜斜的洛伦茨教堂的地下。”

西蒙和玛格达莱娜都不知道如何反驳这个论点。

“不管怎么说，”西蒙继续说，“那下面是一个圣殿骑士的墓地。考普迈亚那个胖子发现了它，有人多说了什么，考普迈亚就突然死了。”

“很可能是被我和玛格达莱娜昨天在教堂看见的那三个人下毒害死的，”雅各布·奎瑟大声地说，“他们在那里找东西，鬼知道他们是在找什么！”

“总之，这些人一直在这一带活动，”玛格达莱娜插话说，“他们待在这里已经有好多天了，在酒馆里他们用拉丁文交谈！”她又向两人讲了她在阿尔滕施塔特的经历。“施特拉塞尔说，他们应该是修士，是上过大学的精英。有一个人还抹了熏人的香水，像一队法国兵。”

“他妈的，我的脑子哪去了！”

雅各布·奎瑟用拳头打着自己的额头，然后掏出他从地下墓室带回来的那块布片。

“我差点儿把它忘了。这是我从洛伦茨教堂里那伙人的斗篷上撕下来的。我敢肯定，同一条狗上午也去过莱希纳的公爵府。他的马差一点把我踢倒。”

“您能确定吗？”西蒙问。

“确定，就像魔鬼长着山羊脚一样，确信无疑。是同一种香水味。这个没有人能骗过我！”他用力揉着那块布，好像要把里面的香味挤出来似的。

“莱希纳也参与了让考普迈亚那个胖子丧命的阴谋？……”西蒙不相信地摇摇头，“记录官虽然是一个没有良心的阴谋家，可是这不符合他的做法。”

“不管是与不是，”奎瑟大声地说，“反正他下令，不让我再插手此事。明天早上我就要去雄高的林子里给他捉强盗。”

“你？为什么要你去，父亲？”玛格达莱娜张着嘴站在那里。

“因为莱希纳认为，我是唯一能捉到强盗的人。因为他想甩掉我。”

雅各布·奎瑟简单地讲了一下莱希纳要他做什么。

“他想把我晒在那儿，至少这一点很清楚，”他气愤地说，“但是我可不是那么容易让人推来推去的。我要找出那几个袭击我的混账东西，否则我就不配叫雅各布·奎瑟。”

西蒙憋了一口气。他不愿意想象刽子手到时候会怎样对付那些刺客。

“在我捉到强盗之前，你必须为我去打探这一切，”奎瑟转身对西蒙说，“我不在乎考普迈亚怎么死的，现在他们已经拉紧了弓弦。没人敢把刽子手关在棺材里，没人能，这些外来的乞丐修士更不能！”

说完，他随手拿出那块正好放在桌子下的大理石片。

“答案就在这上面，”他一边说，一边用绑着绷带的手指点着石片，“这些精明的骑士活着的时候藏了什么东西。如果我们能揭开这个谜底的话，我们就能找到它。我敢用我的大屁股打赌。”

“但是也可能只是普通的墓碑铭文，没什么特殊的。”西蒙接过话说。

“不可能！”刽子手坚持自己的观点，“那些刺客也对它感兴趣，没有再把它放进棺材里。现在答案就在我们眼前！”

西蒙又看了一遍那段奇怪的铭文。

我要使我那两个见证人传道。他们做完见证的时候，那从无底坑里上来的兽必与他们交战，并且得胜，把他们杀了。

西蒙绞尽脑汁琢磨着这些话意味着什么。如果指的是一个地方的话，那么这个地方肯定很有名。如果他们有运气找到这个地方的话，那么这个地方得在几百年后的今天仍然存在……

两个见证人……一个兽与他们交战，把他们杀了……

一组图片在他的脑海里闪过。勇士，骑士，恶魔，火龙。突然，他的记忆跳了一下，固定不动了。

两个见证人……一个兽……

“我知道了！”他突然大声喊了起来，“如果知道答案的话，其实很简单。它一直就在我们的眼前！”

“你在说什么？”玛格达莱娜问。

西蒙现在在桌子旁跳来跳去，碰到了一杯药草汤，汤洒了一桌子。连刽子手也不解地看着他。

“快说怎么回事，”他说，“别像个活蹦乱跳的小淘气。”

西蒙停下不再跳，但是他没有坐下。

“我……还要先检查一下，”他气喘吁吁地说，“您家里有《圣经》吗？”

雅各布·奎瑟站起来，走到他隔壁那间房间里，出来时手里拿着一本破破烂烂的书。

“上帝也在刽子手的家。”他不满地说着，把《圣经》扔给西蒙。医生马上翻看起来，终于找到了他想看的那一页。

“这里！”他一边说着，一边用手点着书里的一个地方，“《约翰的启示》，第十一章。这里写着那首诗！”说完，他大声地朗读起来：“我要使我那两个见证人传道。”他激动地看着刽子手和玛格达莱娜。“这两个证人是该隐的儿子以诺和先知以利亚！如果他们与兽交战，新世界就快要降临了。”

玛格达莱娜不耐烦地耸耸肩说：“你对《圣经》很熟悉，这是好事。可是我们到哪里去找这两个……见证人？我在雄高还从没见过呢。”

西蒙满意地咧着嘴，脸上笑开了花。

“在雄高确实没有，”他说，“但是在阿尔滕施塔特有。他们高高地耸立在阿尔滕施塔特巴西利卡教堂的大门上。我认为，我们今天就应该参观一下这座美丽的教堂。”

当他们站在教堂的门前，望着门口的浮雕时，他们都很惊奇，为什么早先没有发现它。浮雕就安装在大门的上方。一个手拿盾牌和宝剑的骑士正与一条火龙搏斗，第二个人刚刚被这条恶兽给吞食了。他们每人不知有多少次从这扇大门进到教堂里！

“我在别的教堂也见过这样的画，”西蒙小声地说，“一个英格尔施塔特的神甫对我说，这幅画象征着不久就要降临的新世界。”

"这么说新世界还真是给自己留了很长的时间，"玛格达莱娜插话说，"我们到现在还在等着新世界的到来呢。"

"你们都没有在外面经历过战争，"刽子手一面仔细地看着那条凶猛的、长着巨爪和翅膀的火龙，一面说，"否则的话，你们就会知道，《启示录》里的四骑士早就来到了我们中间。"

"父亲，你不要和我们争吵了，"玛格达莱娜说，"你还是帮我们解决问题吧。"说完，她转过身对西蒙说："这么说，这是那两个见证人。下一步怎么办？"

"肯定还有什么迹象，"西蒙小声地说，"要么在教堂里，要么在外面。这样吧，我们分开找。玛格达莱娜，你在教堂外面找，你父亲和我进里面找。"

雅各布·奎瑟已经往里走了，西蒙跟在他身后。当他进入这座没有横廊的巴西利卡教堂时，他像往常一样，心里马上激动起来。"阿尔滕施塔特的伟大上帝"站在三米多高的木十字架上，仁慈地向下看着他们。只有几个农妇坐在最前面的几张凳子上，手里捻着念珠。教堂里的圣香味很浓。西蒙有一会儿忘记了自己为什么来这里，也双手合十祈祷起来。如果把施泰因加登的华丽的修道院与阿尔滕施塔特的巴西利卡教堂相比较，他感觉，上帝更以后者为家。

当医生还在沉思地望着眼前那个巨大的十字架时，刽子手已经径直穿过中厅，来到了前面，凝视着祭坛周围的壁画。然后他又走到侧廊。左侧廊的墙上是一位很早就过世的艺术家画的十四圣人的肖像，他们是人们在紧急情况下的保护神；在门上是一幅巨大的圣克里斯托弗的画像，正责备地看着刽子手。

"什么都没有，"他嘟嘟囔囔地说，"我什么都没找到，他妈的！我觉得你搞错了。"

"我们必须继续找，"西蒙坚定地说，"这里肯定有什么东西，只是藏得太巧妙了。也许……”

外面传来的一声喊叫打断了他。是玛格达莱娜！他们俩马上冲了出去，在围绕着教堂、铺满积雪的墓地里发现了她。她站在教堂左边的墙根下，指着一块紧贴着墙、有小盘子那么大的半人高的墓碑，碑上爬满了常春藤。玛格达莱娜把冻住的枝叶拨开了。

“看这里！”她大声喊着，“这儿写着呢！你说得对，西蒙！”

是一块墓碑，而且镶在了墙里面。它看上去很古老，经过风吹雨打已经有些剥蚀；石碑上刻了一段拉丁文。

弗里德里库斯·威尔德格劳尔，圣殿骑士团德意志团长。1329年。圣西里亚库斯，请你解救我。

“这是弗里德里希·威尔德格拉夫的墓碑，”西蒙小声地说，“死于1329年……”

“但是如果圣殿骑士的棺材在洛伦茨教堂，墓碑怎么在这里？”玛格达莱娜问。

西蒙耸耸肩。“1329年，那时候德意志禁止圣殿骑士已有二十多年了，”他说道，“把德意志团长埋在这里，也许太危险了。可能当时的神甫只允许在这里立一块墓碑。”他用手抚摸着墓碑上的字。“也许这块墓碑留在此地，只是为了让我们找到正确的答案……”

“站在这里搅热粥，还不如让我们动手看看。”说着，刽子手拿出了一把匕首，马上刮起墓碑下面的土来。

“父亲！”玛格达莱娜低声地说，“如果神甫看见我们……”

“神甫正忙着准备晚上的弥撒，可能正喝着圣酒呢，”雅各布·奎瑟说着，继续刮地上的土，“你愿意的话，可以去问问他。”

不一会儿，墓碑的周围就出现了一条小沟。刽子手把匕首插进土里，一撬，墓碑就砰的一声倒在了雪地上。

墓碑的后面除了灰色的石头，什么都没有。

西蒙敲了敲，石头是一块方形的厚石块，很结实，像墙上的其他石头一样，根本无法移动。

“他妈的！”他大声地骂道，“简直不可能！难道这些圣殿骑士又在戏弄人不成？”

西蒙朝教堂结了冰的墙上狠狠地踢了一脚，教堂的墙无动于衷，他的大脚趾疼得要命。最后他深深地吸了一口气。

“也好。谜语把我们带到了巴西利卡教堂，”他小声地念叨着，“现在是这块墓碑。我们还错过了什么？”

刽子手拿起他脚下的那块墓碑。

“圣西里亚库斯，解救我，”他嘟囔着说，“圣西里亚库斯，解救我……很奇怪，他正好选择这位圣人写在碑文里。据我所知，这个西里亚库斯是个殉教者，先被浸在油锅里，最后被砍了头。”

“神圣的西里亚库斯是有非议之人临死前的保护神，”西蒙说，“对一个被安上背叛和鸡奸罪名的圣殿骑士来说，是再好不过的保护神了。”

“教堂里不是有保护神的画像吗？”雅各布·奎瑟问，“可是叫西里亚库斯的圣人我却没有看见……”

西蒙浑身感到一阵发冷，又一阵发热。在教堂南侧廊的保护神！他怎么会瞎了眼？

他没有等其他人，径直绕过墙，跑进教堂的大门，一直到南侧廊的保护神像前才停下来。在最上面是圣芭芭拉，她是临终之人的保护神，也是在雷鸣电闪和火灾之际的救护神。接下来是圣克里斯托弗和产妇的保护神圣玛格丽特，圣乔治和圣布拉休斯（据说他可以帮助治疗喉部疾病）。还有另外九个圣人的画像，但是没有圣西里亚库斯。

取而代之的是另外一个圣人的画像，画像下面的字很小，是用拉丁文写的。

圣弗里德里库斯。圣弗里德里希……

当看到写在画下的那一行字时，西蒙差一点笑出声来。很显然，在这么多的教堂来访者中还没有人注意到这个错误。画上的人穿着主教服，戴着一顶主教冠，手里拿着权杖。他的右手保护式地举在一座城堡上空，城堡坐落在一座森林茂密的山上。仔细看过去才能发现，他的食指正好触到城堡。

此时，雅各布·奎瑟和他女儿也赶到了壁画前。西蒙指着圣弗里德里希的画像。

"他把所有的人都戏弄了，几百年了！"他大笑道，引得祈祷的农妇们转过身，责备地看着他。"圣弗里德里希！"他小声地说，仍然面带笑容，"他竟然把自己的名字写上去了！一个多么光耀的亵渎！"

"可是，这个骑士想用这表示什么呢？"玛格达莱娜一边问着，一边不知所措地打量着这幅画像，"他只想借此嘲笑我们吗？"

雅各布·奎瑟走到画的近前，人都快要贴上去了。最后他用手点着圣人下面的城堡。那里有一小块是棕色的，比苍蝇屎大不了多少。

"这儿，"他说，"这儿写着呢。"

他从大衣兜里掏出了一只放大镜，举到那棕色的小方块前。两个字突然跳了出来。是用很细的毛笔歪歪斜斜地写上去的，同样是用拉丁文。

圭尔夫家族城堡……

"韦尔夫家族的老城堡，"西蒙小声地说，"在意大利他们被称为圭尔夫。城堡就在派廷的山上。噢，上帝，那里已经变成了废墟！"他一边揉着疲劳的眼睛，一边叹着气。"恐怕我们要找很长时间才能找到答案。"

那个身着黑斗篷、散发着堇菜花甜甜香味的陌生人躲在巴西利卡外面的墓地里。他用两只颤抖的手拿着那块刚才被雅各布·奎瑟扔在地上的墓碑。

这怎么可能呢？刽子手还活着，而且显然还发现了新的迹象！这个奎瑟没被憋死在棺材里，也许是上帝的意愿。陌生人认为那是一种很好的死亡方式，尤其是针对一个为许多人带来死亡的人。不管怎样，这个人还活着，而且还解开了一个谜。他、他女儿，还有那个狡猾的蹩脚医生！他们怎么就没有找出来呢？他们自己不是还有个专家吗？他们在地下墓室里也读了那块大理石片上的铭文，可是他们并没有从中找到什么启示。

多日以来，他们像流动的包裹一样蜷缩在附近农民的草棚里，怕被人发现。他们靠干面包和信仰为生，他们挨饿受冻，不停地祈祷，唯一的支柱就是，他们知道自己是被挑选出来的精英，是上帝的使者。上帝的旨意……

陌生人一边用拉丁文骂着，一边念着祷文，祈求上帝原谅他这个小小的罪过。然后他开始整理自己的思路。

其实这一切很简单。他们将紧贴着这三人的脚跟，像狗一样。他们将发现那个宝藏，大师将为他们祝福。他们肯定能升入天堂，尽管通往天堂的路很冷，充满艰辛。

陌生人画了个十字，暗自微笑起来。他小心地把墓碑放在地上，躲在一块墓碑后面，等着三人从教堂里出来。

西蒙最初因为在巴西利卡里找到线索而显出的喜悦，很快就变成了迷惑和愤怒。理由就在他身边。他和玛格达莱娜沿着山间小道闷闷地往雄高走。刽子手的女儿有好几次差点滑倒，但是当西蒙伸手想帮她的时候，她却粗暴地躲开了。她到底怎么啦？对他的发现连一句赞同的话都没有，只是沉默不语。

雅各布·奎瑟在阿尔滕施塔特就与他们分手了。他只大声地朝他们说，他还要去磨坊街的铁匠那里办什么事，便消失在狭窄的胡同里。记录官让他明天一大早到市场广场去，和一队公民到雄高周边的林子里捉强盗。西蒙知道，从明天起他不能对刽子手寄予太大的希望。除此之外，医生认为还有另外一个原因致使奎瑟在阿尔滕施塔特就与他们分手。他猜测，刽子手想让他和玛格达莱娜单独在一起。他可能发现了他们两人之间有些隔阂。可是这一枪却打到了后面。自从他和玛格达莱娜上路后，两人便没有说一句话。等他们快到雄高的侯府门时，西蒙气得憋不住了。

“玛格达莱娜，你有什么事？”

“我有什么事？”她挑衅地看着他，“最好还是先问问，你有什么事吧？你向那个贝内迪克塔献媚，我只适合做饭和洗洗涮涮。再说了，那个贝内迪克塔还是位优雅的女士！”

西蒙听得直瞪眼。

“玛格达莱娜，我们不是已经谈过这件事了吗？贝内迪克塔·考普迈亚和我之间没有任何关系，”他小心地向她解释说，“她救了我的命，她是一个很惊人的女人，可是……”

“一个惊人的女人！呸！”玛格达莱娜停下来，怒目圆睁地看着他，“说好听的话，这个她会，这个惊人的女人。她有高级漂亮的衣服，可是脱了衣服她和城里矫揉造作的破鞋没什么两样！”

“玛格达莱娜，我不允许你……”

“你不允许我什么，你这棵墙头草！”玛格达莱娜现在越说越气，“你以为我没看见，你在我背后和其他女孩打情骂俏？我只不过是一个刽子手的女儿，没什么大不了的！反正人们都在扯嘴皮议论。那个贝内迪克塔，她是一个臭破鞋，我告诉你！”

“啊，一个臭破鞋？”西蒙的耐性已经到了尽头。他的声音掺杂着一种非常冰冷的音调。“这个……臭破鞋要比你有文化、有修养，你即使活过三世也赶不上她。她知道如何与人交谈，她说话不结结巴巴，讲的是体面的德语。她甚至还会讲法语！对，她是一位高雅的女士，而不是一个撒泼的刽子手之女！”

一块冰正好打在他的鼻子上，让他顿时感到眼前发黑。等他再醒过神的时候，他感到一股热乎乎的血在脸上流。他捂住鼻子，但是仍然有血滴到雪地上，浸在白雪里，绘出不规则的图案。

“玛格达莱娜！”他鼻音很重地喊道，右手仍然按着鼻子，“别走，我不是这个意思！”但是，刽子手的女儿已经消失在侯府门里了。

他一边小声地骂着，一边走进了城，同时十分小心，不让鼻血滴在衣服上。为什么玛格达莱娜总是爱发脾气！他知道，自己的话很愚蠢。他多想向她道歉，把她搂在怀里，对她说，她才是自己唯一想追求的人。但是刽子手的女儿如同掉进了地底，不见了踪影。

“玛格达莱娜！”他又大声喊了几次，向左右两边的小胡同里张望，“你快回来！请原谅我！”

过往的行人都不解地望着他，但是他低着头，继续向前走。她肯定在附近！在一个拐角，他差一点与一条狗撞在一起，小狗叫着跑远了。他继续疾步向前走，遇到了许多辆结冰的牛车和穿得厚厚实实的行人。他紧张地用目光在行人中搜索，在纷飞的雪花中很难辨清这些人的面孔。到处都不见玛格达莱娜的踪影。他转入硬币胡同时，突然听到身后传来一个熟悉的声音。

“西蒙？”

他转过身。在圣母升天教堂门口站着贝内迪克塔，她正面带焦虑地看着他。看上去她刚从雄高的教堂出来。

“呀，您在流血！”她大喊道，“出了什么事？”

“没什么，”他小声地说，“我……摔了一跤，没关系。”

“让我看看。”

她走到他跟前，开始果断地用自己的手绢为西蒙擦脸上的血。虽然所碰之处很疼，但是西蒙感到很舒服。

“侯府门前结了冰，”他仍然鼻音很重地说，“我滑倒了。”

“您的伤口要用热水清洗一下。跟我来。”

她像一位母亲一样，抓住他的胳膊，拽着就走。

“我们去哪儿？”他问。

“到我住的塞莫尔旅馆，”她回答说，“在酒吧里我们肯定能得到一盆热水，再给您要一杯热的调味酒。在这期间您可以跟我讲讲，是否又发现了什么。”

西蒙犹豫了一会儿。他本来想继续找玛格达莱娜，他父亲也在家里等着他呢。又有人得了那种该死的发烧病，需要治疗。但是喝一杯热调味酒又有什么不对呢？玛格达莱娜可能已经到了下面的制革区，正在家里撅着嘴生气呢。也许等一段时间更好，等她的怒气消一消再说。

另外，确实有很多事情要讲。西蒙正需要一个能和自己谈话的人。近几天发生的事情太多了。他满怀期望地跟在贝内迪克塔身后，向塞莫尔旅馆走去。当她打开门时，一股新出炉的蛋糕香味和调味酒味一下子钻进他肿起来的鼻子里。

玛格达莱娜一边擦着眼泪，一边晕头转向地跑在雄高的街上。许多人从她身边走过，但是她都没有理会。她是如此地……愤怒。西蒙怎么能这样刻毒地对待她！他们俩不相配，也许是不可否认的事实。她，一个刽子手的女儿，一个收敛动物尸体之人的女儿，一个祖祖辈辈干着可耻职业的家族的后代；而他则是一个上过大学的医生，一个被当地女人崇拜的人，一个不仅把皮靴，还把大衣的铜纽扣都擦得亮光光的会说话的人。可他自己也出身于贫寒人家呀！他的钱和衣服有些是借来的，也有些是那些争风吃醋的崇拜者赠送的。玛格达莱娜紧咬着嘴唇。她对这种情况坐视不管的时间太长了，现在要彻底结束它。她虽然是一个无耻、肮脏的刽子手的女儿，但是她有她的自尊。

一阵咳嗽和小孩子的哭声把她从沉思中唤醒。她没有看方向，就已经拐进了侯府门右侧的一条小窄巷里，它通过一条小胡同与女人前街相连，是穷苦市民住的地方。到处都有一股臭味。从一个染黑布的工人的茅屋里冒出一股呛鼻的热气，门前的木架子上晾着刚染好的灰色亚麻衣衫。玛格达莱娜向四周看看；听声音，哭声显然是从那座小茅屋里传出来的。当玛格达莱娜从这个被风吹得有些歪斜的小茅屋前走过时，她看见一个脸色苍白、脸颊塌陷的女人站在小茅屋的门口。

"你是奎瑟的女儿，对吗？"

玛格达莱娜在那女人的眼里没看出丝毫敌意，便停下来，点点头。

"听说你是一个好接生婆，"那女人继续说，"你帮迈耶的女人接生了一对双胞胎，两个孩子还活着呢。你给了染蓝布的工人女儿什么药粉，让那个小破鞋把肚子里的小畜生打掉了……"

玛格达莱娜小心地向周围看了看。

"我不知道你在讲什么。"她小声地说。

"啊，别装了。"那女人轻蔑地挥挥手，"在我们这里你可以公开地讲话。一半的女人都让你父亲帮忙把肚里的小畜生弄掉，或者弄点爱情药水什么的。"说到这儿，她咯咯地笑了起来，露出了嘴里的黑牙根。"只有那些有钱的人，或者向他抛媚眼的人才能请得起那个潇洒的医生。哎呀，我这是向谁说呢……"

"你想让我干什么？"玛格达莱娜问，"我可没有时间听你胡说八道。"

那女人的脸马上变得严肃起来。

"我家的小莉丝贝特情况很不好，可能是得了那种发烧病。可是我们没有钱请医生。也许你能给看看……"

她招招手，请玛格达莱娜进屋，同时还试着行了一个屈膝礼。她眼里的嘲讽一下子不见了，取而代之的是一个母亲为自己孩子生命的担忧和绝望。

玛格达莱娜耸耸肩说："我可以看看，但是我不能向你保证治好病。”

她走进那座烟雾弥漫的小茅屋。地上生着火，一个生锈的三脚架上挂了一口大铁锅，从锅里冒出一股难闻的气味。烟雾很浓，根本看不清屋里有什么。玛格达莱娜认出了一张摇摇晃晃的桌子，上面放了一只盛着变质黄油的罐子、一只小板凳，墙角还放了几条装满干草的大麻袋。从那里传来孩子嘤嘤的哭声。等玛格达莱娜走到近前时，她看到地上躺着一个小包裹似的孩子。这是一个十岁左右的小女孩，身上包缠着一些破布，脸色苍白，眼窝塌陷。那双惊恐不安的眼睛周围染上了黑黑的眼圈，看上去跟黑色的月亮似的。她像大风箱一样呼呼地咳嗽着，吐出红色的浓痰。刽子手的女儿马上认出来，她得的是那种在几个星期内已经夺走了许多雄高人生命的发烧病。她弯下腰，用手抚摸着小孩滚烫的额头。

“一切会好的。”她小声地说道。小女孩闭上了眼睛，呼吸变得缓慢了。

“给我拿热水来！”玛格达莱娜向身后喊道。染黑布的女工马上走开，端了一盆热腾腾的开水回来。刽子手的女儿从裙子的里兜拿出了一只小皮袋，往一只杯子里倒了一些灰色的粉末。

“每天早晚让她喝一口，连喝三天，”她说，“现在马上喝三口。这是山金车、长春花、贯叶连翘和其他几种你不认识的药草配成的，可以帮她入睡、忘记咳嗽。”停了一会儿，她显出一副无可奈何的样子说：“我只能做这些。”

染黑布的女工慌张地凝视着玛格达莱娜，两只手紧紧地握着那只杯子。

“她能好吗？她现在是我的一切啊。我男人约瑟夫去年夏天被染布的热气熏得五脏俱裂，吐血死了，就像莉丝贝特现在一样。”

“你就一个孩子吗？”玛格达莱娜充满同情地问道。

“他们都被麻疹夺走了。就剩下了莉丝贝特……”

女人的眼里盈满了泪水。她紧紧地咬住嘴唇，直盯盯地看着前方。小女孩看上去好像睡着了，但是每喘一口气都会从胸腔里传来吱吱的响声。

突然，玛格达莱娜举起手，从脖子上解下自己的项链。项链上面系着各种各样的护身符：一颗用锡镶起来的狼牙，一块血石，一支塞巴斯蒂安的银箭，一只鼹鼠爪子，一块水晶，一只很小的受过洗礼的小布袋……这是一条所谓的幸运链，能避邪、解难。刽子手的女儿从幸运链上解下了那颗狼牙，弯下身，把狼牙放在了小女孩松弛的手里。小女孩在昏睡中把那只手攥成了拳头。

“这是什么？……”那位母亲惊恐地问道。

“这个会保护她，”玛格达莱娜安慰她说，“我父亲在上面念过几道很强的咒。”

她的声音听上去很轻，但是刽子手的女儿知道，有时候信仰、挚爱和希望的作用比任何药都管用。这条幸运链是父亲送给她的，她当时还是个小孩子。每当她害怕或感到危险时，她就紧紧地攥着它，它会给她力量。现在她要把一部分力量传给这个小女孩。

“我永远付不起这个，”那个女人说道，“我只是一个穷染布工……”

玛格达莱娜挥挥手，示意她不要讲话。

“那条狼是我父亲去年打死的。我们家里还有很多狼牙，够整个雄高城的人用。”她神秘地挤挤眼睛说，“关键是那上面的咒。你不会出卖我，对吗？”

那女人赶紧摇头，仍然不知说什么来感谢这样一件礼物。突然，她好像想起了什么，眼睛一亮。

“我虽然没有钱，”她说，“但是也许我能帮你。你父亲不是为那个神甫死的事去过阿尔滕施塔特吗？”

玛格达莱娜马上警惕起来。“你从哪里知道的……”

那女人耸耸肩。“这事传得很快。据说他是被毒死的。你听我说……”

她向四周看了看，压低了声音。

“我几天前还去过考普迈亚那儿，去送几块做弥撒用的黑布。我到了神甫的门前时，看见他正在屋里和一个人讲话。是一个修士，穿着黑斗篷。但是斗篷下是用细软的白布料做的衣服，不是我们这里人穿的那种粗布料。”

“还有呢？”玛格达莱娜问。

“那个修士用很低的声音跟考普迈亚讲话。神甫看上去很害怕，眼珠子像要从脸上掉下来一样。那个人说了些什么，走了出来，然后骑着马走了。我一下子躲在了那堆木头后面，才没被发现。”

“那个人长得什么样？”玛格达莱娜追问道。

“因为戴着风帽，我看得不太清楚……”那女人结结巴巴地说，“可是有一样很奇怪。”

“什么？快说！”

“他上马时，弯了一下腰，我看见他斗篷下面挂着一条项链。项链上挂了一个金十字架，很大，非常漂亮。但是它跟咱们教堂里的十字架不一样。”

玛格达莱娜感到，自己由于激动，有些喘不上气来。

“那……它看上去是什么样？”

“嗯，它上边不是一条横梁，而是两条，而且上面的那条短一些。是纯金的，我还从没看见过这样的十字架呢。”

玛格达莱娜想了想，她也不记得在哪儿见过这样的十字架。

“还有呢？”她又追着问。

染布女工耸耸肩。

“后来我把布料交给了考普迈亚。他还没有醒过神来呢，多给了我两芬尼。他把钱放到我手里，马上就把我打发走了。我还从没见过这个胖神甫被吓成这样。我是说，他本人就像一头熊那样强大嘛！”

玛格达莱娜点点头。

“你帮了我很大的忙。谢谢你。”

她沉思地向门口走去。“别忘了给你女儿喝药，”在往外走的时候她又说了一句，“如果三天后还没见好，你就到我们刽子手家来。”她特意挤挤眼睛，笑着说：“如果你敢的话。我父亲只杀那些罪有应得的人。”

染布女工注视着她，直到她消失在街巷中。小女孩又开始咳嗽起来。她默默地祈祷了一番，然后才进屋去看女儿。

西蒙挨着贝内迪克塔坐在金星后面的一张桌子前，一口一口地抿着杯中的热调味酒。他的鼻血终于止住了，但是他感到自己的鼻子在慢慢地肿起来。也许他的脸完全变了形。他用目光扫了一下店里的客人。现在正是傍晚，店里慢慢地来了好多在这里过夜的商人、家境好的手工匠，以及议员大人。酒吧属于卡尔•塞莫尔，他是雄高的第一市长；金星是广场上最好的店，与此相应，来的客人也都很富有。位于墙角的石砖壁炉里的火烧得正旺，让人感到很舒适；屋顶上的吊灯把这座低矮的木制房屋罩在一片温暖的灯火中。屋子里到处都是肉桂、丁香和肉汤的香味。

西蒙很少来这里。他更愿意去巴林大厦后面的那些小酒馆，那里的酒不仅便宜，也会让头疼得厉害。他很喜欢这种场面：一个年轻的小伙子或学徒工拿着三弦琴弹唱，其他客人一起随着节奏跺脚打拍子，女孩子的裙子在跳舞时跟着转圈。而在塞莫尔这里，大家都很矜持、文明。在他们身边坐着两个正低声谈论各自生意的商人，不远处，约翰•皮需纳议员正试着和一个女佣调情，要请她喝一杯酒。女孩子佯装生气地把一罐子上等的阿尔萨斯白酒放到他面前，然后咯咯地笑着跑回了厨房。

到目前为止，贝内迪克塔还没有问什么，只是偶尔擦一擦西蒙鼻子下面的血迹。她沉思地抿着杯子里加了水的淡酒，似乎也和西蒙一样，正用一双警惕的眼睛观察着酒吧里的客人。最后她转过头面对他。

“我决定在雄高再待几天。我的管家同样可以处理兰茨贝格的生意。而且我今天认识了几个奥格斯堡的酒商。”她叹了口气，然后继续说，“当然主要还是因为我哥哥的事，我才留下来。没抓到那个该死的凶手之前，我是不会安宁的。您找到新线索了吗？”

西蒙犹豫了一会儿，接着向她讲了那个谜语的答案，以及在阿尔滕施塔特的巴西利卡发现的线索。他打算去韦尔夫家族的城堡遗址找新的线索。

“可是这些和我哥哥有什么关系呢？他不可能知道这一切吧！”

西蒙先喝了一口酒，然后说：“您哥哥当然不可能知道这一切。但是他知道教堂地下墓室里的坟墓。他跟什么人讲过这件事，这个人不希望有知情人。”

“不希望有知情人？”贝内迪克塔不相信地看着他，“除了一个可笑的谜语，还有什么大不了的东西隐藏在那里？只不过是一个老骑士开的玩笑而已。”她耸耸肩，继续说：“也许这个威尔德格拉夫只不过是很幽默，在城堡废墟里等着你的也只是几行嘲弄人的诗句而已。”

西蒙摇摇头。“这不符合圣殿骑士的逻辑。他们是一个集基督教徒的人生道德和骑士品德为一体的教团，并不是小丑。第一个谜语源于《约翰的启示》，第二个引向一个古老的贵族之家——韦尔夫家族。这不可能纯属偶然。这一切看上去好像是这位老骑士想检验一下，我们能否胜任此事。显然他想找一个人，一个既熟知《圣经》又了解贵族生活的人。圣殿骑士……”他突然停了下来，不说了。

“您怎么了？”贝内迪克塔微笑地看着他，“是酒冲上头了吗？”

西蒙摇摇头，拿出了那本从雅各布·施雷佛阁那儿借来的小书。他一直把书带在身上。

他把书放在桌子上，不停地翻看。

“这是什么？”贝内迪克塔好奇地问道，并把头伸过来想看一眼。

“是……一本关于圣殿骑士的书，”西蒙回答说，停住手，叹了口气，“我记得好像有什么。肯定是我记错了。”他很简单地向贝内迪克塔讲述了自己所知道的关于圣殿骑士的事情。

“那个埋在教堂下面的弗里德里希·威尔德格拉夫是这个教团的团长，”他最后总结说，“按照我们在施泰因加登看到的协议，他是全德意志骑士团的首领。他是骑士团最内圈的权贵。几年后圣殿骑士团就在全欧洲被解散了，圣殿骑士到处被追杀。他们的巨大财富却不知去向……”他凝视了贝内迪克塔一会儿，然后继续说：“如果不是有什么要隐藏的话，一个有权势的教团团长为什么要写下这样的谜语？先是在棺材上的碑文，然后是巴西利卡墙上的暗示……这肯定有一个原因！”

“您是说……”

西蒙点点头。“我认为，弗里德里希·威尔德格拉夫把圣殿骑士团的财产藏在了这一带，至少是一部分财产。”

“他们的财产？”贝内迪克塔用手绢擦了擦嘴边的葡萄酒，“那些骑士为什么非要在这个偏远冷清的地方藏东西？按照您所讲的，他们是在巴黎，在耶路撒冷，在罗马！什么原因非让他们跑到普法芬温克尔地区来，一个连上帝都忘了的地方……”她说普法芬温克尔的时候，就像是在吐一颗烂瓜子仁。“就是说，在巴伐利亚最深处藏了一笔巨大的财富！”

西蒙一拳敲在桌子上。“正因为这样嘛！没人会想到这里能有什么财宝。法国的国王可能在地图上连普法芬温克尔这个名字都找不到。即便他的大臣在那里画了个圈也没用。高山、森林、泽地，还有一些没上过学，但对上帝十分虔诚的农民。这个地方再好不过了。”

贝内迪克塔沉默一会儿，然后慢慢地点着头说：“您说得也许很对。”她那双平时很警觉的眼睛突然变得透明起来。“您认为有多少……”

“钱吗？”西蒙耸耸肩，“很难说。肯定要比我们所能想象的多。不要忘记，法国国王主要是为了圣殿骑士的财产才把他们的教团解散。虽然藏在这里的只是一部分……”他顿了顿，向周围看了看，然后悄声地说：“我们一定要小心，有些人因为很小的数目就被杀了。”

“但是也有人为了更小的数目去冒险。”贝内迪克塔向他挤挤眼说，“您不要向一个女商人讲隐藏的财宝。您这下甩不掉她了。”说完，她举起了酒杯。“我认为，我们应该一起去冒险。祝您健康！”

“祝您健康！”西蒙也用法语回答说，他举起自己的酒杯，轻轻地碰在贝内迪克塔的杯子上。这个兰茨贝格来的女人又让他吃了一惊。但是她说得对。即使圣殿骑士的财产仅有一小部分埋在普法芬温克尔这一带，他将来也不用为钱操心了。他将买得起成箱成柜的大衣、外套、新鞋，还有带有孔雀羽毛的各式帽子、一匹快马，还有一箱最先进的医疗器械。他在城里的威望将会大大地上升。而且不仅仅是这些！谁还会禁止他与一个刽子手的女儿结婚呢？他将为自己和玛格达莱娜盖一座房子！谁知道呢，也许他们会在雄高开一家药店？他当医生，她是他的太太，通晓本地的各种药草和毒药……他们是完美的一对！

西蒙只顾憧憬自己的未来，根本没有注意，酒馆后面有一个瘦削的男人站了起来，向门口走去。当那个男人离开酒馆时，他留下了一股春天的芳香。

第六章

玛格达莱娜站在教堂前，用羊毛围巾把肩紧紧地裹起来，冷风像小刀子一样刺在她身上。离开染布女工后，她漫无目的地走在小胡同里。她应该去哪里？西蒙在她发火后肯定不会去她家找她。即便已经消了气，她现在也不想见他。也许他正站在位于制革区的刽子手家门前为她着急呢。让他急去吧！谁让他在自己面前说那个女人好了。让他难受一点也没什么不好的，也许这可以让他受到良心的谴责。奎瑟家的人可不是那么容易让他甩来甩去的！

她一边寻思着，一边转到了市场广场。黄昏已经降临了，一个商贩正扯着嗓子叫卖剪子、刀和各种饰品。一股蜂蜜炒榛子的香味钻进了玛格达莱娜的鼻子里。她搓着两只手，四下看着。傍晚这个时候，市场上的人很少了。在轻飘飘的雪花中，他们都裹在大衣和围巾里屈身前行，以免雪花飞进眼睛。玛格达莱娜看到的是一张张瘦弱而毫无表情的脸孔。那场大战刚刚过去几年，人们仍然遭受着战争带来的痛苦。那时瘟疫、疾病和饥饿都降临到这个曾经很富有的城市。现在积雪盖住了脱落的墙皮和地上的污物。房屋之间零星地露出塌陷的屋顶和遗物，成为一家人的性命都被瘟疫夺走的见证。在过去十年中有三分之一以上的居民丧命于瘟疫和疾病，几乎每家都有一个死人。小时候，玛格达莱娜经常看到人们推着装满尸体的手推车到新建的圣塞巴斯蒂安墓地。教堂旁边的老墓地已经埋不下这么多死人了。现在城里又在蔓延这种发烧病！

玛格达莱娜灵机一动，决定去塞莫尔的酒吧坐一坐。她兜里还有几个零钱，生了这么多气后，一杯热酒对她肯定有好处。仅这么想想，就让她高兴起来。她已经按下了门把手，顺便从左边的窗户往里望了一眼。

她顿时感到像是遭了一记耳光。

虽然有些模糊，但是透过厚玻璃，她仍能看到西蒙和贝内迪克塔两人坐在一张桌前。他们像是在深谈着什么；在朦胧的烛光下，玛格达莱娜觉得看见西蒙把手搭在那个女商人的肩上。刽子手的女儿顿时感到身体一阵冰凉，一阵炙热。有一会儿她真想推门冲进去，从架子上拿一只大啤酒杯，向西蒙砸过去。但是她立即转身朝市场跑去，她根本无法镇定下来。眼泪流在脸上，冻成了冰。

等她镇定下来时，她已经到了牛门附近，与接生婆的房子只隔几米远。她没有多想，拉开门闯了进去。

玛尔塔·史泰茜琳惊奇地抬起头。她正坐在桌前，低头研着药草。接生婆本想先教训她一顿，但是当她看到刽子手的女儿浑身发抖、脸色白得像死人一样，她决定还是不说比较好。

“姑娘，你怎么啦？”她焦虑地问，“不是因为海因米勒家的事吧？你不用担心，那孩子好好地生下来了，你不用……”

玛格达莱娜摇摇头，然后又开始哭起来。接生婆把她拉到桌前，轻轻地按在板凳上，理了理她的头发。

“你有什么心事，亲爱的？”她一边小声地说着，一边递给她一杯薄荷茶。

玛格达莱娜的话像流出来的胆汁，她一股脑向接生婆讲完了自己的苦恼。玛尔塔·史泰茜琳充满同情地点着头。

"男人就是这样，"她低声地说，"他们从来都对自己拥有的不满意。可是有一天他们还会再回来。我的汉斯，上帝保佑他……"她的声音突然断了，她不好意思地擦着眼睛，好像要抹掉眼里的烟灰。

"你男人怎么了？"玛格达莱娜问，很高兴能换一个话题，摆脱自己的烦恼，"你从没讲过他。"

"他向漂亮的姑娘献媚，"玛尔塔·史泰茜琳说，"他从不待在家，成天到晚混在酒馆里，那个酒鬼……"她嘴角露出了一丝微笑。"可是我很爱他。即使我们没有孩子，人们开始议论……我们俩仍是一条心。即使中间跑来个小婊子也不能把我们拆散。"说着，她向玛格达莱娜挤了挤眼睛。

"那他后来怎么样了？"刽子手的女儿擦擦脸上的泪水，感到炉火的温暖从腿上慢慢升上来。接生婆的眼神一下子变得空洞茫然。

"瘟疫把他夺走了。十年前的冬天我把他埋了。从那以后我就一个人过了。"

两人都不说话了，屋里静得只能听见炉火发出的吱吱声。玛格达莱娜紧咬着嘴唇。她为什么非要问这个，真是哪壶不开提哪壶！她深感内疚地喝着手里的热茶。

最后接生婆站了起来，走到那排从家庭祭坛一直延伸到火炉旁的架子前。"不提这些了，"她说，"还得活下去。"她扫视了一遍摆在架子上的瓶瓶罐罐。那些陶罐看上去都是新上了釉的，闪闪发亮，所有的罐子上面都贴着符号，标示着里面的成分。接生婆打开了几只罐子，很不满意地摇摇头。

"我需要晒干的香蜂草，"她小声地说，"还有麦角，否则不管用。"

"你用这个干什么？"玛格达莱娜问着，走到了架子前，"又要面临一次难产吗？"

刽子手的女儿做玛尔塔·史泰茜琳的学徒已有半年了。在这期间玛格达莱娜一共经历过五次接生。一般只有在很危险的时候，才叫接生婆去接产。女人生孩子的时候通常没有外人帮忙，要么靠自己，要么靠家人的帮助，在温暖的小客房里、在马棚，有时还在田地里生产。如果史泰茜琳在自己的瓶瓶罐罐里搜寻，肯定是有人难产。

“霍尔茨侯伏的太太……”玛尔塔·史泰茜琳说。

玛格达莱娜倒吸了一口气。

“第二市长的夫人？”

接生婆继续找着想要的罐子。“霍尔茨侯伏太太的预产期已经过了。如果下星期还不生的话，我们就要给她喝麦角。”

玛格达莱娜点点头。麦角是长在黑麦和燕麦上的一种菌，毒性很强，能引起丹毒、心肌和肾功能紊乱以及肢体瘫痪。但是微量的麦角可以促进子宫收缩，引起分娩阵痛。

“你现在没有这种药了吗？”她问道。

玛尔塔·史泰茜琳已经开始翻找后排的罐子。

“不仅没有麦角，连香蜂草、艾草、茅膏草也没有了。而且你父亲那儿也没有了！”她叹了口气，“看来，我非要在这个鬼天气跑一趟奥格斯堡了。冬天这个时候，我只能从那儿的药店得到麦角和艾草。可是又有什么办法！如果他太太遭遇不幸，霍尔茨侯伏肯定归罪于我，最后他们把我赶出城不说，还要烧了我的房子……”

突然，刽子手的女儿有了个主意。她咧开嘴，笑着对接生婆说：“我可以去呀。”

“你？”接生婆不敢相信地看着她，玛格达莱娜不停地点头表示肯定。

“我现在正好想躲开西蒙，叫他看看没有我，他怎么活。我明天一大早坐第一班木筏去。”玛格达莱娜越想越觉得这个主意好。“你给我写下来，你都要什么，在奥格斯堡到哪家药店去买，”她很快地说着，“我父亲肯定也需要一些药丸和药草什么的。这样你们俩都不用远行了。”

接生婆沉思地看了她一会儿，然后耸耸肩。

“为什么不可以呢？再说你也想当接生婆。看看药房的里面是什么样，对你也有好处，至于奥格斯堡……”说到这儿，她冲玛格达莱娜笑了笑。“那座城市肯定能让你散散心，只是要小心别玩过头。你还从没见过那么多人呢。”说着，她双手一拍。“好了，现在就去干活，金盏花的叶子要研得很细，然后把猪油化开。康恩比希勒的女人今晚就要她的药膏！”

玛格达莱娜笑着，开始干起活来，把香香的干花叶倒在研钵里。热鹅油的气味钻进了她的鼻子，史泰茜琳的话语听上去就像水车滴下的水，若有若无。西蒙、她父亲，还有那个死去的神甫，突然都离她远去，很远很远。

雅各布·奎瑟打开了地上的箱子，马上看到了另一种生活。

这只箱子一直放在刽子手家房顶的阁楼上，埋在烂绳子、破木桶堆下让人看不见的地方。现在刽子手把它拿到下面的小屋子里来，找出了那把一直藏着的钥匙，把箱子打开。雅各布·奎瑟把那件被蛾子咬得千疮百孔的军服拿到了一边，从底下拿出一支卸开的火绳枪。他最先拿出的是亮闪闪的、带有镶嵌图案的枪把手，然后是一小袋弹丸，接着是一条带有木制火药匣子的铁链（在雇佣兵中有“十二使徒”之称）。刽子手从刀鞘中抽出了一把军刀，用大拇指试了试刀刃。虽然这么多年没有用它，可是刀刃仍然很锋利，像他那把挂在家庭祭坛边的行刑剑一样闪着光亮。

在箱子的最底下是一只樱桃木小匣子。雅各布·奎瑟打开锁，小心地揭开匣盖。里面放着两把簧轮手枪。刽子手摸着亮闪闪的枪把、凉飕飕的枪管。这两把手枪花了他很大一笔钱。但是当时钱对他来说无所谓。那时候他什么都不想，成天酗酒，有钱就花得精光。奎瑟的眼皮跳了两下。一道阴影又覆盖了他的记忆。

吊在橡树枝上的乱踢乱蹬的腿。远处的火光。从一片黑色废墟中传来了一个小女孩的哭声。一边玩着骰子一边狂笑的男人，在这些男人间是一堆堆沾着血的衣物和饰品……一只烧焦了的小孩子玩的拨浪鼓……

他当时是个领队，所谓的“舞剑之人”，就像他父亲教给他的那样，手舞双刃巨剑，作战时总在第一排。他得到了双倍的军饷，战利品的大部分归他，剩下的才让手下的士兵分赃。他是这些人中最能打仗的人，技艺最精湛的杀人凶手……

一只烧焦了的小孩子玩的拨浪鼓。

刽子手摇摇头，把眼前的幻影拂开。他关上樱桃木的小匣子，生怕记忆再次袭来。

吱的一声，门开了。他抬起头，看见玛格达莱娜满脸通红地从外面进来。她及时离开了史泰茜琳家，赶在哨兵关上城门之前出了城。现在她非常激动，想把最新的消息告诉父亲。

“父亲，我明天要替史泰茜琳去一趟奥格斯堡！请你允许我……”

她看见地上的箱子时，马上冷静下来。

“这是什么？”

“没什么，这跟你没关，”她父亲含混不清地说，“哼，如果你想知道的话，里面是枪。明天就要去捉强盗了。”

玛格达莱娜转过身，看见并排摆在桌子上的战刀、破烂的军服和步枪。她用手摸了摸那支步枪的枪把。

“你打哪里弄来的这个东西？”

“从前的。”

刽子手的女儿把目光从步枪上移开，直视着自己的父亲。

“你从没跟我讲过你从前都干了什么。母亲说你曾是一个正义的士兵，对吗？你为什么非要去参加战争？”

雅各布·奎瑟沉默了很久。“你想怎样开始你自己的生活呢？”最后他问道。

玛格达莱娜耸耸肩，无可奈何地说：“我有什么选择？一个刽子手的女儿除了跟一个刽子手或者收尸人结婚，没有任何出路。你也不能选择你自己的职业。”

“你看，”刽子手说，“战争很残酷，但是它也让人获得自由。每个人都有权利杀人，如果他很聪明的话，还能当个少尉、军长什么的，还能有很多的钱——当然，如果他没有把钱全喝光的话。”

“那你为什么又回来了？”玛格达莱娜继续问。

“因为杀人也跟生活中的其他事情一样，要有一定的规则才行。”

说完，刽子手把箱子关上，略带挑衅地看着他女儿。

“你要去一趟奥格斯堡，为什么？”

玛格达莱娜向他解释，接生婆因为急需几种重要的药草，所以想派她到那座大城市走一趟。

“而且我还要给她带一块粪石回来！”她非常兴奋地一口气讲完了自己要办的事。

“一块粪石？”

“是山羊胃里的结石，可以治疗不育症，难产的时候也有用，而且……”

“我知道什么是粪石，”刽子手不耐烦地打断她的话，“史泰茜琳用它做什么？”

玛格达莱娜耸耸肩。“第二市长霍尔茨侯伏的夫人怀孕了，可是产期到了，孩子还是生不下来。她跟史泰茜琳要一块粪石。”

“那霍尔茨侯伏肯定要出一笔钱了，”刽子手大声地说，“粪石可不便宜。这样的话，你要带着很多钱去奥格斯堡才行。”

玛格达莱娜点点头说：“史泰茜琳想明天一大早给我。”

“你要是被抢了怎么办？”

玛格达莱娜哈哈地笑了起来，使劲地在父亲的脸上亲了一口。“你为我担心吗？你别忘了，我是雄高刽子手的女儿！那些人害怕我，而不是我怕他们。”她微笑地看着他，“请你答应我吧！母亲已经说了，我得问你。明天一早我就坐第一班木筏去，然后跟着奥格斯堡的一队商人一起回来。还能发生什么大事？”

雅各布•奎瑟叹了口气。如果是女儿认准的事，他很难劝说她改变。

“那好吧，”他最后说，“但是你也要给我带点东西回来。我先看看，我都需要什么……”

他走到旁边的小房间，房间里放着一只高达屋顶的大柜子，上面的抽屉和架子里装满了羊皮纸卷和书本；有些抽屉没有关上，里面装着各种各样的小袋子、小瓶罐之类的东西。整个房间散发着一股夏天的芳香，迷迭香、姜、肉豆蔻和丁香的香味清晰可辨。刽子手的药房闻名全雄高，而且是好几代人传下来的。没一个接生婆像奎瑟家一样拥有这么多种药草、药液和毒药，更不要说医生了。

在屋子中间那张摇摇晃晃的桌子上点着一盏油灯。玛格达莱娜在灯光下看见摊在桌子上的书籍里有一本迪奥斯科里季斯[①]著的关于药草的书，还有本她不认识的书，是用外文写的。

“你在查找毒死考普迈亚的毒药吗？”她好奇地问。

“也许是吧。”

刽子手没再说什么，继续在柜子里查点着药草和药粉，把所需要的东西写在一张条子上。

“我也需要一些配料，一般情况下药店不该卖给你这些东西，”他说，“干颠茄、曼陀罗籽，还有矾、硝酸和雌黄。我认识药店的人，多付几个钱，他们会把东西给你的。如果不行的话……”他诡秘地笑了笑。“你就说，你是雄高的刽子手派来的。这一招一直都管用。”突然他深沉地看着她。

---

① 迪奥斯科里季斯，1世纪希腊医生及博物学家。

"你突然这么走，不是跟西蒙有关吧？"

玛格达莱娜做了个鬼脸。"西蒙才不关我什么事呢，我不在，让他好好地活一回。"

雅各布·奎瑟又回到药单上。"好吧，随你便。至少你远离了谋杀和暴行。"他的脸色突然暗了下来，"我不希望你最后也被卷进来。我有种预感，我还没有完全摆脱危险。"

玛格达莱娜走到他近前。"你现在知道在教堂里遇到的那些人是什么人了吗？"

刽子手摇摇头。"我能找出来。然后就让上帝对他们发慈悲吧。"烛光投下的阴影在他的脸上不停地乱窜。每逢这种时候，玛格达莱娜对自己的父亲就怀有一种恐惧感。她心想，他看上去就像马上要给人套上绞刑套，或者把人钉在大轮子上似的。

"我现在知道，他们中至少有一个人事先拜访过考普迈亚。"她对父亲说。接着她讲了女染布工跟自己说的事情，以及陌生人脖子上戴的那个奇怪的金十字架。等她讲完了的时候，她父亲直摇头。

"圣殿骑士、拉丁文、有两个横梁的金十字架……事情真是越来越离奇了！"说完，他一掌拍在桌子上，让桌上的书一连翻了好几页。"西蒙明天一早去派廷的山上，看看能否在老城堡的废墟中找到什么。也许我们对这个该死的骑士能知道得多一点，他把我们当成傻瓜来作弄。这样也就能知道跟踪我们的人想干什么了。"

有一瞬间玛格达莱娜想推翻自己的计划。如果西蒙真的在山上的废墟里发现了财宝怎么办？如果那些陌生人在山上打埋伏袭击他呢？他难道不需要她的援助吗？但是，她一想到坐木筏去一座大城市，去闻完全陌生的气味、去看那么多陌生的面孔，她就想离开这里，离开西蒙。

她轻轻地吻了一下父亲的额头，走上楼梯，母亲和双胞胎早已在楼上睡下了。

“父亲，你要多加小心，”她低声地说，“你要照顾好自己和西蒙。”然后她便消失在自己的房间里。

在烛光下，雅各布·奎瑟又开始埋头研读刚才翻开的书籍。颠茄、龙葵、乌头……他用手指划过很多毒草的绘图，但是没有一种草的毒性像他在教堂里所遇的那种那么强，它让他的肢体变得如同死人一般僵硬。这种毒药是从很远的地方、从一个遥远的国家弄来的，这是十分肯定的。只是，这些人是怎么得到这种毒药的呢？他们本人是远道而来的吗？是远方修道院的行脚僧吗？有一个人讲话时带有一种奇怪的口音。

还有，他们讲拉丁文。

他突然又想起了他在地下墓室里听到的话。

这是上帝的旨意……

雅各布·奎瑟叹了口气，把书合上。然后他开始擦起步枪来。他明天要起个大早。记录官约翰·莱希纳已经通知公民们敲六点钟的时候在市场广场集合。让年轻的福荣威泽去研究那些骑士、谜语和刺客吧，雅各布·奎瑟要去捉强盗。干这个，没人能比得上刽子手。

莱昂哈特·维亚一边骂着，一边用鞭子抽打着马背。白马嘶鸣着抬起两条前腿，然后又重重地踏入深雪里。天色已经变暗了，风越刮越大，卷着雪花在空中不停地狂舞。奥格斯堡的商人不得不经常闭上眼睛。

他们已经晚了！虽然一大早就从雄高出发，但是中午的时候他们就意识到，无论如何在天黑前都赶不到菲森了。维亚选择了林中的老商路。路途虽然长一些，但是没有多少车，尤其是在冬天。那些土匪强盗更愿埋伏在莱希河旁的大路边抢劫。奥格斯堡的布商确信，没有强盗愿意躲在森林里，因为没准冻掉了屁股才碰到一个运冬草料的农民。还有，维亚只和几个亲近的奥格斯堡及雄高的商人讲过，自己选择了这条路；而且与往常不同，他只带了一辆简单的货车，就连那辆舒适而华丽的马车也放在了奥格斯堡！这怎么还会引起怀疑呢？维亚心里感到很踏实，但改变不了这一事实：夜晚即将来临，他们还没有赶到村子里。

午后，雪下得越来越大，风也厉害了许多。雪被风卷起，有一人多高，那四个长工赶着马车根本无法前行。在黄昏这个时候，人只能看见自己的手，路的左右两边是密密麻麻的松树，看上去像是指向天空的巨大黑手指。在膝盖深的雪地里，两匹马拉着车，呼呼地直喘气。车轱辘一会儿陷进泥沼里，一会儿陷进还没有冻住的水坑里，长工们要不时地下来抬车。他们用鞭子抽打着疲劳的马，可是再使劲抽打，也无法让马走得更快。马车刚刚又陷进了积雪里，两个长工在前面一边骂着，一边把雪铲开，另外两个长工在后面用力推着车。

“他妈的，不能再快点吗？再过一个小时这里就伸手不见五指了！”

商人身下的白马紧张地踢着蹄子。维亚不停地搓着双手取暖。他头上戴的熊皮帽子上面结了一层冰；虽然穿着过膝长的裘皮大衣，莱昂哈特·维亚仍然冻得浑身僵硬，每喘一口气，嘴里就冒出一团白雾，眉毛和山羊胡子上都结了冰溜子。

他紧张地望着四周。路边的松树后面黑得像盖了一块黑布，暮色也渐渐地降临到这一小伙人身上。莱昂哈特·维亚对那几个长工破口大骂，他们在雪中推着马车，都已精疲力竭。肯定至少还要半个钟头才能到下一个村庄！这个商人早已放弃了在菲森过夜的打算。即便找到一家便宜的乡村旅馆，他现在也会很高兴。他计划得那么周全！因为强盗抢劫，很多奥格斯堡的大商人都不敢出城。即便出来，也是成群结队，而且还有雇来的雇佣兵压阵。只有维亚一人取道雄高先上路了。有情况可以杀价。只是他什么时候才能到菲森啊……商人紧张地摸了摸挂在腰带上的那把上了栓的火枪。他把四个最强壮的长工带来了，四个人都带着军刀、铁棍等兵器，赶车的人手里还拿了张弩弓。但是这些是否能对付得了那些贪婪、饿疯了的强盗呢？维亚摇摇头。唉！那些土匪强盗怎么可能到这样一条僻静的林间小路来抢劫呢？没人知道他带了一车值钱的东西。

“快点啦，你们这些笨马！”

长工头约瑟夫朝马背上狠狠地抽了一鞭，马向前跳起，把车从雪里拽出来了。马车的轮子终于滚动起来，又可以往前赶路了。

在他们前面露出了一道车辙，上面只覆盖了一层薄雪。莱昂哈特·维亚笑了笑。他们会到达目的地的。在其他人到达之前，他将独占菲森的布料生意！他肯定能挣一大笔钱。也许做完这笔生意后，他真的能安心地在家歇着，让儿子把生意接管过来。坐在暖融融的火炉前，来一杯好酒，外加一只肥阉鸡，人还需要什么呢？

右边传来树枝被折断的声音。莱昂哈特·维亚眯眼看着眼前黑黑的树林。但是除了茂密的松树，什么都没有。长工们也听到了动静。他们小声地嘀咕着，小心地向周围看。有人在盯着他们。现在又传来了一声口哨，声音紧紧地贴在莱昂哈特·维亚的耳边。商人抬头往树上看了一眼，目光盯住半空不动了。树枝在动，好像活了一样。它们左右摇摆着，尽管一点风都没有。

等他看见那双眼睛时，已经太晚了。

在松树半截高的地方露出了一张灰白色的脸，脸下面是一张正对着他的弩弓。莱昂哈特·维亚听到了嚓的一声轻响，然后感到右肩膀燃烧般地疼起来。他一头从马背栽到了地上，凭本能去拿腰带上的手枪，但是没有找到。他周围马上乱了起来，人喊马叫，枪声、搏斗声回荡在昏暗的林中。一声尖叫后，一个人扑通一声倒在了地上。他往身旁看了看，看见的是他的长工头约瑟夫那双睁得大大的惊恐眼睛。从约瑟夫脖子上涌出的鲜血喷到了维亚的裘皮大衣上。商人不敢相信地看着眼前的刀刺、拼搏和谋杀。怎么可能呢？

以上帝的名义，谁会知道他们走这条路呢？

莱昂哈特·维亚把尸体推到一边，继续在大衣上摸索着。裘皮大衣很沉，他找不到把手伸进去的开口。他妈的，那把火枪哪儿去了？终于，他摸到了它，把冰凉的铁管伸到外面。维亚不管肩痛，小心地坐起来。他看见两个长工已经流着血倒在了地上。还有一个长工正在和三个强盗搏斗，一个强盗抡着斧头，砍到了这个长工的脖梗子上。维亚从眼角的余光中看见一个人影正从左边靠近自己。他马上站起身，看见这人向自己跑来。这个人的胳膊和腿上都绑着松枝，他的脸涂了一层黑炭，右手握着一把铮亮的手枪。他身材不高，动作柔和，像一只猫。尽管这个人做了伪装，维亚仍然觉得曾经见过他。

只是在哪里呢？

现在没有时间想这么多了。维亚举起火枪，对准强盗，拉下枪栓。

嚓地响了一声。接下来什么都没发生。

他妈的，火药变潮了，莱昂哈特·维亚心里想着。上帝救救我！

那个人慢慢地走近他，近乎是在享受这一切。他把手枪直接抵在维亚的脑门上。在枪栓拉下之前，维亚终于想起来在哪里见过这个人。

怎么可能呢？但是为什么……

即便知道此人是谁，对他也没用了。他的世界变成了千万个小星星，星星后面是一片黑暗。

天亮前，他们在市场广场集合，雅各布·奎瑟走到近前时才能辨认出几个人影来。

大多数的人刽子手都认识。城门哨兵雅各布·劳赫和铁匠乔治·克罗瑙尔也在里边。就连老家伙安德烈·维德曼也来了。这个老士兵拄着步枪，面带怀疑地打量着这个身穿大衣、朝广场走来的新人。广场上的人呼出的气，像从嘴里冒出来的烟。雅各布·奎瑟看见后面站着议员塞莫尔和哈登贝格的儿子。他们跟参议院议员的儿子汉斯·贝希托尔德站在一起。他们嘀嘀咕咕地指点着刽子手，无聊地玩弄着手里的军刀。人群中时而传出一阵笑声。刽子手径直走进人群。

二十多个男人被召集来了。围着记录官站着议员、酒馆老板和手工匠，还有那些体面的公民们，他们要么怀疑、要么充满敌意地看着刽子手，好像是在等着他给他们一个反驳的机会。在这个时候雅各布·奎瑟意识到莱希纳的计划是多么没有意义。他除了是一个可耻的刽子手、酷刑打手和收尸人外，什么都不是。他怎么能对这些人发号施令呢？

他刚想清清嗓子说话，后面传来了莱希纳的声音。

“先生们，我先告诉大家一个不幸的消息。”

约翰·莱希纳像一个从雾里冒出来的老翁，而且看上去精神充沛。他的头发和胡子都梳理过了，大衣的纽扣扣得整整齐齐，那双惯于发布命令的眼睛炯炯有神地看着周围的人。

“在莱希河山坡后的森林里发现了几个死人，”他说，“是奥格斯堡的商人莱昂哈特·维亚和他的长工。他们昨天早上才从雄高出发！”他提高了声调，扫视着手拿镰刀、木枷和步枪的人们。“下一次，我们中的一个人很有可能就会被他们掠夺、谋杀。市民们，现在是时候了，我们应该把这伙强盗一网打尽！”

大家马上低声议论起来，还不时地有骂声。

“安静！”记录官拍了拍手，人们马上静了下来。

“奎瑟在大战中当过雇佣兵。”约翰·莱希纳指着站在人群中、腰间挎着军刀、手里拿着步枪和手枪的刽子手说，“据我所知，他是一个出色的领队。他也有对付强盗的经验。而且他是你们这些人中最懂枪支弹药的人。我希望你们听他的命令。这对我们大家都有好处。”

“如果我们不想听呢，嗯？”说话的是汉斯·贝希托尔德——面包师的儿子。他叉着两腿，站到记录官面前。“我父亲说了，您无权给我们下命令。我们还是自由城市！贝希托尔德家的人不听收尸的下三滥调遣！”

“你父亲是个老浑蛋。”声音是从右边传来的，雅各布·施雷佛阁从晨雾中走了出来。这位绅士向记录官和雅各布·奎瑟点点头，表示问候。“请您允许我加入你们的队伍。”年轻的议员把亮铮铮的手枪插回腰带，站到了刽子手身边。

“我很高兴，我们的队伍又增加了一个人，”莱希纳笑着说，“现在我来回答您的问题……”他目光炯炯地看着汉斯·贝希托尔德，后者害怕地往后退了几步。

“袭劫奥格斯堡的商人是对弱者的谋杀，这已不是雄高管辖的事情了，而是选帝侯的事情。”他接着又很随便地带了一句：“选帝侯在雄高的代理不就是我吗？我命令刽子手当你们队伍的首领。您想跟我就这件事到慕尼黑的法庭辩论吗？”

汉斯·贝希托尔德退到了人群中。另外两个议员的儿子不安地望着别处。

“不是……当然不……我……”贝希托尔德结结巴巴地说。

“那好，我们终于可以出发了。”记录官转过身看着雅各布·奎瑟，“刽子手将会告诉你们怎样行动。”

雅各布·奎瑟咧嘴笑了笑。人们愿怎么看莱希纳就怎么看，但是他能控制住他的城市。刽子手把军刀插回刀鞘，目光严峻地打量着每个人的脸，然后向大家简洁地讲了行动计划。

咣当一声，西蒙关上了身后的房门，匆匆地踏上去派廷古堡废墟的路。屋里的父亲仍然气愤地骂着。还不到早上八点，第一批农民和手工匠就已经拉着车，穿行在雄高城的大街小巷。

伯尼法茨·福荣威泽争取让儿子留在家里帮他给病人治病，却是白费力气。昨夜医生家里又来了两个雄高人，他们咳嗽不止，直打寒战。老医生卖了他们一瓶椴树花精，又要了很多钱，看了一下他们的小便，然后好说歹说地把他们劝回了家。西蒙很高兴，他今天不需要再看这样的戏。他们是那么无能为力！病人像苍蝇一样地死去，可是国内的医生除了给病人放血、灌肠、洗胃，想不出什么更好的方法。在巴黎、伦敦或者荷兰莱顿市的那些学者要先进得多；在这些城市竟然有知名教授声称，疾病不是通过臭味和瘴气传染的，而是通过肉眼看不见的小动物传染的。在雄高，人们还认为鼻涕是大脑里的黏液，得了感冒流鼻涕，意味着人体会干枯，使人变呆。

西蒙心里骂着。上个星期他还有一点耶稣粉，是从一种在大西洋彼岸生长的稀有树种的树皮中提炼出来的。用了这种药粉后，病人能退烧，可是现在药粉已经全用光了。要等到春天，威尼斯商人才会穿山越岭到北方来。

等西蒙拐进了葡萄酒街时，他才听不到父亲的骂声。也许伯尼法茨·福荣威泽已经用一杯便宜的葡萄酒把怒气冲下去了。西蒙希望父亲晚上会平静下来。他也希望玛格达莱娜到时候也变得理智了。他昨天晚上还去过她那里，可是没有人给他开门。他敲了好几次房门，直到安娜·玛丽亚·奎瑟把满满一尿壶的东西从窗户倒下来，明确地表示他不受欢迎。等过几天后，这场风波肯定会平静下来的，到那时候，他可能已经找出了与圣殿骑士财产有关的谜底。此次派廷之行很可能会让事情变得更明朗些。

当他在晨雾中走出莱希门时，从城门的阴影里出来一个人。是贝内迪克塔。

“我认为，我们昨晚的谈话结束得太快了。”她微笑地看着他说。她戴了一顶皮帽子，穿了一件厚重的大衣，与她瘦弱的身材很不相配。这可能是她在雄高现买的衣服，因为她要比预计的多待一段时间。看见西蒙疑惑的面孔时，贝内迪克塔耸耸肩，深表歉意。

“我哥哥的葬礼明天才能举行。我想，我可以陪您去。去找您的财宝……”

让一个女人保驾。但愿刽子手永远不要知道此事……

直到现在他才注意到，在贝内迪克塔沉重的大衣下，她左边的腰间鼓起了一块。他猜想，那可能是那把打死强盗的手枪。

“为什么不行呢？”他说，“但是这次不要骑马了。我的肌肉到现在还疼呢。”

贝内迪克塔哈哈大笑起来，踩着地上的雪，咯吱咯吱地迈着大步往前走，西蒙费了好大的劲才追上她。

“您不要怕，”她说，“今天让我的阿拉米斯休息一下。而且路途不是很远，对吗？”

西蒙点着头，走在她的身边。

“您看见那座山了吗？”他指着莱希河的对岸说，“那后面就是邻村派廷，韦尔夫家族的城堡就位于附近的山上，被瑞典人洗劫得只剩下一些碎砖烂瓦。”

“上面没有人住了吗？”贝内迪克塔问。

西蒙大笑起来。“顶多有几个古堡幽灵。很久以前，韦尔夫家族住在上面，那是一个很古老的公爵世家，他们统治着这个地方。但这是很久以前的事情了。在大战期间当地的百姓盘踞在上面，瑞典人又把剩下的城堡拆得七零八落。现在偶尔会有一两个农民来这里，取些砖瓦回去盖房子。”

“您认为，我们在上面还能发现什么迹象？”

西蒙耸耸肩说：“很可能什么都找不到，但是我们至少做了努力。”

莱希河对岸的路慢慢地陡起来。不久他们就被树林包围，雄高的城墙和房屋在树梢上短暂地露了一下后，便消失在树林里了。西蒙小心地四下望着。派廷虽然离雄高只有一小时的路，但是有了三天前的经历，他觉得每棵树后都藏着一个人。然而除了一个赶牛的农民外，他们什么人都没碰见。

远处已经可以看到派廷最外围的几座房子了，右边出现了一条直通城堡的小路。西蒙走在前面。这里的雪明显比其他地方的厚，而且还没有踩硬。他们艰难前行，走不了几步就会陷在积雪里，有时候整条腿都陷进了雪里。过了一段时间，他们发现了动物的足迹，走在上面容易了许多。小路越来越陡，左右两边是古老的大橡树，从前这里应该是公爵的林荫大道，现在被围在了森林里。半个小时后他们到达山顶，树木稀少了，前面出现了一块野地，露出了城堡废墟。

瑞典人确实立下了很大的功绩。城堡的外墙全被推翻了，宏伟的房屋变成了干枯的黑色框架，分散在烧成木炭的房梁和积雪覆盖的碎石堆上。只有城堡的塔楼高高地耸立在废墟之上，像一根警告的手指。这片野地上凝聚着一种幽静，仿佛几米高的雪堆把所有的声音都吞噬了。

“真壮观，”贝内迪克塔一边说着，一边搓着两只冻僵的手，“这个骑士真是找不到比这更好的地方了。”

西蒙耸耸肩，不知所措地看着这片废墟。

“那个骑士住在雄高的时候，这里肯定是一座富丽堂皇的宫殿。可是不知什么时候起，公爵不再露面，城堡也渐渐地衰落了，再加上瑞典人……”说着，他爬上了一堆碎石，想从那里观察这一切。站在上面可以看到雄高和从山里流向奥克斯堡的莱希河，远方的派森贝格山高高地耸立在晨雾中。但是在他们下面却只有碎瓦片和废墟。西蒙叹了口气，小心地从上面下来。“这简直如同海里捞针，”他说，“不过也好，我们总算来过这里……”

他们决定分头寻找。贝内迪克塔负责南面，西蒙负责北面。他走在卵石上，不时地瞥向那些只剩下墙壁的房屋。有时候他在石块中能碰见死人骨头和带有笑意的死人头颅。在一条石缝里，他看见一具裹在瑞典士兵服里的骷髅残骸。有两次西蒙还陷进了积雪里；他的皮靴夹在了下面的石头缝中，他费了好大的劲才把脚拔出来。

"您发现什么了吗?"他朝着贝内迪克塔的方向喊道。他的声音听上去异常地响亮,可同时又好像被什么东西压住了似的。

"这里什么都没有!"远处传来了贝内迪克塔的回应,"您真的还想继续找下去吗?"

"再找一会儿!"他又爬过一堆碎石,看到了一座小教堂的遗址。西蒙爬过了几块大石头和雪堆,来到了小教堂中廊倒塌的墙垣前。小教堂位于一个小山丘上。韦尔夫家族的人从前很可能在这里进行祈祷和举行其他的宗教仪式。现在西蒙面对的黑墙壁空空荡荡,教堂原有的窗户也被卸掉了,铅制窗框可能已被重新熔铸,变成了子弹。雪花从房顶的框架飘下来,落在曾为祭坛的石板上,到处都是烧成木炭的房梁。

突然,西蒙灵机一动,走到教堂里,爬上一堆木头,想到祭坛去看看。骑士的前两个谜语都与教堂有关,先是洛伦茨教堂,然后是阿尔滕施塔特的巴西利卡。也许这里亦是如此。他只需……

咣当一声,他脚下的木头突然松动起来。木板刮起他的大衣,他扑通一下掉了下去。他想抓住一根横着的木头,但是木头断了,和他一起掉进了黑暗。

他重重地落在了地上,疼得只想大喊大叫。他感到身下是冰凉的石头,还有一个很薄的东西被他压碎了。就在努力站起来的时候,他听到头上传来了断裂的声音。凭直觉他马上躲到了一边,看见一大堆木头从上面掉下来,噼里啪啦地落在了他身边。如果再往右边靠一米的话,他就被活埋在下面了。

西蒙深深地吸了一口气,慢慢地活动了一下自己的肢体。看上去还都完好,没有骨折。只是他从奥格斯堡买来的外套上撕了一条长长的口子,从袖子一直延伸到腰间。一些小木刺透过衣服扎在了身上,除此之外他没有任何损伤。

到现在他才有时间仔细看看自己掉在什么东西上了。他抓起身边的东西，原来是一根白色的大腿骨头。在他的两腿之间是一个没有牙齿的死人头颅。

西蒙吃惊地跳了起来，看着四周。他的周围全是死人骨头和头颅，一堆腐烂的、有些已经变绿的骨头架。看来他掉进了教堂的地下墓室。一缕缕的光线透过上面的木头照下来。在西边有一道狭窄的石台阶通到上面，可能是以前的入口。周围的石墙上砌了好多墓碑，上面刻的骑士要么挎着宝剑站着，要么骑在马背上。西蒙仔细看着每一块浮雕。也许是韦尔夫家族的人，或者是继韦尔夫家族之后的统治者斯陶芬家族。西蒙想起来，这座城堡曾是罗马人的卫城。他身边的这些死人骨头历史有多久了？

“没事吧？”

上面传来贝内迪克塔的声音。西蒙看见一张焦虑的面孔。

“我听到了响声，马上过来看看出了什么事。”

西蒙咧嘴笑着说：“我真不应该在圣三王节那天吃那么多的炸丸子。我像一只面袋子一样从上面掉了下来。”他指着那些墓碑和地上的骨头继续说：“如果再倒霉点，我就留在这里了。”

贝内迪克塔往深处看了看。地下墓室大约有三米深。“我们需要一根房梁，好让您再爬上来。”她一边说着，一边在周围搜寻。

西蒙点点头。“您到祭坛的右边去看看。我记得那里有几根长木头。但是您千万要小心！否则我们俩都要躺在这里了。”

贝内迪克塔看着他，笑着回答说：“难道这样很糟糕吗？”

说完，她走开了。西蒙能听到她小心地在教堂里走动。他一边等着，一边继续研究墙上的墓碑。碑文是用拉丁文写的，刻着死者的名字。上面雕刻的是身着盔甲的骑士，要么躺着，要么站着，要么骑着马。在一块墓碑上还刻着两个骑士骑在一匹马上。西蒙愣了一下。

两个骑士？

西蒙的脑海里渐渐地理出了一点头绪，一幅模糊的画像刚才还藏在他的潜意识里。他急忙掏出那本一直带在身上的、由塞灵的威廉所著的小书翻看。在书的中间段落，他找到了答案。

两个骑士，一匹马。

“贝内迪克塔！贝内迪克塔！”他激动地大喊起来，“我找到了！谜底在这里！”

贝内迪克塔的脸又在上面露了出来。

“什么？”

“圣殿骑士！”西蒙继续大喊道，“他们肯定是在这里！下面有一个圣殿骑士的墓碑！有大团长的徽章——两个骑士骑在一匹马上。在塞灵的书里有这个图像！”

西蒙手里摇晃着书，贝内迪克塔小心地往下推着一根大木头。

“对圣殿骑士来说，两人骑一匹马是一种信任的象征，寓指大家有福同享、有难同当。所以他们把这幅像当作徽章。现在我也认出了上面的字！”他走到墓碑近前，小声地念着刻在墓碑边缘的一圈拉丁文。

“‘基督战士之印’，这确实是他们的徽章。”

贝内迪克塔现在也顺着木头滑到了下面，来到西蒙身边。

“又是一块棺材板，”她唉声叹气地说，“我已经感到厌烦了。”

“肯定还有什么东西在后面。”西蒙掏出了那把手术时用的匕首，开始刮墓碑周围的墙土。贝内迪克塔也用自己的刀帮着西蒙刮。两人都不说话，忙活了一刻钟左右，墓碑才从墙上掉下来。

后面什么都没有。

只是一块光秃秃的墙壁，但是上面却刻了几行字。与其他的刻文不同，这些字是用德语写的，而且是古德语。西蒙小声地念着上面的文字。

“这是我在人间所知的最大奇迹，既没有天也没有地，既没有山也没有树，也没有任何东西，太阳还没有照射，月亮还没有发光，还没有壮丽的大海。”

“天哪，这是什么意思？”贝内迪克塔小声地说，“别又是一个《圣经》里的谜语吧？”

西蒙点点头说：“看来还真是。可是我还从没听说过这段话。还有一点也很奇怪……”

“什么？”贝内迪克塔不解地看着他。

“如果是《圣经》中的谜语，应该是拉丁文才对。据我所知，那时候《圣经》还没翻译成德文，至少教会还没允许这样做。可这段文字是德文。”

贝内迪克塔走近墙壁，用手指着第二行字。

“‘树’这个字写得很重，这是为什么？”

西蒙也用手摸着墙上的字。

“也许这个字特别重要，”他说，“也许那些财宝藏在一棵树下。”

贝内迪克塔哈哈大笑起来。“在哪棵树下？外面是一片森林！”

“肯定是一棵古树，一棵在这里已经长了几百年的树，而且还很特别，让人一眼就能认出来。”

西蒙急忙跑到木头前，开始往上爬。“快点，让我们去找一找。也许我们马上就能找到答案了。”

贝内迪克塔叹了口气，也跟在他后面往上爬。

他们找了一上午，又加上大半个下午，专门看那些长得奇形怪状的老树、树干上刻了字迹的老橡树，或者独立于高处的榉树。他们寻找隐藏的记号和石块、嵌在地上的木板。他们查看了树枝上的洞眼、树根下的洞穴，还发现了一个老獾子洞。

可他们什么都没有找到。

徒劳地找了五个小时后，西蒙在一块从城墙掉下来的、覆满积雪的大石头上坐下来，不停地搓着两只冻僵的手。

“这样下去我们不会有什么结果，”他说话时，嘴里冒出了几朵白云，“即便财宝或别的什么东西藏在树下，地冻得这么硬，我们连锹都插不进去。”

贝内迪克塔坐到他身边，她的脸也冻得红扑扑的。

“您仍然认为这里藏着一大笔钱吗？”

西蒙站了起来，来回地走动着，以便让自己的肢体暖起来。

“也许根本就没有钱。也可能是黄金、珠宝、钻石什么的，很小，但是很值钱。也许这一切都是胡闹，我只不过是钻进牛角尖，出不来了。”

他生气地把一块石头扔向山谷。这块鸡蛋大的石头带起了一股飞雪，像雪崩一样落在了树林里。

“我们回去吧，”他转身对贝内迪克塔说，“您还要为您哥哥的葬礼做准备呢。我现在对这些圣殿骑士已经受够了。”

他们俩一起踏着积雪向山谷走去。谁都没有注意到，有三个人正躲在一堵断墙后面，用充满仇恨的目光看着他们。

阿芬那留斯兄弟揉着脑后的绷带，他头上的伤来自于刽子手的那根木棍。

“看上去他们没有找到什么东西，”他用斯瓦比亚方言说，“也许那个小伙子并不像我所想象的那么聪明。”说完，他还特意用拉丁文加了一句：“在错综复杂的情况下才能真正地显露出一个人的智慧。”

“他比你聪明，这是毋庸置疑的。你只会耍小聪明！”脸上带有伤疤的人用嘶哑的声音说道，同时手里玩弄着一把弧形匕首，“你的那些名言警句到现在都管什么用了？除了一个死神甫和一大堆麻烦外，根本派不上用场！”

“我和那个神甫一点关系都没有！”斯瓦比亚人生气地大声喊道，“本来就不应该把他一下子处死！让他……闭嘴不谈此事，也就够了。”

“现在他也闭嘴不谈了。”说着，那个脸上带疤的人把弯匕首投向一棵树，刀刃插进了树干，在上面微微地颤着。

“纳塔内尔兄弟说得对。”第三个穿着黑斗篷的又高又瘦的修士接过话说。即便在这座空空荡荡的山上，也弥漫着一股浓浓的堇菜花香味。他长得像一根干枯的木头。只有他一个人把斗篷的帽子戴在头上，将半张脸都盖住了。“那个神甫太危险了。这是上帝的旨意！”

“下一步要怎么办！”斯瓦比亚人抱怨道，“先是神甫，然后是刽子手……大师派我们出来可不是为了干这些的！”

“大师的话很清楚。”那个瘦高个儿弯下腰，把脸凑近阿芬那留斯，看着他的眼睛。这个胖斯瓦比亚人差一点被浓浓的香水味熏晕过去。阿芬那留斯怎么敢反驳呢？这个瘦高个儿是他们的头儿，虽然他变得越来越奇怪了。

“大师要求我们把那些财宝送回到它们应该待的地方去。”散发着堇菜花香的那个人低声地说。在黑色风帽的衬托下，他的嘴看上去就像一个红色的洞口。“其他的事情都不算数。还有，刽子手根本没死，他还活着。昨天在圣米迦勒巴西利卡教堂里我看见他和其他人在一起。”

“你……看见了……什么？”那个脸上有疤的人跳了起来，瘦高个儿把他按住。

“也好。很明显，上帝不想让刽子手死。上帝在他宏大的布局中还需要这枚小棋子。可能正因如此，他的女儿也从我们手中跑掉了，那个刽子手的小婊子。一个不寻常的女人……”他犹豫了一下，好像是在考虑什么，“她叫玛格达莱娜，很奇怪。我从前也认识一个叫这个名字的人……”

突然，他拍了拍手。“现在让我们跟大师汇报去。”

那个瘦高个儿越过了一堵矮墙，然后向另外两个人招招手，示意他们跟上。他看到脸上有疤的人一脸失望的表情时，马上安慰后者。

“如果他们真的找到了那些财宝，他们的任务就完成了。纳塔内尔兄弟，上帝不会容忍异教徒再次散布对神的亵渎。我们已经把他们消灭了一次，这次我们也会成功。所有的记忆都要被消除。你的机会会来的。”

拿着弯匕首的修士严峻地点了点头。他们三人像猎犬一样，继续追寻新的足迹。

第七章

雅各布·奎瑟一边走在阿默河谷的陡岸上，一边看着五十米下奔流的河水。河面上的冰块随着激流互相碰撞，形成了鲜见的形状，让刽子手想起了破旧的旋转楼梯。在下面的河谷里光线已经转暗，不一会儿就要变得更冷。太阳也渐渐地消失在树梢后面，把同行人的脸映在一片金色的晚霞中。

“我们今天应该结束搜寻了，”走在他身后的汉斯·贝希托尔德嘟囔着说，“照这样下去，我们也可以在山里找兔子了。”

面包师的儿子从一开始就对这次行动持有怀疑。其他绅士的儿子也慢慢地站到了他的立场。他们怎么能在这片辽阔的雄高森林里找到强盗呢？如果要找的话，这不也是士兵和差役的事吗？有几个年轻人刚开始时还满腔热情，因为他们想痛痛快快地来一场战争演习，但是寒冷和爬山的疲劳早已把他们最后的一点追猎热情熄灭了。现在他们只想回家。

雅各布·奎瑟扫视着对岸，希望能看见可疑的动静。巴伐利亚森林里的强盗一直是一个大患，自从那场大战以来，如果没有护驾的话，简直无法从一座城市到另外一座城市去。雅各布·奎瑟每年都要吊死几个土匪强盗，有的还不足十四岁，可是没办法。对刽子手的恐惧敌不过饥饿和贪婪。

今年冬天的这伙人是近几年来最强的一伙强盗。他们的首领是一个叫汉斯·舍勒的人，他纠集了二十多个人，有从前的雇佣兵，也有在战争中失掉了土地和家园的农民；很多人还把女人和孩子带进了强盗窝。

“嘿，奎瑟，我在和你说话！让我们回家去吧。你自己可以继续找。”

雅各布·奎瑟回头轻蔑地看了一眼面包师的儿子。

“我们再搜索最后一处可以藏身的地方，然后你就可以回家，躺在暖融融的床上。你的脸已经冻得通红，那红鼻子是冻的还是喝酒喝的，嗯？”

汉斯·贝希托尔德的脸变得更红了。

“你不要脸皮太厚，收尸人！”他一边大声地喊着，一边挥着手里的军刀，“我才不听你这种人的调遣呢。莱希纳派你这样的人当首领，简直是一种耻辱！”

“贝希托尔德，你要小心你那张狗嘴！”雅各布·施雷佛阁说。他一直跟着刽子手走在前面。“你自己已经听到了记录官的话。奎瑟最了解情况，所以他当我们的首领。”

“贝希托尔德说得对，施雷佛阁！”说话的是塞巴斯蒂安·塞莫尔——第一市长的儿子。他穿着一件紧身马甲，大檐帽上还插着一根鸡毛，在这片林子里显然很不合适。他脚上穿着一双薄皮靴，冻得浑身发抖。他的声音听上去也颤巍巍的。雅各布·奎瑟不知道，这是因为冷，还是因为这个年轻人看见刽子手时所产生的畏惧感。

“还从没有过刽子手向体面的公民发号施令呢，”塞莫尔终于把话说出来了，“我……我……要向我父亲投诉！”

“对对，你要投诉，最好现在就去，不要等到天黑。”

雅各布·奎瑟继续往前走，希望众人跟着他。他感到自己的威望在慢慢地减弱。在这队人中，信任他的人屈指可数。雅各布·施雷佛阁、安德烈·维德曼（他大战时就认识了这个老头），也许铁匠乔治·克罗瑙尔和一两个手工匠也算在内。其他人跟着他，是因为记录官的命令，也是因为他们惧怕刽子手。

奎瑟轻轻地叹了口气。刽子手在大多数市民眼中是一个不体面的人，因为他们的职业是其他人不愿意从事的：他们拷打、处死罪犯，收殓动物的尸体，清扫街上的粪便和污物，调制治病的药水和酊剂。对这些议员大人的儿子来说，听从这样一个人的命令简直就是一种不可容忍的冒犯。雅各布·奎瑟能感到身后的阻力正一点点地变大。

他心里暗暗地骂着把自己推到这个位置上的记录官莱希纳。也许莱希纳想以此甩掉他。以前曾有刽子手仅因为一点点小事就被处死。奎瑟很清楚，如果下一个藏身之处也是空的话，他搜索强盗的任务就结束了。

当从下一棵松树后走出来的时候，他马上知道，这次他们将获得成功。

从下面的阿默河谷冒上来一缕青烟，虽然不是很浓，但是在寒冷的空气中清晰可见。雅各布·奎瑟得意地笑了笑。他知道，这伙人一定藏在这一带。当刽子手盘算着如何捉拿强盗的时候，他十分清楚，仅凭运气到林子里搜索强盗是一件毫无意义的事情。雄高的周边地区很荒芜，有密林、峡谷和陡峭的悬壁。只有靠城的一小片地域种了庄稼，与之相连的便是无边无际的原始森林。

但是没有人像刽子手一样对这一带了如指掌。几年来，在寻找药草和毒草的时候，他不知多少次走进林子深处。他知道哪里有大山洞，哪里有城堡遗址，哪里可以藏身。他们今天已经找过三个可以躲藏的地方。看来在第四个藏身之地他们运气很好。雅各布·奎瑟从一开始就有预感，他们在施莱耶瀑布能找到这伙人。

烟是从陡坡上的一道石缝里冒上来的。刽子手知道，下面是石灰岩构成的高山地形，几千年来水从这些石灰岩中流过，形成了四通八达的岩洞，洞口常常隐藏在瀑布后面。在夏天，施莱耶瀑布的水冲刷着青苔，流进阿默河。现在正值冬天，水结成了冰溜子，像白色的窗帘一样挂在洞口前。

雅各布·奎瑟弯下身，深深地吸了一口烟。是烤肉和热油的味道。眼前的烟柱应该来自于一堆篝火，是从一个天然的烟筒钻上来的。

“刽子手，怎么了，为什么……”

奎瑟立即挥手示意面包师的儿子不要说话，然后指着那缕烟和离他们三十步远的一条山路。小路直通下面的河谷。他刚想继续往前走，就发现了岩壁上的铁栓，它们也一直通往下方。

“这是他们的逃生之路，”他小声地说，“我们要兵分两路。”他指了指雅各布·施雷佛阁。“您带领大部分人沿小路下去。我将带几个人从铁栓爬下去。不能让他们像耗子似的从这个洞口跑掉。”

他从一直扛在肩上的麻袋里掏出了火把，递给安德烈·维德曼和乔治·克罗瑙尔，说：“我们将从后面用烟熏。”然后他又对其余的人说：“你们等在洞口。等他们出来的时候，能活捉多少，就捉多少。谁要反抗，就把他打倒。”

老头安德烈·维德曼呀呀地叫了两声。汉斯·贝希托尔德的脸霎时变得苍白。

“要不要留几个人在上面等着？万一有人从这里逃跑呢？”他支支吾吾地说。塞巴斯蒂安·塞莫尔也突然变得不像刚才那么硬气了。他恐惧地向四周看着。不知从什么地方传来了猫头鹰的叫声。

“废话，”奎瑟一边说，一边往那两把刚上过油的簧轮枪里装火药，同时还不停地吸着烟斗，“在下面我们急需人手。现在赶紧下去。”

他又朝雅各布·施雷佛阁点点头，然后把两把枪插进腰带，与铁匠克罗瑙尔和另外两个手工匠一起，开始往山下走。他肩上还扛着一支火绳枪。他犹豫了一下，考虑让那两个议员的儿子待在上面是否更好些。他俩很可能因为害怕，做出不理智的事情，从而暴露他们。但是他又想到了他们闪闪发光的战刀和枪支，不由自主地暗笑起来。

他们要来一场战争演习，现在正好让他们经历一下。

玛格达莱娜觉得自己好像是在飘。她站在木筏的前面，看着水从左右两边顺着粗壮的大木头流过。木筏偶尔会撞在碎冰块上，碎冰被卷进莱希河的小漩涡，沉到河里。莱希河两岸峭壁上的一片片榉树从她身边掠过；撑筏工的笑声和命令像一首永远唱不完的歌。行了一会儿，莱希河穿过了窄窄的峡谷，进入一片宽广的白色世界，时不时地有深色的小池塘和小树林露出来。

玛格达莱娜看着左边。岸边出现了小城市兰茨贝格的身影，它的城墙和塔楼依旧巍然而立，但是在大战中也遭到了破坏。刽子手的女儿听人讲，兰茨贝格在战争中遭到的破坏和劫掠远远胜于雄高。兰茨贝格的许多女孩子因为害怕被强奸，从城楼跳进莱希河溺死了。玛格达莱娜想起来，贝内迪克塔也是兰茨贝格人。一想到战争和自己的情敌，玛格达莱娜马上感到，一层阴影罩在了原本愉快的旅途上。

“已经有人掉进河里了，就因为他们一直看着河里的浪。”

一个低沉的声音把她从沉思中唤醒。她向周围看了看，原来是奥格斯堡的商人奥斯瓦尔德·海因米勒，他正啃着一只鹅大腿，满脸堆笑地把第二只鹅腿递给她。从嘴唇上滴下来的肥油沾在了他的短尖髯上，也把他的白衣领弄得很脏。这个人长得很胖，四十岁左右的样子，带着银扣的腰带紧紧地绷在凸起的肚子上，帽子上的红色羽毛在风中扑扑作响。玛格达莱娜犹豫了一会儿，还是接过了鹅腿，吃起来。早上她只吃了几勺大麦粥，到现在还没吃过任何东西。

“上帝保佑您。”她一边吃，一边继续看着前面弯曲的河道。海因米勒满意地笑着。

“你要在我们美丽的奥格斯堡待多长时间啊？”他问道，并用衣袖抹着嘴上的油，“你要很快再赶回你的小城市吗？”

海因米勒说着一口奥格斯堡方言——让雄高人一听就感到厌烦的方言。因为这种方言马上让人想到这座帝国自由城市的优越感。玛格达莱娜今天早上在他这里订到了去奥格斯堡的船位。奥斯瓦尔德·海因米勒的木筏上装着葡萄酒、油、锡、香料，还有一手推车生石灰粉。玛格达莱娜能与他同行，是他很乐意的事情，他不仅可以打发时间，还可以吹吹牛，反正晚上才能到奥格斯堡。

玛格达莱娜叹了口气。在雄高的时候，这个讨厌的商人就试图与她搭话。看上去他不肯罢休。就连玛格达莱娜向他讲自己是刽子手的女儿，也不能阻止他。与此相反，这反而更煽起了他的想象力。他不停地向她献殷勤。玛格达莱娜只能听天由命，冲他笑笑。

“我可能要待一天，后天就回来了。”

“只待一天！”商人大声地叫起来，并面带失望地看着天空，“你怎么能一天就逛完这座美丽的城市？新盖的市政大楼，主教宫殿，还有那些喷泉井！我听其他的雄高人讲，到了奥格斯堡后得先坐下来。他们一下子看得太多了！”

仅看你一眼我就够了，玛格达莱娜心里想着，继续看着眼前翻卷的白色浪花。她心里很生气，这个爱吹牛的胖商人把自己对奥格斯堡的兴趣全都搅没了。其实她很高兴能到战前德国最大、最美的城市之一奥格斯堡逛一逛。

“你知道你住在哪里吗？”商人的脸上露出了狐狸一样的奸笑。

“我……我父亲告诉了我一家位于莱希河边的旅馆，”她回答说，心里升起一股厌恶感，“住一夜，加早餐，才花四个铜钱。”

“可是你要和一群跳蚤臭虫共睡一张床。”奥斯瓦尔德·海因米勒现在已经走到了她跟前，用手理着她的裙子。她能看见他胡子上挂的油腻腻的鹅油。“在我家里有一张床，四周都挂着帷帐，铺着白色的床单，你只和我一个人睡在床上。也许我一夜还会付你四个铜钱呢。”他冲着她的耳朵低声地说。玛格达莱娜可以闻到，他的呼吸带着一股酒味。

“滚开！”玛格达莱娜愤怒地说，并一把把他推开，“我虽然是刽子手的女儿，但还不是个野女人。”

可是商人并不感到害怕，反而更垂涎三尺地说：“我知道你们这些婊子，先是反抗，然后再变得更顺从。”

显然，在这几个小时的路上，酒和玛格达莱娜的目光引起了这个商人的淫欲。他抓住了玛格达莱娜的束身衣。“你现在不要这样嘛！”

玛格达莱娜厌恶地推开他的手。“说话前，您先把嘴擦干净，”她说，“您臭得像只死耗子。”

她挣脱了他，跑到木筏中间，两个雄高的撑筏工正用力用长篙驶着船。她在塞莫尔的酒吧里见过这两个人。两人犹豫地朝她这边看，但却不干涉。玛格达莱娜心里咒骂着。在这些男人的眼里，她这个刽子手的女儿和一个妓女没什么两样，现在她只不过是咎由自取。

对奥斯瓦尔德·海因米勒来说，这一切好像是一场游戏。他奸笑着追了过来。她跑过两个撑筏工，跑到木筏的后部。玛格达莱娜爬上箱子，踩在一捆捆的货上，绕过磨石和装着大理石、食盐的麻袋，最后跑到了船尾。商人仍然紧追不放。

“很好，”海因米勒嘟囔着说，伸手又去抓她的束身衣，“在这儿至少没人打搅我们。”

玛格达莱娜向四周看了看。她的左边是一手推车生石灰粉，上面只简单地盖了一块亚麻篷布。玛格达莱娜突然灵机一动，伸手把篷布拽了下来。然后她爬上车，把篷布举过头顶，开始在车上迈起舞步来。她一边笑着，一边扭腰。

“过来呀！”她朝商人喊道。海因米勒此时已经累得有些喘不过气了。“如果您想得到我，您也必须上来。”

奥斯瓦尔德·海因米勒犹豫了一下，然后也抬起肥胖的身体，爬到了车上，小心地追在后面。

“马上……我马上就能抓到你。”他上气不接下气地说。

等商人离玛格达莱娜有一臂远的时候，她猛地推了他一下。海因米勒不得不两手在空中摇摆，保持平衡。

“你这该死的小婊子！”海因米勒大声地骂了一句，便一头栽进了车里。

车里顿时升起一团白色烟雾，把他罩了起来。不一会儿就传来了撕心裂肺的叫声。生石灰粉钻进了他的眼睛、嘴、鼻子和所有未愈合的小伤口里。他不停地咳嗽着，在车里打着转，最后整个人站了起来。他的大衣以及里面的外套都沾上了白色的粉末。沾到水的地方，马上腐蚀了一片。玛格达莱娜从车上跳了下来，开心地笑着。奥斯瓦尔德·海因米勒在下次幽会前要买一身新衣服才行，也许还要换一张新面孔。

她迟疑了一会儿后，抓起两把生石灰粉，放进自己的衣袋。她十分小心，不让腐蚀性很强的石灰粉沾上水，侵蚀衣服。谁知道呢，也许她会再次用上它。

“刽子手的女儿，你……你要为这个受到惩罚！”海因米勒一边咳嗽，一边弯腰用河水清洗被烧得半瞎、火辣辣疼的眼睛。几秒钟后，他就不得不因为疼痛而躺在木筏上嗷嗷直叫，石灰粉沾上水后，马上吱吱地起了反应，冒起了烟。“你这个该死的女人！”海因米勒号叫着，像海狗一样在木筏上一撅一撅地挪动着，想找一块干净的布擦脸，“你在美丽的奥格斯堡不会有好下场。你不会有好下场，我向你保证！”

“从现在开始最好不要再打搅我。”玛格达莱娜一边喊着，一边又来到了木筏的前部，两个雄高的撑筏工好奇地看着她。“还有你们两个！”她大叫着，“你们这些滑头滑脑的男人！除了惹麻烦，什么都干不成！”

她坐在前面的箱子上，双手抱膝，两眼直直地盯着前方。她母亲经常警告她：大多数男人不是淫荡的白痴，就是冷酷的冰块，最好离他们远一点。她用手抹掉眼里的泪水。不能让这些流氓看见她在流泪。

此时，她像小孩子一样，只希望父亲能来到身边。

雅各布·奎瑟慢慢向下滑，直到他的脚碰到第一个铁栓为止。岩壁上的铁梯垂直往下延伸，在十米深的岩缝中不见了。刽子手犹豫了一下，思考是否该把带来的火把点着，最后决定先不点。不应该让火光惊动强盗。等他下到岩缝时，周围突然变黑了，但是不一会儿，他的眼睛就适应了。从头上的岩缝，他能看见天色渐渐地变暗，如果一个人正好位于岩缝口，便什么都看不见了。他们一共五个人，奎瑟知道，这几个人他各个都能信得过。尤其是安德烈·维德曼，他曾与奎瑟一起在奥格斯堡城前跟古斯塔夫·阿道夫的瑞典兵搏斗。铁匠和另外两个手工匠看来也很有经验。

又往下爬了十米，铁栓在悬崖的底端不见了。奎瑟在左边找到了一条狭窄的通道，从那面传来了一群人的谈笑声。他们五个人蹑手蹑脚地爬到通道两边。刽子手紧张地往通道里望了望。

在只有一腿高的洞口后面是一条低矮的隧道，直通后方的一个大山洞。山洞里点着一堆篝火，火上烤着几只野兔子。偶尔会有一个衣衫褴褛的人从火边走过。雅各布·奎瑟看到篝火的后面坐着一些男人，身上裹着兽皮和烂布片取暖。有一个人打了一个很响的饱嗝，引起了一阵哄笑，还有两个人大声地吵架；他还听到了一个婴儿的哭声。从洞口散发出汗味、火药味和烤焦了的肉味。

一股呛人的烟从洞口冒了出来，奎瑟不得不眨眼睛。他没有搞错。他们找到了舍勒这伙强盗的老窝，而且看上去这些人刚刚从外面抢劫归来。刽子手满意地笑了笑。 把这伙强盗一网打尽，没有比现在更好的机会了。奎瑟只能凭声音估计一下他们的人数。大约有三十人左右，其中不少是妇女和孩子。

他向维德曼、克罗瑙尔和两个手工匠招了招手，然后从肩上拿下十二只拴在一起的木制火药瓶。他先拿下六只来，每只瓶子里的火药正好够打一枪。奎瑟用一条皮绳把这六只小瓶子紧紧地绑在一起，正好可以拿在手里。

刽子手眯着眼睛，测量了一下距离，右手一挥，把那个自制的炸弹从隧道扔进了火里。

爆炸力很强，奎瑟本人被甩出了好几米远。山洞的岩壁又把爆炸声传了回来，轰轰的响声回荡在峡谷，好像整座山都要塌下来似的。在雅各布·奎瑟的耳中响起了一阵尖细的铃声。过了好长时间他才又听到从强盗待的洞里传来的乱哄哄的响声。哭喊声、咳嗽声，还有骂人的声音，都传到了耳朵里。刽子手向另外四个人挥挥手，然后众人一起弯着腰、举着战刀进了隧道，冲进山洞。

炸弹把火炭和燃烧的木柴炸得四处纷飞，到处都是从洞顶震下来的碎石块。穿着破衣烂衫的男男女女躲在石头后面，试图在烟雾中辨清方向。原先是篝火的地方一动不动地躺着几个人，痛苦的喊叫和孩子的哭声回荡在山洞里。

刽子手迟疑了片刻。他决定先不进攻，而是用低沉的声音朝洞里大喊。他的话音顿时盖住了洞里的一切声响。

“你们这些强盗，赶快出来！马上到外面来，不能带武器，举起手来！外面等着你们的是一队全副武装的市民，如果你们乖乖地投降，就……”

突然，一个黑影向他扑来。在最后一刹那，刽子手往旁边一躲，刀刃只在他的脸上刮了一下。眼前的人至少和他一样高大，脸上沾满了黑灰，一部毛茸茸的连鬓胡子，两只眼睛像燃烧的煤炭一样冒着火。奎瑟的声音虽然低沉，但却充满威吓。

“放下武器，到外面去。不要把事情弄得更糟。”

“狗杂种，你下地狱去吧。”那个人破口大骂，又挥起刀向刽子手砍来。这次刽子手有所准备。他往后跳了一步，抽出上了栓的手枪，同时按下了机关。

子弹打中了强盗的肩膀，让他退到了墙边。当他还在惊奇地看着自己胳膊上血淋淋的伤口时，刽子手举起自己的落叶松木棍，一下子打下去，那个人一头栽倒在地。

“我已经警告过你了。”刽子手一边说着，一边抹了一下脸上的血。

他用眼角的余光看到维德曼也在和人搏斗。另外三个人紧紧地跟在那些投降的人后面往外走。

维德曼背冲着墙。尽管很冷，他脑门上仍然冒着汗珠。他的对手拿着一把有豁口的战刀向他砍来，就像要劈木头似的。老战士费了很大的劲才抵挡住了对手的刀。用不了多久他就会在对手的劈砍中倒下。

从外面传来几声枪响。雅各布·奎瑟吃了一惊。怎么回事？难道这些人没有投降吗？

“快投降！”刽子手朝着维德曼的对手怒吼道，“你是最后一个！”

但是这个人好像没有听见他说话，不停地向维德曼砍下去。刽子手在他的眼睛里看到野兽一样的凶光，饥饿、贪婪和恐惧交织在一起的凶光。这个人看上去还不到二十岁。

雅各布·奎瑟一脚把年轻人踹到一边，小伙子呻吟着倒在了地上。刽子手掏出第二把手枪对着他。

“马上给我出去，快点儿！我不会对你怎样。”

强盗迟疑了一会儿。他看看刽子手，然后把手里的战刀扔在地上，举起手向洞口跑去。

“我现在出去！”他高声喊着，“不要杀我，我是……”

等他跑到洞口时，传来了一声枪响。

年轻人的身体一下子被弹回到了山洞，他浑身抽动着倒在了地上。

“他妈的，外面出了什么事！”奎瑟咆哮着，“这个人已经投降了！”

他急忙跑向洞口。洞口两边结了厚厚的冰柱，像门框一样。他往外看的时候，看见了枪口的火光，马上躲在一根冰柱后面，同时感到自己的左胳膊隐隐作痛。

“你们这些笨蛋！”他大声喊着，“是我，我是刽子手！马上停止开枪！”

他背靠在岩壁上，找到了一个隐蔽的地方。等不再有枪响后，他才小心地露出头来，看着洞外的一片可怕景象。

一股怒火涌了上来。

雄高人站成了半圆形。在洞口前躺着一堆尸体，男男女女，老老少少。鲜血把地上的白雪染得鲜红。好几把枪都对着洞口，过了一会儿，市民们才把枪慢慢地放下来。汉斯·贝希托尔德的枪口还在冒烟。他的表情既充满了疑惑，又掺杂着杀人的狂妄，瞪眼看着从洞里走出来的刽子手，简直如同魔鬼的化身。

“我……我……”贝希托尔德结结巴巴地说。

“你这头蠢猪，你差一点把我打死了！”雅各布·奎瑟冲向面包师的儿子，用右手抓住火绳枪的枪管。他一边骂着，一边把枪推向贝希托尔德的胸口，对方呻吟着倒在了地上。

“这是怎么回事？”刽子手指着地上的尸体，咆哮着问，“你们要缴他们的武器，把他们绑起来，谁让你们把他们打死了！”有那么片刻，他真想举枪向贝希托尔德的脑壳砸去，但是他忍住了，只是把枪搁在膝盖上，一折两段，远远地扔到了山谷里。

“他们……他们先开始开枪的。”

雅各布·施雷佛阁走到了前面。他脸色苍白，浑身发抖，有些懊悔地看着地上的尸体。“我无法阻拦他们。”

“有多少人？”奎瑟小声地问。

施雷佛阁耸耸肩回答说：“我们只抓到了十几个人，其余的都死了。像兔子一样被打死了。”

“你应该高兴才对，”贝希托尔德哑着嗓子说，他此时已从地上站了起来，“这省了你好多力气。不用砍那么多的头。”

“这……这很简单。”年轻的塞巴斯蒂安·塞莫尔也过来插话。他的眼里闪着一种刽子手很熟悉的火光。“就像打猎一样。”

后面的人吵嚷起来：“还等什么？让我们把剩下的这些人都挂在榉树上吊死算了！”

雅各布·奎瑟闭上了眼睛。他的左臂开始疼起来。血淋淋的阴影从眼前飘过，很久以前的记忆又回来了。

一片寂静。只能听到乌鸦的叫声，乌鸦在血迹斑斑的裙子上昂首阔步，啄食死者的眼睛……一棵枝节很多的大树，上面挂满了抽搐的人体，像果树上结满的果实……那些男人，都是我自己的人，他们睁着放大的瞳孔，惊恐地看着我。我把人一个接一个地挂在绳套里，一个接着一个。一个接着一个……

面包师的儿子好像看出了奎瑟的不安。“从什么时候起刽子手害怕死人了，嗯？”他嘲笑道，摇晃着两条仍然站不稳的腿，“我们还帮你干了一些活呢！”

雅各布·奎瑟连看都不看他一眼。“你们都是畜生，”他小声地说，“你们是世上最坏的刽子手。”

他推开人群，走到那些哆哆嗦嗦的、不知自己前途如何的俘虏面前。大约有十二个人，其中有四个女人。一个女人的背上还背着一个婴儿。两个骨瘦如柴的小男孩，大约在六岁和十岁左右，紧紧地依偎在母亲的身边。大多数的男人都受了枪伤和刀伤，憔悴的脸上沾满血迹。

从惊恐的人群中走出一个人，他和刽子手差不多高。他留着一脸厚厚的连鬓胡子，下身穿着一条破旧的灯笼裤，上身是因为肮脏而变硬了的皮猎装，脑门上的伤口仍然流着血。尽管看上去贫困潦倒，惨得不能再惨，但是他的气质却充满坚强和自豪。他用一双明亮的眼睛看着刽子手。

“你应该是汉斯·舍勒吧。”刽子手说。

土匪头子点点头。“你们也不过是一群肮脏的杀人狂。”他对刽子手说。

刽子手的身后一阵骚乱。“舍勒，你不要乱讲！”一个手工匠喊道，“否则我们要给你开膛，把你的五脏六腑都掏出来，挂在树上！”

“谁都不能给人开膛。”奎瑟说。

他的声音很平静，但是却让其他人闭上嘴，不再讲话。

“我们将把这些土匪带到雄高去，”他继续说道，“议会将处理这件事。你们在这里干的事已经够了。”他用手指着旁边的那些尸体。雪花飘落在山洞前那些僵硬的尸体上，它们像刚刚被宰杀的牲畜一样。

看着这些尸体，刽子手摇着头说：“现在至少要把这些人埋起来。”

他用一根布条简单地把左胳膊上的伤口包扎起来，用右手把几块石头推到旁边。

“怎么回事？”他不满地说，“难道没有人帮我一下吗？谁让你们把我打伤了呢。”

雄高人默默无言地走了过来，和他一起清理石块。

不久，雅各布·奎瑟就让那些人自己来搭石墓了，他的左胳膊疼得厉害。他咬着牙，又进到洞里去查看。

那两个被打死的强盗还躺在那里。洞里的烟仍然很浓，所以他只能看到几步远的地方。刽子手越过石块、燃烧的树枝和烧成炭的木块，一直走到山洞的后部。这里放着这些强盗的所有家私：破烂的大衣、生了绿锈的铜盘子、几支生锈的枪，竟然还有一只木娃娃。

后面紧靠着岩壁的地方放着一只用铁片加固的木箱子，上面还挂了一把锁。不到五分钟，刽子手就撬开了那把锁。他十分小心地打开木箱子，因为他知道，很多类似的箱子都带有机关，打开箱盖的时候，毒针、弩箭一类的东西会突然射出来。但是这只箱子里什么都没有。

在箱子底下放着几枚金币，一只银杯，一瓶装在陶制酒瓶里、还没有开盖的烧酒，裘皮物品，一枚金胸针（这可能是一位富商太太的饰品）。仅此而已。但是刽子手一点都不奇怪。强盗要么早已把大部分贵重物品换成了食物，要么把它们藏了起来。刽子手对此有些怀疑。他将在地牢里得到事情的真相。刽子手希望，汉斯·舍勒能理智行事，这样就用不着给他脚上挂那块大石头了。他可别像两年前的那个强盗乔治·布兰德纳，非让刽子手把全身的骨头都打断，才说出钱埋在哪里。

最后刽子手在一件破大衣和熊皮下面发现了一只卷起来的皮套。他打开皮套，不由得笑了起来。里面正是他现在最需要的东西！显然强盗们劫过一个曾经是随军医生的人，或者他们中有人曾在战争中当过医生，还留着当时治伤的急诊包。在皮套里有针、线、钳子，都擦得很干净，整齐地排列在里面，连一点锈迹都没有。

雅各布·奎瑟用牙把酒瓶塞拔了出来，足足地喝了一大口，然后卷起左袖，小心地按着伤口的周围。子弹打穿了外面的大衣、里面的皮装和衬衣，钻进了胳膊里。幸运的是没有伤到骨头，但是奎瑟能感到，子弹很结实地插在肉里。他用牙咬住一块在急诊包里找到的皮革，然后开始用钳子在伤口里寻找那颗子弹。

剧烈的疼痛让他感到一阵恶心。他坐到木箱上，深深地喘了几口气，然后又开始寻找。当他感到快晕过去的时候，钳子碰到了阻力。他小心地用钳子把东西拿了出来，看到一颗小铅弹。他又喝了一大口酒，然后把瓶里剩下的酒都倒在了伤口上。他又一次克服了疼痛。刽子手知道，很多士兵不是死于子弹，而是死于几天后的伤口感染。在战争中他学到，烧酒可以阻止伤口感染。多数军医主张用火烧坏伤口周围的组织，或者往伤口里倒热油，但是奎瑟倾向于用烧酒。他已经在几个病人那里试过这个方法，效果都很好。

最后，他从一个死人身上的衬衣上撕下了一块布，把胳膊包扎好，静静地听着外面的动静。那些人好像已经干完了。奎瑟要提醒他们别忘了洞里的那两具死尸。另外，他们还要把那只木箱带走。这些物品的主人可能早已在雄高的森林里腐烂成泥了，但是雄高城正好需要那些金币。仅为即将来临的死刑，市政府就要付刽子手一笔钱。每绞死一个人，刽子手就能挣一个古尔登。如果是大轮刑的话，每转一圈，就能挣四个古尔登。行刑前如果还要拷打，就又能挣到两个古尔登和三十个铜钱。强盗首领舍勒很可能要经历所有的锦程。

奎瑟刚想站起来，突然发现箱子后面有一只闪亮的皮包。皮包是上等的小羊皮制成的，前面有一个钢印，刽子手不认识上面的标记。难道这些强盗还藏了什么财宝吗？奎瑟把皮包拿过来，打开包往里看了看。里面的东西让他十分费解。

世上什么事情……

他不声不响地把皮包放进自己的麻袋里，然后朝洞口走去。

他还要向汉斯·舍勒提几个问题。奎瑟希望强盗首领能真诚地回答这些问题。

当西蒙来到位于制革区的刽子手家门口时，天已经暗下来了。几个小时前，他和贝内迪克塔·考普迈亚冒着风雪，从派廷的古城堡遗址动身返回雄高。女商人马上去了塞莫尔的旅馆。西蒙猜想，她肯定是要为明天她哥哥的葬礼做准备，此外她看上去很疲劳。西蒙本人在寒冷中寻找了那么长时间后，也是又冷又累。尽管如此，他仍然决定在今天晚上向刽子手汇报一下他在古城遗址发现的线索。而且他也想知道，他们围剿强盗是否亦有收获。他的手和脚冻得像冰坨一样，已没有知觉。当安娜·玛丽亚·奎瑟给他把门打开的时候，他的心情不仅是高兴，更是充满感激。

“西蒙，你出了什么事？”她吃惊地问着，同时打量着他沾满雪的大衣和冻得僵硬的裤子。看来她已经原谅了他昨天夜里来敲门找玛格达莱娜，影响睡觉的事。刽子手的女人非常同情地摇着头对他说：“你看上去就像孩子们在花园里堆的一个雪人。”

“您丈夫在吗？”西蒙用颤抖的声音问。他现在浑身都冻僵了。

安娜·玛丽亚·奎瑟摇摇头。“他还在围剿土匪。我希望他不久就能回来。你先进来。”她把西蒙让进了温暖的小屋里，“你都快冻死了。”

屋子里散发着一股黄油炸洋葱的香味。刽子手的女人给西蒙倒了一杯热苹果汁。

“喝这个你会感觉好一些。”她微笑地看着他，“可惜我不会烧咖啡。你是否要到小房间等我男人回来？我还要上楼照料孩子。”楼上传来了小芭芭拉的咳嗽和呻吟。

“乔治也咳嗽，”她非常严肃地说，“我们只希望他们得的不是眼下流行的那种发烧病。”西蒙还没来得及问玛格达莱娜是否也在家，她就已经上了楼。

西蒙无可奈何地坐下来。刽子手的女儿可能还生他的气呢。他已经学会一点：女人需要时间。她肯定还会找他，到时候他仍然可以向她道歉。

热苹果汁马上又给他增加了活力，他走进旁边的小房间。近几年他已经养成了习惯，每星期至少到刽子手的书房来一次。雅各布·奎瑟允许他独自翻阅书房里的那些大厚书。西蒙经常能碰到一些对他这个当医生的很有价值的东西。比如说，刽子手拥有英国医生托马斯·西德纳姆①的全套书籍。书里列出了所有为人所知的疾病，并详细地描述了它们的症状。这对他来说是一个很好的补充，连英格尔施塔特的图书馆都没有这本书！

他现在手里拿的那本书与医学一点关系都没有。书名叫《女巫之锤》，是多明我会修士海因里希·克拉默和雅各布·施普伦格写的。书已经很

① 托马斯·西德纳姆（1624—1689），英国医生，被称为“英国的希波克拉底”。

脏、很旧，页数也残缺不全，有的地方还留有棕色的痕迹，像是干枯了的血迹。西蒙经常翻看这本《女巫之锤》。他现在正好翻到的那一页上，两位作者试图证明，拉丁文中的“女人”这个词来自“无信”这两个字。在另一个章节中，他们描述了女巫的长相、她们使用的魔法，以及防卫女巫的方法。西蒙正沉浸在一段详细论述她们的同行男巫师的篇章里，突然身后传来了一个声音。

“这是一本很坏的书，你最好不要读它。”

西蒙转过身，看见刽子手站在门口。他胳膊上绑着绷带，脚边是融化了的雪水。他随便地把火枪往墙角一扔，从西蒙的手中夺下了那本书。

“这是我外祖父的书。”他一边说，一边把书放回到书柜里。一人高的书柜里装满了书、羊皮纸卷、笔记本和历书。“他在审问的时候用了这本书，那时候，雄高烧死了六十多个女人。如果再长时间问下去，每个人都是女巫了。”

西蒙打了个冷战，似乎并不是因为这个房间里没有生火。和所有的雄高人一样，他很清楚发生在三代人以前的那宗耸人听闻的女巫案件，当时它在整个巴伐利亚地区都出了名。雅各布·奎瑟的外祖父约克·阿普利尔当时挣了一大笔钱，声名鹊起，但是也受到了人们的质疑。每次行刑的时候，他都要坐着马车，带着仆人，而且他让每一个女巫都招了供。

“这些多明我会的修士……”西蒙过了一会儿问，“在女巫案件中经常充当见证人，不是吗？”

刽子手点点头。“他们也被称为上帝的看守犬。他们都很聪明，而且学识渊博，他们专门为教皇干那些最肮脏的勾当。”说完，他向铺着新鲜干草的地上吐了一口痰。“只希望这个罪恶滔天的修会不要到雄高来。哪里有多明我会的修士，哪里就会着起大火。这样的话，谁又要把手弄脏呢？你说，谁？当然又是我了！这些该诅咒的臭家伙！一群没良心的滑头，以别人痛苦为乐的蠹虫！”

雅各布·奎瑟越说越气愤。他从大衣下面拿出了一只酒瓶子来，足足地喝了一口，然后用手背抹了抹嘴，深深地喘了一口气。慢慢地，他又恢复了以往的沉静状态。

“您自己还用这本……书吗？”西蒙犹豫地指着书架上的那本《女巫之锤》。

刽子手摇摇头，然后走到旁边的那间暖和的小屋子里。“我有别的方法。现在给我讲讲，你在古堡发现了什么。”

他们两人在火炉边舒舒服服地坐下来，炉子上正烧着一锅洋葱胡萝卜肉汤。西蒙突然感到自己是那么地饿，马上接过了刽子手递给他的一盘子汤。

等两人默默无语地喝了一阵汤后，西蒙才指指刽子手胳膊上的绷带。

“是围剿强盗时受的伤吗？”他问道。雅各布·奎瑟点点头，并用衣服袖子擦了擦嘴，把盘子推到一边，然后拿出他的长杆烟斗，开始装起烟草来。

“我们抓住了那些强盗，”他瓮声瓮气地说，“在下面的阿默峡谷，施莱耶瀑布那儿。大部分人已经死了，剩下的被押在地牢里。我接下来几天也要很忙，不能帮你。”他用一根小木条点着了烟斗，严肃地看着西蒙。“现在你讲讲，在山上的废墟里，你都发现了什么？还是要等我给你上了拇指夹后再讲？”

西蒙暗自笑了笑。虽然刽子手沉默寡言、脾气暴躁，但是他的好奇心并不弱于西蒙。西蒙真想再打听一些捉强盗的细节，但他还是讲了他在城堡小教堂里发现的线索，以及他和贝内迪克塔毫无结果的寻找。

“德文写的碑文……”刽子手小声地说着，“真奇怪。可以说，在圣殿骑士存在的年月都是用拉丁文写字。至少我那些古书是用拉丁文写的。都是措辞讲究的拉丁文，没有德文，更不要说巴伐利亚方言了。不管怎样……”他开始大口大口地吸起烟来，并聚精会神地看着自己吐出的烟圈在一闪一闪的灯火中散尽。

“这个圣殿骑士团的老浑蛋派我们去做一次长途旅行，”他嘟嘟囔囔地说，“先是洛伦茨教堂的地下墓室，然后是阿尔滕施塔特的巴西利卡。现在看来派廷山上的废墟也不是这个谜语的尽头。最后等着我们的是什么呢？”

“我想我知道是什么。”西蒙说。他认为圣殿骑士的团长弗里德里希·威尔德格拉夫把圣殿骑士的部分财产藏在了这一带。刽子手默默地听着。

“这笔财产多大，我们无法想象，”西蒙耳语般地讲完了他的猜测，好像怕有人听见他们的谈话似的，“也许大得可以收买城市、支付军费。这也可以解释对考普迈亚的谋杀、施特拉塞尔酒馆里那几个修士和对您的袭击。有人想把所有的知情人都除掉。”

“但是搞这一套猜谜语、捉迷藏的把戏又是为了什么呢？”刽子手生气地说，一边吸着烟，“在地下墓室里简单地提示一下，写在遗嘱里就足够了嘛。”

“到现在为止所有的谜语都和上帝有关，”西蒙打断他的话，在浓烟下强忍住咳嗽，“骑士可能只想让真正信仰上帝的人得到这笔财产。城堡废墟的文字在我看来更像一段祈祷文。”说着，他掏出了一张记着这段文字的纸。

“这是我在人间所知的最大奇迹，”西蒙小声地念着，“既没有天也没有地，既没有山也没有树……”他停了一下。“为什么只有‘树’这个字写得这么重？难道我们在山上忽略了什么？”

“这是上帝的旨意。”刽子手突然插话说。

“什么？”

“这是上帝的旨意。拿着匕首的那个人在地下墓室里对那个胖斯瓦比亚人这么说的。听上去像是呐喊。真他妈的见鬼了，这都意味着什么？”

西蒙耸耸肩。“三个修士：一个满身都是香水味，一个拿着一把弧形匕首，还有一个胖斯瓦比亚人……”医生揉了揉疲倦的、被烟熏得直流泪的眼睛，“这是些什么样的怪人！这些人怎么会知道圣殿骑士的宝藏呢？是听手工匠说的吗？”

刽子手摇摇头说：“我不信。肯定是从另外的渠道得来的消息，但是我现在还不清楚。我太累了。”

他站起身，把医生送到门口。西蒙突然想起来，因为激动，自己到现在还没向奎瑟打听玛格达莱娜呢。

“您女儿……”他已经走到了门槛，才结结巴巴地说，“我……我要和她谈谈。我觉得我该向她道歉。她在楼上，还是在史泰茜琳那儿？”

刽子手摇摇头。“哪儿都不在。她今天一大早去了奥格斯堡，坐木筏去的。她去给我和接生婆买些急需的药草和药剂。你们俩最好隔一段时间再见面。”

“可是……”西蒙顿时觉得心里变得空空荡荡。雅各布·奎瑟把他推到门外，然后轻轻地把门关上了。

“她会回来的，”刽子手嘟囔着说，“她也是一个倔犟的奎瑟，像她母亲一样。现在你走吧，我还要去照看一下小乔治。”

门吱的一声锁上了，西蒙一个人站在黑暗里。雪花飘落在他的头发上，周围就像在坟墓里一样寂静。他小心地踏上厚厚的新雪，朝着城里的光亮走去。他慢慢地意识到自己犯了一个大错误。

一直到奥格斯堡，商人都没有再来打搅玛格达莱娜。他只是偶尔瞪着血红的眼睛，充满愤恨地看玛格达莱娜几眼，其他时间都忙着把被石灰粉烧得灼热的脸浸在冰冷的莱希河水里，并不停地往脸上抹油。他的脸上起满了红色的小水泡。他小声地骂着，不时拿起一瓶烧酒喝上几口，用来安慰自己。

当玛格达莱娜在黑暗中看见一排闪烁的灯火时，已经快敲六点钟了。最初她只是零星地看见几处灯火，但是后来灯火变得越来越多，到最后整个地平线都变得灯火通明。

“奥格斯堡。”她充满敬畏地默念着。

玛格达莱娜到现在为止只是从人们的讲述中了解奥格斯堡。奥格斯堡是座大城市，比雄高热闹，丰富多彩。它是一座直属于罗马帝国皇帝的自由城市，在这里新教徒与天主教徒和平共处。奥格斯堡的财富在战争前富有传奇色彩，即使现在看来，它仍然保留着以往的辉煌美丽。

眼前的景象让刽子手的女儿暂时忘记了愤怒和悲伤。木筏河埠位于城外，离城门大红门不远。即便这么晚了，河堤上仍然很热闹，玛格达莱娜在雄高还从没经历过这样的场面呢。木桶和麻袋都是几十几十地从船上卸下来。成群的装卸工弯着腰把沉重的货物扛到不远的库房。无数的火把和灯笼把埠头照得通亮，即使天黑了仍能干活。到处都能听见苛刻的命令、粗鲁的话语和笑声。

幸好玛格达莱娜在雄高的时候就把船费付清了，所以她现在不用再管那个商人，从木筏直接跳下来，混进了人群里。她又检查了一下，肩上的小布袋还在。里面装的是史泰茜琳和她父亲列的货单和买药草的钱。二十个古尔登！玛格达莱娜活到现在还从未有过这么多的钱呢！大部分钱是怀孕的霍尔茨侯伏太太给的，她正在雄高焦急地等着那块粪石呢。

刽子手的女儿再次朝周围看时，她看见奥斯瓦尔德·海因米勒正和两个穿黑衣服的人小声嘀咕着什么，而且不停地朝她指指点点。他那张长满水泡、红一块紫一块的脸完全就是一张充满仇恨的鬼脸。

玛格达莱娜上了一条从运河前往大红门的摆渡驳船。摇摇晃晃的船上人挤人；她从眼角的余光中看见那两个穿黑衣服的人也在船上。玛格达莱娜决定先不理他们。

不一会儿，她就到了大红门，过几分钟，六点钟敲响的时候城门就要关上。此时，她已被冻得四肢僵硬，饥肠辘辘。穿着貂皮大衣的商人、衣衫褴褛的装卸工和运输工都拥进了城门。玛格达莱娜躲开了一辆疾驰而过的马车，踉跄地撞在一个正好站在她身后、脖子上挂着货箱走街串巷的商贩。

“小心点！”商贩一边怒斥，一边捡起地上的点火匣、剪子和磨石。

“对……对不起。”玛格达莱娜结结巴巴地说道，同时感到有人在拽她。她急忙转身，看见一个大约十岁的小男孩正用一把小刀割她肩上的背袋。

玛格达莱娜举手给了他一记耳光，小男孩仰身倒在了泥泞的雪地里。

“看你还敢！”她怒斥着他，一下子把小布袋拽到胸前，疾步向快要关上的城门走去。等她再回头看那个小男孩时，她吃惊地发现埠头的那两个黑衣人也站在她身后，窥视着她。

“急着去哪里呀，小情人？”他们中的一个人朝她喊道。他身上穿着一件破大衣，眼睛上戴着一个眼罩。“让我们一起找个地方住下，多暖和呀。”

风掀起了他的大衣，玛格达莱娜看见他大衣下带着一把匕首。另外一个人看上去像一只大酒桶，他手里玩弄着一根亮光光的木棍。

玛格达莱娜没有理会这两个人，撒腿便跑。她在人群中穿来穿去，寻找可以逃脱的缝隙。身后的人们不满地骂着。她前面的人群是那么密集，很难找出一条道来。她撞了几个打工的，又撞翻了一个小商贩的货箱，还撞倒了几个装着木柴的箩筐。最后，她终于跑出了拥挤的人群。街道上的行人明显地减少了。她刚想喘口气、歇一下，突然听到身后传来急匆匆的脚步声。她匆忙地向身后看了一眼，那两个人也从人群中跑了出来。那个胖子气喘吁吁地跑在后面，手里挥舞着那根木棍。那个戴着眼罩的人跑得很快，正一点一点地赶上来。玛格达莱娜惊恐地看着四周。她为什么没有待在人群里？在那么多人中这两个人肯定不敢公开袭击她。可是在这里呢？现在已经很晚了，房屋和街道只隐约可见。玛格达莱娜几乎看不到人影。偶尔有几个行人，也都害怕地躲进了门洞里，偷偷地从后面看着那两个追她的人。

玛格达莱娜改变了主意，拐进一条小巷。也许她可以在迷宫一样的小巷里把这两个人甩掉。她跑过吱吱响的水车，跑上一座摇摇晃晃的小木桥，又跑过几个铺着碎砖头的小广场，然而那两个人仍然贴在她的脚跟上。刽子手的女儿很善于跑步，在森林或田野她可能很容易就能把这两个人甩掉。可是街巷里这两人更占优势。他们知道哪里停着马车，哪里有台阶，哪里有障碍，更何况这是在奥格斯堡。

玛格达莱娜跑过一个拐角处，眼前出现了一堵墙。冻僵的常春藤爬满了两米高的墙，墙角堆满了恶臭的粪便。墙的左右两边都是光秃秃的房子。玛格达莱娜惊恐地看着四周，想找出一条路逃跑。

她跑进了一条死胡同。

那两个人一下子在她身后冒了出来。他们冷笑着走近她，如同靠近一只猎物。

“小妖精，你看看，现在我们三人终于找到了一个住处！”戴着眼罩的那个人说。他打量着周围，就像在看旅馆里的一间客房一样。“虽然不是很舒服，但是我喜欢硬的。你也喜欢吗？”

那个拿着木棍的胖子也从后边到了近前。“你不要找麻烦，”他用训斥的口吻说，“如果你又抓又咬的，反而更疼。”

“嗨，让她尽管抓，尽管咬，”另一个人接着说，“我喜欢她们这样。”他在空中挥了一下手里的刀。“海因米勒特意付了我们一小笔钱，让你不要轻易忘记他。你是怎么把他的脸弄成这个样子的，小姑娘？你给他刮胡子的时候没刮好吗？不管怎样，现在我们也要给你刮刮胡子。”

那个胖家伙几乎是充满同情地看着她。“那么漂亮的嘴唇，实在太可惜了。可是有什么办法呢，让我们马上把这事做完算了。”他说着，便朝玛格达莱娜走来。

玛格达莱娜仔细地观察这两个人，同时估算着自己的情况。她是一个人，即便她大声喊叫，也不太可能有人来这里帮忙。正相反，那些人会把窗户的挡板都关得严严实实的，以免自己也遭到不幸。这两个人长得都很强壮，看上去是常在街上打劫的人。玛格达莱娜心里很清楚，与他们硬干，自己不会有任何希望。

也许用一个计策能对付他们。

她垂着两手站在那里，好像是已经屈从了命运的安排。她恭顺地低着头，等着两人对她下手。

“求求你们，不要伤我……”她低声地哀求着。

“你真应该早这么想，小妖精，”戴着眼罩的那个人举着刀，走到她近前说，“但是现在……”

就在这时，玛格达莱娜抬起手，迅速地从衣兜里掏出了一把生石灰粉，朝那个人扬去。石灰粉正好撒在那个人的眼睛上。他大声尖叫起来，赶紧用拿着刀的那只手擦眼睛，反而把更多的石灰粉揉进了眼里，疼得他在地上直打滚。

“你这该死的婊子！你要得到报应！”

这个人跪在地上一点一点地靠近她，在空中胡乱地挥舞着手里的刀。此时，那个胖子也拿着木棍靠上前来。玛格达莱娜又在衣兜里掏了一下，她知道，里面已经没东西了。但是她仍然紧握着拳头，好像随时都会朝那个人的脸上撒过去一样。

“你要干什么，蠢胖子？”她厉声说道，“你也想像你朋友一样变成瞎子吗？”

胖子犹豫了一下，看着地上遭受折磨的同伙。

与此同时，玛格达莱娜做了一个动作，好像要把手里的石灰粉撒向胖子的脸。这个人弯腰躲了一下，刽子手的女儿利用这一眨眼的工夫，朝那堆粪便跑去，想从那里逃跑。

她的脚陷进了还没有冻硬的、黏糊糊的粪便里。但是她仍然跑到了墙根。她双手按住冰冷的墙垛，纵身一跃，想跳到上面去。

就在她快要到墙垛上时，她又被拽住了。原来是那个胖子拽住了她的背袋。玛格达莱娜感到背袋的带子像绞刑套一样勒着脖子，越来越紧，让她无法喘气。她只有两个选择：她要么放弃挣扎，再跳到地面；要么让这个人勒死。

当然还有第三个选择——把背袋扔掉。可是这个她想都不愿想。

带子越来越紧。玛格达莱娜不由得想到那些被处以绞刑的罪犯。被吊死的感觉也是这样吗？她的眼里已经出现了黑影，而且她正慢慢地失去知觉。

第三个选择……

她突然一低头，背袋从脖子上滑了下去。那个胖子和背袋一同掉进了地上的粪便里，她得救了。

她不管身后人的大喊大叫，一下子跳过了墙，上气不接下气地跑进一条紧邻的街道。她跑在滑溜溜的街上，上了桥，有几次还在雪地上滑倒了，最后在一个屋角停了下来，张着嘴，大口大口地喘着气。

玛格达莱娜靠着墙，滑坐在地上，两手抱着膝盖，抽抽搭搭地哭着。她把所有的东西都丢了。二十个古尔登！这是史泰茜琳和父亲交给她的钱。这是史泰茜琳从一个议员太太那里借来的钱！她不能再回雄高去了。这个耻辱太大了。她身上连一个住店的铜钱都没有了。她现在是孤身一人。

玛格达莱娜哭着，不知过了多长时间，她突然感到有人站在自己身边。

她抬起头看了看，在几步远的墙边站着一个小男孩。是那个曾经想偷她背袋的小偷。他静静地观察着她，直到玛格达莱娜失去了耐心。

“有什么好看的？”她朝他喊道，“管你自己的事去，快滚开！”

小男孩耸耸肩，转身要走。

突然，玛格达莱娜想起来了。还真有一个人有可能帮她。她至少可以在他那里过一夜，也许他也能帮她解决丢钱的问题。玛格达莱娜曾希望省掉这一步，可是现在看来，这是她唯一的出路。

“等一下！”她朝男孩大声喊道。小男孩转过身，不解地看着她。

“带我去找菲利普·哈特曼。”她小声地说。

“去找……谁？”小男孩问，并害怕地看着她。在暗淡的光线下，他的脸突然变得煞白。“我不认识……”

“你很清楚我说的是谁。”

玛格达莱娜站了起来，擦了擦脸上的眼泪和鼻涕。

“我要去奥格斯堡的刽子手家。马上带我去，否则我让他把你吊在大红门前。这个我可以向你发誓，就像我叫玛格达莱娜·奎瑟一样真实。”

第八章

第二天早上六点，雅各布·奎瑟就起身去城里。在这个季节的这个时辰，硬币胡同只有很少的人。路上的几个酒商和布商看见他走来，要么马上换到街道的对面，要么在胸前画个十字；人们都不愿意看见刽子手从下面的莱希河岸到雄高城里来。他只是被容忍在城里执行死刑、收拾动物的死尸，其他时间，这个刽子手最好待在城外臭气熏天的制革区。

雅各布·奎瑟能感到身后市民投来的目光。他捉到舍勒那伙强盗的事显然已经传开了，而且他和年轻绅士们的纷争也不是什么秘密了。他不管身后的人们怎样议论，径直朝地牢走去。地牢位于一座构造结实的三层高的塔楼里，紧挨着城墙。哨兵昨晚把那伙强盗关进了地牢。此时，一个哨兵正裹在一件薄大衣里，站在大木门前。他把标枪靠在了墙上，以便把两只冻僵的手揣在怀里取暖。他惊奇地看着朝自己走来的、面带笑容的刽子手。

“嗨，约翰内斯。”雅各布·奎瑟一边跟哨兵打着招呼，一边往他手里塞了几颗炒栗子，栗子一直放在他的大衣下，所以仍然是热乎乎的。“我女人让我问你好，她特意为你留了几颗炒栗子。”

“谢……谢谢……”哨兵打了个喷嚏，接过了栗子，在冻硬的手里来回搓着。“你不只是来给我送栗子的吧。”他瞪着一双遮在兔皮风帽下的眼睛，满脸怀疑地看着刽子手，“我了解你，奎瑟。”

刽子手点点头。“我还要跟里面的舍勒算一笔账。让我进去一下，我一会儿就出来。”

“要是让莱希纳知道了呢？”约翰内斯小声地嘟囔着，用手拨着炒栗子，恨不得把它们马上吃到肚子里，“如果他知道了，他会打烂我的屁股。”

雅各布·奎瑟挥挥手。“哈，那个莱希纳，他现在正翻身打呼噜呢。今天中午的时候，去找我女人一趟。让她给你一点冷杉膏治感冒。”

哨兵咧着嘴，把一颗热乎乎的炒栗子塞进黑牙缝里，然后用一把生了锈的大钥匙打开了地牢的大门。

“你要对舍勒手下留情，”他朝着刽子手的背影喊道，“否则还没等上大轮子，他就完了，那可就太可惜了！”

雅各布·奎瑟没有回答他，径直走向位于后面的牢房。男人和女人被分开了，各关一处。有些囚犯麻木不仁地躺在冰冷的石头地上，身上的伤口只是简单地包扎了一下。那个昨天就引起奎瑟注意的六岁男孩好像在发高烧。他躺在母亲的怀里，浑身不停地颤抖着，空洞的眼睛看着屋顶。当奎瑟走到近前时，几个还能站着的男人使劲地摇晃着门栏。

“现在就开始了吗，刽子手？”他们中的一个人喊道，“刚刚舒服起来！你把上路饭带来了吗？”其他的人跟着一起起哄。地牢里弥漫着一股尿臭味。

“上帝要惩罚你！”一个女人朝他喊道，并把哭喊的孩子举过来，“我不在的话，谁来管我的小孩？谁？还是你要把他一起吊起来？”

“闭嘴，安娜！”声音是从右边的牢房传来的，“如果这个小家伙活过来了，他们会把他送给教会。这个孩子的下场比我们谁的都好。现在，你既然不能体面地活着，至少也要死得体面些！”

汉斯·舍勒站在牢房的中间，叉着两条腿，两只胳膊抱在胸前。他看上去就像一座简单凿出的木雕像，坚固而沉重，脸上伤痕累累，就像一块硬硬的桃木。他的脸颊在搏斗的时候被打青了，现在已经肿了起来，干枯的血迹遮住了左眼，但是那只右眼正警惕而骄傲地看着雅各布·奎瑟。

“你想干什么，奎瑟？”汉斯·舍勒问，“你不是来带我们去绞刑架吧？你们肯定要大大地庆祝一场，又喝又唱，欢欢乐乐，如果舍勒在大轮子上大喊大叫的话，你还会得到额外加赏的一个古尔登。但是我不会喊叫，这个你放心。”

“还从来没有人没叫过呢，”刽子手生气地说，“这个你也要相信我。”

雅各布·奎瑟在舍勒的眼里看见了瞬间的恐惧。上大轮是死刑中最残忍的一种。刽子手先要用一根铁棍把死囚的每根骨头都打断，然后再把他绑在一个大车轮上。如果这个人运气好的话，刽子手会发慈悲，最后把他的颈椎打断；如果他倒霉的话，刽子手会把大车轮竖起来，让他在光天化日之下慢慢地死去。这要持续好几天。

雅各布·奎瑟向舍勒眨眨眼。“我们要看看，也许会是另外一种情况。”

“嗨嗨！”旁边牢房的一个强盗戏谑地说，“刽子手放我们跑，教皇用橡树叶擦屁股！”

“闭嘴，施普林格！”汉斯·舍勒大声喝道，“否则我在刽子手动手之前就把你的鼻子割下来。”

那个强盗马上不说话了。其他的人也从门栏前退了回去，重新坐在又潮又脏的草堆上。

“讲吧，奎瑟，你想干什么？”土匪头子用近乎耳语的音量说。

刽子手弯腰靠近门栏，闻到了强盗呼出的臭气。汉斯·舍勒的脸就像一张风景画，伤疤如洼地、胡子楂如森林，颜色青一块紫一块的。

“如果你告诉我，你们的赃物藏在哪里的话，我可以向市政府请求对你们从轻处理。”奎瑟小声地说。

“赃物？”汉斯·舍勒显得很惊奇，无辜地看着他笑，“什么赃物？”

雅各布·奎瑟如闪电一般把手伸进了门栏，一下子抓住土匪头子的右手，把每根手指都压弯，直到咯咯作响。汉斯·舍勒的脸变得苍白。

“不要跟我玩花样，舍勒，”奎瑟凶狠地说，“这只是让你尝尝鲜，如果继续这样的话，后面还有更多呢。火钳、拇指夹、拷问台……我都可以给你看看。今天就看。你看着办吧。”

汉斯·舍勒想把手抽回来，但是刽子手又用力压了一下。手指发出很响的咔咔声。

“东西……埋在山洞旁边的一棵枯榉树下……”土匪头子呻吟道，“我反正……会告诉你……”

“很好。”奎瑟咧着嘴笑了笑，然后放开了手。汉斯·舍勒把自己的手抽回来，看着那根小手指，它不自然地指向另外一个方向。

“你这个该下地狱的刽子手，”他小声地骂着，“我认识像你这样的人，你把东西占为己有，然后再让我们慢慢地死掉。”

雅各布·奎瑟使劲地摇着头。“我讲的是真的，舍勒。我将在市政府那里为你们求情，没有拷打，不用大车轮，用绞刑。我向你保证。”

“那些孩子和女人怎么办？”汉斯·舍勒接着问。他的脸上露出一种希望。刽子手点点头。

“我会尽力而为，但是我不能向你许诺。你还要先透露点消息给我。”

汉斯·舍勒不信任地看着他。“什么？”

“第一件事：几天前我们的医生和他的女伴被劫，是你们干的吗？”

舍勒犹豫了一下，说：“不是我本人干的，但是是我们的人。他们无所事事，跑到路上抢劫去了，结果让一个女人用枪打得一塌糊涂。”他咧着嘴笑笑。“像他们讲的，确确实实是个撒旦的女人。”

刽子手也笑着说：“如果我被一个女人用枪打倒了，我也会这么说。可是还有一件事。这只皮包。”雅各布·奎瑟从大衣下面拿出了他在山洞里发现的那只带有钢印的皮包。“你们是从哪里得来的？”

土匪头子结结巴巴地说：“这个……这个是我们从另外一伙人那里抢来的。”

“从另外一伙强盗那里？”

舍勒点点头。“一伙很厉害的年轻人。不久前我们在晚上偷袭了他们夜宿的地方，他们像瑞典人一样跟我们死拼。我们中的两个人被他们开了膛。最后这伙人逃跑了。这些人像魔鬼一样狠毒，遇到他们，你可要小心点。皮包是他们扔下的。”汉斯·舍勒不解地看着刽子手，“你要这只皮包干什么？里面什么值钱的东西都没有！我们已经翻了好几遍了。”

刽子手并不回答他的问题，继续问：“那些人长得什么样？他们都穿着黑斗篷吗，像修士穿的那种？他们带着弧形匕首吗？”

“弧形匕首？”土匪头子耸耸肩，“没有看到。他们是一伙很普通的强盗，穿着深色的大衣，戴着大檐帽，挎着战刀。也许是从前的雇佣兵。动作很快，有实战经验。”

“那他们抢来的东西呢？”奎瑟继续问道。

舍勒咧着嘴笑起来，脸上的肉堆在一起，让他那张受了伤的脸变成了一张不折不扣的鬼脸。“那些东西都被我们拿走了。很多东西。他们在这一带肯定做了不少坏事。”突然，他陷入沉思，“有一点很奇怪。他们在篝火堆丢下了一大堆东西。盘子、碗、勺、棉被什么的……都是为四个人准备的，但是我们当时只见到了三个人。”他又笑了笑说：“可能第四个人正好去撒尿，看见我们后，逃之夭夭了。”

“第四个人……”雅各布·奎瑟沉思地看着手里的皮包，然后把它往肩上一甩，便向牢房的门口走去。

“别忘了你的诺言！”汉斯·舍勒朝他的背影喊道。

刽子手点点头。“我说话算数。”

他又看了一眼那个发高烧的小男孩。“我在中午的时候给你们带一瓶常春藤和杜松子酒配的药水来，让孩子喝了可以退烧。”

奎瑟打开了大门，正好看到记录官约翰·莱希纳的那张严肃的面孔。他的身后站着那个哨兵，后者无可奈何地耸着肩，表示歉意。

“奎瑟，”莱希纳严肃地说，“你要跟我解释一下。我到这里来审察犯人，却不得不证实一个事实——刽子手比我抢先一步！我们只希望，你没有一下子把他们的脖子都拧反了。”

雅各布·奎瑟叹了口气说：“大人，我会给您解释，只是我想，我们最好到公爵府去吧。让那些犯人把屁股冻掉就够了。”

葬礼的钟声准时地在十点敲响了。虽然天很冷，但仍然有许多人前来与安德烈亚斯·考普迈亚神甫的遗体告别，其中有很多手工匠和打工的，对他们来说，这个胖胖的、慈父般的神甫已经成了他们中的一员。因为洛伦茨教堂目前正在维修，一下子装不下这么多人，阿尔滕施塔特的市民临时决定，葬礼在巴西利卡大教堂举行。

西蒙属于最后几个来到教堂的人之一。他用了大半夜的时间来琢磨城堡废墟上小教堂里的谜语，不时地翻阅威廉的小书，但是没有结果。而且，一想到玛格达莱娜没有和他告别就去了奥格斯堡，就让他感到十分痛苦，坐立不安。她还会原谅自己吗？她为什么如此固执！

快到头遍鸡叫的时候，他才蒙眬入睡，可是没过几个小时，就被他父亲叫醒了，他父亲很不情愿地因为葬礼又给他放了一天假。西蒙穿上了裤子，穿了一件用奥格斯堡最好的布料做的新外套，出门的时候，把昨天锅里剩下的凉咖啡一口喝光了。

等他轻轻地推开巴西利卡的大门时，葬礼已经开始了，神甫正在布道。刺骨的寒风从外面吹了进来，咯咯吱吱的门响引得许多人回头，向他投来埋怨的目光。西蒙低声地说了一句对不起，摘下帽子，在为男人准备的、教堂右侧的后排凳子上坐了下来。他能看见坐在左侧前排的贝内迪克塔。她下身穿了一件黑色长裙，上身是一件短外套，更加衬托出了她身上的系带束身衣。她的一头红发被一顶黑帽子完全盖住，显得脸色愈发苍白。在她的左右和身后坐着阿尔滕施塔特富有的公民。西蒙认出了酒馆老板弗朗兹·施特拉塞尔、木匠巴尔塔扎·黑默勒，还有富有的磨坊主马蒂亚斯·扎赫尔（他在雄高的议会代表阿尔滕施塔特的市民）。当西蒙把目光投向祭坛后面铺着红布的贵宾席时，他只看见了一个人。施泰因加登的修道院院长奥古斯丁·波南迈尔正直挺挺地坐在那里，闭着眼睛默默地祈祷。作为安德烈亚斯·考普迈亚的上司，他显然不畏路途遥远，特意赶来向阿尔滕施塔特的神甫致以最后的敬意。

祭坛前摆放着还没有盖上盖的棺材。教堂里是那么地冷，考普迈亚的脸上已经结了一层薄冰。

神甫埃利亚斯·齐格勒停止讲话，严厉地看了来人一眼后，才继续讲下去。他的鼻子红得就像一只熟透了的苹果；西蒙猜想，他今天肯定一大早就开始喝圣酒了。

“安德烈亚斯·考普迈亚是我们中的一员，”神甫非常庄重地说，“他是一个巨人，深知他的羊羔所惧所忧，因为这也是他的所惧所忧。”

在后排的座位上传来了嘤嘤的哭声。西蒙向左边望去，看见神甫的胖管家玛格达正用一条又脏又大的手绢大声地擤鼻涕。那个瘦瘦的教堂辅祭亚伯拉罕·盖德勒看上去也是眼泪汪汪的。他手里紧紧地攥着一本《圣经》，好像能从书里榨出汁儿来似的。

“但是只有上帝知道，我们的时间什么时候应该终结，”神甫继续说道，“所以我们把所有的希望和向往都寄托在上帝之怀……”

西蒙的思想开了小差。他想着玛格达莱娜和她的奥格斯堡之行。希望她不要发生意外。即便在莱希河上也有坏人，更不要说她从陆路回雄高了。她父亲真不应该让她去！她还太年轻，太天真。与贝内迪克塔不同，西蒙想着。这个兰茨贝格的女商人看上去比他大不了几岁，但是她很成熟、老练。西蒙把目光又投向前面。即使现在在哥哥的葬礼上，贝内迪克塔·考普迈亚看上去也很镇静。西蒙在人群中看不出哪个人可能是她的亲属。很可能贝内迪克塔和安德烈亚斯只是兄妹两人，而且这个富有的女商人好像也没有孩子，至少她从没提起过。西蒙仍然为这位优雅的女士而着迷，同时也为她恼火，她讲着一口柔软的法语，但又能冷酷无情地把强盗一枪打死。他感到自己既被贝内迪克塔吸引，又被她排斥。雄高的医生叹了口气，他很清楚，这种感觉有它的根源。

西蒙抬头看着“阿尔滕施塔特的伟大上帝”，他从十字架上仁慈而又无所不知地看着下面的信徒。他也无法帮助西蒙解决问题。

“我们一起祈祷。”

神甫的话把西蒙从沉思中唤醒。他和其他人一起站了起来，开始念主祷文。

“我们在天上的父，愿人都尊你的名为圣……”

神甫埃利亚斯·齐格勒结束了祈祷后，抬眼看着“阿尔滕施塔特的伟大上帝”。他举起双手，好像要祝福所有的人。他继续用十分清亮的嗓音讲话。

下面这段话差一点把西蒙从教堂的凳子上拽起来，费了好大的劲，他才没有动。

“这是我在人间所知的最大奇迹，既没有天也没有地，既没有山也没有树，也没有任何东西……”

埃利亚斯·齐格勒的声音回荡在巴西利卡的穹顶中，如同先知在讲话。这是城堡废墟小教堂里的谜语。

“你要求我做什么？”记录官约翰·莱希纳不敢相信地看着刽子手，放下了手中的鹅毛笔。他的嘴唇在苍白的脸上变成了一条毫无血色的细线，眼睛紧张地转来转去。永远处理不完的公文信件，更主要的是对城市的担忧，让他最近彻夜难眠。莱希纳的皮肤有时候看上去就像用过好多次的羊皮纸那么透明，但是他的意志和果断远远地超出了雄高的边界，既为人所知，也为人所怕。

他和雅各布·奎瑟以及两个哨兵一起从地牢回到了公爵府。记录官一路走在前面，两个哨兵紧追慢赶才能跟上。

在他的写字间，他让刽子手坐下后，便一头扎进了桌上的文件里。过了一段时间，他才让奎瑟给自己讲与土匪头子谈话的原因。等雅各布·奎瑟讲完后，莱希纳头上的血管已经变成了一条红绳子。

“我们当然要树一个榜样，把舍勒用大车轮处死。其他的方法不用考虑！”他愤怒地说道，然后继续在文件上签字，“我今天就要在议会上要求他们早点决定判处死刑。”

“如果您这样做的话，我们将永远不会得知，舍勒把他们的赃物藏在哪里了。”奎瑟一边说着，一边掏出了烟斗。

“那你就把它挤出来。先用拇指夹，然后再给他拴上大石头，或者在指甲下面塞上柴火棍。不管用什么，你总会想出办法的。”

奎瑟摇摇头。“舍勒是一条硬汉子，很可能拷问也不能让他招供。为什么非要浪费时间和钱呢？”

记录官愤怒地瞪着眼睛，看了奎瑟一会儿，然后说：“他们能有什么赃物？几个古尔登和臭铜钱，可能还有一件爬满虱子的皮大衣，谁稀罕这个？”

奎瑟近乎无聊地扫了一眼房间，桌子和书架上到处都堆满了没有处理的文件。莱希纳的早餐——一块白面包和一壶葡萄酒还完好地放在一张小凳子上。终于，刽子手又开口讲话了。

“我想，远远不只是几个古尔登。舍勒他们抢劫了另一伙强盗。”

“另一伙强盗？”约翰·莱希纳在椅子上几乎坐不住了，“这么说，还有一伙强盗在外面为非作歹？”

刽子手开始往烟斗里装烟叶。“最近几次袭击的地点，从派森贝格山到兰茨贝格的河谷都有分布，不可能是一个团伙干的。我相信舍勒的话。让我把那伙人也抓到手；如果有必要的话，我明天就把土匪头子和他的同伙吊死。这样我们也知道赃物藏在哪里，和平又会回到普法芬温克尔。”

莱希纳审视着刽子手。“如果我坚持用大车轮呢？”

奎瑟点着烟斗。“那您就自己去捉强盗吧。不过，我怀疑您能否找到他们。只有我知道他们可能藏在哪里。”

“你威胁我？”莱希纳的声音突然变得冷冰冰的，像一月的早晨一样冷。

雅各布·奎瑟靠着椅背，看着自己吐出的烟圈一点点升到屋顶。“我不敢说这是威胁。更确切地说……这是一个协议。”

很长一段时间内，除了莱希纳用手指敲桌子的声音外，屋里静得出奇。

“那好吧，”记录官最后说，“你把另外一伙强盗给我抓到。按我的意见，舍勒也可以吊死，不用大车轮。但是他必须事先告诉我们，他把赃物藏在哪里了。”

“女人和孩子都放了，”刽子手小声地说，“把他们先用鞭子打一通，然后再赶出城。这应该够了。”

莱希纳叹了口气。“还能怎么办，我们都是人嘛。”说完，他又向前倾了倾身子。“你还欠我一个人情。”

“什么事儿？”

“先把这该死的烟斗灭了。这烟是从地狱来的。慕尼黑和纽伦堡几年前就已经禁止了这个坏习惯。如果这样下去，我在雄高也要发布命令，吸烟要受惩罚，到时候你自己抽打自己吧。”

剑子手咧嘴笑笑说：“遵命，大人。”

他用大拇指把烟斗按灭，起身向门口走去。

“呀，奎瑟。”记录官的声音让刽子手又停了下来。

“你为什么要这样做？”莱希纳一边问，一边怀疑地看着他，“用大车轮你会得到更多的钱，是绞刑的十倍。为什么？难道是你人老了，心也变软了，还是另有原因？”

雅各布·奎瑟耸耸肩。“您参加过战争吗？”

莱希纳有些恼火。“没有，你为什么要知道这个？”

“我已经听够了男人的喊叫。我宁愿在卖药的时候多挣点。”

刽子手没再说话，走到门外，把门关上了。

屋里，记录官继续看着文件，但他不能集中精力。他永远不会理解这个奎瑟。但是不管怎样，他已经答应了那个有权势的使者，让刽子手长时间不露面。如果还有一伙强盗的话，那就更好。抓到他们要花一段时间。不用大车轮，莱希纳毕竟还能省下十六个古尔登。更不要说那些埋着的赃物了，这能给城市带来更多的钱。

他满意地又在一份文件上签了字。他还能把第二伙土匪的头儿用大车轮处死。这也是为了正义。

西蒙不安地在教堂的椅背上蹭来蹭去，等着埃利亚斯·齐格勒说出最后一句“阿门”。他真想立刻就跳起来，跑到前面去问这个已经喝醉了的神甫。贝内迪克塔也不安地在位子上晃来晃去。就在齐格勒刚说出小教堂的谜语时，她马上张着嘴回头朝西蒙看了一眼。可是还有两段拉丁文的祈祷，而且又唱了几遍在西蒙看来永远不能结束的“求主怜悯我们”，葬礼总算结束了。

阿尔滕施塔特的市民排成队向亲属表示慰问。贝内迪克塔坐在棺材旁的一只木凳上。神甫站在她的身旁，非常感激地向来对贝内迪克塔表示慰问的人点着头。有人把干花放在棺材里，在胸前画着十字，或者用手指做个避邪的动作。大多数人现在都相信安德烈亚斯·考普迈亚是因为吃多了而撑死的。但是玛格达的说法——他是因为在世间做了那么多的好事，所以被魔鬼毒死了——仍然没有被忘掉。神甫的女管家刚才还在棺材前哭晕过去了，让教堂辅祭亚伯拉罕·盖德勒架了出去。

西蒙观察着贝内迪克塔。她向每一个人都表示感谢，并提醒他们不要忘记过后的葬礼餐。这根本没有必要。西蒙猜测，这么多阿尔滕施塔特的人来参加葬礼，很可能就是因为他们事后能饱饱地吃上一顿。

“嗯，福荣威泽？您的查询有结果了吗？”

西蒙向四周看了一下。原来是奥古斯丁·波南迈尔，他也站在慰问的人当中。这个瘦瘦高高的施泰因加登修道院院长即便在巴西利卡里也戴着他的黄铜夹鼻眼镜，眼镜后面的一双小眼睛正目光炯炯地看着西蒙。

“可惜还没有结果，神甫。”

“如果您哪一天想离开雄高的话，就到我们施泰因加登来。”波南迈尔向他挤挤眼睛说，“我们的修道院还需要一位像您这样的聪明而豁达的医生。尤其是现在，我们正在维修、扩建。等建完了，每年肯定有上千人来我们这里朝圣。病人和残疾人，上帝不能医治所有的人。”修道院院长温和地笑着。然后他看了一眼前面的棺材，表情又变得严肃起来。

“这是我们所有人的极大损失，”他说，“考普迈亚来自于百姓，教会需要更多像他这样的人。”

“您说得很对，神甫。”西蒙紧张地看着前面。前面还有三个人，然后他就可以问埃利亚斯·齐格勒了。他感到非常兴奋，所以很难集中精力和奥古斯丁·波南迈尔交谈。

施泰因加登的修道院院长把眼镜拿了下来，用手绢擦了擦上面的灰尘。“您仍然认为他是被毒死的吗？”他小声地问，“也许考普迈亚这个老好人真的是吃错了东西，或者是吃多了；大家都知道，他无法抗拒人世间的诱惑。如果确实是桩谋杀案的话……”他继续擦着眼镜，尽管镜片已经像水一样清亮。“您难道没想过吗，谁会从考普迈亚的死中获利？据我所知，他只有一个亲属，即他的妹妹。”说完，修道院院长转身走了，还对西蒙说了一句：“祝您今天愉快，上帝保佑您。”

西蒙张着嘴，望着他离去的背影。波南迈尔的话一直回响在耳边。贝内迪克塔是下毒的人吗？他怎么都无法想象。但是他没有时间继续思考这件事，此时正好轮到他到棺材前与尸体告别、慰问家属。安德烈亚斯·考普迈亚躺在棺材里，双手握着一个十字架，脸上闪着光，看上去很安详。在这狭窄的木箱子里，他突然显得比活着的时候小很多。西蒙觉得他的身体已经有些浮肿。天气虽然很冷，但也应该把他埋葬在地下了。

西蒙向贝内迪克塔点点头，她仍然站在旁边，接受着人们的慰问；医生嘟嘟囔囔地说了几句安慰的话后，便转身与神甫讲话。

“神甫，您的讲话太让人感动了。”他小声地说。

“谢谢。”埃利亚斯·齐格勒神甫微笑着说。

“您的结束语尤其让我受感动。就是那段关于人类最大奇迹的话。还没有天和地，没有树的时候……这段话是什么出处？”

“啊，这是韦索布伦祷文。”神甫向他友好地点着头说，“这是用德文写的最古老的祈祷文。您不知道吗？我觉得，它有一种特殊的魔力。我很高兴，您也喜欢这段祈祷文。我已经很久没用它了。”

西蒙谦虚地点着头。“韦索布伦祷文，”他小声地嘟囔着，“为什么叫这个名字呢？”

神甫耸耸肩说：“因为几百年来一直保存在韦索布伦嘛。在一座修道院里，离这里只有一天的路程。那里的修士把它保存在一个神龛里，像圣物一样。”

西蒙的嘴突然变得干了。“这段祷文已有三百多年历史了吗？”他用沙哑的声音问。

“当然。很可能还要老些。”埃利亚斯·齐格勒突然焦虑地看着西蒙问，“您不舒服吗？您看上去那么苍白。”

“没事，没事，只是……”

贝内迪克塔微笑地看着神甫，非常体恤地说：“您应该知道的，他特别喜欢我哥哥。对他来说，这阵子发生的事情实在是太多了。”

埃利亚斯·齐格勒很感动地点着头。“对谁不是这样呢？”说完，他又转向前来慰问的人。

西蒙在贝内迪克塔身边站了一会儿。“韦索布伦祷文，”他小声地说，“我应该知道的！这么说，财宝藏在韦索布伦的修道院里。”

“或者下一个谜语，”贝内迪克塔一边对他耳语道，一边目不斜视地向前来慰问的人表示感谢，“我们一定要去韦索布伦一趟。我希望您的骑术已有些长进。”她的脸上露出了一丝微笑。“否则，我们永远不能知道，是否真的有一笔圣殿骑士的财宝。”

西蒙也朝她微微一笑，但是他内心有一种说不出的滋味。施泰因加登修道院院长的话让他起了疑心。他点头告别，然后离开了冰冷的教堂。

小男孩带着玛格达莱娜穿过狭窄的街道，来到了奥格斯堡织布工住的地区。街道都铺了石砖，沿街的小排水沟都结了冰。一路上不时见到挂满冰溜子的水车静静地耸立在冻起来的小溪中，织布工在天暖的时候用水车的动力运转织布机。大多数的房子都没有窗户，墙上只有一个小洞；玛格达莱娜有种感觉，好像每个小洞口后面都有一双眼睛在盯着她。

现在，天色全暗，路上只有她和小男孩。她不时地向四周望着，生怕那两个打手再从哪里冒出来。

他们终于来到一座紧挨着城墙的大房子前。粉刷过的白色石墙，绿色的窗户挡板，沉重的大木门——虽然远没有市政府旁的那些三层楼的豪宅富丽堂皇，但是在那些被风吹得歪歪斜斜的织布工棚屋中，这座房子显得很有风采。玛格达莱娜简直不敢相信这是刽子手的家，但是小男孩停下不走了，开始敲门。不一会儿，屋里就传来了脚步声。门边上开了一个小洞，露出了一张男人的脸，脸上长满了胡子。他提着灯笼，照着外面，玛格达莱娜看到一脸红色的连鬓胡子和两只闪亮的眼睛。这个人满脸疑惑地看着玛格达莱娜和小男孩。

“今天不再给人看病了，”他严厉地说，“如果不死的话，明天再来吧。”

小男孩在胸前画了个十字，嘟嘟囔囔地祈祷一番，抬腿便跑，很快就不见了。玛格达莱娜盯着小洞后面的那个人。看来他还没有认出她。

“你聋吗？”那个男人的声音带着威胁，“快滚，快点，否则我给你安上两条腿，该死的婊子！”

他刚想关上小洞，玛格达莱娜张开了嘴。

“是我，雄高奎瑟家的玛格达莱娜。你不认识我了吗？”

刽子手吃惊地眨了几下眼睛，然后打开门。屋子里的灯光照射在他魁梧的身板上。

菲利普·哈特曼差不多跟雄高的刽子手一样高。他长了一头红发，与连鬓胡子相连，像一个镜框一样罩在脸上。他的胳膊像榉木枝一样粗，挺着一个大肚子，胸脯上还长满了汗毛。他看上去更像一个打工的，或者雇来的打手。但是他身上穿的衬衣却是用很细的斜纹布做的，上面罩着的外套没有一块补丁。菲利普·哈特曼眯眼打量着眼前的人。是一双聪明而有抱负的眼睛。

他的脸上终于露出了一丝笑容。“确实是玛格达莱娜·奎瑟！”他喊道，声音洪亮，足以让街上的人听见，“太出乎意料了！快进来，不然你想在刽子手的门前让死鬼抓走？”

他把手放在玛格达莱娜的肩上，把她推进暖融融的屋子里。壁炉里的火静静地燃烧着，桌子上还放着剩下的晚饭：烤野鸡、半块奶酪和一整条刚刚切开的火腿，旁边放了一壶葡萄酒和一碗白面包片。玛格达莱娜的嘴里马上流出了口水，这时她才想起来，自己从昨天晚上到现在还没好好地吃过一顿饭呢。菲利普·哈特曼看到了她的眼神，马上伸出手，指着椅子说："快坐下，一起吃吧，一个人吃不了。"

玛格达莱娜坐了下来，不管三七二十一地吃起来。面包还很热乎，她咬了一口野鸡腿，品尝着细嫩的白肉。真香，就像复活节和教堂市集日在同一天过了一样。这样的饭菜，奎瑟一家只有在执行了许多死刑后才能吃得起，而且还是在有足够赏钱的情况下。菲利普·哈特曼只是沉默地看着她，像是在看一只美丽的动物。

突然，从上面传来了轻轻的脚步声，门吱的一声开了，一个穿着睡衣、梳着两条红辫子的小女孩露出了头，她大约五岁的模样。

"芭芭拉，快上楼去，"刽子手说，"我们来了客人。玛格达莱娜今天肯定睡在这里，明天你就能跟她玩。"他咧着嘴，笑了笑，显然并不是很容易。"也许她能多待几天。"

玛格达莱娜把野鸡肉咽了下去，肉一下子变得干硬无味了。小女孩点点头，又好奇地看了一眼刽子手的女儿，便跑到楼上去了。

"你还要吗？"菲利普·哈特曼一边给她倒了一杯葡萄酒，一边说，"我还有核桃和其他的食物。这里不像穷人家。"

玛格达莱娜摇摇头，同时目光扫过白色的墙壁、擦得很干净的铜锅、搪瓷壶和盘子等餐具。菲利普·哈特曼的女人一年前就去世了，但是小屋子却惊人地干净整齐。地上的干草散发着植物的清香，玛格达莱娜在墙角看不到一丝蜘蛛网。在家庭祭坛上挂着一幅新装好框的圣母油画像，紧挨着的便是那把擦得亮闪闪的行刑宝剑。下面放着一只桃木箱子，箱子盖上镶着花形加固铜片，上面放着洗得干干净净的床单和衣服。玛格达莱娜暗暗地点头。她父亲说得对，与奥格斯堡的刽子手联姻是一门好亲事。

但是这无法改变这个现实——她做梦也不会想到和他结婚。

菲利普·哈特曼现在挨着她坐下来，给自己倒了一杯葡萄酒，举起杯，向她说了声干杯。他喝了一口，然后继续说："现在告诉我，你在这个季节到奥格斯堡干什么。按理说是男方上门拜访，难道你们雄高的习俗跟我们不同？"说完，他又勉强地微笑起来。

"不是……不是你想的那样。"玛格达莱娜犹豫地说。到这里来是个错误，这她早就知道。她的到来又唤起了不该有的希望，但是她又能怎么办呢？奥格斯堡刽子手的女人去年得肺结核去世了，这件事一直传到雄高。从那以后菲利普·哈特曼就想再找个女人结婚，也是为小芭芭拉找个母亲。身为刽子手他只能考虑收尸人或者刽子手家的女儿。

三个月前，菲利普·哈特曼拜访了奎瑟，想在近处看看玛格达莱娜。两个男人很快达成了协议，她父亲为她描述了锦绣前程，前提是她跟奥格斯堡的刽子手结婚。与雄高的刽子手相反，菲利普·哈特曼很富有。虽然他也是一个可耻之人，人人都避开他，但是他很勤奋，也很有抱负，在近几年确实干出了一番事业。他是一个大家公认的富有经验的刽子手，同时也是一个出色的大夫。来找他看病的不仅仅是那些贫穷的普通人，还有那些富有的公民。手工匠、商人的女儿，就连绅士也成了他家里的常客。所有的人都付给他一笔可观的赏钱。

她父亲当时劝说了很长时间，而且向她挑明，他永远不会考虑把她嫁给西蒙，如果与西蒙结婚，她得到的只有嘲笑和讽刺，而且还有可能被赶出城，根本就是一件毫无意义的事情。最后菲利普·哈特曼求亲不成，不得不离开，带着装在一只小木箱子里的聘礼，又回奥格斯堡去了。

现在，玛格达莱娜坐在他身边，吃着他的野鸡和白面包，请求留宿一夜。她感到自己很脏，十分不舒服，只能结结巴巴地向他讲述所发生的事情。

剑子手沉默地听着。等她讲完了，他点点头说："并不是相亲来的……”他停了好长时间，玛格达莱娜感到一块石头直往心里沉。

“现在，不管我是来干什么的……”

他站起身来，到屋子外面给壁炉加了点木头。“不管怎么说，你的钱没了，”他向屋子里喊道，“我认识这两个人，是两个无赖，他们曾经被上过颈手枷，而且被公开抽打过。他们早都不允许进城来了。那个高个子的眼睛就是被我挖出来的，因为他又在奥格斯堡露了面。再露面的话，他们就要被吊死。”他又回到了屋子里，用一块白布擦着手上的黑灰。“你要给你父亲和接生婆买什么东西？”

玛格达莱娜一一讲了每种药草和配药用的原料。她从小就有超人的记忆。刽子手听后点点头。“香蜂草、茅膏草和其他的药草我这里都有，”他若有所思地说，“麦角可以在药店买到。”

“可是我没有钱了！”玛格达莱娜两手捂着脸，“二十个古尔登，我哪里去弄这么多的钱！”

菲利普•哈特曼犹豫了一下，然后走到墙角的小箱子前，从腰上拿下一串钥匙，把箱子打开。玛格达莱娜只听到砰砰的响声，不一会儿，刽子手又走了回来，张开了手。十个亮闪闪的古尔登滚到了桌子上。

“这是去药店买药的钱，剩下的，我送你了。”哈特曼说。

玛格达莱娜不敢相信地看着他。“这……”她说。

还有一个东西也向她滚来了。是一个油亮亮的小黑球，有小孩子拳头那么大，她看不出这个东西的质地。当玛格达莱娜把它拿到手里时，里面的东西哗哗地响起来。

“一块粪石，”刽子手说，“如果你问我的话，我会说对那些迷信的婆娘而言这是一个没用的魔物。你拿着吧，我反正用不上。”

“这么多，我可能永远都还不起。”玛格达莱娜小声地说。

刽子手耸耸肩说：“我下的聘礼是这个数目的五十倍。我不是你父亲那样的教堂里的穷老鼠。再过几年我想买一个公民权，谁知道……”他想表现得友好一些，但是他的脸却变成了一张堆着笑的鬼脸。“也许你还会再考虑一下。嫁给我错不了，小芭芭拉也急需一个母亲照料。”说完，他站了起来，向门口走去。“你今晚可以在屋里的长椅上睡一夜。明天就去药店，买完东西后，你可以在奥格斯堡转一转。你会看到，在这里生活不错。”

运输工躺在铺着干草的床上，撕心裂肺地叫着。伯尼法茨·福荣威泽吃惊地把刚刚还按在病人肚子上的手拿开了。

“嗯，这块儿疼。”老医生一边说着，一边看着自己的儿子。在两个医生的身旁跪着安东·施泰因加德纳的女人，她正一边用右手不停地擦丈夫头上的汗，一边用左手拨着念珠。一小时前，这对老夫妇来到了福荣威泽家。从中午开始，这里的病人就络绎不绝。大多数人得的是几星期来在雄高蔓延的高烧病。但是，眼前这个病症在西蒙看来却很严重。他现在已经认为这个人不会活着离开这里了。

“医生，他得了什么病？”阿加莎·施泰因加德纳哀求地问，“是吃的东西不对了吗？我知道，我家的面包不是最好的。因为面粉不够，我在里面加了磨成面的橡树籽。可是疼得这么厉害，他得了什么病啊？”

“疼多长时间了？”伯尼法茨·福荣威泽问，并用一个放大镜仔细地检查安东·施泰因加德纳的眼睛。瞳孔已经开始扩散，并且变得透明。这个人已经疼晕过去了。

“我想，有……三天了，”阿加莎·施泰因加德纳说，“还能治吗？”

伯尼法茨·福荣威泽向后退了一步，让儿子再在病人的肚子上按一按。病人的肚子像骨头一样硬，而且上腹肿了起来。西蒙只轻轻地按了一下，病人又尖声叫了起来，好像被箭刺了一样。

“噢，上帝，他得了什么病？他得了什么病啊？”阿加莎·施泰因加德纳的双手紧紧地攥着念珠，“是魔鬼钻到他肚子里去了吗？像阿尔滕施塔特的神甫一样吗？”说着，她开始哭起来。“圣母马利亚！魔鬼钻进了人的灵魂，已经不分神甫和普通人了！我丈夫每三天就去教堂祈祷一次，在家里我们也常常一起祈祷……”

“你丈夫肚子里长了个肿瘤，”西蒙打断了她的念叨，“这和魔鬼一点关系都没有。不过祈祷也没有什么坏处。”

他没有告诉这个女人，祈祷可能是拯救她丈夫的唯一方法了。西蒙知道，有的大学能把这种肿瘤切除。但是在雄高，他们既没有这方面的知识，也没有做这种复杂手术的器具。西蒙一边暗暗地骂着，一边在药柜里找着罂粟花精，不小心撞翻了几只小药瓶。他们只能让这个人减轻一点疼痛；让他在痛苦中慢慢地死去，这是他们现在唯一能做的事情。剩下的就由仁慈的上帝来决定吧。

西蒙终于找到了那瓶罂粟花精。他身后突然有人动了一下，他父亲的手紧紧地攥住了他的手腕。

“你疯了吗？”伯尼法茨·福荣威泽小声地在他耳边怒斥道，以免运输工的女人听见，“你知道这个有多贵吗？施泰因加德纳他们永远付不起！”

“难道我们要让这个人像畜生一样死去吗？”西蒙小声地回答道，“他疼痛难忍，我们要帮他一下！”

“那你把他送到刽子手那儿去，”他父亲用更小的声音跟他说，“给他喝点刽子手的小药水，反正他早晚都要完蛋的！是时候让莱希纳禁止这个江湖医生给人治病了，否则他会用他的小药水把半个城市的人都毒死。”

“半个城市的人都去过他那里。这个你每天只能做梦而已！”西蒙反驳道，此时，他的声音已经变大了。

他挣脱父亲的手，把那一小瓶罂粟花精给了阿加莎·施泰因加德纳。

“把这个拿去，每天给你丈夫喝两勺，兑在酒里。”他非常平静地说，

“这种药水不能把肿瘤除掉，但是能减轻他的疼痛。”

“他还会好吗？”女人一边惊恐地问着，一边低头看着自己的丈夫。安东·施泰因加德纳看上去已经筋疲力尽，睡着了；他的身体翻来覆去，不停地抽动着，除此之外，一切都很安静。

西蒙无可奈何地耸耸肩说：“这个只有仁慈的上帝才知道。我们现在帮你把他抬回家去。”

伯尼法茨·福荣威泽仍然充满敌意地看着自己的儿子，但他还是过来帮助西蒙把病人拖到门口，抬上了车。阿加莎·施泰因加德纳给了他们几个铜钱，然后上了车，赶着车走了。她没有向他们挥手告别。也许她正想着，没有丈夫后自己如何谋生。

西蒙和他父亲在当天还治疗了三个因为高烧而来的病人。他们都是比较富有的公民，伯尼法茨·福荣威泽给他们开了解毒药——一种用罂粟花精和当归配成的昂贵药物，估计除了防止病人中毒，什么作用都没有。西蒙知道，父亲的药并不全是这样。

西蒙在给病人检查呼吸、尿液的时候，不时地想到圣殿骑士的财宝。它们真的藏在韦索布伦吗？不管怎样，他已经决定，明天一早便和贝内迪克塔上路，虽然施泰因加登修道院院长的话还让他有些伤脑筋。那个波南迈尔在葬礼上说什么了？

您难道没想过吗，谁会从考普迈亚的死中获利？

有一点西蒙是肯定的：从现在开始，他要仔细地观察贝内迪克塔，尽管他无法想象，这个快乐、开朗的女商人竟然是下毒的人。

西蒙很希望刽子手明天也能在身边。可是雅各布·奎瑟不能同行，审判强盗的时候他要在场。雄高的刽子手昨天听完了西蒙在葬礼上的见闻后，并没有追问更多的细节，好像他对这些谜语什么的一点都不感兴趣了，总之，有些奇怪。当西蒙告诉他，自己明天要和贝内迪克塔一起去韦索布伦时，他只是摇着头，大声地说：“但愿你不要做一件错事。”

“可是这条路很安全！”西蒙回答说，“现在那些强盗不是都被抓住了吗？”

“我们真的把他们都抓到了吗？”奎瑟反问道，然后又开始研磨钵里的干药草。从那以后就没再听到他说一句话。刽子手被罩在自己的烟雾中，使劲地把干草研成粉末。西蒙无可奈何，只能又回城去了，他要帮父亲给病人看病。

他刚想为第二个病人——一个干瘦的、得了肺结核的派廷农民做检查，突然从莱希门传来了喊叫，好像是发生了什么可怕的事。西蒙马上穿上大衣，跑到街上，去看看到底发生了什么。

莱希门那里已经聚集了好多人，他们都瞪着眼睛看着一辆正朝城里奔来的牛车。西蒙看到两个人蜷缩在牛车上，是雄高的两个年轻的运输工，西蒙在酒馆里看见过他们。据他所知，他们俩给第二市长（也是富有影响的商人）马蒂亚斯·霍尔茨侯伏做事。两人的头上和胸上都缠着滴血的绷带。他们脸色苍白，看上去已经离开了这个世界。

赶车的农民拿着一根棍子，使劲地往前赶着牛车。

“快让开！”他大声地喊着，“又遭到了袭击！我发现他们的时候，他们已经躺在血里了。就在霍恩富希的山路上。这些该死的强盗，都让鬼抓去好了！”他一眼瞥见了跑在车旁的西蒙。农民马上把车停下，对他说：“老天有眼，派你来了！快看看，他们还有救吗？”说着，他把缰绳递给了西蒙。“赶快把车赶到你父亲那儿去。虽然我更愿意让刽子手来看，但是他现在肯定是在别处忙着呢。”

西蒙把牛车赶到了家门口，后面跟着一群孩子、哭哭啼啼的农妇和汪汪叫的狗，好不热闹。等他再回头看车上躺着的两个脸色煞白、不停呻吟的运输工时，他们绷带上滴出的血已经把铺在车上的干草染得通红，他不由得骂起自己刚才为什么把一整瓶罂粟花精都给了人。现在看来，也只有仁慈的上帝才能帮他们俩了。

法院记录官不耐烦地用手指敲桌子，等着大家停止议论。所有的议员看上去都神情紧张。在巴林大厦一层的议会会议是临时召集的。这些绅士们还没来得及穿好衣服，他们的皮帽子歪歪斜斜地扣在脑袋上，由于激动，各个面红耳赤。有那么一两个人在沉重的毛大衣下面还穿着在家里才穿的便服。政议院的议员（同时也是市长）显得最激动。在他们中间坐着马蒂亚斯·霍尔茨侯伏，他不停地摇着头，那张平时总是笑眯眯的圆脸看上去很苍白，一下子瘦了好多，眼睛下面已经出现一圈阴影。

“我一车值钱的东西啊！”他大声喊着，同时用拳头砸着亮闪闪的橡木桌面，“一千多个古尔登啊！细布料、银器和香料我根本就不想提了！怎么发生的呢？他妈的，我以为刽子手把这些该死的强盗都熏出来了嘛！”

议员们又开始嗡嗡地议论起来了，约翰·莱希纳用自己的戒指敲着酒杯，警告他们静下来。“议员大人们，我召集这个会议，是想告诉大家一个重要的新消息。安静！”他用手敲了一下桌子，“安静，我的上帝，请安静！”嗡嗡声马上停止了，大家都把目光投向记录官。作为选帝侯公使不在时的代理，莱希纳本来在市政管理方面没有说话的权利，但是不知什么时候起要由他来主持议会了。在大战时期，人们都很高兴能有一只强大的手来扶持一下，从那以后便没有理由去改变顺理成章的事情了。

“我召开这个会议的原始目的是想告诉大家，强盗终于被抓住了，可以运货了。”记录官在终于静下来的时候说，“刽子手和一些可敬的公民做出了不少贡献。”

“可以说，立下了很大的功绩，”雅各布·施雷佛阁小声地说，“可敬的公民们真可谓是浴血奋战。”

但是没有人理会他，此时，所有的眼睛都盯着记录官。“可是，现在事情却有了变化。我很抱歉，看上去还有另一伙强盗。刽子手就此事已经问过了关在地牢里的舍勒。”

人们马上又议论起来了。“但愿奎瑟能让这些绞刑架下的小鸟尝到火钳的滋味。”身为参议员的面包师米夏埃尔·贝希托尔德大声地说，“他要把他们的每根骨头都打断才行。”

“现在，刽子手用了他自己的方法。”莱希纳说。米夏埃尔·贝希托尔德和其他几个议员的脸上露出了满意的表情。有一个像雅各布·奎瑟这样的人很好，他可以做这些肮脏的事情。

“还有一伙强盗！”马蒂亚斯·霍尔茨侯伏抱怨道，“这种抢劫什么时候才有个头啊？”

“霍尔茨侯伏师傅，请原谅我的一个问题。”年轻的雅各布·施雷佛阁插话说。身为雄高最大的制陶作坊主，他不久前才当上议员。“在这个动荡不安的时期，运这么一大批值钱的货物去菲森，您不觉得很有风险吗？不管是有一伙还是几伙强盗，您这都是在冒险。”

马蒂亚斯·霍尔茨侯伏耸耸肩。“不是说舍勒那伙强盗被抓住了吗？再说了，谁现在把货发出去，谁就能挣到好价钱。”他一边说着，一边捻着自己的短尖髯。“在这么冷的天气没有那么多的竞争对手。还有……”他犹豫了一下，“我们走的是穿越村庄的小路。路途虽然长一点，但是可以躲开大路，那些抹脖子的人爱躲在大路边上的丛林里。谁会想到，那里也……”他说不下去了，只是摇着头。

法院记录官清了清嗓子，然后说：“强盗躲开大路进行抢劫，已经不是第一次了。奥格斯堡的商人莱昂哈特·维亚前几天被一伙强盗劫了，走的也是这条路。在头天晚上我碰巧在塞莫尔的客栈里见到了他，他跟我讲了他想走那条老路去菲森。”

市场广场旁边的客栈属于市长卡尔·塞莫尔。他打断了莱希纳的话。他身上穿着红色的丝绒马甲，眼睛因为激动差点冒了出来，喘气也有些艰难。“噢，上帝，我的两个运输工最近也跟我讲过，他们走平时不走的路线，”他气喘吁吁地说，“我们得知有一个人失踪了，另一个到现在都下落不明……”说完，他擦了擦头上的汗，又喝了一大口波特酒。虽然外面很冷，但是市议会大厅里却热得难受。

在中间一排坐着参议员和市政委员，他们开始交头接耳地议论起来。差不多所有的人在最近的几天和几星期内都派人把货物运往巴伐利亚的各个城市了。不能走水路的话，就只能靠雄高的运输工。他们是奥格斯堡人毒辣的竞争对手。如果再有货车遭抢劫怎么办？

“等一下！”雅各布·施雷佛阁提高了嗓门，“如果我没理解错的话，这些运输工都选择了一条不同寻常的路线，但是他们仍然遭到了抢劫。这就是说，要么现在所有的路上都埋伏着强盗——这一点我很怀疑，要么就是……”他用目光扫了所有的人一眼。“有人事先探听了这些人的路线，有目的地派强盗去抢劫他们。”

“谁会干这样的事情？”马蒂亚斯·霍尔茨侯伏打断他的话说，“我的人只和我讲了这件事。”

“我的人也是，”塞莫尔市长也插话说，“这里没有人认识那个奥格斯堡的维亚。他会跟谁去讲呢？”

“也许是奥格斯堡的人把我们的人杀了！”面包师米夏埃尔·贝希托尔德从后面喊了一句，“我们的运输工早就是他们的眼中钉了。如果依着他们，最好是他们自己在我们的地盘上把货运到威尼斯和其他地方。”

“胡说，”雅各布·施雷佛阁反驳他说，“维亚自己就是奥格斯堡人。他们不会把自己的人杀了。”

贝希托尔德耸耸肩。“也许他是个叛徒，谁知道。也许他也和奥格斯堡人结了怨？他妈的，一帮斯瓦比亚人！”话音一落，人们又大声地议论起来。

法院记录官又用戒指敲着酒杯。

“安静！这样下去我们不会有结果！”他大声喊道，“我们只能希望那两个运输工能给我们讲一些强盗的情况。也许我们能得知，谁在幕后指使。”他审视着每一个议员，然后继续说：“我们的目的是把这一伙强盗也一网打尽。所以我建议，再派刽子手带一批人去捉强盗。”

“再派刽子手当可敬公民的首领？”塞莫尔市长不敢相信地摇着头，“我儿子跟我讲了上次的情况。让刽子手向可敬的公民发号施令，真是荒谬。捉犯人，杀犯人，这是刽子手、士兵和差役的事情。如果慕尼黑或者兰茨胡特那边得到了风声，这些参与捕捉的人很可能马上就会失掉公民权……”

“如果他们不听命令，朝着女人和孩子乱开枪伤人，应该被免除公民权，”雅各布·施雷佛阁打断他的话说，“您儿子和贝希托尔德的小子喝了那么多的血，刽子手这一生连见都没见过！”

“简直是污蔑！”贝希托尔德大声喊道，“我儿子阻止了一场灾难。舍勒和他的那群该死的狗差点就把我们人的脖子都抹了！”

“安静！都给我安静下来！”约翰·莱希纳抬高了声音喊道。大家马上静了下来。莱希纳很少有失去自制的时候，几秒钟后他又恢复了正常。他深深地吸了几口气。

“争吵纠纷对我们一点用都没有，”他说，“我将再次派刽子手去捉强盗。事实已经证明，他在这件事情上很在行。但是这次只有合适的人才能跟他一起去。”他看了一眼身旁的市长。“您的儿子和面包师的儿子都不合适，他们的行动已经证明了这一点。至于如何处置舍勒一伙……”莱希纳停了一下，好像要思考一下才行。“汉斯·舍勒已经承认了他的罪行，所以我认为没有必要再对他进行拷问。如果议会同意的话，我作为选帝侯的代理，明后天就办理这个案件。死刑立即执行，越早越好，以威吓其他强盗团伙。”

全体议员都点头同意。像往常一样，法院记录官的论述是那么地合乎逻辑，所有的人又感到了镇静、安心。

“你们将会看到，”约翰·莱希纳一面把羽毛笔和墨水装进带来的文件皮包里，一面说，“最晚在舍勒被吊在绞刑架上的时候，我们的城市又会恢复宁静。这个我向你们保证。”

第九章

第二天，整个普法芬温克尔地区暴雪飞扬，好像仁慈的上帝要把所有的生命都覆盖在白雪下面似的。人们都待在自己的家里，如果不得已要出门的话，事先也要念上一段祷文，然后迅速地把房门紧紧关上。陆路和水路都无法通行，有些运输工在途中突然遇到了暴风雪，马车陷进几米深的雪中，无法前行，最后他们都孤独地死于与风雪的拼搏中。几天后，人们才发现他们僵硬的尸体和马车，有些尸体已被饿狼撕得粉碎，吃得精光，马匹全被白色的世界吞噬。

奥格斯堡也遭到了这场暴风雪的狂袭。玛格达莱娜到刽子手家的第二天根本就无法出门。时间对她来说无所谓，她知道，在这种天气去逛街没有任何意义。药店在这种天气肯定不开门了，下一批去雄高的商队肯定也要等天气转好后才会上路。玛格达莱娜深知，自己一个人上路就如同自杀。

所以，她一整天都和小芭芭拉一起玩，很快赢得了这个刽子手小女儿的心。玛格达莱娜给她用木头削了一只木娃娃，和她坐在壁炉边，为她唱着她在家里也给自己的双胞胎弟妹唱的儿歌。她能感受到，这个小女孩需要一个母亲。小芭芭拉睁着大眼睛看着她，用小手抚摸着她的脸颊，不停地喊着“再唱一遍”，尽管玛格达莱娜已经唱得很累了。玛格达莱娜经常想，小芭芭拉像她一样是一个刽子手的女儿，只是没有兄弟姐妹，更主要是没有母亲。很久以前，自己有多少次这样坐在父亲雅各布·奎瑟的怀里？母亲曾多少次唱着同样的儿歌哄她入睡？

金盏花，金盏花，三个小孩儿坐在家。坐在树丛下……

菲利普·哈特曼在隔壁的房间里默默地干着活。他把药草一束一束地扎起来，新编了一根绞绳，同时还在一只黑乎乎的烧瓶里蒸馏药草酒，所以不时有一股清香的酒味传进她们的房间里，使玛格达莱娜感到有些醉意。刽子手偶尔会来到她们的房间，摸摸女儿的头发，或者给她和玛格达莱娜送几块西梅干或苹果干什么的。他避免碰到玛格达莱娜或做出不当的表示，但是，玛格达莱娜能感受到身后投来的目光。每当此时她就会感到浑身发冷，尽管屋里的壁炉很暖。菲利普·哈特曼肯定是一个很好的丈夫、父亲，而且也很富有。但是她爱的是另一个人。

可是，她还真的爱西蒙吗？因为贝内迪克塔的事，她的感情明显地冷了下来，她讲不清是因为恼怒还是因为失望。还需要一段时间，她的心才能暖起来。这个她能感觉到。

第二天仍然刮着暴风雪，到了晚上才稍微减弱，所以商店都没有开门。直到第三天早晨玛格达莱娜才可以出门去药店。一路上，她走过了奥格斯堡那些巨大的喷泉井，井上结了几米长的冰溜子。左边是四层楼高的市政大厦。玛格达莱娜抬头向上看着，感到一阵颤抖。人们怎么能盖这么高大的房子？穿着厚厚裘皮大衣的绅士们拥进市政大厦的大门，严肃地交谈着。地上的积雪仍然没过膝盖，但是差役们已经开始用雪铲清理市政广场和周围街道的积雪。周围的房子和商店里都热闹非凡。人们被关在家里两天，现在他们又可以出门办事、买东西，买新出炉的面包、新鲜的鱼肉，还有人到酒馆里去打一壶冒着泡的鲜啤酒。玛格达莱娜穿行在一些发着牢骚、为主人买兔子和野鸡的厨娘间，还碰上了一群吵吵嚷嚷的唱诗班的小男孩，他们正前往奥格斯堡主教大教堂。

终于，她来到了自己想去的地方。前面的马克西米利安大街上，紧挨着富丽堂皇的圣莫里茨教堂的便是奥格斯堡最古老的药店——马利亚药店。菲利普·哈特曼在早上还对她讲过，药店的主人内普慕克·比尔曼拥有全城分类最好的药草和药剂，而且经常与他合作。刽子手在那里买自己不能制的药剂，内普慕克·比尔曼则在刽子手那里拿人油和人皮，制成药剂治疗关节痛和肌肉劳损。

"比尔曼这个人有点怪，"菲利普·哈特曼对她说，"但是他很在行，而且他不会骗你。最好让他允许你进药草房里看看，简直大得惊人。"

内普慕克·比尔曼的房子是一座很窄的三层高的尖顶房，房子很旧，该粉刷一下了。它在那些绅士住的豪华住宅区中看上去就像一个被遗弃的孤儿。玛格达莱娜拉开了一扇窄而结实的小门，门上面用草体字写着药店的名字。迎面扑来干草的香味和稀有药材的药香，让她想起了家里的那个大药柜。刽子手的女儿闭上眼睛，深深地吸了一口这些稀有的香味。里面有远渡重洋运来的植物和香料，完全来自另外一个世界，在那里的原始森林里生活着雄狮和野兽，有神秘的岛屿，上面住着头上长角的怪物和食人兽。她能闻出肉桂、肉豆蔻和胡椒的香味。

当玛格达莱娜把身后的门关上时，传来了一阵悦耳的铃声，不一会儿，一个矮小、有些驼背的人走了出来。他头顶只有一圈头发，像修士一样，鼻子上架了一个单片眼镜。他不满地看着刽子手的女儿。看上去他正忙着更重要的事，对眼下的买卖根本不屑一顾。

"嗯？有何贵干？"他像看一只讨厌的昆虫一样看着她问道。

"菲利普·哈特曼派我来的，"玛格达莱娜回答说，"我要替他买些药草。"

这个矮小男人的表情马上变了一个样，掉光了牙齿的嘴向两边咧了咧，瞬间显出了一副笑脸。"嗯，哈特曼，奥格斯堡的刽子手还真找到了一个女人。”

“我……我现在在他那里帮忙。”玛格达莱娜结结巴巴地说着，把药单递给了他。

比尔曼把单片眼镜拿了下来，开始仔细地阅读手上的羊皮纸。“嗯，嗯，”他嘟嘟囔囔地说道，“麦角、艾草、瑞香、颠茄，还有曼陀罗。你要这些东西干什么？你想把刽子手送到阴间去吗，还是想骑着扫帚飞走？”

“我……我……”玛格达莱娜一时不知道说什么好，“我们面临着一个难产，孩子不想出来，母亲疼痛难忍。”

“嗯，嗯，疼痛难忍，”内普慕克·比尔曼又把单片眼镜架起来，“你一定要小心，这种小草一次不能用得太多，否则的话，那个好女人不仅感觉不到疼了，而且永远不知道疼了。”他一边笑着，一边朝玛格达莱娜挤了挤戴着单片眼镜的右眼，它看上去像一只金鱼眼。“你知道，药与毒往往只差一毫。老帕拉切尔苏斯早就知道这一点。刽子手有没有给你讲过帕拉切尔苏斯，嗯？”

玛格达莱娜马上点点头。小老头不再理她。内普慕克·比尔曼走到柜台后面的一扇小矮门内，向她招招手，让她跟进来。“过来，姑娘，你至少可以帮我把这些药草装起来。”

玛格达莱娜赶紧走了两步，跟在后面，突然走进了一个大房间，里面摆满了高达房顶的大货架和抽屉，虽然每隔一段距离会露出一面木板墙来，但是木板墙上也是一层层的架子。内普慕克·比尔曼像一个杂技演员，在狭窄的过道中穿来穿去，这里拉开一个写了名字的抽屉，那里拉开一个。每拉开一个，他都把抽屉上的名字与手里单子上的名字对比一下，然后再仔细检查一下抽屉里的东西，用一把小勺把东西拿出来，放在大理石桌面上的秤里称好。

“麦角、艾草……”他一边称着，一边小声地默念着，“我把那该死的瑞香放哪里去了？……啊，在这里。”

当比尔曼看到玛格达莱娜睁着两只大眼睛，愣愣地站在一人多高的货架间，他不由得笑了起来。“嗯，还没见过，是吗？”他扬了扬手说，“在这里存放着最全的药草，只有慕尼黑才能比得上，这点我不骗你。就连那个让人敬佩的帕拉切尔苏斯可能也没有这么大的药店。”

他刚刚拉开一个抽屉，前面的店里又传来了铃声。比尔曼生气地停下了手，对玛格达莱娜说了声“对不起”，便把装着已经称好了的药草的小布袋塞到她的手里，猫着腰，急急忙忙地赶到前面。“我马上就回来。”

刽子手的女儿一个人待在屋子里，惊奇地看着散发着各种香味的迷宫一样的过道。

前面传来的一个声音，让她不得不仔细倾听。那是一个惯于下达命令的、明显有些被激怒了的男人的声音。那个人正和药剂师讲话，而且很不友好。玛格达莱娜出于好奇走近门口，想听听两个人在说什么。

“我还要同样的东西，我在您这里拿过。”陌生人生气地说。

“同……样的东西？”内普慕克·比尔曼问，“您知道，那东西不是那么容易能得到。其实我根本不能卖这个东西。这……这会把我的生意毁了。”玛格达莱娜能感觉到，药剂师很害怕。她小心地贴着墙，想听得更清楚些。

“我付的钱很多。”那个人说。接着传来了掏钱的声音。“不过这一次要保证这东西好好地发挥作用。上一次让那个人死得太快了。这次要死得慢一点，而且不能让人发觉，否则……”

“您只要少用一点剂量就行，”内普慕克·比尔曼向他保证说，“一点点就够了，没有人能发觉，这个我可以向上帝发誓！”

“以我们救世主的名义发誓吧，”陌生人说着，还哑着嗓子笑了一声，“这是上帝的旨意。”

听到最后这句话，玛格达莱娜差点喘不过气来。在教堂地下墓室刺杀她父亲的人也说了同样的话。

难道是同一个人吗？

玛格达莱娜知道，这很危险，但是她仍然一点一点地靠近门口。等她紧靠着门时，她转过头，朝药店里看。从这里她只能看见柜台一角，但是，这已经足够让她血管里的血液凝固。

玛格达莱娜看见了一件黑色的斗篷，在一条金项链上晃着一个有两条横梁的十字架。而且这时她在这个有千百种味道的药店中闻到了一种新的气味。

堇菜花的香味。

“我还要点别的东西，”陌生人说道，并使劲地抓挠着胸脯，“水银，您有多少就给我多少。”

内普慕克·比尔曼点点头。“我……知道了。给我点时间。明天……”

“我明天一大早再来，”陌生人打断他说，“但是那个东西我现在就要。”

陌生人一把抓住药剂师递过来的小丝袋，二话没说便转身走出药店，咣当一声关上了门。

玛格达莱娜犹豫了一会儿，然后把比尔曼已经找出来的药草全都装进了带来的布袋里。她瞥了一眼桌上放着的其他药草，迅速地把它们也一同装进布袋。*谁知道，我什么时候会用到它们。*

她手里拿着布袋，径直走进药店，向门口走去。

“嘿！”内普慕克·比尔曼在后面喊道，他脸色苍白，头上冒着汗珠，“你想干什么？你还没付钱呢！停下，那个人很危险！你还不懂……”

后面的话融进了街上的喧闹声中。玛格达莱娜走过了几堆积雪和几个困惑的行人，紧紧地跟在杀害阿尔滕施塔特神甫的凶手后面。她虽然没有计划，但是如果不利用这个机会，她就不姓奎瑟了。

在雄高也是风雪交加，人们都待在暖融融的家里，希望柴火不要马上烧尽。周围的森林里偶尔传来几声狼嚎，大雪堆在房顶，压得房梁吱吱响。像这样的暴风雪就连年纪大的人也很少经历过，这肯定是战后最大的一场暴风雪。

除了一个正艰难地从制革区走向地牢的身影，城里的街道上、胡同里见不到任何人。雅各布·奎瑟用右手按着头上的帽子，左手不时地擦着眼睛，以便在风雪中能看清脚下的路。他看上去像白色海洋里的黑色巨人。他小声地骂着，因为狂风把他的烟斗吹灭了。他可能需要很长时间才能把潮湿的烟草点着。他现在正需要抽一口烟，好好地思考一下。

开完了会议，约翰·莱希纳就通知他，将再次派他去捉强盗，直到把第二伙强盗一网打尽为止。这次允许他自己挑选人员。刽子手决定只带一小队人。根据土匪头子的讲述来看，这伙人可能只有四个人，但是却很有经验。他们不知用什么方法能探知每个商人的路线。那些被抢的人都发誓，他们只在朋友圈内提过自己所选的路线。难道在雄高的绅士中有内线吗？也许他们中的某一人参与了抢劫？

马蒂亚斯·霍尔茨侯伏的那两个受了伤的运输工虽然还能讲话，但是他们描述的情况很有限。强盗都遮掩得严严实实，穿着黑色的大衣，拿着弩弓、火枪和战刀。显然，这是一个很小、但却很有作战经验的团伙，而且比一般的强盗胜出一筹。

为了能更多地了解这伙强盗的情况，刽子手决定冒着风雪去一趟地牢。他还要再问问汉斯·舍勒。

在塔楼前没有哨兵。雅各布·奎瑟猜想，哨兵不是待在酒馆，就是在地牢里。在这种天气谁会怪他呢。刽子手使劲地敲了两下大门，里面传来了脚步声。

“谁呀？”一个声音问道。

“是我，雅各布·奎瑟。快开门，要不然我就被风刮走了。”

钥匙在锁里转了两圈后，门开了一道缝。哨兵约翰内斯的脸从门缝里露了出来。“你想干什么，嗯？你上次来让我被罚了八枚铜钱，还多站了一天的岗。莱希纳不愿意有人背着他行事。”

“让我再和舍勒聊一聊。”刽子手用力推开门，把哨兵挤到了旁边。

“嘿，奎瑟，这样不行！”

雅各布·奎瑟扔给他一只小布袋。“拿去，别烦我。”

哨兵打开布袋，好奇地往里看了一眼。“什么东西？”

“嚼烟，是从西印度运来的，那里的蛇比橡树枝还粗。只嚼，不要咽下去。它能让你不犯困，暖和身子。”

约翰内斯拿着礼物回到了墙角的凳子上，伸着鼻子闻着布袋里的干草。“只嚼，嗯？”他又看了一眼刽子手，“但是不要把舍勒的另一只手也捻断了，啊？否则他死在地牢里，我又有责任了。”

“你放心，我知道该做什么。”

刽子手向地牢的后面走去。与上次相反，强盗对他的来访都显得无动于衷。男人和女人蜷缩在腐烂的草堆上，身上披着破大衣，在难以忍受的寒冷中试着互相取暖。在他们中间躺着那个发高烧的男孩，他浑身都在颤抖着。在地上放着一盆发了霉的面包和一只敞着盖的水壶。便盆里散发出的臭气让雅各布·奎瑟不由得向后退了一步。汉斯·舍勒在栅栏门后面无表情地瞪着眼睛，他的小手指肿得像一根吹满了气的小羊肠子。

“你又来了，”他小声地说，“你还想干什么？”

刽子手突然转过身，朝着仍然在研究嚼烟的哨兵约翰内斯大喊起来：“这里怎么像猪圈一样！这些人既没有吃的，也没有喝的。没有被子，至少要加些干草吧！你难道想让他们在行刑前就冻死吗？”

哨兵无可奈何地耸耸肩。“你自己看到外面是什么样的鬼天气了。我已经两次要求他们送饭来，可就是没人来。”

“那你自己去。”

“现在？”约翰内斯不解地看着刽子手，“风那么大……”

“马上就去。”刽子手走到他跟前，一把抓住他的衣领，把他从凳子上拽了起来，哨兵的两只脚在空中乱踢乱蹬。约翰内斯的脸马上变得红肿，眼珠子差点冒了出来。

“舍勒不久也会尝到这个滋味，”雅各布·奎瑟怒斥道，“而且我向上帝发誓，如果你不马上按我说的去做，你也会尝到这个滋味。去拿些新鲜的面包、水和被子来。听见了吗？”

哨兵不停地点着头，奎瑟把他放了下来。“现在快去。”

约翰内斯没敢转身，立即跑了出去。风雪从地牢的大门飕飕地吹了进来。当刽子手把大门关上后，一切又安静了下来，只能听到一个婴儿在嘤嘤地哭着，远处传来瑟瑟的风声。土匪头子惊奇地看着雅各布·奎瑟。他刚想说话，却被刽子手打断了。

“给小男孩的药管用吗？”

舍勒点点头，仍然对眼前所发生的事情感到无话可说。

“你为什么要这样做？”他问道。

雅各布·奎瑟并不回答他的问题。“我跟莱希纳谈过了，”他说，“不用大车轮，用绞刑。女人和孩子都放了。”

舍勒的脸上露出了笑容，但是不一会儿，又变得严肃起来。

“还要等多长时间？”他问。

雅各布·奎瑟吸了一口烟。“如果天气可以的话，过几天就开始审判。然后再等三天就执行。这是习惯。塞莫尔的客栈会捐赠一顿丰盛的死刑餐，有腊肉、土豆团子、酸菜，而且每人还能得到一大杯麝香白葡萄酒，让你们在最后的路途上暖暖身子。”

汉斯·舍勒点点头。“这么说要有一个星期的时间。”他停了一会儿又说，“也好，总算有了个尽头。这已不是活着了。”

刽子手不理会他，换了个话题。“我还要问你几个关于那伙强盗的问题。你说过，他们只有四个人。四只盘子，四只杯子，四把刀……”

汉斯·舍勒点点头。“我已说过，第四个人可能跑到林子里撒尿去了。”

“但是，那第四套餐具，是用过的呢，还是很干净，没有用过？”刽子手问。

土匪头子想了一会儿说：“你现在这么问，我倒想起来了。那套餐具没有用过，是干净的。在篝火旁只有三只用过的盘子，第四只盘子和一只干净的杯子放在马背上的袋子里。”

雅各布·奎瑟咬着冰凉的烟斗，暗暗地骂着，烟又灭了。“这么说，那第四个人已经很久没和他们在一起了。也许他在城里。”

汉斯·舍勒摊开双手，无可奈何地说：“谁管这第四个人跑到哪去了。他可能早变成灰了。”

刽子手向他讲了记录官怀疑有人事先探听了商人的秘密路线。土匪头子点了点头。

“我知道。第四个人在城里打探摸底，然后告诉他的同伙哪些人走哪条路。他们只要在那里等着就行了。而且运输车一般只带很少的武器，商人没有防备。计划不错。”他咧嘴笑了笑，奎瑟看到，他上面的牙齿全都掉光了。“也有可能是我想出来的主意。”突然，他停了下来。“现在我想起来了。”

“什么？”

“除了你拿的那只皮包外，在篝火边还有一样东西。是一只蓝色的小瓶，看上去很雅致。我们把它打开的时候，闻起来跟他妈的法国宫殿似的。”

雅各布·奎瑟忘记了吸烟。“你是说，那小瓶里是香水，对吗？”

舍勒点点头。“对，就是那东西，臭得像春天的野花地。”

“那个香水……”刽子手小心地选择词汇，“闻上去也许像……堇菜花香？”

舍勒露出一副无可奈何的表情。“我对这东西不了解。我们把它都洒在了马背上。第二天施普林格在山洞里把那只小瓶给踩碎了，那头蠢驴。”

雅各布·奎瑟又思考了一会儿。然后他转身向外面走去。

“谢谢，舍勒。你帮了我很大的忙。等我们下次再开会的时候，我会尽力让事情快点结束。我向你保证。”

“奎瑟。”汉斯·舍勒的声音有些哽咽。刽子手又转过身。

“什么事，舍勒？”

土匪头子看上去正在寻找合适的话。呆了一会儿，他说：“刽子手，你知道我本来是干什么的吗？”

“你告诉我吧。”

“我曾经是个木匠，是个很好的木匠，在施瓦布明兴。但是瑞典人把我的女人糟蹋了，而且把她的脖子抹了。他们把我儿子撞死在门上，又一把火把我的房子给烧了。我就跑到森林里当强盗了。现在一切都在这里结束了。”他想笑一笑，“如果你是我，刽子手，你会怎样做？”

雅各布·奎瑟耸耸肩。“你总会有选择的。”他走到了门口，又转过身来，“我很难受——为你女人和孩子身上发生的事。你们不久又会在一起了。”

外面，风卷着冰雪块刮到雅各布·奎瑟的脸上。他把帽子又往下拉了拉，艰难地顶着墙一般的风雪向前走着。他的脑子里很乱，好像也在刮着暴风雪。

一瓶闻起来像春天野花地的香水……

那个带有堇菜花香味的人见过那些强盗吗？玛格达莱娜跟他讲过，那个陌生人跟他的同伙在阿尔滕施塔特的酒馆里待过。难道是他们在那里探听到商人的路线吗？即使是真的，这又怎么能与圣殿骑士的财宝有关联呢。刽子手一边走，一边骂着，他需要一个清醒的头脑。

又过了一天，刽子手才找到一个可以帮他的人，至少可以帮他解开一个谜。

暴风雪又带来了新的病人，西蒙白天忙得根本没有时间考虑圣殿骑士，更不要说想韦索布伦的祷文了。马蒂亚斯·霍尔茨侯伏议员的那两个被强盗打伤的运输工只有一个救活了，另一个当晚就死了。

他和父亲手忙脚乱，要么配制新药，要么给人放血，要么就是看小便。除了得“雄高高烧”的病人外（人们已经给这种疫病起了个名字），还有一个全身长满了蓝色疖子的年轻木匠、一个脚被牛车轧断的人、一个冻得半死的运输工。这个运输工在暴风雪的第一天，想赶着车从雄高到兰茨贝格去，结果只走了几里路，就陷在了雪坑里，被人发现时已经冻得半死。西蒙和他父亲意见一致：要把这个人左手的三根手指锯掉；这是伯尼法茨·福荣威泽当随军医生时的强项。

老福荣威泽在大战期间带着家人与巴伐利亚的雇佣军南征北战，锯掉过无数被子弹打穿的胳膊和大腿，用热油烧伤口。他的女人在战争期间死掉了，伯尼法茨·福荣威泽和儿子战后在雄高定居下来。他儿子因为钱和不感兴趣，中断了在费用昂贵的英格尔施塔特大学的医学学业，老头到现在仍然不能原谅这一点。西蒙的兴趣完全不在于希波克拉底、帕拉切尔苏斯和盖仑[①]，而是在于时装、玩骰子。更糟糕的是，西蒙现在跟雄高的刽子手来往密切，从他那里借医学书籍来读，而且经常跟着刽子手学习如何给人治病。他把新学来的知识也应用在福荣威泽的日常生活中。

比如，在锯掉那三根手指——一个伯尼法茨·福荣威泽闭着眼睛都能做的手术的时候，西蒙总是提出反对意见。他们先让运输工喝了一瓶烧酒，让他静下来，而且在他的牙齿间塞了一块木头。当老医生想用手术钳把原为手指的地方夹住的时候，西蒙马上指着那把生了锈的钳子。

① 盖仑（129—199），古罗马医师、生理学家、哲学家。

“你要事先清洗一下，”他小声地责怪父亲，“否则伤口要感染的。”

“胡说，”伯尼法茨·福荣威泽反驳说，“我们一会儿要把热油浇在上面。这是我从我父亲那里学来的，这样没错。”

西蒙摇摇头说：“伤口会感染的，你要相信我。”

还没等他父亲说话，他就把钳子拿过来，在炉子上的一盆冒着泡的开水里清洗起来。洗完后他才开始手术。他父亲站在一边看着，虽然一句话不说，但是心里不得不承认，西蒙做事干净利落。无疑，这小子很有天赋。只是他为什么把英格尔施塔特的学业丢掉了！他能成为一名很有名望的医生！不像他，只是一个随军医生。西蒙应该是一个上过大学的医生，一个有学问的、受人尊敬的公民，人人都看重他，他挣的是银币，而不是生锈的铜钱或者几个鸡蛋、生了蛆的咸肉什么的。福荣威泽家族里的第一个正规的医生……

当西蒙最后把伤口包扎完后，老头不满地点着头。

“干得很不错，”他气愤地说，“现在这把脏钳子怎么办？你把它扔了，再买一把新的，嗯？”

西蒙摇摇头，笑着说：“我再用开水洗几遍。刽子手在给小偷切手指的时候也这么做。在他那儿还从没有人因为断指而死掉呢。”说完，他又检查了一下运输工的呼吸情况。“前不久，奎瑟还告诉我一个老配方——往伤口上抹羊粪和霉菌。他说，没有比这更好的方法来预防伤口感染。霉菌……”他停了下来，不再说了，因为他意识到自己犯了一个错误。他父亲的脸已经红得像猪肝。

“不要跟我讲你该死的刽子手和他的臭药方！”伯尼法茨·福荣威泽大声地喊道，“他往你脑子里灌了一堆废话。应该禁止他给人治病！霉菌和羊粪，呸！我不是因为这个让你上大学的！”说完，他走进了旁边的房间，砰的一声关上了门。西蒙无可奈何地看着父亲的背影，然后往运输工的脸上倒了一桶水，把他从昏迷中唤醒了。

又过了几个小时，西蒙才终于有时间琢磨圣殿骑士的世界和韦索布伦的祷文。六点的钟声敲响的时候，他把房门锁上，准时地朝市场广场走去。他和贝内迪克塔约好在金星碰面。当西蒙打开客栈的大门时，迎面扑来一股暖气和潮湿衣服的霉味。这个晚上，酒吧里坐满了运输工和商人，他们因为暴风雪无法上路，被迫住下来，用喝酒和玩骰子来打发时间。在这间低矮的小酒吧里坐着十几个男人，大多数人都在低声交谈着重要的事情。

女商人坐在屋后的一个角落里，正在看一张羊皮纸。看到西蒙走到近前时，贝内迪克塔把纸卷了起来，抬起头，微笑地看着西蒙。

西蒙指着桌上的纸卷。“您已经在研究那个该死的谜语了吗？”

贝内迪克塔哈哈地笑起来。“不是，这只是一张枯燥的收支平衡表！虽然刮暴风雪，可是兰茨贝格的生意照常进行。相信我，一个商人寡妇的生活是很无聊的。可惜我还没能找到一个既可心又懂这些枯燥东西的人。”她朝西蒙挤了挤眼睛，“目前认识的人只懂其中的一样。”贝内迪克塔把纸卷装进了一只放在桌子下面的包里，向他挥挥手，请他坐下来。“现在不谈这件愁事了。我敢肯定，您又研读了那本关于圣殿骑士的书？”

西蒙点点头。“我真是好好地动了一番脑筋。”

他掏出了那本小书，翻起来。贝内迪克塔打了个响指，向吧台叫了两杯调味酒。

“圣殿骑士团是由一个叫……雨果·德·帕英的诺曼底骑士组建的。”西蒙一边说着，一边用食指指着字一行一行地读着。桌上只点着一盏小油灯，在忽闪的微光下，西蒙读得很费劲。“最初只有九个男人，是一个很小的兄弟团伙，但是不久修会就逐渐扩大，先是在东方，然后发展到欧洲。意大利、法国、英国，沿着去耶路撒冷朝圣的路途……”

“那么在德国呢？”贝内迪克塔打断了他。

西蒙耸耸肩。“实际上很少。在我们这里，所谓的德国骑士才有话语权，他们是试图用火和剑在东欧劝说异教徒皈依教会的组织……”西蒙摇着头。他从来都不主张手里拿着武器去劝说别人皈依正确的信仰。他更相信语言的力量，而不是手里的宝剑。“不管怎样，”他继续说，“在德意志区域曾经有过圣殿骑士，当然也有修会会院，即圣殿骑士的部落；在巴伐利亚也有，比如在奥格斯堡、巴姆贝格、莫斯堡等地方。位于阿尔滕施塔特的分部应该属于莫斯布鲁纳的会院。”他叹了口气，又接着说：“洛伦茨教堂是唯一留下的见证。”

“而且那个弗里德里希·威尔德格拉夫，可以说是全德意志区域圣殿骑士的团长，他在1289年把圣殿骑士的所有土地和洛伦茨教堂一起卖给了施泰因加登的修道院，”贝内迪克塔接过他的话说，“几年后，当圣殿骑士在全欧洲遭受捕杀的时候，他在这里藏了一件宝物……”看到女佣过来送调味酒，她停了下来。女佣叫特雷莎，她含情脉脉地看着西蒙。和其他的女孩子一样，西蒙只需看她一眼，她就会变得神魂颠倒。等女佣走后，贝内迪克塔才继续往下说。

“长话短说，让我们假设，那件宝物就藏在这一带。但是您还要给我解释一下：那个弗里德里希·威尔德格拉夫的坟墓为什么会在阿尔滕施塔特，如果圣殿骑士把他们的东西都卖掉了的话？”她一边说着，一边摇着头，“在阿尔滕施塔特的巴西利卡的墓碑上明明写着是1329年去世的。就是说，是在卖掉所有的土地之后。这根本没有任何意义。”

西蒙摊开两手，做出十分理解的样子。“也许真有意义。让我们想象一下，弗里德里希·威尔德格拉夫卖掉了骑士的会院，因为那里太偏僻，远离去耶路撒冷的道路，收入太少。二十年后圣殿骑士在全欧洲遭到捕杀。弗里德里希·威尔德格拉夫又想起了那座偏僻的小会院……”

“所以决定到那里去躲藏！”贝内迪克塔激动地打断了他的话，“当然了！也许从前的同伴和忠实的仆从还在；弗里德里希·威尔德格拉夫认识议会里的议员以及富有影响力的公民，也许这些人还对他充满同情。藏在这里，对他自己、对那件宝物来说简直是无懈可击！”

西蒙点点头。“很可能，那时他已经不以圣殿骑士自居。也许只是作为商人，或者神甫——谁知道是什么？但是他把一件很宝贵的东西带到了雄高。当他意识到自己的时间不多的时候，他决定把这件东西藏起来，只有几个精心挑选的人才知道藏在哪里……”

“圣殿骑士的宝物，”贝内迪克塔小声地嘟囔着，“应该是这样。很可能只有几个知情人才知道有这件宝物！作为当时的德意志圣殿骑士团长，这个弗里德里希·威尔德格拉夫肯定在巴黎得知了此事。也许他是受人之托，为这件宝物找一个合适的隐藏之地。他当时已经隐居起来了，掠夺者失掉了他的踪迹……”

西蒙惬意地笑着。“弗里德里希·威尔德格拉夫确实费尽了心机来抹掉自己的行踪。在阿尔滕施塔特的教堂只有一块小墓碑宣告他的死亡。”他喝了一口散发着胡椒、丁香和肉桂香味的调味酒，然后又继续说，“但是威尔德格拉夫的真正墓地却是在圣殿骑士的教堂里，而且他在那里留下了一个谜语。他特意选用具有象征意义的基督教诗文，以防这件宝物落到外人手里。也许事先定好了什么时候才能打开坟墓？也许这个时间被人忘记了，也许这个谜语在新世界降临时才能解开？我们永远不能得知……”

贝内迪克塔皱了皱眉，若有所思地说：“最后，我哥哥在维修教堂的时候发现了地下墓室，把地下墓室打开了，并通知了我和主教。”

西蒙吃了一惊。“通知了主教？”

“我没提这件事吗？”贝内迪克塔满脸疑惑地看着他，“我哥哥在信里写道，他也通知了奥格斯堡的主教。主教毕竟还是他的上级嘛。”

西蒙皱皱眉头问：“他派了信使去主教那里，还是给主教写了一封信？”

“这……这个我不知道。”

风吹打着塞莫尔客栈的窗户，西蒙两手紧紧地握着酒杯取暖。

“也许是信使路上被人劫了，有人因而得知宝物的存在，”他一边小声地说着，一边小心地看着四周，“我们在去阿尔滕施塔特巴西利卡和城堡废墟的路上很可能都被人跟踪了。”说完，他把脸凑近贝内迪克塔，用近乎耳语的音量对她说：“所以一定不能让人知道我们下一步去哪里，这非常重要。因为目前只有我们知道，下一个谜语藏在韦索布伦。我们离开这里的时候，不能让任何人看见！”

贝内迪克塔微笑地看着他说：“这个你不用担心，神不知鬼不觉地离开是我的拿手好戏——除了检查收支平衡……”

西蒙哈哈大笑起来，所有的烦恼一时都跑光了。突然，他想起来，从昨天到现在他没想念过玛格达莱娜。他暗暗地叹了口气，又喝了一口热酒，把自己的内疚冲到了肚子里。现在，她至少远离了雄高面临的危险。一想到这儿，他不由得咧着嘴笑了一下。更何况奎瑟家的人都会自己照顾自己，逃脱危险。

玛格达莱娜跑在街上，看见那个陌生人向左转了弯儿。一路上他摇晃着手里装着毒药的丝袋，迈着大步走在宽阔的中央大街上。

刽子手的女儿现在能看到这个人的全身。他长得瘦瘦高高，穿着白色的长袍和黑色斗篷，胳膊和腿与身体相比，显得长得不自然。他稍微有点驼背，好像有一个巨大的重物压在肩上。他的风帽拉得很低，盖住了脸；他弯着腰，摆着双臂，整个人看上去就像一只正踊跃地往洞里爬的黑色甲虫。这个人肯定是一个修士，尽管玛格达莱娜一时说不出他属于哪个修会。她小心地紧跟在他后面。

因为积雪，这条唯一可行的大街变成了一条小道，只够两人并肩同行。陌生人走得很急，超过了穿得厚厚的绅士和手里拿着篮筐的女佣们；有一个农民正使劲把一头犟牛拉的车往肉店拽，堵住了路。陌生人猛地把农民推倒在雪堆里。他连看都不看一眼，继续往前走。玛格达莱娜费了好大的劲才能跟上，她在人群里钻来钻去，躲过左右两旁的雪堆，不时地遭到人们的怒骂。不一会儿，她的鞋和袜子都湿透了。她非常想看见那个人的脸，但是他一直戴着风帽，而且从没回头。

玛格达莱娜心里希望那个人不要回头，否则她必死无疑。

在前面的市场广场那里，路变宽了。市场上的农妇厚厚地穿着好几层裙子，正在搭建自己的摊位。修士目不斜视地径直从她们中间走过。玛格达莱娜终于看出来他要往哪里去了。

他要去主教大教堂的城门里。

刽子手的女儿皱皱眉。菲利普·哈特曼昨天给她简短地介绍了一下罗马帝国的自由城市奥格斯堡的情况，当然也讲到了主教大教堂。奥格斯堡的市中心是一座独立自主的小城市，拥有自己的城墙和城门。很久以前罗马人就在这里居住，并在莱希河附近筑起了兵营。现在，在这个遗址上是主教的房屋，即大教堂、主教的宫殿，那些富有的手工匠也在这里造屋建房，住了下来。谋杀考普迈亚的凶手到那里去干什么？

两个闲得无聊、穿着华丽的哨兵站在主教大教堂的城门两边，手里拿着战戟。当那个修士从他们身边走过时，两人马上立正，向他敬礼。玛格达莱娜心里怔了一下。这个人竟然无需停留就能走进主教大教堂的城门！看上去那两个哨兵认识他。这怎么可能呢？

她没有时间再琢磨。她如果不想把前面的人跟丢，就必须走过哨兵进城门去。她闭上眼睛，画了个十字，然后面带微笑地向大门走去。两个哨兵怀疑地看着她。

“去哪里？”一个哨兵大声地问道。听上去他并不是真想知道她要去哪里，而是在履行职责，非要问这一句不可。玛格达莱娜笑着从大衣下面拿出那只药草袋给哨兵看。这时她才发现，奥格斯堡刽子手给她的那只装着古尔登的小皮袋还挂在腰上。即便她失掉这个人的行踪，她也做了一笔好买卖。那个长得像小地精的药剂师活该！谁让他卖毒药给凶手呢？

“比尔曼药剂师的药草，”她朝着哨兵说，故意撅着嘴，“鼠尾草和洋甘菊。神甫快要把魂咳出来了。”

哨兵看了一眼袋子里的药草，然后点点头，让她进去。等玛格达莱娜走过去后，他才有些不解地对另一个哨兵说：“奇怪，神甫今天早上看上去还好好的呢。至少在做弥撒时还没问题。嘿，姑娘！”但是，等他再转过身时，刽子手的女儿已经消失得无影无踪了。

玛格达莱娜很难再找到那个人的踪影。城门里的小街巷拐弯抹角的，非常窄。两边店铺林立，卖金银器的、卖雕刻的、卖布料的，应有尽有。她沿着小巷向右转，不一会儿就进了死胡同。她转过身，朝着相反的方向走，突然到了巨大的主教大教堂脚下。这是一座比雄高的教堂高出三倍的巨大建筑。钟声回荡在主教大教堂的广场上空，朝圣者和祈祷者一起拥出了教堂的大门，另一批人又拥向教堂。衣衫褴褛的乞丐们坐在台阶上，伸着手向人们乞讨。看来弥撒刚刚结束。玛格达莱娜屏住呼吸。这个大穹顶下能装多少人啊？她焦急地向四周看着，却只看到一群乱哄哄、穿着陌生服装的陌生人。

那个人不见了。

就在她想放弃的时候，她突然看见在教堂台阶上进进出出的人群里有一个金光闪闪的东西。她急忙跑上台阶，正好看到那个人进了主教大教堂里面。他斗篷上的十字架在阳光下又闪了一下，然后便被这座巨大的建筑吞噬了。玛格达莱娜疾步赶上去，紧紧地跟在他的身后。

刽子手的女儿走进教堂时，不由得停下了脚步。她如同到了另外一个世界，她还从没见过如此雄伟壮观的建筑。她一边往前走，一边观看塔楼一样高的廊柱、栏杆。阳光照射在教堂窗户上，洒下了五彩缤纷的光环。在画着彩画的墙上，到处都有天使和圣人从高处注视着地上的人们。

那个修士一直走到教堂后面的左侧廊，在一口石棺前跪了下来，低下头，开始祈祷。

玛格达莱娜躲在一根廊柱后面，她终于可以喘一口气了。

一个杀人凶手，不忘祈祷……

他来这里也许是来认罪、忏悔的？想了一会儿后，玛格达莱娜又抛开了这个想法。这个人刚才不是又买了毒药吗？他看上去不像一个悔过自新的罪人。

她很想看一眼那个人的脸，可是他没有把风帽摘掉，只露出了一个鼻子尖。那只装着毒药的小丝袋在他的手腕上晃来晃去，挂在脖子上的十字架像一把沉重的大锁。

玛格达莱娜看不清他跪在谁的棺材前。她躲在廊柱后面不耐烦地观察着他的一举一动。当她意识到他的祈祷会用很长时间时，她抬起头，再次惊奇地打量壮观的主教大教堂。她仔细地看着廊柱和侧廊里的祭坛，那些装饰精美的小角落和通往上方及地下的台阶。左边好像有一道很旧的石阶通往教堂的地下墓室，再往后是一条十字长廊。她的右侧，在那个人祈祷的祭坛上方挂了一排油画。上面画的是各种各样的老头，他们头戴主教冠，身穿斗篷，每个人手里都拿着一根权杖，仁慈地从画中看着下面的信徒。左上方的油画已经古旧发黄了，上面的人看上去长得很苍老，好像是远古时期的使徒。越往右下方，油画就显得越新，油彩越明亮。在每张画像的下面都标明了年代。玛格达莱娜认出画上的人都是奥格斯堡的主教。最后一排的最后一张画上的人看上去特别年轻，他长着稀疏的黑发和鹰钩鼻子，眼睛看上去怪怪的，锋芒毕露。她看了看下面的名字。

西吉斯蒙德·弗朗兹主教。任命于1646年。

她感到主教好像正从画上审视着她。他的眼神让人感到不安，咄咄逼人，好像能看穿人的内心似的。

玛格达莱娜突然怔了一下。这幅画上的某样东西让她感到不安。是那件看上去有些破旧的黑斗篷吗？是那双目光刺人的眼睛吗？还是在一群老头中显得过于年轻的面孔？当玛格达莱娜终于看到那样东西的时候，她一时不能接受这个事实。

在主教的脖子上挂了一条金项链，上面挂着一个十字架。一个双横十字架。

跟那个修士脖子上的一样。

玛格达莱娜差点喊出声。各种想法都冒了出来，但是她没有时间去理清思路。那个修士已经祈祷完毕。他站起来，在胸前画了个十字，又行了一个屈膝礼。然后便朝十字廊走去，消失在一扇古老的石门后面。他始终没有回头。玛格达莱娜又看了一眼画上的年轻主教，然后便去跟踪那个人。她感到，西吉斯蒙德·弗朗兹主教的目光正刺进自己的后背。

天还没亮，就有人用力咣咣地敲着雅各布·奎瑟家的大门，好像要把刽子手本人送上刑场似的。外面漆黑一片，鸡刚叫了头一遍，奎瑟躺在自己温暖、柔软的女人身边，等敲第三遍门的时候，她睡眼蒙眬地转过身，面对丈夫。

"不管是谁，把他的脖子给我拧了。"说完，她又把头埋在羽绒枕头下面。

"你放心。"刽子手起身下了床。当震耳的敲门声第四次传来的时候，刽子手差点从楼梯上摔下去。隔壁的双胞胎也被惊醒了，开始哭起来。

"来了！"刽子手咆哮道，"我马上来！"

他只穿着睡衣，光着脚向门口走去，一边走，一边在心里发誓，至少要给这个人上一次拇指夹，让他尝尝滋味。他可能还会给这人的指甲下面塞一些柴火棍。

"来了！"

雅各布·奎瑟这个晚上累得筋疲力尽。先是两个小孩咳嗽个不停，他给他们煮了热牛奶加蜂蜜喝，但是一点也不管用。等乔治和芭芭拉终于睡下后，奎瑟躺在床上翻来覆去，几个小时都不能入睡。他想着那四个神秘的人，最后在对第二伙强盗的冥思苦想中睡着了。

他感到只睡了五分钟，就被这个敲门的蠢货给惊醒了。雅各布·奎瑟怒气冲冲地来到了门口，把木头门闩推到旁边，一把拉开了房门，朝着外面的人怒吼起来，对方差一点跌倒在身后的雪堆上。

“你这个长着农民犟脑袋的狗东西，有什么天大的事，大半夜地跑到我这里来敲门……”

这时他才看清，眼前站着的是第一市长卡尔·塞莫尔。

“他妈的，混账东西……”奎瑟小声地嘟囔着。

市长害怕地抬头看着比自己高出一头的刽子手。塞莫尔苍白的脸上有两个深深的黑眼圈，左边的脸肿得高高的。

“对不起，我这么早来打搅你，奎瑟，”市长小声地说着，并指着自己的左脸，“我实在挺不住了。疼……”

刽子手皱皱眉头，把房门敞开。

“您先进来。”

他把市长让进了屋里，用没有熄灭的炉火点着了放在桌上的几盏灯。

在微弱的灯光下，卡尔·塞莫尔打量着刽子手的小屋子。行刑宝剑紧挨着家庭祭坛挂在墙上，屋子里摆了几张用木墩做成的板凳、一张很旧的大木桌子，上绞刑架的梯子立在墙角。在桌子上放着几本翻开的书。

“你看书？……”市长问。

刽子手点点头。“这是迪奥斯科里季斯写的书。已经很老了，但是如果你想了解各种草的话，找不到比这更好的书了。这本是……”他拿起一本看上去较新的书，“阿塔纳修斯·基歇尔写的。他是一个该死的耶稣会士，但他对瘟疫的解释却是独一无二的！您知道他吗？”

市长耸耸肩，有些尴尬地说：“嗯，坦白地说……我只读收支平衡表。”

剑子手在一盏灯上点着了烟斗，然后继续说：“基歇尔认为，瘟疫是通过一种微小的、长着翅膀的动物来传染的，只有通过一种叫显微镜的东西才能见到这种小动物。并不是因为地面的蒸汽或者那些江湖医生胡诌八扯的东西，而是通过一种肉眼看不到的小动物，从一个人身上传到另一个人身上……”奎瑟正讲得起劲，楼上传来了两个小孩的哭声。他女人也在楼上大骂起来。

“下面在闹什么鬼？如果要喝酒的话，去该死的塞莫尔那里喝去。让两个孩子好好地睡觉！”

“安娜，”雅各布·奎瑟怒斥道，“塞莫尔现在就在下面。”

“什么？”

“市长现在就在下面，他牙疼。”

“不管牙疼，还是屁股疼，天哪，你们要小点声！”

门咣的一声被关上了。剑子手看看卡尔·塞莫尔，转了几下眼珠子。“婆娘。”他小声地说道，小得不敢让自己的女人听见。然后他又变得严肃起来。“嗯，什么风把您刮到我这里来了？”

“我太太说，只有你能帮我，”市长回答说，并指着自己肿起来的半张脸，“已经牙疼了好几个星期了，但是今天夜里……”他闭上眼睛。“你看着办吧，别让它疼了。多少钱我都付。”

“那让我们先看看。”雅各布·奎瑟把市长按到板凳上坐下，“张开嘴。”

他拿起一盏灯照着市长的口腔。“我能看见，那个狗东西，”他小声地说，“疼吗？”他用手点了点后面的一颗黑牙。市长浑身哆嗦了一下，大叫起来。

“嘘，”奎瑟马上制止他，“想着点我女人。跟她可不能闹着玩。”

他走进旁边的房间，出来时手里拿了一只小瓶。

“这是什么？”市长小声地问。

“丁香油。这可以止疼。”刽子手往一块布上滴了几滴油，然后用那块布擦着那颗坏牙。卡尔·塞莫尔顿感轻松，哼了几声。

“还真不那么疼了。真是神药！”

雅各布·奎瑟惬意地笑了。“我可以让人感到疼，但是也可以让人免去疼。两者都有它的价钱。给您，拿着！”说着，他把那只小瓶递给了市长。“这瓶药水我一个古尔登就卖给您。”奎瑟给市长倒了一杯烧酒，市长一口就把酒喝光了。第二杯酒他也非常感激地喝了下去。

两个男人面对面，沉默地坐了很久。塞莫尔又好奇地打量一遍刽子手的小屋子，最后把目光停在墙角的梯子上。

“我们预计明天就开始审判舍勒那伙人。”市长说着，指了指那架梯子。牙不再疼了，他现在感到非常轻松，即便是在刽子手的家里也不紧张了。“三天后就该是你的事了。”

塞莫尔因为生气，声音又高起来。“该死的第二伙强盗！”说完，他还用拳头在桌子上狠狠地敲了一下，震得烧酒从杯子里洒了出来。“如果没有他们，我就可以把我的麝香酒运到兰茨贝格或更远的地方。那些斯瓦比亚人都口干舌燥地等着酒喝，可是我不能送货！”

“也许可以。”刽子手给自己倒了一大杯酒，并马上喝了一口。

卡尔·塞莫尔不解地看着他。“你说什么？不要胡扯！只要我们不知道是谁泄露了我们的路线，危险就很大。我可不想像霍尔茨侯伏和其他人那样遭抢劫。”

雅各布·奎瑟诡秘地笑了笑。“我知道一条连那些草贼都想不到的路，用马拉着雪橇很容易走。另外，我还可以送您一程。我接下来几天反正要和那些人去捉强盗。”

“你护驾，嗯？”市长皱皱眉，“我要出多少钱？”

雅各布·奎瑟像喝牛奶似的喝了一口酒。“不需要什么钱，只需要探听一个消息。”他往前凑了凑，“我只想让您在去斯瓦比亚的路上为我打探一件事。像您这样的人，很容易就能打探出我想知道的事情。”

他向市长讲了自己的请求，塞莫尔仔细地听着，然后点点头。

“我虽然不知道这有什么用处，但如果只是这些的话，没问题。我们明天早上就能起程吗？”

刽子手耸耸肩。“只要暴风雪一停就可以。不过到那时……”他指了指市长的脸，“有这样一颗牙，我可不想出远门。”

市长脸色又变白了。“可是已经不疼了。而且我现在还有了丁香油……”

“这只能挺一会儿。我不骗您，过会儿还要疼的，而且比一开始还厉害。时间长了，丁香油也不管用了。”

“噢，上帝，那我怎么办啊？”卡尔·塞莫尔恐慌地摸着自己的脸，哀求地看着刽子手，“我现在要做什么？”

雅各布·奎瑟又走到隔壁房间，从箱子里拿了一把一臂长的钳子出来，那是他在拷打犯人的时候才使用的钳子。“我们要把这颗牙拔出来才行。”他对市长说。

卡尔·塞莫尔差点晕了过去。“现在就拔？”

刽子手又给市长倒了一大杯烧酒。“为什么不呢？反正我女人现在要起床了。”

接下来的喊叫不仅唤醒了安娜·玛丽亚·奎瑟和双胞胎，也唤醒了制革区的所有住户。

玛格达莱娜不时地用廊柱当掩护，紧紧地跟在那个黑衣修士的后面，穿梭在奥格斯堡的主教大教堂里。就在她眼前的十字廊里，那个人突然不见了。等刽子手的女儿走出连接主教大教堂与庭院的大门时，她看见那个人走过了一扇木门，转个弯儿，就没影了。两个辅祭迎面走来，好奇地看着她。她放慢了脚步，微笑着从他们身边走过去，特意晃着手里的那只药草袋。两个满脸长疙瘩的青年人直瞪瞪地看着她的乳沟，好像从没见过女人似的。在十字廊里可能很少见到女人，玛格达莱娜一边心里想着，一边面带微笑，不慌不忙地向前走。那两个辅祭终于不见了，她又快步走了起来，在下一个拐角转了个弯……

然而她看到的却是一条空荡荡的走廊。

玛格达莱娜暗暗地骂了一句。那个该死的修士又从眼皮底下跑掉了！

玛格达莱娜继续往前走，沿着庭院走了一圈，又回到了那扇通往主教大教堂的门。怎么可能呢？那个人不可能又从这扇门走回去的。她肯定能看见的！她从十字廊看着用廊柱围起来的庭院，里面有一个被盖在厚厚的积雪下的小药草园，周围围着矮灌木丛。这里也没有一个人。看上去，那个人好像溶解在空气中了。她又沿着十字廊走了一圈，也许什么地方有扇门，她没有看见。一扇侧门？一个隐蔽的角落？

现在，玛格达莱娜又有时间来仔细地看这里的一切。左边的墙壁上镶了很多不同时代的墓碑。穿着过时盔甲的骑士、诡秘微笑的死人头颅、长着鹰钩鼻子的主教都在看她。但就是没有门。

她把那个人跟丢了。

她疲劳地靠在一块墓碑上，深深地喘了口气。至少她现在知道了，考普迈亚的凶手是主教大教堂的人。大门口的哨兵向他行了礼，而且他很熟悉主教大教堂的情况，他戴着跟壁画上的年轻主教一样的十字架。一个双横十字架。

同样的十字架……一个想法突然冒了出来，它是那么地可怕和荒谬，她不敢相信这是真的。

难道这个修士和那个主教是同一个人？

还没等她琢磨清楚这个可怕的想法意味着什么，她身后的墓碑开始讲话了。

玛格达莱娜吓得向前跳了一下，药草袋从手里掉了下来，她瞪着眼睛看着墓碑上的人像。那是一个穿着盔甲的骑士，他头上的头盔掀了起来，腰间挂了一把宽剑，两条狗正在他的脚下玩耍。他用一双空洞的眼睛看着她。

玛格达莱娜屏住呼吸，仔细地听着。从骑士张着的嘴里传来了含混不清、嘟嘟囔囔的声音。

她小心地走近那块墓碑，把耳朵贴在冰冷的石板上，她能听到石板后面传来的嗡嗡声。是拖着长音的哀怨声。这不是一个人的声音，而是许多男人低沉的合声，它很轻地传出了石板。

怎么可能？……

玛格达莱娜用两手推了一下墓碑，但是它连动都没动一下。她在边上找着能伸进手指的缝隙，想找到一个机关。

无济于事。

最后她的目光落在了两只手掌那样大的圣水盆上。墓碑的两边各摆了一只圣水盆，齐腰高。上面是一颗诡秘微笑着的石刻死人头颅，头颅的中间陷进去一块，用来盛水。玛格达莱娜仔细地打量着它们。

右边的死人头颅有些歪斜，歪着头从下方戏弄地看着她。

像一个被我父亲拧断了脖子的可怜罪人，她心里想着。玛格达莱娜摸了一下那颗头颅，想把它正过来。

它却动了起来。

那块沉重的墓碑吱的一声向后打开，一道陡峭的石阶露了出来，通往下面的暗处。玛格达莱娜屏住呼吸，静静地听着。下面深处有男人在唱歌，是哀怨的合唱，时不时地传来几句拉丁文。

死亡与万象都惊慌失措，受造的必将复生……这是上帝的旨意……今时遭抛弃的可憎罪人，被火焰痛苦地焚烧……这是上帝的旨意……

这是上帝的旨意。

又是那句她父亲提到过的奇怪的拉丁文。阿尔滕施塔特酒馆里的那几个陌生人说过同样的话。阿尔滕施塔特教堂地下墓室里的刺客也说过这句话。

上帝的旨意……

应该下去看看。

她把药草袋装进了裙子下面的口袋里，然后慢慢地从陡峭的台阶往下走。这是一个旋转式的楼梯。越往下走，歌声越近。墙壁上的标记符号也多了起来，上面歪歪斜斜地画着鱼，除了P和X，看不见任何字母。墙上露出了小洞，里面放着的油灯为玛格达莱娜照亮了前面的路。她觉得这个楼梯比上面的整个主教大教堂还要古老。

终于下到了最后一个台阶。一条狭窄的拱形走廊与前面唱歌的地方相通，那里灯火通明。玛格达莱娜小心地在黑黢黢的走廊里摸索着。她的手碰到了一个光滑的东西，沾了一手的灰。她把手抽了回来，看到身边是一堆罗列得整整齐齐的死人头颅。在右侧的墙边堆着死人骨头，一直堆到房顶。歌声变得更近了。

当判官登座时，一切明显，无人能逍遥法外……这是上帝的旨意……

玛格达莱娜发现自己到了走廊的尽头。她躲在那堆死人头颅后面，从那里观察前方。

她所见的景象立时让她目瞪口呆。

在她前面是一个穹顶大厅，比洛伦茨教堂还大。四面墙上凿出了坑穴，一直到房顶，里面装满了死人骨头和头颅。在大厅的尽头立着巨石凿成的祭坛，后面挂着一个有些残缺不全的十字架。在无数火把的火光映照下，二十多个穿长袍、戴风帽的修士或跪或站，围着十字架唱着歌。他们都穿着黑色长袍，外面围了一件白色的斗篷，每件斗篷上面都有一个十字架，与祭坛后面的十字架一模一样。

它有两个横梁，刷了血红的油漆。

号角奇妙的声音响彻四方，传遍地上的所有坟墓……这是上帝的旨意……

过了很长时间，那些祈祷的修士才停止了歌唱。玛格达莱娜的脚已有些麻木，但是她仍然躲在那堆死人头颅后面静静地观察着。一个修士走到祭坛前，举起手为大家祝福。他也像其他人一样，把风帽拉得很低，盖住了脸。他把双手举成半圆形，面向下面站着的人。他的声音很响，回荡在大厅里，一直传到玛格达莱娜的耳中。

“亲爱的兄弟们，尊敬的公民、修士和普通的传教者，你们不嫌路途遥远，来到了这里。我们的兄弟团一直把消灭所有的异教徒、阻止那些该死的路德会教徒蔓延当成使命！”从下面的风帽里传来了一阵赞同的嗡嗡声。但是，前面的人挥了一下手，其他的人马上安静下来。“你们知道，我们也想方设法阻止异教徒毁坏主给我们留下来的宝藏。许多圣物都回归到神圣罗马教会的怀抱。这是唯一的教会！”他停了一下，然后继续说：“我召集这次会议，是为了向大家宣告一个好消息：我们找到了基督教会有史以来最大的宝藏！”下面又传来了一阵激动的欢呼。前面站着的人又一次有力地挥挥手。

“圣殿骑士很久以前把这件神圣的宝物藏在了离这里不远的地方。上帝在他无限的仁慈中给我们送来了信使，不久，我们就会拿着这件宝物重新投入一场圣战！我们不能允许路德会的那帮痞子继续败坏我们救世主的名誉。这里，就在这座城市，异教徒开始向全德国散布他们的邪教。也是在这里，我们要让他们终结。我敢肯定，这件宝物会让圣战的烈火继续燃烧！消灭异教徒！胜利是属于我们的！”

“这是上帝的旨意！上帝的旨意！”周围的人一起喊了起来。有人马上跪下来，开始祈祷，还有人用系衣服的绳子抽打自己的肩背。

站在前面的人再次让大家静下来。

“虽然你们中有些人已经知道这是一件什么样的宝物，但是你们的雅各布斯兄弟——我们兄弟团的忠实仆从——将详细地给大家介绍一下。我没必要强调你们要严守秘密。如果谁泄露了他所讲的一切，就要被火烧死。”

“烧死泄密的人！”一个声音喊道。“消灭异教徒和路德会教徒！”其他的人也跟着喊了起来。玛格达莱娜咽了口唾沫，在死人头颅后面又往下蹲了蹲。

一个穿着长袍的人走到了前面。当他开口讲话时，刽子手的女儿的脊背上窜过了一股冷气。这是药店里的陌生人！他肯定是在这里穿上了那件白色斗篷。但是她能辨认出他的声音。

“兄弟们，刚才讲的都是真的。胜利就在眼前！”他的声音有些嘶哑，但是玛格达莱娜能听清他的每句话。“简直是一个奇迹，相信我！很久以前，该诅咒的圣殿骑士把基督教会最大的一件宝物藏了起来，就在离这里不远的地方。为了隐藏这个秘密，这个异教徒特意编制了几个简单的谜语，但是我们马上就……”

等玛格达莱娜发现时，已经太晚了。她在不知不觉中往前挪了好几步，身子已经越过那堆死人头颅。她的右胳膊肘碰到了一颗头颅，那颗头颅从上面掉下来，咕噜噜地滚向穹顶大厅。

雅各布斯兄弟马上停止了讲话，警惕地往玛格达莱娜这边看了一眼。就在他想继续讲话的时候，其他的头颅也动了起来。玛格达莱娜慌忙地用手阻止，但是根本无济于事。

几百年都没动一下的头颅堆突然失去了平衡，叮叮当当地滚向四面八方。不一会儿，玛格达莱娜就没有了任何遮挡，全身露了出来。时间有一刹那好像静止了。

“抓住她！”那个首领朝着其他人大声喊着。那些人也像玛格达莱娜一样，木呆呆地站在那里，不知如何是好。那个人把风帽推向脑后，玛格达莱娜看见了一张充满仇恨和愤怒的脸。这是她在上面的画廊里看到过的那张脸。

这是主教的脸。

玛格达莱娜瞬间明白了这一切：奥格斯堡的重要人物不是杀害考普迈亚的凶手，是这群疯子的首领！这群疯子也许还能干出更多的恶事，如果不发生奇迹的话，他们会把她当成女巫进行折磨、拷问，最后烧死她。如果她走运的话，他们还会把她撕得支离破碎。

雅各布斯兄弟最先醒悟过来，马上向刽子手的女儿冲了过来。玛格达莱娜立即跑回走廊，磕磕碰碰地踩到几根死人骨头，跑上了楼梯。后面传来了修士的脚步声。她使劲地跑着，一圈又一圈，如同坐在一匹惊险的旋转木马上，最后终于跑到了上面的门口。

直到这时，她才发现门上没有把手。她气喘吁吁地撞着石门，就像撞在了一面墙上，石门连动都不动一下。

她一面拳打脚踢地撞着石门，一面大喊。

“救命啊！外面有人吗？救救我！”

雅各布斯兄弟微笑着向她走过来，举起双手，好像是在祝福。在最后一刻，玛格达莱娜才看清他手里拿着一把弧形匕首。

“我只在你身上刮几刀，我向你保证，”他小声地说，“像你父亲一样。你会像身后的骑士一样睡过去。”说着，他在头上虚晃了一下，然后拿着匕首从下面向玛格达莱娜刺来。玛格达莱娜去抓他的手，但是那个人的动作比她快，刀刃已经刺向了她。她的身体虽然躲开了，但是她感到匕首扎进了自己为抵抗而举起的胳膊。

“简直是天赐良机，上帝把你送到我们这里来了，”雅各布斯兄弟低声地说道，“我知道你叫什么，抹大拉的马利亚。你这个耶稣的妓女。把你扔到火里烧掉太可惜了。我留着你还要派大用场呢。”

玛格达莱娜的身体慢慢地变得僵硬起来。当腿也开始麻木的时候，她靠着石碑滑到了地上，最后睁着两只充满恐惧的大眼睛躺在了地上。从远处传来了管风琴的乐曲。

热爱马利亚是我永生的意义，无论是欢乐还是痛苦，我永远是她的侍者……

在离这里几米远的主教大教堂里，弥撒刚刚开始。

第十章

第二天一大早，西蒙和贝内迪克塔就骑着马去韦索布伦了。他们怕有强盗，没走那条沿莱希河向北的大路，而是上了通往派廷的莱希桥，径直向派森贝格山的方向走去。派森贝格山像巨人一样耸立在平坦的河谷平原，周围是一些小村庄和洼地。暴风雪过后，空气变得格外清朗。太阳照着蔚蓝的天空，特别刺眼，西蒙看了一会儿覆盖着白雪的田野和树木后，不得不把眼睛闭上。

一路上，西蒙不停地向四周张望。每当他和贝内迪克塔离开一片野地，又进入无边无际的森林时，他都暗暗地感到有人在观察他们。西蒙每时每刻都等着听见弓箭呼啸而来、战刀刷刷响在身后，后背痒个不停。但是，每当他向身后望去，除了密密的松林，什么都看不见。他们偶尔会惊起一只小鸟，小鸟唧唧喳喳地飞走，树枝上的积雪砰地掉到地上，然后便又是一片寂静。

在很多地方，暴风雪把大树像芦苇秆一样刮倒了。坐在马背上，西蒙能看得很清楚，树倒下后形成了一条条像是被暴风扫得干干净净的通道，一直延伸到森林的深处。今年，农民至少不会再抱怨没有柴火烧了。

“不要一脸的不高兴！”贝内迪克塔朝他喊着，“这跟您那双漂亮的眼睛不相配。如果有强盗的话，肯定在莱希河那边，不会在这一带。在这条路上能抢到什么？”

与西蒙相反，这个女商人看上去无忧无虑。她一边哼着一首法语歌，一边命令坐骑朝一片宽阔的野地奔去。西蒙有些跟不上她。为了去韦索布伦，他又跟刽子手把那匹老马瓦利借来了。瓦利看上去对他已经习惯一点了，但是，如果有青草从雪里露出来的话，它仍然会在途中停下来，去吃路边的草。这时候，即使用脚踢，也不能让它挪半步。它偶尔还会咬一下西蒙，或者想把西蒙从背上甩下去。刚才这匹马又停下来，一动不动地站在那里，吃着雪里露出的草。西蒙绝望地勒紧缰绳，用脚后跟使劲地蹬着瓦利的肚子，但是一点都不管用，他就像坐在一块大石头上似的。

贝内迪克塔微笑地看着西蒙束手无策的样子，然后把两根手指伸进嘴里，打了一声呼哨。

“快跑，到这边来！”她用法语命令道。

那匹老马好像就等着贝内迪克塔这声呼哨，马上跑了过去。

“您在哪里学会的驯马？”西蒙一边问，一边拍了一下马屁股，以便赶上去。

“我母亲一家属于胡格诺派信徒，迫于法国天主教的追杀，跑到德国来避难。”贝内迪克塔让自己的马快跑起来，“是巴黎附近一个很有名望的家族，拥有很多庄园和土地。她小时候就爱骑马，这种爱好后来又传给了我。”说完，她哈哈大笑起来，骑着马向前奔去，还不忘了加一句法语：“我是一个法国孩子！”

西蒙又在马屁股上拍了一把，向贝内迪克塔追去。不一会儿，他们又可以并排前行了。

“法国应该非常地漂亮，”他大声朝她喊道，“巴黎！圣母院！时装！整个城市在夜里还点着万盏灯火，是真的吗？”

“在你们的雄高点上十几盏灯，我就挺高兴的了。还有，在巴黎人人闻上去都很香。”她拍了一下自己的马，“现在不要再谈这些了。谁最后到林边的话，谁就要在韦索布伦请客，请一杯麝香酒。加油，阿拉米斯！”

她的枣红马向前一跃，便冲向了林边。瓦利跟在后面迈着步，显然是想在林边再找到些草吃。

他们绕过派森贝格山，继续向北行进。在密密的松林中不时地出现成片的红豆杉，他们在里面骑着马走了两个多小时。

“您要小心，不能让马吃红豆杉，”贝内迪克塔警告他说，“这种树毒性很大。别让刽子手把您的脖子拧断了。”

西蒙点点头。他可不愿意想象，如果雅各布·奎瑟亲自给自己的马扒皮的话，他会如何对付自己。也许他会把西蒙扔进一只装满单宁酸的大木桶里。就在西蒙想着他欠了刽子手多少情的时候，他突然感到自己要上厕所。

“贝内迪克塔，对不起。可是我……”他不好意思地笑着，指了指身边的红豆杉林，“只要一小会儿。”

“去吧，要看好您的东西。”她挤眉弄眼地对他说道，“可别在脱裤子的时候让强盗撞上您。”

西蒙走进密密的红豆杉林里，挤过刺人的树枝。在树木的掩护下，他脱下了外套，解开裤子纽扣解手。完事后，他在那里站了一会儿，享受一下森林的寂静。

就在这时，西蒙非常明显地感到有人在观察自己。

他觉得身后就像着了火。眨眼的工夫，他就听到背后传来了一声响，吓得他一动也不敢动。他慢慢地把衣服扣系好，又隐蔽在密密的红豆杉林中。但是他没有马上回到路上，而是向左边走去。在他眼前出现了一条与大路平行的土沟，他跳了进去，在土沟的掩护下，偷偷地溜向路边。路上他还捡到一根被积雪压断了的树枝，正好可以当武器用。他绕了一圈，最后又回到了他刚才站着的地方。他双手紧握着那根木棍，小心地向前靠近，尽量不发出声响。他在一棵被吹倒了的大树后面停了下来。

在他前面大约十步远的地方，有一个男人正靠着一棵大树站着。

他穿着雇佣军穿的那种灯笼裤，外面罩了一件灰色的外套，腰间挂了一把战刀和一只装火药的牛角，右手拿着一支火绳枪。他正看着前面等在大路上的贝内迪克塔。突然，那个人站直了身子，把手伸进嘴里，像松鸦一样叫了一声。接着传来了另一只松鸦的叫声，然后又传来了一声。那个人满意地点了点头，从腰间掏出了一把匕首，开始慢慢地修起了指甲。但是他的眼睛一直没有离开前面的大路。

西蒙紧紧地攥着那根木棍，手指的关节都凸了出来。他强忍着。原来有人在伏击！从刚才的叫声来判断，至少是三个人。西蒙警惕地看着红豆杉林和周围的树丛，但是什么都没发现。也许他们藏在了大路的另一边。西蒙慢慢地站起身，很快地整理着自己的思路。他应该警告贝内迪克塔，而且马上和她一起骑马离开这里！他们只能希望，这些强盗没有马。

西蒙蹑手蹑脚地溜回了红豆杉林里。每根小树枝发出的响声，听上去都如同雷鸣一般。他终于靠近了路边。当西蒙头上沾满树枝、裤子上沾着湿漉漉的雪泥，从土沟里上来的时候，贝内迪克塔戏谑地看着他。

“您找了个獾子洞当厕所不成？依我看，您也可以在沟里待着。”当她看见西蒙满脸恐惧的样子时，她马上变得严肃起来。

“出了什么事？”

西蒙夸张地动着嘴唇，几乎是无声地对她说：“强盗。在路的两边都有强盗，我们必须离开。”

又传来了一声松鸦叫，接着是第二声。

贝内迪克塔犹豫了一会儿，然后小声对他说：“只要我们在马上，他们就拿我们没办法。”她朝着西蒙笑了笑，然后指着自己的裙子兜。“别忘了，我不是没带武器。快！”

她的马向前一跃，便飞奔而去，让西蒙感到欣慰的是，瓦利没有任何迟疑，也跟在阿拉米斯的后面奔跑。西蒙觉得，树后有人在动。他等着一声枪响、子弹飞啸而来和钻进他肩膀那一瞬间的疼痛，但是什么都没有发生。

显然他们把强盗甩掉了。

怎么可能呢？难道他看错了吗？他算计着，那伙强盗至少会在他们身后射箭或开枪。但是他没有时间考虑这么多。胯下的马在狂奔，又到了一片树林边上的贝内迪克塔在哈哈大笑，把他的忧虑都赶跑了。可能强盗决定等来了一条大鱼后再下手。

不一会儿，他们就离开了红豆杉林。眼前又出现了一片宽广的野地，左右两边的山腰上有房屋。他们到了小村庄盖斯博恩特。韦索布伦的修道院高高地耸立在山上。

西蒙四下看着，发现这里的房屋都很好；很多的房子都是用石头盖的，而且在战争中没有遭到破坏。在盖斯博恩特有很多灰泥艺术工匠，他们因为周围的教堂和修道院大兴土木而生意兴隆。西蒙听说过，盖斯博恩特的灰泥艺术工匠在威尼斯、佛罗伦萨和罗马都很有名。但是现在灰泥艺术工匠都在忙着为附近的本笃会修道院恢复以往的光彩。尽管瑞典人几乎没有动小村庄的一草一木，但是他们把修道院洗劫一空，而且还一把火把它给烧了。

当西蒙和贝内迪克塔骑着马上了一座小桥，向教堂院落走去的时候，整座修道院在暮光中显得有些凄惨。一部分围墙已经塌陷了，许多房子都被瑞典兵烧毁了，剩下的房屋墙皮都脱落下来。井房的房顶只剩下了房梁，乌鸦哇哇地叫着从地面飞上天空。只有位于教堂后面的那座敦实的钟楼看上去还完好无缺，免遭了洗劫。

贝内迪克塔敲了一下主房的大门，等了好一会儿，才有人来开门。一个光头的修士从门缝里满脸狐疑地看着他们。

“什么事？”

贝内迪克塔的脸上露出了甜甜的笑容。“我们是从远道来的，想参观一下这座远近闻名的修道院。我们将感到很荣幸，如果修道院院长……”

“修道院院长伯恩哈德现在没有时间讲话。你们先去修道院旁边的酒馆吧。也许明天……”

西蒙把一只脚插进门缝，把门又开大了点儿，修士害怕地往后退了一步。

“这位夫人为了看一眼著名的韦索布伦祷文，特意从巴黎远道而来，”西蒙用命令的口吻说，“勒菲弗夫人不习惯等待，尤其是在她想捐赠一笔数目不小的钱给修道院的时候。”

贝内迪克塔不解地看了他一会儿，然后也进入了角色。

“这是真的，”她有些气喘吁吁地用法语说着，“我很累了……”

修士满脸疑惑地看了他们一会儿，然后招招手，把他们让了进去。

“请在这里等一下。”他说着，走进了后面的门。

“一笔数目不小的钱？”贝内迪克塔小声地说，“您是怎么想的？我可没有一笔数目不小的钱！”

西蒙咧嘴笑了一下。“还不会到这一步，勒菲弗夫人。我们所要的是看一眼那篇祷文。我想，我们明天一大早就要匆忙上路了。明白吗？”西蒙也戏谑地用法语问了一句。

贝内迪克塔撅了撅嘴，面带嘲弄地看着西蒙，小声说：“西蒙·福荣威泽，看来我一直低估了您。”

这时，一扇侧门打开了，一个长得又瘦又高、穿着黑长袍的教士走了进来，目光炯炯地看着他们。他用衣袖擦了擦嘴上的面包渣。显然，他们打搅了这位神甫的晚饭。

“我是修道院院长伯恩哈德·格林，”他自我介绍说，并低头看着比自己差不多矮了两个头的西蒙，“二位有何贵干？”

修道院院长扬起了眉毛，好像是在看厨房里的蟑螂。伯恩哈德神甫显然正挨着饿，所以情绪不是很好，让西蒙觉得那只很突出的鼻子与刽子手的鼻子有点相似。

“啊，伯恩哈德兄弟，”贝内迪克塔叹了口气，用法语说道，并向神甫伸出了自己的手，“能认识韦索布伦的修道院院长，真是太荣幸了。”

伯恩哈德神甫怔了一下，然后脸上马上挂出笑容。“您是法国来的？”他一面与贝内迪克塔握着手，一面用非常柔软的声音问。

贝内迪克塔微笑着回答说：“更确切地说，是从巴黎。奥格斯堡的生意把我带到了你们这一带，这真是一个天赐的美丽幽境。”她指了指西蒙继续说：“我这位迷人的向导愿意带我到您的修道院来。在巴黎我就听说过韦索布伦的祷文。现在我马上就能看到它，感到很激动。”

修道院院长突然变得热情起来。“您是巴黎来的？我的青年时代是在索邦大学度过的！一座多么神奇的城市！”说着，他也迫不及待地讲起了法语，“快跟我讲讲巴黎！我听说红衣主教黎塞留想在索邦建一座教堂。”

西蒙闭上眼睛，马上朝天空念了一段祷文，听着贝内迪克塔用巴黎腔法语与修道院院长交谈。等他重新睁开眼睛的时候，他看到伯恩哈德神甫正微笑着点头，只是偶尔提一两个感兴趣的问题。神甫看上去一下子年轻了好几岁，好像魔法正在他身上起作用。

不久，伯恩哈德·格林就把他们带进了自己的私室，一瓶上乘的法国红酒和一只嫩鸡正等在桌上。西蒙不由得暗笑。外语能给人打开什么样的大门，简直不可想象。然后他就跟着美美地饱餐了一顿红酒烩鸡。

在修道院的门外，有两个修士正躲在一个墙角里避风。再次刮起的狂风把他们的黑色长袍吹得哗哗响。他们身边站着两匹马，马背上已经结了一层白霜。他们不像韦索布伦修道院的本笃会修士；诚实地讲，他们很看不起修道院里的兄弟，尽管他们从没有公开讲过。本笃会的修士除了祈祷、吃饭和喝酒，便什么都不做了。他们把信徒缴纳的什一税都用于粉刷教堂和雕饰，换成金箔敬献给上帝，让上帝的雕像金光闪闪。他们缺少一双看管基本东西的明亮眼睛，有时也缺少把上帝的玫瑰从一片杂草丛中解放出来的强壮双手。

这两个修士属于一个自认为是基督教精英的教团。几百年来，这些兄弟一直奋战在阻止异教徒入侵的最前线。让其他的修士在修道院的花园里耕种，装饰他们的教堂吧。他们注定有更崇高的使命！他们中的第三个人去了奥格斯堡，现在他们两人等在寒冷中，按照命令紧紧地盯住这两个小密探。他们是上帝的看守犬，他们坚定不移地跟随着这两个人的踪迹，即使是暴风雪也无法阻挡。

但是，他们没有注意到，也有人在跟踪他们俩。

“这上面？”西蒙看着通往钟楼顶层的窄楼梯问。从上面刮来的风呼呼地吹着楼梯的木栏杆，西蒙好几次都紧张地抓紧栏杆，生怕被风吹下去。

“这只是临时的防卫措施，”修道院院长擦着头上的汗，停下来喘了一口气，然后说，“在大战的时候，我们把所有的藏书都搬到了钟楼的顶层。这里是最安全的地方，钟楼的年代已经很久了，它像城堡一样结实。”

他费力地喘着气，继续往上爬，西蒙和贝内迪克塔跟在后面。他们每人手里拿着一只灯笼，在暗淡的灯光下，西蒙边走边打量着几米厚、没有粉刷过的墙壁，墙上偶尔也会露出一两个射击孔。

在吃饭的时候，女商人又向修道院院长伯恩哈德讲了自己的愿望，想亲眼看看韦索布伦的祷文。她的德国父亲在巴黎总是跟她提起这篇最古老的德语祷文，它的语言虽然简洁，但是却很激动人心。当她得知自己因为几项生意要到奥格斯堡的时候，她决定绕道来韦索布伦一趟，为保存在修道院的图书馆捐款。有希望得到一笔捐款，事情就好说了，修道院院长决定，当晚就带他们上钟楼看祷文。

他们又上了几圈楼梯，终于到了钟楼的顶层。上面有一个洞直通房顶。西蒙爬上去，把头伸出来，用灯笼照着四周。他看到，在房梁柱和一捆捆的布料之间，到处都是堆成山的书，要么堆在地上，要么装在箱子里。

西蒙兴奋地轻轻叫了一声，马上奔了过去，拿起一本书就翻阅起来。是一本变黄了的手抄本——塞内加的《论幸福》。在旁边是一本帕拉切尔苏斯的《医药大典》，里面附有详细的图解，每段开头的字母都刻意加重了颜色。西蒙在书堆里翻着。他在下面发现了一本有窗户那么大的《圣经》，还有一卷亚里士多德的文集。他曾经在英格尔施塔特大学读过这部文集。但是大学里的那本只是便宜的印刷版，这里的这卷文集是手抄本，字体漂亮，边上还有用拉丁文写的注解。当他拿起那部书卷，把带子解开的时候，顿时升起了一团尘雾。他马上打了一个喷嚏，灯笼里的烛火猛烈地忽闪起来。

“小心灯火。”修道院院长小声地说。此时他已经转到了几只高大的箱子后面。“一个小错，就会把整个西方的文化烧成灰烬！”

西蒙把自己的灯笼小心地放在一堆书上，盘腿坐在地上，便进入了一个由字母组成的世界。他既感觉不到寒冷，也感觉不到从砖缝吹进来的风。

最后是贝内迪克塔使劲地摇晃着他的肩膀，把他从梦幻中唤醒了。

“别看书了，我们没有那么多时间！”她生气地说，“等我们拿到那件宝物的时候，依我看，你可以把这些书都买下来，以此度完余生都可以。现在快起来！”

此时，修道院院长已从后面拿出了一只挂着一把大锁的小箱子。他从长袍下面拿出了一把钥匙，打开了那只镶有银片的箱子。箱子里面加了一层红色的丝绒衬里，盖子的内侧挂着一个非常简朴的十字架。

小箱子里唯一存放的一件东西是一本小牛皮精装书。

修道院院长用指尖打开了边上的两个金扣，轻轻地翻着酥脆的羊皮纸，在中间停了下来。西蒙弯腰仔细地看着那一页。有几个字母是用红色墨水写的，在烛光下，那些字看上去就像变干了的血迹。除此之外，所有的字母都是用棕色的墨水画上去的花体字，一点都没变色；虽然字迹很古老，西蒙仍然能清楚地读出来。

“韦索布伦的祷文。”他小声地念着。

修道院院长点点头。“已经有几百年了，”他一边说着，一边用手摸着上面的字，“这是我们本笃会的无价之宝。当德意志帝国还是一片原始森林，只居住着野兽和异教徒的时候，人们留下这本语录。它的语言听上去好像有一种魔法……”

他叹了口气，然后闭上眼睛，开始朗诵祷文的开头。

“这是我在人间所知的最大奇迹，既没有天也没有地，既没有山也没有树，也没有任何东西，太阳还没有照射，月亮还没有发光，还没有壮丽的大海……”

西蒙飞快地读了一遍，但是没有发现什么可以帮助他们的特殊话语。最后他清了清嗓子，打断了修道院院长单调的朗诵。

“嗯，这是一段非常美的祷文，阁下。它先前放在哪里？”

修道院院长伯恩哈德停止了朗诵，不解地看着西蒙。“先前？”

“嗯，就是在战前，没搬到钟楼以前。”

伯恩哈德·格林笑了一下。“啊，您说的是这个。它放在修道院的一座小教堂里。我们还算及时地把书搬到了钟楼。几天后瑞典人就来了。他们又抢又烧，把小教堂一把火烧成了灰。”

西蒙强忍着没有出声。他身边的贝内迪克塔也突然变得脸色苍白。“全烧光了？”她问道。

“是，全烧光了。我们把剩下的断墙全拆掉了。现在那里成了药草园。你们怎么了？”修道院院长伯恩哈德焦虑地看着西蒙和贝内迪克塔，“只是一座小教堂。里面没有放任何圣物。我已经说过，我们及时救出了祷文。

您从前见过这座小教堂？”

贝内迪克塔出来为西蒙解释说：“我的向导……小时候经常在那里祈祷。”说完，她又把脸转向修道院院长。“除了韦索布伦的祷文，还从小教堂里救出了什么吗？一幅画像、一座雕像，或者一块墓碑什么的？”

修道院院长摇摇头说：“可惜，什么都没有了。所有的东西都烧成了灰。在小教堂里没有墓碑。你们想祈祷一下吗？”

西蒙点点头。他感到自己的脑子很乱，各种想法都涌了出来。他们希望通过这篇祷文找到一些关于宝物的踪迹。但是他们所见到的只是一首写在羊皮纸上的古老诗句，对他们来说没有一点用途。难道他们的寻找就此结束了吗？难道圣殿骑士的宝物与韦索布伦的小教堂一毁而尽，永远也找不到了吗？

西蒙又用手指摸着那段文字，在心里默念着。

既没有天也没有地，既没有山也没有树……

西蒙沉默了一会儿。他们肯定忽略了什么。

树……

这个字没有像城堡小教堂的碑文那样特意写得很大。这么说是在这里的一棵树，而不是在派廷？……

最后贝内迪克塔打破了沉默。她好像也注意到了这里的区别。

“在附近有什么特殊的大树吗？”她问，脸上显出一副很自然的样子，似乎提这个问题没有什么不寻常的。

“特殊的树？”修道院院长的表情显出了越来越不解的样子，“您的意思是……”

“啊，对不起，”贝内迪克塔用法语打断他的话说，“这是一段关于大自然神奇力量的祷文，天、地、山、树……我是一个很虔诚的人，想找一个富有自然能量的地方来祈祷。也许能找到一棵树？”

伯恩哈德的脸上又露出了笑容。“啊，是这样，当然可以。修道院南面的老塔西洛椴树就很合适！那是一棵很古老的树，是上帝的恩赐！据说，塔西洛公爵在那棵树下做了一个梦，梦见了三个泉眼，让这个地方日后举世闻名。在那里祈祷真是再好不过了。”

“这棵椴树有多少年了？”西蒙问。

“肯定好几百年了。四根树干长在一起。有人认为这象征着四个基本要素，即气、土、水、火。塔西洛椴树是这一带最有名的树。”

“阁下，”贝内迪克塔打断他的话，“能劳您大驾吗？”

“当然可以。”

“您明天能带我们去看一下那棵树吗？我觉得明天蒙蒙亮的时候把我的全部虔诚奉献给上帝，在那里是很合适的。”她微笑地看着修道院院长，“在那里我肯定也会得到灵感，知道该为修道院捐赠多少钱。”

“这样的话，”修道院院长说，“我要确保明天早上没有人打搅您。到时候别忘了也为我们修道院祈祷一下。”

西蒙点着头说：“我们会做的。阁下？”

“嗯，我的孩子？”

“能允许我借几本书读吗？明天早上就还给您。”

修道院院长满脸笑容地说：“当然可以了。我很高兴又有人读这些书。”

西蒙挑了一大摞书，摇摇晃晃地走下了楼梯。今天又要彻夜难眠了。

玛格达莱娜趴在一条船里，随着小船轻轻地摇晃着。波浪不停打在船上，哗哗的响声和一起一伏的颠簸使她悠然入睡。她费了好大的劲才睁开了眼睛。突然有一股激流冲得小船剧烈地颠簸起来，像木桶一样在河里打转转。她想看看船上到底发生了什么，便站了起来。她的头撞在了一堵木墙上，她疼得喊了一声后，又倒了下去。

疼痛让她完全醒了过来，所有的梦幻都烟消云散。她意识到自己不是躺在船上，而是在一只木箱里。一路上摇摇晃晃是因为箱子在一辆车上。玛格达莱娜能听到马呼呼的喘气声和一种很单调的吱吱声。过了一会儿，她才听出来，是滑板刮着雪地的声音。这么说，她不是在一辆马车上，而是在雪橇上。现在她也感到寒冷从木箱的板条缝飕飕地钻进来。从缝隙中能看到外面的光线，但是缝隙太小，看不清外面的东西。她的头嗡嗡地响着，好像喝下了一桶酒似的。

玛格达莱娜用手和脚测量着自己所在的空间。很快她就知道，这只箱子正好和棺材一样大。难道她是死而复生不成？难道正有人把她送往墓地，要把她活埋了？

或者这是一个鬼？

“救命啊！有人吗？”她的声音听上去就像一个人在呻吟，“我还没有死！快放我出去！”

车夫长长地吆喝了一声，雪橇停了下来，终于不再摇晃了。一个人咯吱咯吱地踩着雪走了过来。玛格达莱娜的心跳得飞快。有人听见了她喊叫，她现在有救了！掘墓人马上就会意识到搞错了，会把棺材打开。她会笑着跟他讲是怎么回事……

“赶快闭上你该死的狗嘴，刽子手的女儿，否则的话，我就把你活埋了，像对待从前的放荡女人一样，埋到地下三米深的地方。”

玛格达莱娜不吱声了。她马上听出了是谁的声音。是用匕首把她的肩膀刺伤的那个人。是那个被叫作雅各布斯兄弟的人。这个名字让她又想起了发生的事情。主教大教堂，主教脖子上的项链，地下的穹顶大厅，那些人的聚会……匕首上肯定抹了毒药，她父亲也遇到同样的毒药。显然这个雅各布斯兄弟现在正把她带到什么地方去。

去哪里？

“你听着，我们不久就要过一道关卡。”那个人的声音听上去不是那么生硬了，“不许出声，听见了吗？不许大叫！我不想杀你，我们还需要你。

但是如果你不听话，那也没办法。你父亲跟你讲过把一个人活埋要多长时间吗？”

雅各布斯兄弟不等玛格达莱娜回答，又回到了雪橇的座上。他在空中甩了一下鞭子，雪橇又开始滑行起来。

玛格达莱娜试着理清自己的思路。这个修士认识她和她父亲！也许他就是那个洒了堇菜花香水的人，他一直在阿尔滕施塔特和雄高跟踪她。出于偶然，他们在奥格斯堡又狭路相逢。显然他也在追踪洛伦茨教堂的宝物，从现在的情况来看，还有很多的人参与了这个计划。

玛格达莱娜顿时不寒而栗。这时她又想起来了，她在那些穿着长袍、戴着风帽的人里认出了主教，而且他很可能就是这个阴谋团伙的主谋。主教讲到了什么兄弟团。他指的是什么教派呢？而且他们找到了什么宝物的踪迹？什么宝物有这么大的力量，能让这些有影响力的基督徒变成冷酷的凶手？

玛格达莱娜正琢磨着，雪橇突然停了下来。有人在说话，显然他们到了关卡。

“神甫，您拉着棺材去哪里？我们城里可不需要得瘟疫死掉的人！”

“别担心，我的孩子。一个兄弟高龄而逝，我送他回老家去。”

有一瞬间，玛格达莱娜真想大喊大叫。然而她又想起了修士对她讲的话。

你父亲跟你讲过把一个人活埋要多长时间吗？

她静静地待着，不出声。最后，哨兵放他们过了关卡，雪橇又滑行起来。她能听见外面的脚步声、人们的说笑声。有一个一口斯瓦比亚腔的人正高声地叫卖炒栗子。她在哪里？这个人要把她带到哪里去？她不知道自己在毒药的作用下昏睡了多久。一天？两天？

雪橇又停了下来。雅各布斯兄弟低声地讲着话，好像是在和什么人交谈，但是因为声音太低，她无法听清他们在说什么。突然，棺材开始摇晃。

玛格达莱娜被抬了起来，像是在下楼梯。她被关在棺材里，随着那个人的动作，一会儿滚到左边，一会儿又滚到右边。

“小心点，小心！”雅各布斯兄弟警告那个人说，“对死人也应该有点敬畏！”

“在你兄弟去的地方，肯定不在乎这个。”一个低沉的声音回答说。然后，咣当一声，棺材落在了地上，玛格达莱娜强忍着才没有出声。她听到，铜钱从一个人的手里掉到了另一个人的手中，最后，一个人迈着沉重的脚步上楼去了。接下来是一片寂静。

玛格达莱娜等了一会儿，然后用手摸索头上的木板。雅各布斯兄弟可能想中途休息一下，在哪里找了家旅馆住下了。也许她可以利用这个时间把木板弄松。她从父亲那里知道，很多棺材都是随便钉起来的，因为没人会料到，死人有一天会想从自己最后的安息之地出来。

她刚用两只手往棺材盖上顶了顶，想检查一下棺材板是否结实，一个东西撕裂的声音让她马上停住了。有人在弄棺材！不一会儿，棺材盖开了一道缝，一股刺眼的光线照了进来，然后是一个修士的头。雅各布斯兄弟把棺材盖的一根板条拿了下来，举着火把往下面照了照。他的脸离玛格达莱娜只有一巴掌远，但是她仍然没法去抓，因为她的双手被绑在了棺材盖上。一股堇菜花香钻进了她的鼻子。

“嗯，刽子手的女儿？”雅各布斯兄弟近乎同情地抚摸着她的脸颊，“你喜欢这张床吗？让你想到最后的审判了吗？你感到了震惊和痛苦吗？上帝会惩罚每个人，只是早晚而已。”

玛格达莱娜没有回答，而是朝他脸上吐了一口唾沫。

修士擦了擦脸上的唾液，把眼睛眯成了一条缝。但是他又转怒为笑。

“你这个小荡妇。你们女人把罪恶散布给我们人类，你们要终生为此赎罪！”他闭上眼睛，停了一会儿，“但是你们也是上帝计划的一部分。等一切成熟了的时候……”他从玛格达莱娜的眼前消失了片刻，再回来时手里拿了一块湿漉漉的海绵。“在一切成熟之前，我要先把你的恶嘴堵起来。我们的路途还长。你的喊叫会把一切都毁了。”

说完，他把海绵压在了玛格达莱娜的脸上。

“我不会饶恕她的孩子，因为他们都是一群混账……”修士低声地念叨着。

刽子手的女儿来回晃着脑袋，想喊人求救。可是一切都是徒劳。她被绑在棺材里，根本躲不开。她呻吟着憋着气，雅各布斯兄弟把海绵压在她的脸上，越压越紧。他仰起头，又开始念叨起来。

“她的母亲是个妓女，从她出世的那一天，她就继承了她母亲的罪恶。所以我要在她的路上铺满荆棘，设置障碍，不让她走向罪恶的道路……”

最后玛格达莱娜实在憋不住了，张开了嘴，还没喊出声来，就感到一股苦涩的药液溜进了嗓子里。她闻到了罂粟花和其他药草的香味，她父亲也用这些植物，如果他想让那些可怜的罪犯在人生的最后一刻减轻痛苦的话。四叶重楼、毛茛、乌头……修士的声音从很远的地方传来，此时已经变成了单调的咏唱。

“复仇是我的事情，上帝说……”

然后，玛格达莱娜感到眼前发黑，一下子瘫在了棺材里，她感到棺材板就像一张铺着软麻布的床。她最后听到的是锤子敲在木头上的声音。

死亡在敲门……他们要带我去最后的审判……

雅各布斯兄弟砰砰地在棺材盖上猛力地钉着钉子。

西蒙被清脆的钟声唤醒了。这是本笃会修士早晨颂扬上帝、一起早拜的钟声。他昨晚在读从韦索布伦修道院图书馆借来的书，一直到深夜，但是他仍然感到很精神。他用放在床边脸盆里的凉水很快地洗完了脸，往嘴里塞了一块干面包，便朝外面走去。贝内迪克塔已经在修道院的院子里等着他了，修道院院长伯恩哈德给她讲了如何去塔西洛椴树。他们并排骑着马出了修道院的大门，左边是三个干枯的泉眼和小井房。在修道院的外面，沿着围墙有一条通往山谷的小道。不一会儿小道就与修道院院墙分开了，他们进了一片落叶阔叶林；因为积雪，路上结了冰，很滑。西蒙有好几次差点从马背上摔下来，他一边咒骂着，一边抓住茂密的树枝寻找支撑。他们中途走过了一个小台阶，最后来到了一片野地。在野地的中间长着一棵他们从没见过的巨大椴树。他们非常敬畏地停了下来。

“塔西洛椴树，”西蒙小声地说，“这就是韦索布伦祷文里的‘树’！肯定就是这棵树！即便不是在整个普法芬温克尔地区，在这里，它也无疑是最古老、最引人注意的。”

这是一棵四根树干长在一起的椴树，从根部到树梢肯定至少有二十米高。现在是冬季，树上没有叶子，树枝看上去就像女巫向天空张开的魔爪。

西蒙向四周看了看。就像昨天在红豆杉林里一样，他突然感到有人在观察他们。他用目光扫视了一遍密密的丛林，但是在林中什么都没有发现。远处能看见位于山上的修道院，不知在哪里有一条小溪在哗哗流淌。一只孤独的乌鸦呱呱地叫着，似乎很气愤。西蒙抬起头往天上看，看见了椴树上的那只乌鸦，乌鸦又叫了一声，便扑打着翅膀飞走了。野地上一下子变得死一般地寂静。

“这里肯定有一个暗示！”贝内迪克塔打破了沉默，向椴树走去。她抬头向上看着。“也许在树的顶端。我提议，我在下面找，您爬到上面去找。”

“爬到树上面？”西蒙顺着她的目光往上看，“这足有四十英尺高！我会把脖子摔断的。”

“瞎说！”贝内迪克塔摇着头，“您不需要爬到最顶上。那个圣殿骑士是几百年前把东西藏在上面的。那时候树还没有这么高。不要啰唆了，快上去！”

说完，她就猫着腰，在下面的枝干和地下的大树根边找了起来。西蒙站在树下，犹豫了一会儿。没办法。他叹了口气，然后开始寻找可以往上爬的地方。

树皮上结了冰，很滑，他爬上去了一点，又滑了下来。最后，他终于找到了一个可以立脚的地方，纵身一跃，跳了上去，然后小心地从一根树枝跳上另一根树枝。每当看见一个洞什么的，他就停住，一手抓住树枝，一手伸到洞里。他摸到的都是湿乎乎的叶子、小松鼠过冬前藏在洞里的橡树籽和榉树籽，有时还会碰到一把黏糊糊的烂蘑菇。

除了这些东西，他什么都没有发现。

乌鸦又飞回来，落在了一根树枝上，好奇地看着这个像是在找食吃的、长着两条腿的东西。西蒙觉得自己像一个小男孩，伙伴们许诺在树上给他藏一个宝物，等到了树上他才发现，他被他们捉弄了。

“这根本没有用！”他向下面喊道，“即使圣殿骑士在这上面藏了什么东西，也早被乌鸦和喜鹊叼走了！”

“再到其他的树干上看看！”她朝着树上的西蒙喊道，“我们不能这么快就放弃！”

西蒙叹了口气。为什么他总是让女人们随意摆布？最后，他还是用手抓住了通向另一根树干的树枝，非常小心地、慢慢地移过去。贝内迪克塔突然变得离他很远了，站在树下的她就像雪地里的一个小黑点。西蒙双手紧紧地抓住又冰又滑的树干。如果他现在掉下去的话，他的脑袋撞在地上，会像一个大雪球，马上摔得四分五裂。

他终于到了第二根树干上。从这里可以一直爬到树梢上去。树枝看上去很结实，他继续往上爬，一直到把整个山谷尽收眼底。

远处亮闪闪的是阿默湖，他能看见阿默湖后山上显得很小的安代克斯修道院。在另一边，派森贝格山高高地耸立在平原上，远方云间隐约可见阿尔卑斯山脉的前峰。西蒙又把目光转向修道院和修道院的森林。掉光了树叶的榉树，覆满积雪的松树，一个人蹲在树枝间……

一个人？

西蒙眨了眨眼睛，他没看错。在一根松枝上，离他大概二十步远的地方坐着一个人，正在观察他。

在那个人的大腿上放着一张上了弦的弩弓。他头上戴着一顶大檐帽子，身穿一身皮衣，腰间还有一把类似匕首或者短剑的东西在晃动。看见西蒙的目光时，他马上钻进了松枝，不见了。

西蒙大吃一惊，一时说不出话来。有那么片刻他觉得自己看见了鬼。等他又镇静下来的时候，他尽力向下弯着身子，朝贝内迪克塔喊道："贝内迪克塔，在那儿，前面！有一个人藏在松枝里！我们被……"

西蒙身下的树枝嚓的一声，像烂骨头一样断了。他能感觉到树枝从脸上划过，他的心跳到了嗓子眼。过了一会儿，他才清醒过来，他在往下掉。他伸出手四下乱抓，希望能抓住一根树枝什么的。他周围的世界是由天空、地面和树枝组成的不停旋转的混沌。

嘶的一声，西蒙被拦截了，不再往下落。

他吊在离地面十英尺的高度，像一只小木偶，来回地摇晃着。西蒙抬头往上看了一眼，看见一根树枝把他的外套划了一个大口子，一直撕到衣领。贝内迪克塔站在下面，正张着嘴，仰着脖子看他。

"噢，上帝，西蒙，您干什么？"

"我能干什么？我正在掉进死亡的深渊！还有，我在对面的松林里看见一个人拿着弩弓，正在观察我们……"

"西蒙，您先冷静一下！先找一个可以抓住的东西。"

贝内迪克塔指着一根看上去很结实的、胳膊粗的树枝。西蒙试着抓住那根树枝，但是差一巴掌远，够不到。他小心地荡起来，树枝变得越来越近。外套上的口子又被撕长了一截。在外套彻底撕成两半之前，他终于抓住了那根树枝。他感到像被人扔下来一样，用两只胳膊紧紧地攥住那根树枝，但是两条腿仍然在空中摇摆，不知怎么办才好。

就在这时，他看见对面有一块金光闪闪的小牌子。

小牌子只有一只小碟子那么大，四边已经被嘴唇一样的树皮围了起来。看上去，在过去的几百年里，大树把这块小牌子一点一点地吃进了树干里。但是能看出，在小牌子的中间刻着字。风吹雨打、暴雪冰雹都没能把它毁坏。

西蒙吊在树枝上，小声地念着上面刻印的拉丁文字，那只乌鸦又飞到他的近前，好奇地看着他的一举一动。

马利亚怀中的第一人和幸福之人。弗里德里希·威尔德格拉夫，公元1328年。

虽然处境很危险，但是西蒙仍然忍不住大笑起来。

“哈！这个该死的圣殿骑士，”他大声喊道，整座森林里都能听见他的声音，“这条老狐狸！他真的把秘密藏在这里了！您说得没错！”

“您在说什么？”贝内迪克塔踮起脚尖，想看得更清楚些，“上面有什么？快告诉我！”

西蒙停止了大笑。他的胳膊开始疼起来，而且他感到自己好像在遭受刑罚，腿上像拴了一块大石头。

“这上面有一块金牌……”他费力地喘着气说，“是弗里德里希·威尔德格拉夫去世的前一年挂上去的。上面还有一段话……”

“什么话？”

“他妈的！先让我从上面下来！”

贝内迪克塔在下面咧着嘴朝他笑笑。“您干脆从上面掉下来，好不好？”

“从上面掉下来？这至少有十二英尺高！”

“开玩笑，最多十英尺。怎么样？要我在下面接着吗？”

西蒙闭上了眼睛，慢慢地数到三，然后松开了手。

啊的一声，西蒙踉跄地栽进了椴树根下的雪堆里。幸好摔得不是那么重。西蒙静静地待了一会儿，想看看是否有肢体摔断了。除了他那件外套外，身上完好无缺。

“该死，贝内迪克塔！”他一边骂着，一边用双手拨着雪，想从雪堆里把自己救出来，“谁会想出这个疯主意，不带一根绳子去爬树？我差点把脖子摔断了！”

贝内迪克塔耸耸肩，摆出一副无所谓的样子说：“至少没白爬一次。快跟我讲讲！上面的牌子上写着什么？”

西蒙刚想讲述，突然又想起了松树上的那个人。他纵身一跃，跳出了雪堆。

“我们必须离开这里！快！”西蒙一瘸一拐地向小路匆匆走去，身上的破衣服也跟着呼啦呼啦地晃着，“树上的那个人带着武器！林子里肯定还有人。我们必须回修道院去！快，跟着我！”

贝内迪克塔叹了口气，匆匆忙忙地跟在后面。

在四十英尺高的地方有一个陌生人，他手里拿着弩弓，望着他们的背影，把手放在嘴边，圈成喇叭状，学着松鸦叫了一声。

法院记录官约翰·莱希纳坐在办公的小屋子里，用嘴咬着手里的羽毛笔。他已经检查了两遍市政账单，这次的结果仍然很糟糕。最近时有发生的抢劫案几乎让所有的贸易往来都冻结了。所有要从奥格斯堡通过布伦纳山口或更远的山口运往南方的货物，都要在雄高入仓转运。每一捆布料都要向雄高市缴纳高额的关税。但是现在，巴林大厦和莱希河边的大棚房几乎是空的，几天前的暴风雪更是雪上加霜。雄高在流血，记录官不知道去哪里弄钱来支付城市的日常开支。

约翰·莱希纳独自叹着气。议会成员今天上午又跟他纠缠不休。只有在他能保证那些议员大人无忧无虑的条件下，他们才会对他表示尊重。莱希纳不止一次问自己，他为什么要每天与那些肥胖、自高自大、如木偶一样的人打交道；这些人的脑子里除了一杯好葡萄酒、一车盐、一车布料和每天琐碎的小事情外，什么都装不进去，偶尔才加上点对去慕尼黑和奥格斯堡的遥远艰难旅途的担忧。这座城市就像一只钟表，他每天都要给它上弦。等哪一天他不在了的话，雄高就会停止发展，变成一个偏远寂静的小巢穴，这一点他十分肯定。

所以接下来的几天非常重要，他们要做出个样子给这些人看看。要让人知道，雄高不允许有人往自己的汤里吐痰。更不要说那几个穿着破衣烂衫的土匪强盗了。

有人敲门。莱希纳算完了最后一笔账，把头上的皮帽子正了正，然后大声请敲门的人进来。

雅各布·奎瑟必须弯着腰，才能进到屋里来。他魁梧的身躯马上把那扇小门塞满了。

“您派人叫我来，大人？”

“啊，是奎瑟！”约翰·莱希纳一边说着，一边指着一把椅子，示意刽子手坐下，“真奇怪，我刚才还想到你了。嗯，是这样，你和塞莫尔市长出行了，怎么样？”

“您知道？”

“我当然知道。我们在议会上讨论了这件事。塞莫尔受到你的特殊对待，其他的大人可不是那么高兴。现在他做了一笔大生意，其他人只能干瞪眼。你们也遭到抢劫了吗？”

雅各布·奎瑟摇摇头。“没有，一个强盗都没碰到。而且我们没有跟任何人讲过走哪条路。”

记录官皱了皱眉。“你也认为，议会里有奸细给强盗通风报信？”约翰·莱希纳微笑地看着刽子手，玩弄着手里的鹅毛笔，“你明说吧，你怀疑谁？年轻的施雷佛阁、四个市长，还是我？你今天就要把我绑在拷问台上吗？”

雅各布·奎瑟并不理会他的嘲弄。“议会是大人们商量重要事情的地方，”他回答说，“谁想探听的话，没有比这里更合适的了。所以，所有的议员都要受到怀疑。”

记录官开玩笑地举起了食指。“议会是一群杀手聚会的地方？奎瑟，奎瑟……最好保留你的意见。已经有刽子手因为一点小事把自己送上了斩首台。还有，你不要忘了奥格斯堡的那个叫维亚的商人。他没在议会里，但是现在也躺在地下了。”

雅各布·奎瑟耸耸肩。“会搞个水落石出的。不管怎样，塞莫尔没有跟任何人闲扯，已经安然无恙地到了兰茨贝格。”

“据说，你对市长也有所求，”约翰·莱希纳马上换了个话题，“他要为你打听一件事。”记录官佯装愤怒地看着房顶。“市长变成了刽子手的信使，成何体统！这像什么样子？我可以知道吗，奎瑟？什么事情这么重要，你非要知道不可？”

“不行。”

记录官愣了一下。“你说什么？”

雅各布·奎瑟做出一副无可奈何的样子，说：“这是我的事情。等我得到消息后，我会让您知道。”

约翰·莱希纳沉默了一会儿，然后点点头。“随你便。”

他把桌上的羊皮纸卷了起来，放到一边，从旁边的书架上拿出了一个笔记本来。

“现在我们言归正传，说说我为什么叫你来。”

他打开了笔记本，一边翻着，一边说：“我们今天审讯了舍勒和他的那伙人……”

“你们干了什么？”雅各布·奎瑟突然直挺挺地从椅子上站了起来。

“请不要打断我讲话，”莱希纳说着，不满地看了刽子手一眼，“如我所讲，我们今天上午在巴林大厦审讯了那伙强盗。一刻钟就完事了。你没必要在场。”

“那塞莫尔市长呢？”

“事先通知他了，他同意。死刑定在星期六，还有三天的时间。”莱希纳清了清嗓子，继续说：“可惜我无法坚持你提议的处决方法。你必须把舍勒钉在大车轮上。”

现在雅各布·奎瑟在椅子上真的是坐不住了。“可是您已经答应了我呀！”他激动地跳了起来，把座下的椅子咣当一声撞倒在地上，“我欠舍勒的！”

记录官摇摇头，像是对一个小男孩讲话。“我求求你了，奎瑟！你欠一个土匪头子的！”他指了指倒在地上的椅子，“你现在就赶紧给我坐好。我还有好几件事要跟你说。”

雅各布·奎瑟深深地吸了口气，却两手交叉放在胸前，站着不动。

“你要相信我，”莱希纳继续说，“这是对我们城市来说最好的一个方法。我们必须杀一儆百。从这里到兰茨贝格的所有强盗都要听到舍勒的号叫。这也是给他们的一个教训。还有……”他用羽毛笔敲着羊皮纸。“死刑又会填满雄高的钱袋。我们搞一个节日，庆祝一下，唱歌、跳舞、热酒、炸果仁。经历了寒冷和抢劫的恐惧后，人们都想快乐一下。”他继续在笔记本里翻着。“你看，有很多事情要做。第一件事情就是，要把斩首台那里好好地清理一下，一根大梁烂了，我已经检查过了。另外，我们在下面也需要绞刑架，至少三个。要给议员坐的地方搭个棚子，免得这些高贵的大人们冻掉了屁股。围剿另一伙强盗的事恐怕先要等一等。”

刽子手强忍着听完了莱希纳的话，才张嘴说话。

“那些孩子和女人怎么办？”他问道。

莱希纳点点头。“像最初答应的，都放了。我们只把成年男人和小伙子吊死，舍勒用大车轮处死。相信我，在议会里也有人要把小孩和女人一同处死。”

他朝着奎瑟笑了笑。“你看，我还是满足了你的要求。现在你去准备吧。到星期六中午一切都要准备好。”

说完，他朝着刽子手点点头，示意他可以走了。奎瑟失神落魄地向门口走去。等雅各布·奎瑟走出了房间，把门关上后，记录官叹了口气。他将永远无法理解奎瑟这个犟脑壳！把舍勒用大车轮处死至少能让刽子手挣到三十个古尔登，可是，看他那张脸，好像他要亲自把自己的女儿送上斩首台似的。这个刽子手真是一个怪人，他心里想着。坚强的、水晶一样清澈的头脑，但是干这个职业却有些多情善感。

显然还太好奇。

莱希纳又从桌子底下拿出了那封信来，想检查一下真伪。他把信举在蜡烛上。烛火忽地钻出了纸面，把一封信全吞噬了，只剩下了一点纸灰。信里写得很清楚。不要留任何证据、任何书面记录，不要留下能泄露写信人是谁的任何蛛丝马迹。

约翰·莱希纳数着装在信封里的崭新钱币。这笔钱对雄高很有用，就像死刑判决一样。记录官又一次与自己和世界进入了和平状态。

西蒙和贝内迪克塔在傍晚的时候回到了雄高。一路上他们都在思考那句奇怪的格言，以及那个在树上观察他们的人。他属于那个在去韦索布伦的路上就跟踪他们的团伙吗？但是那伙强盗为什么没有抢劫他们呢？又观察、又跟踪，这到底意味着什么？

西蒙把贝内迪克塔送回塞莫尔的客栈，他被劝说留下喝一杯酒。

“这些人难道就是前几天在这一带出没的那伙人吗？”西蒙问，“是同一伙人在教堂地下墓室跟踪了刽子手吗？玛格达莱娜跟她父亲讲过，有几个穿着黑色斗篷的人在阿尔滕施塔特的施特拉塞尔酒馆里用拉丁文交谈。也许他们一直都在跟踪我们……”

“您的玛格达莱娜是一个小村姑，我猜她连半句拉丁文都不懂，”贝内迪克塔打断了他的话说，“也许只是几个本笃会的修士，吃饭前念了几段祷文而已！”她向西蒙挤挤眼睛。“您已经开始把那个陌生人看成杀手了。”说完，女商人把手放在了西蒙的胳膊上，但是西蒙马上把自己的胳膊挪开了。

“您难道没有感觉到，我们的一举一动都受到观察吗？”他生气地问，“一个不袭击我们的强盗，一个蹲在树上的人……这不能都是偶然发生的吧！”

“我想，您见到了鬼！”贝内迪克塔大声地笑了起来，“我告诉您，我是怎样想的。您昨天在红豆杉林里见到的那个人确实是一个强盗，我们从他的手里逃掉了。松树上的那个人纯属您的幻觉，您根本不能描述他长得什么样。”

“我知道我看见了什么。”

两人都沉默了很长时间。最后还是西蒙先开了口。他决定向贝内迪克塔摊牌。

“您说得对，”他说，“也许这些都是胡诌八扯。也许安德烈亚斯·考普迈亚是因为其他原因被害死的。贝内迪克塔，您说说，您哥哥在遗嘱里都给您留下了什么？”

贝内迪克塔张大了嘴，长长地喘了一口气。“噢，原来是这样！”她大声喊道，“您怀疑是我，我把我哥哥毒死了！可能您从一开始就怀疑我。对吗？”

“遗嘱里写了什么？”西蒙追问道。

贝内迪克塔生气地看着他，两手交叉放在胸前。“这个我可以告诉您。我从我哥哥那里继承了一本皮面精装本《圣经》、一把旧摇椅和一本他自己写的菜谱，还有四十个古尔登，这根本没法填补我在葡萄酒生意上的损失。”说完，她弯下身，把脸凑近西蒙。“这些都是他的私有遗产。其余的都属于教会！”

西蒙一下子气馁了。他想了这么多，确确实实忘了这一点——神甫死后大部分资产都转归教会。也许贝内迪克塔真的就继承了这点无价值的东西。

“真是岂有此理！”女商人此时已经很气愤，声音也大了起来，其他的客人都转过头来看她。“还有，我为什么还要待在阿尔滕施塔特，待在现场？我应该把我哥哥毒死后，悄悄地溜回兰茨贝格，在那里等着他的死讯才是。这样谁都不会怀疑我！”说完，她站了起来，把自己的椅子撞倒在地上。“西蒙·福荣威泽，您真是太出格了！”

贝内迪克塔匆忙地走出了酒吧，咣的一声把大门关上了。

“啊，福荣威泽？又跟女人有麻烦了？”酿酒学徒工康斯坦丁·克赖特迈尔朝着他挤眉弄眼，“你还是跟着刽子手的女儿吧，她已经够疯的了。”

与克赖特迈尔坐在一起的酿酒学徒都跟着哈哈大笑起来，同时还做了几个猥亵的动作。西蒙把酒一口喝光，站了起来。

“闭上你们的狗嘴！”

他往桌子上放了几个零钱，便离开了酒吧。身后传来了一阵嘲讽和大笑。

西蒙没有拐向母鸡胡同回家，而是直奔莱希门。现在的心情让他无法入睡。他在贝内迪克塔面前完全像一个傻瓜！他怎么会怀疑她毒死了自己的哥哥呢？还有，那些学徒工的话又让他想到了玛格达莱娜。她已经在返回雄高的路上了吗？也许她父亲从她那里得到了什么消息。再说，西蒙此时特别想喝一杯浓咖啡。家里一堆活在等着他，他唠唠叨叨的父亲已经开始对他频繁的出行表示不满意。上次西蒙给安娜·奎瑟留了一小袋咖啡。也许刽子手的女人会给他煮一杯浓咖啡？西蒙决定去拜访一下雄高的刽子手。

不一会儿，西蒙就到了位于制革区的刽子手家门前。他敲了敲门。当安娜·奎瑟把门打开时，他马上意识到，有点不对劲。这个平常看上去愉快的女人脸色苍白，眼窝深陷。

“你来了，很好，”她说着，并招手让西蒙进来，“也许你能让他振作起来。他又开始酗酒了。”

“为什么？”西蒙脱下了潮湿的大衣和那件撕坏了的外套，把它们挂在火炉旁。

安娜·奎瑟沉默地打量着那件破衣裳，然后在桌子的抽屉里找出了针和线。“莱希纳说，我男人要把舍勒用大车轮处死，”她一边说着，一边开始缝外套上的大口子，“三天后就要执行。可是雅各布已经向土匪头子许诺了！上面那些人真是一群杂种！他们的钱比穷人家的草还多，可是净干缺德、丧良心的臭事！”

西蒙点了点头。西蒙已经慢慢地知道了刽子手酗酒的恶习。在执行死刑之前，奎瑟总会大喝一场。等到上刑场那天，他又会令人惊奇地变得冷静自持。

西蒙让安娜·玛丽亚·奎瑟独自继续骂丈夫，径直走进了隔壁的小房间。刽子手睁着一双水汪汪的眼睛，靠在绞刑架的梯子上，像是在想着什么。屋子里弥漫着一股酒精味和汗味。在桌子上放着几本翻开的书，旁边还有一瓶敞着盖的烧酒，屋角里堆着摔碎了的啤酒杯。暗淡的火光照在雅各布·奎瑟阴沉的脸上，他又喝了一大口手里拿着的酒。

“要么一起喝，要么让我一个人待在这里。”他一边说，一边砰的一声把酒瓶子放到了桌子上。西蒙拿起了那只圆肚形的陶罐，放在嘴边喝了一口。酒精度数很高，看来是刽子手用自家花园里的苹果和梨酿的果子酒。里面也许还加了药草，西蒙不想知道都放了什么。

“我们在韦索布伦发现了新的谜语，”西蒙开门见山地说，“是一句镶在椴树上的格言。我想您能找到它的答案。”

雅各布·奎瑟大声地打了一个饱嗝，擦了擦嘴。“谁稀罕？不管怎样，反正你藏不住你的格言。赶紧吐出来。”

西蒙笑了一笑。他知道刽子手的好奇心很强，即便在喝醉酒的状态下也是如此。

西蒙用拉丁文告诉了刽子手那句格言。

雅各布·奎瑟点着头，仔细地听着，然后大声地把它译成德文：“马利亚怀中的第一人和幸福之人。”说完，他便哈哈地笑了起来。“只是一小段虔诚的格言，什么都不是！这不可能是暗示。”

他瞪着一双牛眼，又去抓桌上的酒瓶。看到这些，西蒙很难把他与那个思维敏捷、有修养的奎瑟联系起来。总会有人感到惊奇，刽子手即便在酩酊大醉的状态下还能听懂拉丁文。他们要是看一眼刽子手的藏书的话，还会感到更惊奇——在德文和拉丁文藏书中还有用希腊文写的书，有些学者的名字在大多数的大学里听都没听过。

“但这肯定是接下来的谜语！”西蒙反驳说，“在下面有他的名字。弗里德里希·威尔德格拉夫，公元1328年。是他去世的前一年！”

雅各布·奎瑟揉着自己的太阳穴，想变得清醒些。“这不是我所知的《圣经》里的格言，”他嘟囔着说，“大多数的格言我都知道。你可能不会相信，临死前人会变得多么虔诚。我差不多都听过了，可还从没听过这句。”

西蒙想了一下。在雅各布·奎瑟之前，这里的刽子手是他的父亲，在这之前是他的外祖父；这确实是一个刽子手世家，遍布巴伐利亚的各地。奎瑟家的人所听到的虔诚格言可能比教皇本人听到的还要多。

“如果不是《圣经》格言，那也许又是一句暗语，”西蒙一边说，一边重复着那句话，“马利亚怀中的第一人和幸福之人。这意味着什么呢？”

剑子手显出无可奈何的样子，伸手又去抓酒瓶子。“见鬼去吧，这关我什么事？”

他仰着脖子咕咚咕咚地喝起来，西蒙真害怕他会喘不上气来。雅各布·奎瑟终于又把酒瓶子放到了桌子上。“我该做的是星期六把舍勒用大车轮处死，我帮不了你什么。我的事情还很多。人人都想有热闹看。”

西蒙从刽子手血红的眼睛看出，他快要喝完了。雅各布·奎瑟坐在椅子上，身子在一点点地倾向前面。看来一瓶烧酒对一个六英尺高的大男人来说也是太多了。

“您要吃点药，”西蒙叹着气说，“否则的话，明天您的脑子不会清醒。”

“我不需要你这该死的江湖医生的药。我有自制的药。”

西蒙摇摇头。“这个药只有我有。”他站了起来，走到隔壁。安娜·玛丽亚·奎瑟仍然在缝着西蒙的那件外套。

“给您丈夫煮一杯浓咖啡，”他对她说，“不要太节约咖啡豆。如果勺子在杯子里站着不倒，就正合适。”

玛格达莱娜被一阵单调的嗡嗡声吵醒了，这个声音不停地往她脑子里钻，让她觉得脑袋马上要爆炸似的。头比上次醒来时疼得更厉害了。她的嘴唇很干，而且裂了很多口子；她用舌头舔了舔，感觉就像舔橡树皮。她睁开了眼睛，一道刺眼的强光照了过来。过了一会儿光线才消失，她能看清楚了，她看到了天堂。

头顶光环的救世主身边围绕着一群胖胖的小天使，他正从十字架上怜悯地看着她。路加和约翰守卫在星光灿烂的天空；那条叫路西法的蛇蜷缩在最下面，身上插着天使米迦勒的长矛；耶稣的十二使徒坐在祥云上。所有的人物都金银四射，闪烁着虹光。玛格达莱娜还从没见过这样富丽堂皇的画面。

她在天堂吗？

至少我不再躺在棺材里了，她心里想着。不管怎样都是一件好事。

当她把头转向别处的时候，她马上知道自己不是在天堂，而是在一座教堂里。她头朝上躺在一块当祭坛的石头上，身边点着四根蜡烛。刷了石灰的白墙上密密麻麻地挂满了大幅油画，上面画的都是《圣经》故事。阳光从东面唯一的一扇小窗户照进来。玛格达莱娜躺在石坛上，感到非常冷，浑身如冰一样。

嗡嗡声是从侧面传来的。玛格达莱娜把头转向那边，看见了雅各布斯兄弟。他身穿一件黑色的长袍，正跪在一个小圣母祭坛前，低着头，嘟嘟囔囔地祈祷。那个金色的双横十字架在他胸前来回地摆荡。

"万福马利亚，主与你同在，你在妇女中受赞颂，你的亲子耶稣同受赞颂……"

玛格达莱娜想蹑手蹑脚地站起来。也许她能得到机会偷偷地跑掉？在她身后几步远就是一扇木门，门上的把手还镀了金。如果她能到那里……

等她真要站起来的时候，她才注意到，自己的手和脚都被绑了起来，像一只被送往屠宰场的小羊羔。

基督，神的羔羊，除去世人罪孽的……

想到《圣经》里的这句格言，玛格达莱娜马上感到了恐慌。这个疯子想要干什么？他想把她供在祭坛上，所以才点上了蜡烛吗？这时她又想起了《圣经》里的话。

上帝对亚伯拉罕说：带上你的爱子以撒，到山上把他献为燔祭……

单调的修士咏唱突然变高了，变成了一种尖锐的假声。玛格达莱娜强压着自己内心的恐惧，强迫自己保持镇静。也许她能爬到那扇门去？滚着、跳着都行，只要能离开这里。她一点一点地向祭坛的左边滚去，还有几厘米，她就滚下去了。她已经感到了身下祭坛的边棱，她在祭坛上翻了身，掉了下去……

她的脚碰到了一只烛台，咣当一声，烛台和蜡烛都摔到了地上。

咏唱马上停止了，传来了脚步声。不一会儿，雅各布斯兄弟就站在了她身边，手里拿着那把弧形匕首。看见匕首下来，玛格达莱娜马上尖叫起来。

“闭嘴，你这个蠢女人。没人会对你怎么样。”

修士用匕首割断她手上的绳子，向后退了一步。

“如果你答应我不出声，我把你脚上的绳子也割断。你能做到吗？”

玛格达莱娜点点头，不一会儿，她就自由了。她两腿颤巍巍地站了起来，动了动四肢，很快就意识到自己还很虚弱，无法站立。她感到两眼发黑，马上在教堂的凳子上坐了下来。

“这是毒药的作用，”雅各布斯兄弟说着，也在旁边的凳子上坐了下来，“罂粟里加了几种茄属植物。你还会感到身体虚弱，但是会过去的。”

“我……我在哪里？”玛格达莱娜揉着自己麻酥酥的手腕问。

“这个你不要管，”修士说，“是一个没有人打搅我们的地方。这里的墙很厚，声音无法从窗户传到外面。是一个感受上帝的好地方。”说完，他看了一眼房顶的壁画。“但是你不要害怕，你是一个很好的筹码，不让你父亲搅和我们的事，以后嘛……”他注视着她的脸。他的眼睛突然露出了一丝柔光，又传来了一股甜甜的香水味。

“玛格达莱娜……”他叹了口气说，“这个名字跟我有很多关联。”

他停了好长时间。

“你知道抹大拉的马利亚——救世主身边的一个女人吗？”他直截了当地问，“她是妓女和娼妇的保护神，和你一样，是遭人遗弃的人……”

她点点头回答说：“我父亲是以她为我起的名字①。”在经历了长久的沉默后，她的声音听上去异常陌生而沙哑。

“你父亲是一个聪明人，玛格达莱娜。是……嗯，可以说，是一个先

① “玛格达莱娜”以抹大拉（Magdalene）的马利亚所在的市镇命名。

知。”雅各布斯兄弟哈哈大笑，走到玛格达莱娜的近前。他向前弯着干瘦的身体，看上去像一个风中的稻草人。他伸出长长的手指，抚摸着她的裙子。玛格达莱娜看到他的手指像女人的一样纤细。“神圣的抹大拉的马利亚……”修士小声地说，“你确实与你名字的保护神很相像。美丽、聪明，但却遭到人们的遗弃。一个肮脏的刽子手的女儿，一座城市里的垃圾。一个妓女，祈祷时保持贞洁，暗地里却追求肉体的欲望。”

“可是……”

“闭嘴！”修士的声音一下子又变得严厉起来，“我太了解像你这样的女人了！你以为我没看见你和那个医生吗？不要撒谎，夏娃的女儿！”

他闭上了眼睛，深深地吸了一口气，最后又恢复了平静。

“但是你很虔诚，这我能感觉出来，”他说，并把手放在了她的额头上，好像要为她祝福，“你的心是好的，你们女人并不全是坏的。就连抹大拉的马利亚最后也成了圣徒。你也会得救的。”说完，他把声音压得很低，玛格达莱娜费了好大的劲才听明白。

“你了解《圣经》吗，刽子手的女儿？”

他的手仍然放在她的额头上。玛格达莱娜决定沉默不语。修士继续说着，根本不等她的回答。

“《路加福音》第八章第一节。耶稣和几个被他从恶魔中解救出来的女人在路上，抹大拉的马利亚也在内，从她的体内跑出了七个魔鬼。七个魔鬼……”

修士的眼睛在烛光下闪闪发光。“在你的体内也有七个魔鬼，玛格达莱娜。我要把它们赶出来，要等你完成任务以后。然后，你就会变得纯洁、善良。一个贞洁的小姑娘。不要害怕，我们为你在修道院里找个地方。”

说完，他便朝门口走去。出门之前，他又转过了身子。

“我会拯救你的，玛格达莱娜。”

修士微笑着跟她道别，打开门，出去了。玛格达莱娜听到钥匙在锁头里吱地转了一圈。脚步声变得越来越小，最后完全消失，听不见了。

屋里只剩下刽子手的女儿一个人，还有那些天使、福音传播者和救世主——在他的十字架下跪着两个哭泣的女人。

西蒙看着面前躺在床上、睁着眼睛的男人，把医药包放到了旁边。医生不用再听他的心跳，不用号脉或者拿出小镜子放在他鼻子下。不做这些他也知道，这个人已经死了。他轻轻地合上那个人的眼睛，然后转过身，看着站在旁边嘤嘤哭着的女人。

“我来晚了，”西蒙说，“您丈夫已经去了一个更好的地方。”

女人点点头，看着她的丈夫，好像她的目光会把他再救活似的。西蒙估计，这个女人大概四十多岁，但是艰苦的劳作和连年不断的生育，再加上营养不够，让她未老先衰。她的头发不仅全白了，而且还干枯蓬乱，嘴角和眼角都挂着一条条深深的皱纹，几颗黑黄的牙齿从干枯的嘴唇冒了出来。西蒙暗自问着自己，玛格达莱娜在二十年后是否也是这个样子。

他一整夜都在想刽子手的女儿。她在奥格斯堡待得怎么样呢？她父亲到现在还没有得到任何消息，他每天都盼着她回来。但是几天前的暴风雪很有可能推延了她的归期。玛格达莱娜可能正等着合适的商队，等着天气变好，等着强盗被一网打尽……

一个小孩子的哭声打断了西蒙的沉思。一个四岁左右的小女孩正在打量着死去的父亲的脸，在小房间的后面并排站着这家的其他六个孩子，他们各个都低着头。他们中有两个也咳嗽得很厉害，西蒙祈祷他们不要也得上了那种高烧病。

在过去的两个星期里，雄高有三十多个人死于那种奇怪的病，大多数是老人和孩子。紧挨着城墙的塞巴斯蒂安墓地快要没地方了，人们已经开始把老坟墓合并在一起。西蒙和他父亲尽了一切努力。他们给病人放血、灌肠，用椴树花和野生墨角兰熬了糖浆给他们喝；就连伯尼法茨·福荣威泽也在所谓的邪药书里翻找能治这种高烧的药剂。当他父亲开始用醋泡干瘪的蟾蜍、把老鼠粪研成粉末时，西蒙实在看不下去了，大声骂着走出了房门。

“只有信仰还能起作用！”他父亲朝着他身后大喊大叫，“只有信仰还能管用！我们反正是什么都做不了了！”

只要一想到他父亲干的事，西蒙就不由得暗骂。老鼠粪和干蟾蜍！下一步他们就要在病人的门上画五角星了。如果他再有一些耶稣粉就好了！这是从长在西印度的一种树的树皮里提炼出来的药，能很快退烧，西蒙对这点很肯定。但是西蒙早就把他最后的一点耶稣粉用光了，下一批威尼斯商人要等到三月份阿尔卑斯山脉的坳道开放后才能来雄高。

他又一次把脸转向农妇和那些孩子。“现在最好把您丈夫尽快埋掉，这很重要，”西蒙说，“也许他身上有什么东西会让您和孩子也生病。”

“一个……鬼魂吗？”农妇恐惧地问道。

西蒙摇了摇头。“不是什么鬼魂。您想象一下，有一种小动物……”

“小动物？”女人的脸色更白了一层，“在我的阿洛伊斯的身上？”

西蒙叹了口气说：“别管这个，快点把他埋掉吧。”

“可是地都冻上了，我们要等才行。”

咚咚，有人敲门。西蒙看见一个衣衫褴褛的小男孩站在门口，睁着大眼睛，半恐惧、半敬畏地看着自己。

“您是雄高的医生吗？”小男孩问。西蒙点了点头。听到有人这样称呼自己，他心里感到很高兴。因为在很多人眼里，他仍然只是一个现任医生娇生惯养的儿子，一个在英格尔施塔特大学花光了钱的花花公子。

“施雷佛阁……派我来的，”小男孩说，“他们让我告诉您，克拉拉咳嗽、吐浓痰。您要快点去看看。”

西蒙闭上了眼睛，默默地念了一段祷文。“不要是克拉拉，”他小声地嘀咕着，“噢，上帝，不要是克拉拉！”

他一把抓起自己的医药包，匆匆与这一家人告了别，便往施雷佛阁家赶去，小男孩紧紧地跟在后面。施雷佛阁住在市场广场，西蒙一路上都在想着克拉拉。这几天发生的事情太多了，他连克拉拉都给忘了！平常他一星期总要去看他的小朋友几次。现在她生病了，也许她也得了那种该死的高烧病！

玛丽亚·施雷佛阁已经在房门口等他了。她脸色苍白，显得非常激动。西蒙永远想不明白，这个有时虔诚得有些歇斯底里的、谨小慎微的女人有什么可让绅士施雷佛阁着迷；西蒙猜想，这桩婚事上肯定也有经济利益。玛丽亚·施雷佛阁的娘家姓皮需纳，是一个在雄高很有威望的议员世家。

"她躺在楼上的房间里！"绅士夫人怨声怨气地说，"圣母马利亚和所有的圣徒，不要让那种高烧病进来！不要让我的克拉拉得上那种病！"

西蒙急忙上了楼梯，走进小女孩的房间。克拉拉躺在床上，不停地咳嗽着，她身上盖着一床厚厚的羽绒被，只露出一张苍白的小脸。在床边坐着她的养父，他脸上充满了焦虑。

"太好了，您这么快就来了，福荣威泽，"他说着，站了起来，"您要喝点什么吗，一杯咖啡？"

西蒙摇摇头，忧虑地看着绅士。议员好像魂不附体，两眼直瞪瞪地看着西蒙。昨天晚上他才跟着刽子手从护驾塞莫尔市长的旅程归来。听到女儿生病的消息，让他受到了很大的打击。

西蒙弯下身，看着克拉拉。

"克拉拉，是我，西蒙。"他悄声地对她说。可是克拉拉一点反应都没有，闭着眼睛，呼吸短促。西蒙把耳朵贴在她的胸前，听着她的呼吸节奏。

"她病了多长时间了？"西蒙问，想用自己的声音压住议员夫人的嘤嘤哭泣，她正好走了进来，手里不停地拨着念珠。

"昨天才开始，"雅各布·施雷佛阁回答说，"昨天晚上开始发烧，很快。从那以后便无法跟她讲话了。噢，上帝，你安静一下不行吗，老婆！”

玛丽亚·施雷佛阁马上中止了祈祷。“西蒙，她得的是那种发烧病吗？”她哽咽着问，“您知道！噢，仁慈的上帝，她得的是那病吗？”她睁大眼睛看着西蒙。

西蒙犹豫着没有回答。突发的病症、嘶嘶响的咳嗽、高烧，这些都表明克拉拉得了那种该死的瘟病。医生不得不再次骂自己，没能委托玛格达莱娜也为自己从奥格斯堡带些药剂回来。也许那里的药店还能有耶稣粉！可是现在一切都晚了。

看到西蒙沉默，议员夫人便证实了自己的猜测。

“圣芭芭拉，我将要失去她了！”她哀声叹气地说着，“圣奎琳，快帮帮我吧！”她跪在了地上，又嘟嘟囔囔地念起了《玫瑰经》。

她丈夫尽量不理她。他跟西蒙讲话，声音听上去很严肃。

“我们能干什么？”

西蒙感到很难直视他的眼睛。“我跟您说实话，施雷佛阁，”他说，“我可以给她做冷敷，熬一剂药茶，除了这些，我们就只能等待、祈祷了。”

“圣普里穆斯，圣费利西亚努斯，求求你们帮我们克服难关、战胜疫病！”玛丽亚·施雷佛阁的声音变得有些尖厉。她掏出了一条护身符项链，放到了克拉拉的脖子上。

“这个治不好她的病，老婆，”雅各布·施雷佛阁说，“你最好去给她煮一杯椴树花茶。我想，厨娘在厨房里还有一些。”

玛丽亚·施雷佛阁唠唠叨叨地走了出去，西蒙再次蹲下来，看着克拉拉。

“我先往她胸脯上抹点药膏，”他说，“是刽子手的药方，用风轮草、迷迭香和鹅油制成的。这可以减轻咳嗽。”

他解开了克拉拉的衣服，开始为她抹药膏。他没有动那条护身符项链，它虽然不能治病，但总没有什么坏处。

但是项链上挂的银币吊坠却引起了他的注意。每个银币上都刻着一个人像和名字。和阿尔滕施塔特的巴西利卡教堂一样，上面刻的是保护神：圣芭芭拉，圣奎琳，圣乔治，当然还有病人和产妇的保护神——圣沃尔布加。但是里面也有西蒙不认识的人物。西蒙读着上面的名字，有新生儿降生和儿童的保护神圣依纳爵，还有玛丽亚·施雷佛阁刚才提到过的普里穆斯和费利西亚努斯。

突然，西蒙的手停了下来。他不再往克拉拉的胸脯上抹药膏，而是拿起了那条项链，盯着上面的名字。

圣普里穆斯，圣费利西亚努斯……

项链上的银币放在手上如冰块一样凉。他怎么会眼瞎到这种程度？

他有些激动地转身对雅各布·施雷佛阁说："我们可以先到您的书房去一下吗？"

绅士把眉毛挑起来。"您认为那里能找到治疗这种病的药方吗？我不得不让您失望。很遗憾，我的医学藏书很有限。"

西蒙马上摇头说："我更想找一本关于保护神的书。"

"关于保护神的书？"雅各布·施雷佛阁吃惊地看着他，"我想我太太肯定有这样的书。但是，为什么……"

"让我们先去您的书房，"西蒙说，"我们现在在这里什么都不能做。如果我没搞错的话，我将在全普法芬温克尔地区为克拉拉买最好的药。而且我送您一枚帕拉切尔苏斯的金像章。这个我向您保证。"

雅各布·奎瑟迈着沉重的脚步，他几乎感到自己就是一个走向斩首台的罪人。昨天的咖啡虽然帮他醒了酒，但是他仍然感到头很沉，像一条装满了石头的麻袋。让他步履沉重的并不是头痛，而是他没有遵守许下的诺言。

等哨兵约翰内斯看见奎瑟的神情时，马上主动让开，放刽子手进了地牢。

“有很多活，是吧？”他朝着刽子手的背后喊道，“星期六的大车轮肯定是一场好戏。我希望真能让人好好地看一场热闹！把他所有的骨头都打断，听到了吗，刽子手？我跟人打赌了，两个铜钱，如果舍勒在第二天还大喊大叫的话。”

雅各布·奎瑟根本不理他，直接走到后面关着强盗的牢房。他只需看一眼就知道，被子、清水和新鲜的面包都在。那个生病的小男孩今天看上去也不错。看来他送的药很管用。

汉斯·舍勒两臂交叉在胸前，站在栅栏门后。当刽子手走近的时候，他把唾沫一口吐在刽子手的脸上。

“绞刑架，嗯？”他怒吼道，“一场干净利落的死刑，呸！根本就不是那回事！一切都慢慢地来，一下接着一下。我竟然相信了你——一个肮脏的刽子手！”

雅各布·奎瑟慢慢地擦掉脸上的唾液。“对不起，你爱信不信，”他很平静地说，“我为你争取过了，可是那些大人们想听到你喊叫，看到你受折磨。不管怎样……”他走到舍勒的近前。“但是我们仍然能耍弄一下那些大财主。”他小声地对着舍勒的耳朵说，以免让其他人听见。

汉斯·舍勒不敢相信地看着他。“你打算干什么？”

雅各布·奎瑟看看周围是否有人听他们的谈话。其他的强盗都在忙着各自的事，哨兵约翰内斯决定在外面等着。最后刽子手从大衣下面拿出了一只小袋子，把它打开。一个棕色的小球滚到了他粗糙的大手上，是一颗如玻璃球一样大的小药丸。

“只需咬一口，你就到了仁慈的上帝那里。”奎瑟说。他举着那颗药丸，像举着一颗珍珠一样。“是我特意为你制的。你不会感到任何疼痛。把它放在嘴里，等我的棍子打下去的时候再咬。”

汉斯·舍勒用手指尖拿过了药丸，仔细地看着。“你说没有疼痛？”

奎瑟点点头说：“没有疼痛，相信我，这方面我很在行。”

“那如何让那些人看热闹？”舍勒小声地问，“他们会失望的。我听说过，如果事情不按他们的计划而行，有时候会把刽子手本人吊起来。他们会认为，你没有做好你的工作。”

“这是我的问题，舍勒。只是不要现在就把药吃下去。那些议员大人会拿其他的人出气。到最后我还要把孩子绑在大车轮上。”

土匪头子沉默了好一会儿，然后他又把脸转向刽子手。

“这么说，别人讲的关于你的事情都是对的，奎瑟。”

“什么事？”

“你是一个好刽子手。”

“我是一个刽子手，但不是杀手。我们星期六见。”

说完，刽子手转过身，离开了地牢。汉斯·舍勒长时间地用手捻着那颗药丸，他闭上了眼睛，准备着他的黑暗之行。

他们在书架的后面一排找到了一本关于圣徒的书，它挤在柏拉图的著作和一本已经翻坏了的历书之间。雅各布·施雷佛阁自己也不清楚，他家里怎么会有这个东西。可能是他太太从那些卖圣物的流动商贩那里买来的，那本赞美诗、八斤沉的《圣经》和圣人书也一样。

西蒙手里拿着那本小书，向绅士简单地讲了他和刽子手在教堂的地下墓室发现的棺木；他讲了那些谜语、他被人观察的感觉，最后还讲了他和贝内迪克塔在韦索布伦附近的塔西洛椴树上发现的牌子。

“我们很肯定，所有的谜语最后会帮我们找到圣殿骑士的藏宝之地！”说完，西蒙把其他的书又放回了书架，“一件宝物被当时身为德意志圣殿骑士团团长的弗里德里希·威尔德格拉夫特意藏到远离大城市的地方。不在巴黎，不在罗马，只有在巴伐利亚的小城市，才能永远不被法国国王发现。精心布下的谜语，只有当地人才能看明白！”

雅各布·施雷佛阁在桌边坐了下来，仔细地听着西蒙的讲述。

“很可能，弗里德里希·威尔德格拉夫把他知道的秘密传给了他在雄高的子孙后代，”西蒙继续讲着，“也许他们这一家不知什么时候绝后了，所以关于宝物和谜语的秘密也消失了。”

“下一个谜语是什么呢？”雅各布·施雷佛阁问。

西蒙飞快地向窗外瞥了一眼，看看是否有人在观察他，然后才小声地用拉丁文念了那段格言。他对施雷佛阁耳语道：“翻译过来就是：‘马利亚怀中的第一人和幸福之人。’我一直以为这是一段《圣经》里的格言。”

“那这是什么呢？”

“如果我在这本书里找到答案的话，我会告诉您。”说完，西蒙开始翻看手里的那本小书。突然，他停了下来，开始读起来，然后大声地喊了一声：“我找到了！这不是《圣经》里的格言，而是一句话，藏着两个人的名字。普里穆斯和费利西亚努斯，翻译成德文的话确实是‘第一’和‘幸福’的意思，但是他们也是两个古罗马时期的圣徒。您看，这里！”他指着翻开的那一页，上面画着两个光着身子、被绑在凳子上的男人，他们正遭受着折磨，但是仍面带笑容，好像正看着救世主。

“普里穆斯和费利西亚努斯是罗马的两个基督徒，在皇帝戴克里先的命令下遭受严刑拷打，最后被砍头杀死了，”西蒙激动地讲着，“这本书写着，在这之前，他们还凭自己的坚强不屈让几千个罗马人皈依了基督教。”

“可是这发生在罗马！”雅各布·施雷佛阁插话说，“您刚才不是说，那个圣殿骑士特意找了我们这个偏僻的小城市吗？这不可能是那个谜语的答案。”

西蒙一面笑着，一面晃着手里的小书说：“不要那么着急，阁下。普里穆斯和费利西亚努斯虽然被埋在了罗马，但是后来他们的尸骨被运到了别的地方，至今还享受着人们的敬奉。”

雅各布·施雷佛阁又站了起来。“那现在在哪里呢？”他问，“您不要搞得那么紧张！”

西蒙合上了书，并把它放回了书架。“在罗滕布赫的本笃会修道院里，离这里只有几英里远。”

绅士惊奇地看着他。“罗滕布赫？”

西蒙点点头。“是一座修道院，同时也供奉圣母马利亚。马利亚怀中的第一人和幸福之人。这就是谜底！”说完，他拍了拍自己的脑门，“我真傻！我小时候还特意跟着去了那里，朝拜那两个圣徒呢，可是我把这个全忘了！”

绅士朝着他笑笑说：“我了解您，您将再次去那里朝圣。”

西蒙已经走到了书房的门口，突然又停了下来，转过身。他看上去满腹思虑。“等克拉拉的病好些后，我再去，”他说，“世上的任何宝物都没有您女儿珍贵。”

第十一章

克拉拉的病情在第二天也没有变化。她发着高烧，不停地咳嗽，西蒙给她熬了一剂椴树花和迷迭香药茶，把家里仅有的蜂蜜都放了进去。他又一次暗骂自己去年夏天没有多买点耶稣粉；可是那个撒拉森商人跟他讨价还价，总之，对他这个雄高的小医生来说药太贵了，不能买太多。

西蒙上午和下午都要去克拉拉那里一趟，他听听她的心脏和肺，轻轻地跟昏睡不醒的孩子讲着话。在这期间他没有见过一次贝内迪克塔。他感到，自己正在和她分道扬镳。在上一次见面时，他感到了他们之间的隔阂。也许是女商人对玛格达莱娜的贬斥引起了他的反感。

您的玛格达莱娜是一个小村姑，我猜她连半句拉丁文都不懂……

在听到这句话时，他感到自己非常想念玛格达莱娜。不久前他还认为刽子手的女儿缺点很多——脾气暴躁、缺少修养、耍农民式的小聪明，与贝内迪克塔的那种高雅、细腻相差十万八千里，可是现在，所有这些缺点都让玛格达莱娜变得不可忘记，变得特别。

突然，克拉拉一阵剧烈的咳嗽把西蒙从对玛格达莱娜的思念中唤醒了。小女孩的胸脯一起一伏的，她咳出了一口浓浓的绿痰。当看见她的痰里没有红色血丝时，西蒙马上松了口气。因为他知道，痰里带有血丝，必死无疑。

西蒙握着克拉拉的小手，等着她再次咳嗽。他心里琢磨着，现在在雄高每天都有人死在床上，他为什么对这个小姑娘这么关心。但是克拉拉让他有一种父爱，是在差不多一年前他们共同经历死亡危险的时候产生的。他把这个小女孩从魔鬼的手里救了出来，而且他曾经把她从高烧昏迷中治好了。难道他现在就这样束手无策地看着她死去吗？有几次，小姑娘睁开眼睛看见了他，微笑着嘟囔了几句含混不清的话，便又睡着了。西蒙换了一个新的冷敷包放在她的脚上，擦掉了她头上的汗，除此之外，他就只能和施雷佛阁换着班坐在她的床边。玛丽亚·施雷佛阁此时正不停地念着《玫瑰经》。

万福马利亚，主与你同在……

接下来的一天，克拉拉的病情有些好转。西蒙凭经验知道，病情在两天后是最严重的。现在高烧减退，是一个好现象。

是施雷佛阁要求他去干点别的事情。

“我想，您在这里没事可干了，”他对西蒙说，“我太太和我都非常感谢您对克拉拉的关心。您现在要去罗滕布赫，按您的计划行事。”说完，他站了起来，伸了伸腰。“但是，您最好带上刽子手。您说过，不只是你们对这件事感兴趣。”

西蒙摇了摇头说：“您忘了，明天是舍勒的大日子。奎瑟要用大车轮把他处死，到时候我们肯定回不来。”他也站了起来，往窗户外面看着。从今天早上开始，暴风雪又刮起来，把雄高笼罩在一片白雾中。“其实，在这样的日子能不待在雄高，我会很高兴。在这样的天气不可能开庆祝会，至少会让莱希纳扫兴。”

雅各布·施雷佛阁也看着窗外的白色。“您知道，我在市议会里反对用大车轮。我觉得……这很野蛮，是上个时代留下来的产物，我认为，我们已经度过了那个时代。可是，战争又把我们人变成了动物。”他叹了口气，“身为议员，我必须在刑场陪坐。也许我也是少数不想看热闹的人之一。”绅士挥了挥手，示意西蒙出来，玛丽亚·施雷佛阁仍然跪在克拉拉的床前，唠唠叨叨地祈祷着。在下楼梯的时候，议员把手放在西蒙的肩上。

“我好好地想了一下您跟我讲的那句话，陌生人在教堂的地下墓室说的那句‘上帝的旨意’。我想了很长时间，我知道这句话是从哪来的了。”

“哪来的？”

“昨天夜里我想起来了。这是当年十字军进行圣战的口号，是他们与异教徒作战时的口号。‘上帝的旨意’这句口号可以原谅他们屠杀所有撒拉森人的行为。因为上帝想这样……”

西蒙摇着头。“那些强盗和杀手嘴上挂着一句十字军的口号。这都是些什么疯子？”

他犹豫了一下，然后开口问：“您认识奥格斯堡的主教吗？”

“奥格斯堡的主教？”施雷佛阁皱皱眉头，“我只是在奥格斯堡举行大的庆典时见过他一两次。据说他是一个很年轻、雄心勃勃的主教。他非常忠守《圣经》，也有人说他太拘泥于形式。”施雷佛阁微微地笑了一下。“教皇应该知道为什么会派一个严格的牧羊人到遍地都是新教徒的奥格斯堡去。但是，您为什么打听他？”

西蒙耸耸肩，一副无可奉告的样子。“没什么，只是一种预感，也许都是胡思乱想。”

雅各布·施雷佛阁紧紧握住他的手。“不管怎样，您要小心。啊，还有一件事……”

“什么事？”

“那个弗里德里希·威尔德格拉夫。我在哪里看到过这个名字。”说着，绅士咬了咬嘴唇，“只是我不知道在哪儿！”

西蒙点点头。“我也是这样。就好像有个鬼魂在我脑子里转悠，可是，当我想把它抓住的时候，它又消失了。我想，这都跟您借给我的那本关于圣殿骑士的小书有关。您还能借我两天吗？”

“当然可以，”施雷佛阁说，“如果我的克拉拉病能治好。”说着，他们已经来到了门口。雪花从门缝飘了进来。

“我祝您好运。上帝与您同在！”

雅各布•施雷佛阁又深深地看了西蒙一眼，然后才关上房门。西蒙转身走了。突然，他怔了一下，停下了脚步。

在街道的另一边站着贝内迪克塔。她已经备好了马鞍，正挥着手，好像是在告别。

玛格达莱娜抬头看着屋顶上目光仁慈的耶稣，可是他也救不了她。时间过得缓慢而且艰难，像融化了的柏油一样。她被关在这座小教堂里已经足足三天了。三天的等待、咒骂和偶尔的哭泣。一开始，她总想着如何逃跑，但是那唯一的一扇位于祭坛上空近三米高处的窗户只有一只盘子那么大，而且镶的是一种透明的石块。

玛格达莱娜开始的大喊大叫仅仅回荡在小教堂的墙内，外面的人根本听不到。门也很坚固，除了一把锁外，还有一个门闩。在一人高的地方有一个小窗孔，看管他的那个修士会定时露出头来看看她。

雅各布斯兄弟是这三天以来唯一和她讲话的人。他给她带来饭和水，给她送来棉被，连每天的便盆都是由他倒掉的。便盆放在一个墙角里，玛格达莱娜每天在天使和福音传播者的注视之下大小便。雅各布斯兄弟每次来的时候，都先要打开那个小窗孔往里看看，然后才开门。只有看到玛格达莱娜坐在视线之内的凳子上，他才会推开门闩进来。对玛格达莱娜来说，在门口与修士搏斗，然后逃跑，显然是很难。在教堂里袭击修士的计划也被她放弃了。修士虽然长得很瘦，但却很有力量，肌肉发达。另外，他总是在腰间带着一把弯匕首，玛格达莱娜猜想，刀刃肯定抹了毒药。

起初，她拒绝跟雅各布斯兄弟讲话，尽管他多次跟她没话找话地交谈。但是在漫长的等待时间里，她感到越来越无聊。她已经能背出屋顶的画面；她知道从祭坛到门口有几步远，从马利亚的神龛到祭坛有几步远。教堂里只有一本翻得稀烂的赞美诗，里面有很多天主教赞美上帝的歌曲，她已经开始背诵这本书了。

在第二天，玛格达莱娜开始关注修士那种过于严谨、不停引用《圣经》的祈祷方式。雅各布斯兄弟看见她，眼里充满了鄙视、仇恨和……一种说不出的崇拜。这让玛格达莱娜感到很疑惑。雅各布斯经常会理她的头发，但是突然又会在教堂的凳子间愤怒地走来走去。她不止一次地感到害怕，怕他瞬间变得疯狂起来，一刀把自己的脖子砍断。

"是你们女人把罪恶带到了世间！"他竖起一根食指教训道，"因为你们吃了苹果，从此我们就生活在罪恶中！"

"哈，亚当就站在旁边看着了吗？"玛格达莱娜不能忍受这样的谴责。但是不一会儿她就感到后悔了。雅各布斯兄弟走到了她的跟前，像抱西瓜似的用两只手抱着她的头，好像要把它挤碎一样。

"是她动摇了他，你懂吗？"他小声地说，"亚当只是在瞬间变得软弱，但是上帝不能容忍软弱。即便瞬间也不行。一秒钟都不行。他惩罚了我们所有的人！我们大家！"

她又闻到了一股甜甜的香水味。直到这时她才注意到，在堇菜花香中还有一股味道，是一种刺鼻的腐烂味。这个修士的全身闻上去就像一块臭肉。从雅各布斯兄弟嘴里冒出了一股下水道的臭味，黑黑的牙齿歪歪斜斜地站在肿胀的牙床上。他在黑色斗篷下面穿了一件白色长袍，上面有几块湿乎乎的斑迹，她现在明白了，那应该是他身体上的溃疡造成的。玛格达莱娜还看到，他头上的秃顶并不是剪出来的，而是因为脱发太多形成的，他头顶的头发完全掉光了。

雅各布斯兄弟看上去正从体内开始慢慢地腐烂消失。

玛格达莱娜想起几年前在一个热那亚商人身上也见过这种病症。这个商人曾经来找她父亲治病。那个人显然是忍着剧烈的疼痛，踉踉跄跄地来到雄高的刽子手家；他的头发大把大把地往下掉，像纺锤上的线一样。雅各布·奎瑟讲到了一种法国病，便用一小瓶水银和罂粟花精把那个奇怪的不停颤抖的商人打发走了。当玛格达莱娜问她父亲，这个人是否得救了的时候，她父亲只是摇了摇头说："他病的时间太久了，如果他运气好的话，在变疯狂之前就会死掉。"

难道雅各布斯兄弟也变疯狂了吗？玛格达莱娜暗暗地问着自己。他想拿自己做什么呢？

有时候，他会温柔地理她的头发，近乎爱抚；他的灵魂却似乎在遥远的旅途中。有一次，他向她倾诉了自己的心事。

"在我还年轻的时候，我爱上了一个像你一样的女孩，"他非常小声地说道，"一个……妓女，她叫玛格达莱娜。她给自己、给我都带来了腐败。我是一个充满欲望的花花公子，总是在寻欢作乐。但是上帝给我送来了一个预兆。他用这个疾病来惩罚我，我在多明我会的圣玛格达莱娜脚下晕倒了！"说到这里，他咯咯地笑了两声。"圣玛格达莱娜，这真是上帝的讽刺！"咯咯的笑声变成了一阵阵的咳嗽。停了好长时间，他才又能讲话。"从那以后，我把我的一生都献给了多明我会。现在，上帝又给了我一个机会来弥补过去的错误。玛格达莱娜……"他沉浸在对往事的回忆中，用手抚摸她的面颊，"我的玛格达莱娜已经死了，但是你还能得救。我将把你体内的魔鬼都赶出来，像赶农民房子里的烟和臭气一样，把它们彻底赶出去。"

玛格达莱娜闭上了眼睛，任他引用《圣经》中的语句，绞尽脑汁地想着如何逃离这个地方。

她的处境不仅仅是对她不利。窗户太小，她必须通过门才能出去。她既不知道自己在哪里，也不知道有多少雅各布斯的哨兵在看守她。还有，她没有任何武器。玛格达莱娜估计自己躺在棺材里走了两天的路，最后停下休息的时候，她听到人们讲的是斯瓦比亚方言。这么说，她已经出了巴伐利亚的边境，还是在奥格斯堡的什么地方？她是被船运走的吗？她唯一知道的就是附近有一座大教堂。每到一定的时间，教堂的钟声就会敲响，是那种很大、很沉，只有大教堂才能买得起的钟。

她不止一次地骂自己的愚蠢。在下到主教大教堂的地下穹顶大殿之前，她为什么没有通知任何人！雅各布斯和他的同伙抓到了玛格达莱娜，是一件走运的事。玛格达莱娜、她父亲和西蒙显然探到了一个重大阴谋的线索，而且奥格斯堡的主教竟然是这件事的主谋！拿刽子手的女儿做人质，他们可以阻止圣殿骑士的宝藏落入坏人的手里。玛格达莱娜知道，她父亲和西蒙肯定会尽全力来救她。

西蒙……

一想到西蒙，她又感到肚子麻酥酥的。他们俩肯定能想出办法，从这里逃出去。玛格达莱娜最喜欢年轻医生的聪明。西蒙人很聪明、很幽默，而且好奇心很强，只是……只是长得矮了一些。

玛格达莱娜面带微笑，想着自己和西蒙的共同经历。西蒙的鬼机灵有时候可以跟父亲相媲美，这至少意味着什么。洛伦茨教堂地下墓室的谜语是西蒙一个人解开的。可是那个该死的贝内迪克塔插到了他们中间，那个高雅、自命不凡的兰茨贝格女人！即便是被禁锢在这里，一想到西蒙和贝内迪克塔，玛格达莱娜便感到怒火冲天。得让这个狗东西好好地尝尝她的厉害！

然后她又想起来，自己此时还有更严重的问题。

为了转换思路，她又仔细地想了一遍昨天和雅各布斯兄弟的谈话。谈话内容与那件宝物有关。她问了那个修士好几次，这是一件什么样的宝物，是否真的是圣殿骑士留下的遗产，但是雅各布斯回避了她所提的问题。

“这是一件决定基督教命运的宝物，”他说，并把目光投向屋顶的救世主，“用它，我们能把路德会的异教徒彻底打倒！我们的大师向教皇报告了这件事，教皇也马上加入圣战，把信仰新教的诸侯从德意志帝国赶出去。我们的大师知道，圣战还没有结束！”

“谁是你的大师呢？”玛格达莱娜打断他问，“是奥格斯堡的主教吗？”

雅各布斯兄弟笑了一下，回答说：“我们有很多人。”

夜里又潮又冷，即便躺在棉被里，她还是冷得发抖。周围是燃烧的蜡烛，修士经常更换蜡烛。因为缺少活动，她感到肢体麻木、僵硬。她只能从那扇小窗户辨认出是白天还是夜晚。有时白天看上去也像黄昏一样。她真是有些绝望了。

第三天有了转变。

大概是中午的时间，她正躺在教堂的凳子上打盹儿。在半睡半醒的时候，她从窄窄的凳子上滚了下来。她一边骂着，一边又披着被子坐好，就在这时，她看到凳子底下有一只小布袋。她怔了一下，伸手把那只小布袋拿了出来。

这是她四五天前在奥格斯堡的药店里拿着的那只布袋。这只小布袋肯定是从她的裙带上掉了下来，滚到了凳子底下。玛格达莱娜完全把它忘了。

她小心地解开小布袋，往里看了看。各种药草的香味钻进了鼻子里。她在内普慕克•比尔曼的药店里匆匆忙忙装进去的药草还都在，虽然被碾碎了一些，但是仍能使用。

玛格达莱娜手里拿着药草，沉思着捻来捻去。

她想出了一个计划。

西蒙高高地站在施雷佛阁家的大门台阶上，看着站在下面的贝内迪克塔。她完全是一副出行的打扮，手里牵着备好鞍的马。枣红马紧张地用马蹄刨着地面。在马鞍的两边挂着鼓鼓囊囊的行李。

“我到处找您，”贝内迪克塔一边说着，一边安抚着她的枣红马，“他们告诉我，在这里能找到您。我想和您告别。”

“告别？”西蒙一时不知说什么好。

女商人跳上了马背。“上次见面后我有一种感觉，如果我走的话，会更好些。诚实地讲，我不太相信什么宝藏和杀手的空谈。这些救不活我哥哥。我祝您好运！”

“贝内迪克塔，等一下！”西蒙急忙走下台阶，来到了她面前，“两天前在酒吧里我不是那个意思。我过于粗鲁了。是这样……”

他变得有些结巴起来。他的目光落到眼前这位来自兰茨贝格的高雅女士身上，她穿着裘皮大衣，戴着风帽，大衣下面是一件被风吹得鼓起来的裙子，看上去与雄高的那些向他献媚的女人是那样地不同。她完全是另外一个世界的人，现在却要消失，把他一个人留在这个偏远寂静、巢穴般的小地方。

“您怎么了，西蒙？”她期待地看着他。

“对不起，我真是个傻瓜。我……我应该高兴才是，如果您能继续帮我寻找的话。”西蒙不假思索，话就从嘴里溜了出来，“很可能我还需要您这种公民的自信！罗滕布赫的修道院院长也许不会把我这个乡巴佬看在眼里。可是您……”

“罗滕布赫？”贝内迪克塔好奇地问，“谜语让我们去罗滕布赫？”

西蒙叹了口气。他已经不知不觉做出了决定。“让我们到塞莫尔的客栈找一个安静的房间，”他说道，“在那里我给您解释。我们今天就要上路。”

贝内迪克塔微笑着，从马上看着医生，他正想躲避那匹紧张的枣红马。

“那好吧，”她说，“我留下来。但是这次我们要给您在邮政站借一匹好马，一匹又听话又快的马。我们可能还要从强盗手里逃跑呢，不是吗？”

罗滕布赫的修道院离雄高只有十英里远，骑着马，两个小时就到了。

贝内迪克塔骑在马上既轻快又优雅，西蒙艰难地跟在后面，费了很大的力气才没从马鞍上掉下来。覆满积雪的树木从他们身边疾驰而过。在纷纷扬扬的雪中，西蒙不时地眨着眼睛，有时还要闭上一会儿。这种情况下，他就任凭马去奔驰，感觉要比他看见马奔向哪里更好些。

他们在塞莫尔客栈的邮政站花了几个银币，借了一匹壮实的白马。是贝内迪克塔付的钱。当她拿出钱包，把银币放在邮政署长的手上时，西蒙感到很不好意思。这个女人不听从任何男人的命令，而且也不拿男人的一分一文。西蒙想，在这一点上，贝内迪克塔和玛格达莱娜真是丝毫不差。也许换一个环境的话，也能把玛格达莱娜变成贝内迪克塔。

还不到两个小时，他们就到了目的地。森林里的树木渐渐地稀少了，他们眼前出现了一片盖满积雪的野地，上面盖着房子、教堂、围墙、拱门等各种建筑。在方圆几英里的野地里，人们开垦了一片地，在上面盖了罗滕布赫的修道院。在通往对面森林的路上，西蒙看见一群沉默的修士正给一个凄惨的乞丐布施。一个农民手里牵着一头牛犊，走在铺了石砖的主街道上。在很多还没有粉刷的房屋的墙上都立着梯子和脚手架；手工匠提着桶，拿着锹和铲子，匆匆地从他们身边走过。和施泰因加登一样，这里的人也在忙碌地清除战后的废墟，重新建一座更大、更美的修道院。

西蒙和贝内迪克塔骑着马进了一道拱门，来到了奥古斯丁律修会修道院的前广场。一座结实庞大的钟楼高高地耸立在面前，左边是教堂，紧挨着的是一片刚刚粉刷过的房屋。他们找到了一个落脚的地方，把马在旁边的马棚里拴好后，便去找修道院院长了。

西蒙表情严肃，向一个正要去教堂的修士打听路。

“兄弟，借问一句！我们想找这座美丽修道院的可敬的院长大人。您能告诉我们怎么走吗？”

“我们可敬的兄弟米夏埃尔·皮斯卡托院长吗？你们运气很好。”

修士指着一个上了年纪、穿着奥古斯丁律修会白长袍的人说，那个人正站在不远处和一群手工匠讲话。显然他正在给工匠们布置今天的任务。“你们正赶上他在干活，建教堂是他最喜欢干的事情。”修士向他们挤了挤眼睛，“对他来说，这是敬仰上帝的最高形式。”说完，修士便笑着离开了。

西蒙不由得想到了施泰因加登的修道院院长奥古斯丁·波南迈尔，他也像罗滕布赫的院长一样，把全部身心都献给了新建的修道院。如果教会的大人物都这样做，西蒙十分肯定，普法芬温克尔不久就会建出全巴伐利亚最美丽的修道院。

“承蒙您的恩典。”贝内迪克塔向那群人走去，在修道院院长面前鞠了一躬。跟其他的修士一样，米夏埃尔兄弟对女性并不感到反感。他先是愣了一下，然后马上微微地鞠了一躬，把戴着镶有修道院徽印的戒指的手伸给了贝内迪克塔。

“是我的荣幸，美丽的夫人，我该如何为您效劳？”

在贝内迪克塔亲吻那枚戒指的时候，手工匠和建筑师收起了他们的图纸，失望地离开了。西蒙马上赶到她的跟前，摘下帽子；他们在演和韦索布伦一样的戏。

“请允许我介绍一下这位女士。在您面前站着的是赫赫有名的德·布永夫人，是法国王妃的时装设计师，”西蒙解释说，“她特意从巴黎远道而来，想亲眼看一看罗滕布赫保存的圣普里穆斯和圣费利西亚努斯的圣骨。”西蒙把声音压得很低，并把身子向前倾了倾，用近乎耳语的音量对修道院院长说：“她许下了一个愿，在没有亲吻到这两位圣徒的圣骨之前，她决不与自己的丈夫同床共枕。”

贝内迪克塔从侧面严厉地看着西蒙，但是西蒙的表情很严肃。

“这个可怜的丈夫，”米夏埃尔兄弟说，“这是多么大的浪费！我能问一下吗，这位女士为什么选择了这两位圣徒作为朝拜的偶像？”

“她给她刚出生的双胞胎起的名字叫普里穆斯和费利西亚努斯，”西蒙用十分肯定的声音解释说，“可是两个孩子都生病了，所以她希望通过这次朝圣让圣母马利亚听到她的祈祷。”

“该死，您收敛点！”贝内迪克塔对他耳语道，“您太离谱了。谁会相信我们！”

但是，修道院院长非常同情地点着头。“真是天大的不幸！我亲自陪你们去看圣骨。跟我来！”

西蒙偷偷地朝着贝内迪克塔笑了一下，然后便跟着米夏埃尔兄弟向教堂走去。一路上米夏埃尔兄弟迈着小碎步，有些气喘吁吁。他指指在脚手架上干活的手工匠，他们正在把破碎的旧玻璃换成五彩缤纷的新玻璃。

“相信我，这座修道院在几年后会成为巴伐利亚的珍珠！”他兴奋地对他们说，“一个举世无双的朝圣地！我们这里不仅拥有普里穆斯和费利西亚努斯两位圣徒的圣骨，还有圣比诺萨的两颗牙齿、圣母马利亚的几根头发、圣布拉休斯的指关节、圣劳伦丘斯的头骨，还有圣布里吉达的一根锁骨，我这里只说了几件重要的圣物。”

推开教堂的门，西蒙马上看见一片富丽堂皇的景象，对这一带的普通人来说，肯定如同到了天堂一样。画着天使和圣徒的壁画闪闪发光，屋顶显得特别高远，大理石墓碑更显出了罗滕布赫往日的富有；在教堂的大门上方立着一架巨大的管风琴，每根琴管都有一人多高。东面的墙上有一个立式祭坛，足有四米高。教堂中部表现的是圣母马利亚升天的情景，她两边有使徒彼得和保罗陪伴。在旁边的透明棺材里立着两具死人骨架。它们手持宝剑，光光的头上戴着桂冠。

“圣普里穆斯和圣费利西亚努斯……”米夏埃尔兄弟指着这两具骨架，小声地说，“是不是很精彩？我们在新祭坛落成典礼上把他们搬到这里来了。他们在上面保佑、祝福我们！”说完，他转身要走。“我让你们两个人单独待在这里。”

“嗯，对不起，”西蒙小声地说，“可是德·布永夫人许下了愿，要亲吻圣骨。”

“亲吻？”修道院院长吃惊地看着他。

“对，是这样，”贝内迪克塔马上带着浓重的法语腔接过话说，“我要用嘴唇吻圣骨……就是亲吻！只有这样才算还了愿。”

“很抱歉，夫人，这是不可能的啊。”修道院院长指着那个高高的立式祭坛，“你们自己能看到，圣骨在祭坛上面，我们够不到。另外，棺材是封死的。您用手打一个飞吻，上帝会理解的。”

“啊，不行，”贝内迪克塔大喊起来，“我必须亲吻它们。我的孩子……我的孩子……”她一边说着，一边抓着自己胸前的衣服。“他们的病不会好了！”

可是米夏埃尔兄弟并没有为此动摇。“相信我，这是不可能的。我会在晚上的弥撒上为您的孩子祈祷。您只需告诉我他们的名字，我……”

“好兄弟，米夏埃尔！工匠们告诉我在这里能找到您。你们现在换上的玻璃多么美丽呀！”

声音是从教堂大门的方向传来的。西蒙转身看过去的时候，他的心一下子提到了嗓子眼。施泰因加登的修道院院长正伸着双手，疾步走进来。

这时，米夏埃尔·皮斯卡托也认出了普雷蒙特雷律修会的兄弟。

“神甫，什么风把您吹来了？”

波南迈尔激动地握着罗滕布赫修道院院长的手。

“我到雄高和派森贝格去买东西。在埃希安格尔的那座小教堂实在太不像样了！谁来管这件事？”他叹了口气，“我想，我中途得到您这里看看。关于改建我们修道院的事，我要跟您商量商量。您一定要告诉我，您从哪里请来的玻璃匠。威尼斯？佛罗伦萨？”

米夏埃尔兄弟微笑着说：“您永远都猜不到。先答应我，您今天留在这里过夜，也许我会向您透露是哪里请来的玻璃匠。”

“如果您坚持……”这时，施泰因加登的修道院院长看见了西蒙和贝内迪克塔，两人正企图躲在廊柱后面，以免被发现。“真是巧遇，兰茨贝格的年轻寡妇！”他朝着他们两人喊道，“还有西蒙·福荣威泽！哈，您对毒药谋杀案的调查有进展了？还是您到罗滕布赫来，想谋一个医生的职位？”

米夏埃尔·皮斯卡托看看波南迈尔，又看看像被电击了一样、站在廊柱间一动不动的西蒙和贝内迪克塔。“兰茨贝格？毒药谋杀案？……”修道院院长不解地问。

“谢谢。我们……我们……都解释清楚了，”西蒙结结巴巴地说，“现在我们不想打搅大人了。神甫肯定有要事商量。”说完，他拽着贝内迪克塔快速跑出了教堂。

到了外面的广场上，西蒙开始破口大骂，引来了众人的目光。“他妈的，真倒霉！施泰因加登的修道院院长肯定会讲明我们是谁，这样就揭开了我们的假面具！”

“是您先开始给自己戴假面具的！”贝内迪克塔无礼地反驳说。

“嗨，那我们在韦索布伦和罗滕布赫讲什么呢？您好，我们在找圣殿骑士的宝藏，允许我们亵渎你们的圣骨吗？”西蒙越说越气。此时，已有越来越多的修士把头转向西蒙，有几个还开始窃窃私语起来。最后，贝内迪克塔决定分散一下人们的注意力。

“管他怎么样，反正修道院院长不想给我们把棺材打开。他根本帮不了我们。”

“所以更糟糕，”西蒙生气地说，“这样我们永远不能知道圣骨里是否藏着暗示。现在怎么办？”

贝内迪克塔抬头看着手工匠换玻璃。工匠们站在摇摇晃晃的脚手架上，慢慢地用滑轮把玻璃运上来。西蒙十分肯定，每块玻璃都价值连城。

"如果修道院院长不给我们把棺材打开的话，我们就要自己打开，"贝内迪克塔说，"普里穆斯和费利西亚努斯肯定也需要一点新鲜空气。"

"您想怎么办？"

贝内迪克塔指了指还没有装上新玻璃的窗口。"我们夜里去拜访一下那两个灰头土脸的圣人，"她说，"工匠今天肯定不能把玻璃全装上去。而且，我不能想象，教堂晚上有哨兵监守。也许修道院院长认为，每个盗贼都会遭到天打雷劈。"

"那您怎么就知道，我们不会遭到雷击呢？"西蒙小声地说，"偷圣骨是一种犯罪……"没等西蒙说完，女商人便先行一步，走开了。

但是，两人都没有注意到，还有两个人隐藏在修道院里，像两条影子一样，跟在他们的身后。

在雄高的地牢里，土匪头子舍勒手里捻着那颗药丸，看着窗外的飞雪。他身后的几个同伙已经在那里坐着等死了，女人们嘤嘤地哭着，父亲轻声地与自己的孩子告别。他们给孩子讲，他们将升入对强盗和妓女也敞开大门的天堂，有一天他们会在那里重逢。他们讲，在另一个世界他们会生活得更好，他们将在上帝和圣母马利亚面前许愿祈祷，让那个生病的十岁男孩过上像样的生活。他们曾经抢劫、杀人，但是他们现在变成了忏悔的罪人。有几个人在不停地祈祷着。明天，城市的牧师要来这里聆听他们最后的忏悔。

汉斯·舍勒直瞪瞪地看着手里那个小圆球，回想着自己的一生。他怎么会走到这一步呢？他曾是一个木匠，生活在施瓦布明兴，他曾有过妻子和孩子。小时候他亲眼目睹了把杀人犯贝内迪克特·兰泽处死的情景，那个臭名昭著的专杀女人的凶犯被刽子手打得足足喊叫了两天。这个同时也是强盗的凶犯被绑在大车轮上，对当时的小汉斯来说太惊险了。贝内迪克特·兰泽的喊叫经常回荡在小汉斯的梦中。

即使在现在，汉斯·舍勒有时也能听到他的喊叫。

他从没想到过，自己有一天也会站在斩首台上。可是，有时候真是无法解释上帝所选择的道路。

汉斯·舍勒叹了口气，闭上眼睛，让自己的记忆一幕幕地从眼前闪过。一个张着嘴大笑的小男孩，脸上挂满了粥……自己的老婆正弯着腰洗衣服……一片夏天的麦地，一杯清爽的啤酒……刚刚被锯成板条、还散发着松香的红松木……

有那么多美好的记忆。他可以放心地走了。但是他还欠刽子手一个人情。

昨天夜里他又想起他原先没有注意的一件小事。可是现在，听了雅各布·奎瑟给他讲的事情后，他突然觉得这件小事很重要。

明天去斩首台的时候，他要把这件事告诉刽子手。

汉斯·舍勒靠在冰冷的石墙上，手里捻着小药丸，用口哨吹着一首儿歌。他快到家了。

他叫纳塔内尔兄弟。这是修会很久以前给他起的名字，不知从什么时候起，他把自己真正的名字给忘了。在他生活的地方，太阳从天空照下来，总是金光闪闪，带来无休止的炙热。现在飘下来的雪花对他来说就像地狱的使者。

他身上只穿了一件单薄的长袍，外面罩了一件斗篷，冷得直打哆嗦。纳塔内尔紧紧地咬着牙，硬挺着，他不抱怨。他从前的大师教育他要坚强。他是一条遵从主人命令的狗，主人命令他跟踪这一男一女。如果这两个人找到了宝物，他要马上把他们悄无声息地杀死，把宝物埋好，通知兄弟会。这是他的任务。

他上牙碰着下牙，冻得浑身直抖，把身子紧紧贴在上了霜的围墙上，手里玩弄着一把匕首。飘来的雪花落在他褐色的脸上，融化成水。他出生于卡斯蒂利亚，离豪华的萨拉曼卡城不远；现在的任务对他来说如同上帝的一次考验。是上帝本人将他派到了这个偏僻落后的地方，而且作为惩罚，还把他跟阿芬那留斯兄弟派在一起。

那个长得胖墩墩的斯瓦比亚小个子正靠着墙嘟嘟囔囔地祈祷，那是大师特意为他和奥格斯堡的雅各布斯兄弟选出来的助手。阿芬那留斯学识渊博，没有人能比得上他。他对这件宝物的秘密了如指掌，他能揭开谜底，但是打起仗来却像个老太婆。现在他又开始埋怨起来了。

“耶稣马利亚！我们为什么不能回到住的地方去？”阿芬那留斯说一口地道的斯瓦比亚方言，仅听他讲话，纳塔内尔就会感到浑身发热。“谁能肯定这两个人今天夜里就会溜进教堂呢？”斯瓦比亚人抱怨道，“即使是这样，明天我们仍然能跟踪他们！待在这里挨冻算什么？”

纳塔内尔手里玩弄着匕首，他先把匕首放在食指和中指间，再换到中指和无名指间，然后再返回来。这个动作他可以做几小时，这样他会感到很平静。

“我已经说过多次了，”他生硬地回答说，“我们不能让他们跑掉！这件事情太重要了。还有，如果你先把谜底揭开的话，我们早就回到奥格斯堡了！”

阿芬那留斯兄弟惭愧地低下头，看着地面。“我承认，我低估了那个医生，”他小声地说，“谁能想到‘第一’和‘幸福’这两个词指的是圣普里穆斯和圣费利西亚努斯！至少我在他们之前猜出了那段格言是韦索布伦的祷文。”

“那又怎么样呢？管什么用？”纳塔内尔在手里飞快地玩弄着那把匕首，“那本书在钟楼里！我们把整座该死的修道院都翻遍了！”

“我怎么能知道这个。”阿芬那留斯兄弟带着埋怨的口气说。

他的同伙朝天上骂了一句后，又摆弄起手里的匕首来。与此同时，他不停地琢磨着他们在哪件事情上做错了。事情并没有按计划发展。最初，一切看起来都那么简单。大约是在两星期前，他们这一地区的大师召见他和雅各布斯兄弟。他对他们两人讲，现在发现了基督教有史以来的最大宝藏，而且就在他们的附近，是上帝显灵了！他是被上帝选中的人！

他从没敢想过，上帝会挑选自己来完成这个任务。他是一个被遗弃的肮脏孤儿。他在萨拉曼卡的多明我会修道院找到了一个安身之处。在那里人们马上注意到了他的特长。他很聪明，而且什么东西一学就会。他在街上既有韧性又很敏捷，很多修士无法与他相比。不久，兄弟会的人就找上了他。他们需要像他这样的人，他们经常从多明我会的人中挖掘为信仰而战的人才。但是纳塔内尔与其他人不同，他介于修士和战士之间，就像兄弟会从前的恶敌——圣殿骑士。在西班牙有很多异教徒要被征服，而且教会有时候也需要有人去干一些不干净的事情。没有比纳塔内尔更合适的人选了。

一年前，他被召到了德国兄弟会的会址奥格斯堡。自从德意志帝国大部分的人皈依了路德教后，教会的许多宝藏和圣物都遭到抢劫的威胁。祭坛和神龛都被烧毁了，神像也被砸坏了；在康斯坦茨，那些异教徒竟然把圣康拉德和圣贝拉基的尸骨扔进了莱茵河！纳塔内尔兄弟的任务是，为兄弟会把这些受威胁遭损害的宝物救回到神圣的罗马教会怀中。执行任务的过程中，有时候也要用上他的匕首。

几年前，他认识了雅各布斯兄弟，这个人是德意志地区大师的奥格斯堡助手。雅各布斯是一个上进心很强、十分虔诚的人，他跟自己一样，认准目标绝不妥协，一心捍卫正确的信仰。他们俩一起抢救了许多面临毁灭的教会圣物。圣骨、圣徒像、圣母马利亚的雕像……

但是经历了这么多年的祈祷和等待，纳塔内尔从没想过，自己会被选中抢救基督教会有史以来最大的宝藏。一件五百年前被圣殿骑士据为己有而流失的宝物。现在那个该死的刽子手和他的女儿给他们插了一杠。那两个奎瑟，当然还有那个狡猾的医生！从此，一切都付诸东流。

他身边的阿芬那留斯兄弟仍然在唠唠叨叨地祈祷着，手里攥着胸前那个双横十字架。这是他们的标记。那个胖斯瓦比亚人看来已经承受了再在雪中待几个小时的事实，正在闭眼默诵《圣经》里的一段帮助自制的祷文。

“谁能在我的口上派一个守卫，在我的唇上贴一张稳妥的封条？谁为我的思想手持皮鞭，为我的心手持戒尺？”

纳塔内尔叹了口气。有这么一个斯瓦比亚人帮忙，一开始他觉得很合适。大师从阿尔滕施塔特的神甫诚恳的信中得知，圣殿骑士给他们设了一个难题。异教团的弗里德里希·威尔德格拉夫善于搞字谜。阿芬那留斯兄弟精通《圣经》，是个书虫，只要提一个字，他就能把全段话说出来，而且很熟悉与圣物有关的典故。没有第二个人能跟他相比。可是到现在为止，他还没能帮他们这个小团伙什么忙。真是事与愿违。完成任务后，纳塔内尔将跟大师建议，把这个斯瓦比亚人派得远远的。

但是现在，他还需要他。

尤其是现在，雅各布斯兄弟去奥格斯堡向大师汇报情况，还要再搞些毒药来。纳塔内尔在问自己，这个兄弟为什么那么快就自愿决定，不畏路途遥远赶往奥格斯堡。也许跟他身上不断扩散的皮疹有关，几个星期来他痛苦难耐。总之，雅各布斯兄弟在最近一段时间变了许多。他会突然暴跳如雷，他夜里的大喊大叫让人感到窒息，还有大把大把掉下来的头发……如果一个多年的战友这样离去的话，实在是很悲惨。但是到最后，人总是孤独地离去。

纳塔内尔小心地看了看四周。刚才好像听到了什么响声。几天来，他总感到好像有人在跟踪他们。谁会跟踪他们呢？难道还有人知道这件宝物吗？一个他们目前还有所不知的人？

一声短暂，但却很清晰的怒骂把他从沉思中唤醒。有两个人正悄悄地靠近教堂。广场上的积雪很厚，吞没了他们脚步声，但仍能清楚地听见其中一个人在小声地骂着。纳塔内尔笑了笑。他妈的，那个狡猾的医生永远也学不会悄然无声地溜进一个地方。

这样更好。

医生和他的女伴到了教堂右侧的一个脚手架下。纳塔内尔给阿芬那留斯打了个手势，便跟了上去。突然他犹豫了起来。刚开始他用眼睛的余光只看见了轻微的动静。等他停下来，朝那个方向仔细看的时候，他看得很清楚。

在教堂的左侧是立着很多墓碑的围墙，有三个人影在墙上。他们像鬼魂一样贴着墙，靠近医生和他的女伴。

纳塔内尔拉了拉风帽，把匕首挂在腰间，与地上的雪融为一体。他的感觉没有错。有人跟踪他们。

现在是时候了，他要搞清楚他们在和谁打交道。

西蒙抬头望着结了一层冰的脚手架，满脸疑惑地看着贝内迪克塔。

“真的要爬上去吗？我们会滑下来的，而且……”

但是，女商人已经爬上了脚手架的最底层。西蒙又一次为她的动作灵活而惊叹不已。他想向她说什么，最后还是听天由命，也开始气喘吁吁地往上爬，从底层的脚手架爬到了更高一层。从高处他可以一览整个修道院的院落。除了对面的几扇窗户里透出了灯光，其余的房屋都是黑黢黢的。有一刻，西蒙觉得看见广场上有东西在动，可是因为黑暗和飞雪，他看得不是太清楚。最后，他又集中精力往窗户上爬，贝内迪克塔已经从那扇窗户进到了教堂里。

看来，他们的计划会获得成功。傍晚手工匠没能干完全部的活计，还有一些窗户没有装玻璃。现在，西蒙坐在窗户口上，看着贝内迪克塔把一条绳子系在一根横梁上，然后顺着绳子一点一点地滑到教堂地面。西蒙在胸前画了个十字，搓搓手，也跟在后面往下滑，不一会儿他就双脚落地，小心地向四周看着。

尽管教堂的大门在夜里被锁上了，但是祭坛上的蜡烛和一些许愿蜡烛仍然未灭。忽闪的烛光为教堂罩上一股幽灵般的色彩。手拿宝剑、头上戴桂冠的普里穆斯和费利西亚努斯圣徒骨架站在玻璃棺里，从高高的祭坛上看着这两个溜进教堂的人。

在夜里这个时候，这两位圣徒一点都显不出神圣和拯救世人的样子。西蒙更感到这两具骨架随时都会下来，用他们细细的骨头把教堂里的坏人勒死。但是，他们待在上面一动不动，露出的牙齿显出了凝固的笑容，眼洞黑黑的，没有生机。

“他们两人中会是谁呢？”

“什么？”

西蒙一直凝视着这两个圣徒，一时没有听清贝内迪克塔说什么。

“我是说，在哪个圣徒那里会藏有暗示？”贝内迪克塔又说了一遍，“我们可能没有时间把两口棺材都打开。”

“在哪个……”西蒙想了一会儿说，“他是‘幸福之人’。幸福的人就是找到财宝的人。还有，《马太福音》不是说，第一个也将成为最后一个吗？”

贝内迪克塔怀疑地看看他。“但愿您说得对。”

她慢慢地靠近高坛，最后站在了费利西亚努斯的棺材下。

“如果我踩在您的肩上，或许能够到棺材，”贝内迪克塔说，“我可以试着把它搬下来。”

“可是，这个东西很沉的，”西蒙小声地回答说，“您会把它摔坏的！”

“瞎说，它只不过是只玻璃柜。里面的骨架不沉，只是几根老骨头而已。”

“要是它真的掉下来呢？”

贝内迪克塔朝他笑了笑说："那我们再把这个老费利西亚努斯组装起来。您是医生！"

西蒙叹了口气，跪在地上，让女商人爬到自己的肩上，然后他又摇摇晃晃地站起来。当贝内迪克塔的腿碰到西蒙的脸颊时，一股麻酥酥的感觉马上涌遍了全身。

这简直太妙了，他心里想着。我们正在亵渎一位圣徒的圣骨，与此同时我想着女人的光腿。一次犯下了两个死罪。

贝内迪克塔终于可以用两手抱住那口棺材。她正好能够到棺材的底边。

"现在让我下来，"她小声地说，"要慢点！"

西蒙一点一点地蹲下来，贝内迪克塔紧紧地抱着棺材；棺材在她的手里摇摇晃晃，刮到了高坛的底座，最后到了地面。贝内迪克塔轻轻地从西蒙的肩上跳了下来。

"现在让我们把它打开。"

女商人把棺材轻轻地放在地上，检查着棺材盖。棺材的四边用合金封住。她掏出一把小刀，开始仔细地撬起封印来。

"贝内迪克塔，"西蒙喊道，声音有些沙哑，"我们真的要这么做吗？如果被人发现了，我们都要受到惩罚。舍勒的大轮刑只能算是复活节的游行！"

贝内迪克塔抬头看看他。"我走这么远来这里，可不是为了在最后一刻完全放弃。还是赶紧帮我一下吧！"

西蒙拿出了自己一直带在身上的手术刀，也开始沿着棺材边撬起来。他一点点地撬着，合金软且酥松，所以不一会儿，他们就把棺材盖打开了。

"圣费利西亚努斯，请你原谅我们！"西蒙小声地说着，尽管他不相信上天能接受他的祈祷，"我们做这一切都是为了教会！"

从棺材里冒出了一股发霉的气味。西蒙反感地看着里面已经腐烂、发绿的骨头。骨头是用细铁丝连起来的，吊在棺材的后盖上。死者戴着的桂冠此时歪歪地扣在头上。费利西亚努斯的右手指间放了一把生锈的宝剑。

“宝剑和桂冠是殉难和胜利的象征。”

此时，贝内迪克塔已开始在骨架中搜寻。她把食指伸到头颅的眼洞里，看看里面是否藏了什么东西。

“这里肯定藏有暗示，”她嘀嘀咕咕，“一张纸、一段话什么的。该死，西蒙，快帮我找！我们没有那么多的时间……”

突然，他们身后传来啪的一声。西蒙马上转过身，但是因为黑暗什么都看不见。马利亚神龛上忽闪的烛光在廊柱间投下了一道道的阴影。

“您也听到了吗？”西蒙问。

贝内迪克塔正在检查长了绿毛的胸腔。“啊，是只老鼠，一股风，我怎么知道是什么！快来帮我找！”

西蒙又扫视了一遍教堂的主廊、廊柱、马利亚神龛、忽闪的蜡烛……

西蒙马上打了一个寒战。

忽闪的蜡烛？……

蜡烛一直都是静静地燃烧着，如果现在忽闪起来，就是……

“西蒙，西蒙！我找到了！我找到了暗示！快看！”

贝内迪克塔的喊叫打断了西蒙的沉思。她眼里闪着喜悦的光芒，用手指着那把宝剑。她用刀把宝剑上的锈迹刮了一块下来。

“隐藏在锈迹下面！”她兴奋地说，“您说得对！”

西蒙走到近前，弯下身看着那把宝剑。在锈迹下面露出了一段文字。他只能看清一两个字。

遗产在……

他急忙用自己的手术刀把宝剑上的锈迹刮掉，直到所有的字迹都露了出来。他一边刮着，一边把上面的拉丁文译成德文。

“遗产在施洗者的……”

还没等译完全文，他的身边就闪起刀光剑影，好不热闹。

与此同时，有人正轻轻地敲着雅各布·奎瑟家的大门。第一市长卡尔·塞莫尔的信使（他的私人秘书）脸色苍白，两腿打战，站在门外的雪中。

他并不是因为寒冷而打战。他进了刽子手的屋子后，马上在胸前画了个十字，没有接受奎瑟向他递来的酒杯。他紧张地看着挂在家庭祭坛上方的行刑宝剑。在执行死刑的前一天到刽子手家来，肯定会带来不幸！更何况是在野狼沿着城墙游荡，能把鼻涕冻成冰的三更半夜。可是有什么办法呢？秘书接到命令，必须把这个消息在当天夜里传递给刽子手。市长从他的旅途回来了，他要遵守诺言，把雅各布·奎瑟盼望已久的消息带给他。

“您得到了什么消息？”奎瑟一边问，一边吸了一口冷烟斗，“您也可以面向窗户说，或者把眼睛蒙起来，怎么都行。”

信使害羞地摇摇头。

“那就快点说出来！”

秘书低着头，急急忙忙地讲了塞莫尔市长在旅途中打听来的情况。雅各布·奎瑟一边听，一边往烟斗里装烟草，用炉火把烟斗点着，吱吱地吸起来。他朝屋顶吐着烟圈，让信使感到更加害怕。最后，刽子手满意地咧嘴笑起来。

他没有搞错。

西蒙不知道自己先往哪里看。随着一声巨响，高大的马利亚神龛倒在了地上，摔成了成千上万的碎片。此时，从教堂的右侧长廊传来了一声喊叫。西蒙看见一个身穿黑色斗篷的修士举着匕首从空中飞下来。修士的脚踢在了另外一个人的头上，然后踉跄地倒在了教堂的凳子间。从什么地方又传来了一声哀叫和类似小孩子的哭声。又有一个胖修士气喘吁吁地从马利亚祭坛后面钻了出来，身后跟着两个人，其中一人手里拿着一把上了弦的弩弓。他们都穿着破旧的雇佣兵裤子、长大衣，戴着插有羽毛的大檐帽。拿着弩弓的那个人停了一下，瞄准目标，按下扳机。胖修士只哼了一声，便倒在了圣洗池中。另外一个修士马上转过身，躲过一只迎面飞来的烛台，避过持弩弓者的攻击，以迅雷不及掩耳之势，将手里的弯匕首刺进了那人的胸膛。雇佣兵踉跄地晃了两下，想拔出胸口上的匕首，然后便撞在了墙上的一块墓碑上，顺着墙滑倒在地。墙上留下了一道宽宽的血迹。

剩下的两个雇佣兵马上举起军刀，跑向拿着匕首的修士。修士好像正在犹豫是否跟他们搏斗。突然，他跑向那根仍然挂在窗户洞上的绳子，把沾满血的匕首咬在嘴里，飞快地爬了上去。他的腿在空中荡了一会儿，便消失在教堂的黑暗中。

一切发生得那么快，西蒙只能张着嘴看。终于，他醒过来了。

“贝内迪克塔，快跑！”

“西蒙，不要慌！”贝内迪克塔试图安慰他，“我们必须……”

可是，西蒙已经向门口奔去。突然他又停下了。他忘了什么东西……

那把宝剑！

他们不能把那把刻了字的宝剑留在教堂！西蒙认出了刚才的人。那个手持弩弓的陌生人就是在韦索布伦蹲在树上的那个人！还有一个人在红豆杉林里跟踪了他们。他们肯定也是为了圣殿骑士的宝物。那两个修士呢？也许是罗滕布赫的奥古斯丁律修会修士看见教堂里的光亮，想看看发生了什么事，正好撞上了那几个人。

可是奥古斯丁律修会修士不是穿白色长袍吗？而且那个修士为什么像杀猪一样把雇佣兵给杀了？

西蒙没有时间继续多想。他立即转身，跑了回去，从费利西亚努斯的手里夺过了宝剑。

只听吱的一声，费利西亚努斯的手指骨像五个骰子一样，咕噜噜地掉在了地上。西蒙用双手拿着那把宝剑。他身边的贝内迪克塔仍然站在那里不动。她盯着对面的两个人，显然他们也在犹豫地看着她。西蒙不想给他们留出时间改变想法。

“贝内迪克塔，快，跟我走！”

西蒙像一个暴徒，挥舞着手里的宝剑，向教堂的大门跑去，跑过了地上的马利亚神龛和栽在圣洗池中的胖修士。西蒙看着从圣水中冒出的一团团血云扩散到四周，好像已经魂不附体。他继续跑着，直接跑向那两个人。看见疯狂挥舞宝剑、大喊大叫地冲杀过来的医生，那两个人马上跳到旁边，躲了过去。还有几步就到教堂门口了！西蒙终于跑到大门口，马上想推门出去。

门当然上了锁。

他妈的，不正是因为这个他们才选择爬教堂的窗户吗？！西蒙紧张地看着周围。现在怎么办？拿着这把剑，他根本不能爬绳子。后面的那两个人也慢慢地靠近了他。

突然，他发现在教堂的侧墙上有一扇五彩窗，上面画着圣母马利亚在天使的陪同下升入天堂。与其他窗户不同的是，这扇窗户只有齐胸高。西蒙不再犹豫，马上跑了过去，用剑把那扇精心绘制的窗户打碎，玻璃片稀里哗啦地掉在了地上。西蒙一头钻了出去，落在铺了石砖的广场地面。他的肩很疼，他摸了摸自己的肢体、衣服和头发，满脸都是玻璃碴。鲜血流到了地上的白雪里。

他抬头看看周围。贝内迪克塔跟他一起出来了吗？就在这时，他看见贝内迪克塔的头也从窗户里钻了出来。她像一只猫一样从里面跳出来，接着就地一滚，然后马上站了起来。女商人的脸上也显出了恐惧，西蒙有一种说不出的心满意足。

“快，我们快跑到旅馆去！”她喊道，“那里可以暂时躲一下！”

他们飞快地跑过了广场、结了冰的水井、钟楼，穿越了修道院的花园，跑出了修道院的大门，终于跑到了过夜的旅馆。

敲了三遍门后，睡眼惺忪的店老板才把门打开。

“天哪，这是怎么了？……”老板疑惑地问。

“在街上跟人吵了一架。”西蒙手里拿着那把宝剑，从老板的身边挤了过去。细细的血在西蒙的脸上流淌，他看上去更像一个身材矮小，但却非常暴躁的酒馆打手。“连在修道院的地盘上都不安全，幸好我总是随身带着武器。”

他和贝内迪克塔不再说话，匆匆地跑到上面的房间里。等他把门锁好，向窗外看了一眼后，才感到安全。他一下子倒在了床上，呼呼地喘着气。

“天哪，这些都是什么人呀？”

贝内迪克塔在他身边坐了下来。“我……我不知道。不过下次看到强盗时，我不会再嘲笑您了。”

西蒙开始慢慢地拔脸上的玻璃碴。贝内迪克塔掏出自己的白手绢，为他擦着伤口。

“您看上去像……”

“像一个从酒馆窗户钻出来的醉鬼。谢谢，我知道。”西蒙站了起来，又拿起了那把宝剑。“不管怎样，我们把这把宝剑带来总没错，”他说，“我肯定，那些人已经跟踪了我们很长时间。他们也想找到这件宝物。”

他用手摸了摸剑刃，然后又用自己的手术刀刮上面的锈迹，直到所有的字都露出来了为止。字与字之间的距离很大，分布在整个剑身上。

“遗产在施洗者的坟墓里……”他大声地翻译着，“看来我们不能认为，谜语会变得简单。”

"那您能猜出是什么吗？"贝内迪克塔问。

西蒙想了想说："遗产很有可能就是那件宝物。施洗者可能就是圣约翰。这很简单。可是他的坟墓……"他皱了皱眉头。"我不知道施洗者圣约翰的坟墓在哪里，我想应该是在圣地耶路撒冷吧。"

"可是我们待的地方叫普法芬温克尔，"贝内迪克塔打断他说，"肯定有另外一个意思。您再想想！"

西蒙揉着自己的太阳穴。"请给我点时间。今天发生的事情太多了……"说着，他闭上了眼睛。等他再次睁开眼睛的时候，他看着床上的宝剑，看了很长一段时间。"洛伦茨教堂的弗里德里希·威尔德格拉夫的棺材里虽然有尸骨，但却没有宝剑。"他沉思着说，并用手摸着剑刃。把剑上的锈迹除掉了以后，现在这把剑看上去就像昨天新铸成的一样，闪着亮光。剑柄是银制的，剑格上面刻着花纹。西蒙仔细地看着。

原来是圣殿骑士的十字。

"也许这是德意志圣殿骑士团团长弗里德里希·威尔德格拉夫的宝剑，"西蒙说道，"把他的武器作为谜语，倒是很适合他的做法。够大的。"

"可是，这解决不了我们的难题，这句话到底意味着什么！我们明天一早就……"

有人敲了一下门。

"会是谁呢？"西蒙站起来，走到门口，"也许是店老板……我告诉他一切都好，没事。"

等他把门打开的时候，看到的却不是店老板，而是一个他此时预想不到的人。

这是纳塔内尔兄弟一生中的又一次逃跑，但是每次他都祈求上帝原谅自己。他揉着自己的左肩膀。他以为肩脱臼了，疼得要死，但是好像还好好的。当他的脚踢到那个人的脸上时，他撞到了教堂的一张凳子上。他靠着一只好手才爬上了绳子。尽管疼得很厉害，纳塔内尔还是笑了笑。至少他把一个异教的浑蛋送到了地狱。现在他站在教堂广场的一个阴暗角落里，嘴里唠唠叨叨地念着忏悔祷文。

“我罪，我罪，告我大罪……”

他刚才杀人，像他从前干过的一样，完全出于必要。是以教会的名义干的。尽管如此，他仍然犯下了弥天大罪。今天夜里纳塔内尔就要用鞭子抽自己来接受惩罚。

他站在那里观察着广场上的动静。教堂里的噪声马上引来了几个为夜间祈祷而醒来的奥古斯丁会的修士。尽管已是深夜，仍然跑来了一大群人，有手工匠、农民；修道院院长正和几个修士朝教堂跑来。已经有人大喊：“魔鬼来了，魔鬼窜到罗滕布赫来了！”也有谣传说，上帝因为修道院院长的建筑狂热而显灵。

等这伙人跟着米夏埃尔院长进了教堂后，马上传来了哭天抢地的哀号。纳塔内尔猜想，修士们肯定是看到了地上被打开了盖的费利西亚努斯的棺材。他自己也承认，看上去确实不是很美观。如纳塔内尔亲眼所见，殉教者的骨架已经支离破碎。真是对圣徒的亵渎，恐怕就连教皇也无法弥补。也许教士喊叫也是因为看见了那个摔得粉碎的马利亚神龛、倒在地上的凳子、打碎的玻璃，或者是那个被刺死的雇佣兵。

当然，也看见了阿芬那留斯兄弟的死尸。

纳塔内尔十分肯定，他已经死了。没人能在背后射来的弩箭下死里逃生，尤其是他后来一头栽进了圣洗池中。纳塔内尔兄弟感到了一种轻松。没有那个胖阿芬那留斯，他可以神不知、鬼不觉地快速行动。那个修士反正在揭开谜底的事上帮不了大忙。纳塔内尔决定，他从现在开始就只跟踪医生和他的女伴。等他们揭开了谜底，就把他们干掉，最后，只剩下这几个陌生人。

纳塔内尔的感觉没有错。他们确实被人跟踪着。没能早点发现这一点，让他很生气。还有，这些人也很厉害。动作敏捷、悄然无声、下手无情。他们显然也是在寻找宝物。尽管他们只有两个人，但是他从现在起要事事小心。

他又想了一遍，怎么会卷入这场搏斗呢？当纳塔内尔注意到有三个人爬进教堂的时候，他和阿芬那留斯紧紧地跟在后面。可是，还没等那个胖子爬上脚手架，那三个人就在教堂的黑暗中消失了。最后是阿芬那留斯兄弟以他特有的方式发现了他们。他踩在了躲在窗帘后面的一个人的脚上！

自那以后，一切发生得太快了。现在，罗滕布赫被瑞典人袭击后，又经历了他们最黑暗的日子——阿芬那留斯被箭穿胸，漂浮在圣洗池中。

教堂的钟声敲响了。纳塔内尔离开了广场，此时广场上聚集了许多人，各个举着火把。他犹豫了一下，考虑是否回到他们离西蒙和贝内迪克塔的旅馆不远的住处。他和阿芬那留斯自称是云游的多明我会修士，所以奥古斯丁会的修士给他们在修道院里找了两张床。可是现在阿芬那留斯的尸体躺在教堂里，回修道院很危险。所以他在附近找了一个草棚，想在暖暖的干草中等到天明。

等他打开草棚的门，想悄悄地溜进去的时候，他在外面所看见的让他的心跳得很快。救兵来了！他马上朝着天念了一段祷文，吻了吻胸前的十字架。

上帝没有抛弃他。

“您要向我解释一下才行。”奥古斯丁·波南迈尔说。

施泰因加登的修道院院长鼻子上架着眼镜，像一个愤怒的教师似的看着眼前目瞪口呆的西蒙。修道院院长不请自入，走进了房间，并把身后的门关上。贝内迪克塔羞愧地坐在床上。外面响起了钟声。

“你们匆匆离开后，修道院院长向我提起了可怜的德·布永夫人，她的孩子得了不治之症，我当然感到很吃惊！”波南迈尔解释说，“我问自己，一个兰茨贝格的女商人——她的哥哥刚去世——为什么要编出这么一套谎言来。”他把脸转向贝内迪克塔。“或者您真是德·布永夫人，先前对我说了谎？说！”贝内迪克塔只是沉默地摇着头。

“神甫大人，让我给您解释……”西蒙插话说，但是马上又被波南迈尔打断了。

“半小时前，当我看到圣费利西亚努斯的尸骨遭到前所未有的亵渎后，我的惊奇变成了不信任！”修道院院长摇着头，好像是看见了地狱里的深渊，“被亵渎的正是德·布永夫人和她的随从今天早上想要见的圣骨。这是一个多么令人惊讶的巧合啊！”波南迈尔又把脸转向西蒙。“说，这里演的是什么戏？快说，免得我一会儿忘记了救世主对我们的关于友爱和谅解的教导！”

西蒙忍了忍，紧张地想着如何从这个越勒越紧的绳套里逃出来。下面很可能已经站满了罗滕布赫的官兵，正等着把他们抓起来，关进地牢里。接下来的事便如教堂里的“阿门”一样无可置疑，即酷刑拷打、判处死刑、一个远远无法与舍勒相比的死刑处决。亵渎圣骨！也许刽子手还会把他们的肚子挖开，把他们的五脏六腑挖出来，然后把他们扔进柴火堆里，活活地烧死。

与此同时，西蒙突然想起来，这个刽子手不是别人，应该是雅各布·奎瑟！自从罗滕布赫的刽子手死了以后，雄高的刽子手接管了这一带的事情。奎瑟将用空洞的眼神看着他们俩，也许还会摇摇头，然后把他们像屠宰场的废物一样，用兽皮包起来，扔进火堆里。

而且，玛格达莱娜要眼睁睁地看着……

可是，也许能找到一条出路。医生决定向波南迈尔摊牌，实话实说。他看了一眼仍然坐在床边上的贝内迪克塔。她朝他微微地点了一下头。

“不是您想象的那样，”西蒙说，“这个女人确实是安德烈亚斯·考普迈亚的妹妹。她的哥哥发现了一个秘密，我们估计他就是因为这个秘密而身亡的……”

然后，西蒙向施泰因加登的修道院院长讲了洛伦茨教堂的地下墓室、那些谜语，而且他们怀疑，这一切都跟圣殿骑士的神话般的财富有关，他们找到了线索。他向修道院院长讲明了一切，把自己的命运交给了他。

在西蒙讲述的时候，波南迈尔在房间里唯一的一张凳子上坐了下来，仔细地听着。等西蒙讲完了，他呆了好久，没有吱声。外面的钟声仍然在响。最后波南迈尔把脸转向西蒙。

“揭开谜语能找到流失了几百年的宝藏！”他摇了摇头，“西蒙，要么是您疯了，要么这是一个异教徒嘴里说出的弥天大谎。”

“这一切都是真的！”西蒙喊道，“上帝帮我作证！”为了证明自己的话，他从床上拿起了那把宝剑，递给波南迈尔。波南迈尔用手摸着剑刃，读着上面的文字。

“遗产在施洗者的坟墓……”

他抬起头看着他们说：“这个证明不了什么，只是一句刻在剑上的铭文。再说了，谁能证明这是圣费利西亚努斯手里的宝剑？这也可能是您自己的宝剑。”

“那您去问米夏埃尔·皮斯卡托！”贝内迪克塔插话说，“他肯定能证明这就是圣骨棺材里的宝剑！”

“这样的话，我就要把你们交给奥古斯丁会的修士。亵渎圣骨是教会中最大的罪行。你们会被活活地扒皮……”

“我提个建议！”西蒙马上说，“我们一起找这件宝物！如果我们找到了，证明我们没有说谎，我们就把所有的钱都捐给施泰因加登的修道院。没人知道是谁亵渎了费利西亚努斯的圣骨。”

奥古斯丁·波南迈尔皱了皱眉头。“让我跟异教徒和教堂的亵渎者结成同盟吗？”

“都是为了教会嘛！”西蒙马上接过话说，“您什么都不会失去。如果我们找不到那件宝物，您仍然可以把我们交出去。”

修道院院长想了好久。外面又传来了教堂的钟声和人们的喊叫。显然罗滕布赫的人仍然相信是魔鬼进了修道院。

但愿他们不要到旅馆里来找，西蒙绝望地在心里祈祷着。

最后，波南迈尔清了清嗓子说：“那好吧，我冒这个险，但是有一个条件。”

“什么条件都行。”西蒙说。

“你们俩从现在开始受我的监管。在罗滕布赫，你们反正是不安全的了。米夏埃尔兄弟并不傻。他不久就会派人寻找一个法国女人和她的随从。所以我们现在就回施泰因加登。”说完，他拿起了那把宝剑，打开了门。直到现在西蒙才看到，门外站着两个彪形大汉，也是一副修士打扮。当修道院院长看到西蒙吃惊的目光时，马上介绍说：“这是约翰内斯兄弟和罗塔兄弟。两人都刚刚入教，还没有正式宣誓，所以还不受非暴力的约束，仍然具有从前的……经验。”他一边下楼梯，一边说：“你们以为我会独闯两个教会罪人的房间吗？”

西蒙和贝内迪克塔跟在修道院院长的后面，紧跟着他们俩的是那两个目光冷峻的修士。

在外面停着一辆带棚的雪橇，拴了四匹黑马。西蒙看到，他和贝内迪克塔的两匹马已经被拴在了雪橇的后面。他们将悄无声息地离开这里。大家默默无言地在雪橇上坐了下来。两个新修士面无表情地看着夜空，但是西蒙知道，只要稍微有一点逃跑的迹象，这两个身穿长袍的打手就会立即行动。

啪的一声，鞭子在空中甩了一下，四匹马拉的雪橇便滑行起来。就在雪橇在转弯处快要消失的时候，一个人跳出来，从后面跳上了雪橇。他毫不出声地爬上了雪橇的棚顶，趴在上面，忍受着寒风。

第十二章

死刑定在星期六的中午十二点。

一大早就有人从周边的村子赶来看热闹。在市场的摊位上，商贩们叫卖着滴着油的香肠和热调味酒，让每个人都脸蛋红红的，眼睛放光。一个磨刀匠扛着磨石进了硬币胡同，吆喝着招揽生意。在昨晚临时搭起来的小棚子里卖着各种铜锅、瓷盆，还有苹果干。空气闻上去有一股烧木炭的气味、马的汗味和踩散了的牛粪味。人们高声地谈笑着，不时地朝地牢方向偷偷地看一眼；地牢大门左右两边仍然站着士兵。

终于，在十一点半的时候，死亡的警钟敲响了，钟声很尖厉，让人群马上静了下来。所有的人都把目光投向了地牢的大门。大门吱的一声打开了，从里面走出了一队衣衫褴褛的人。

雄高的人都开怀大笑，对那一队走近的人指指点点。这一队穷酸潦倒的人就是舍勒的团伙吗？昨天晚上还有一个强盗冻死了。剩下的五个人踉踉跄跄地走着，眼睛直视前方，脸上青一块紫一块，而且还脏兮兮的，他们的手都被绑了起来。在行刑那天每个死囚都得到两升酒，被他们几口就喝干了；所以每个人都要很费力才能站稳脚，早上在神甫面前的忏悔也相应地变得结结巴巴、含混不清了。

走在后面的是强盗的女人和孩子。有一个女人身上还背着一个哭喊的婴儿，还有一个女人正推着一个哭泣的小男孩往前走。小孩想跟喝醉了的父亲拉拉手，但是每次都被哨兵推开了。

刽子手走在最前面。天气很冷，但他在白色的亚麻衬衫外面只罩了一件皮猎装；他的手上戴着手套，等死刑执行完毕后，手套要被烧掉。他今天放弃了平时常戴的大檐帽，让长长的黑发和张牙舞爪的连鬓胡子随风飞舞。雅各布·奎瑟右手拿着一根如拐杖一样的长长的铁棍。用这根铁棍，他将在半小时之内把舍勒全身的骨头打断。

人群欢呼着，朝强盗们扔雪球、啃完的骨头和面包块。汉斯·舍勒走在中间。他挺胸抬头地往前走，看上去很镇静。虽然脸上受了伤，但是他看起来仍然庄严不可侵犯。周围的人们能感到他的威严，企图吓唬他。

“嘿，舍勒！”有人喊，“你的骨头都躺疼了吧？一会儿还要更疼呢！”

“奎瑟，你要先打他的腿！先把他的腿打断！这样他就不会跑了！”

雄高的人都跟着大笑起来，但是雅各布·奎瑟根本不看他们一眼。他六英尺高的身材，在这些人中看上去就像一座高塔。如果人群靠得太近了，他就在空中挥舞一下那根铁棍，好像是在赶几条吠犬。

在市场广场，他们见到了议员和法院记录官莱希纳，他将作为选帝侯的代理主持今天的处决。他看了一眼这群穿着破衣烂衫的强盗，向雅各布·奎瑟点点头，然后走出了侯府大门，上了去阿尔滕施塔特的公路。一队吵吵嚷嚷的人跟在后面，走在一片白色的雪景里。一个艺人拉着三弦琴，伴着大家熟悉的调子，唱着自编的歌词。

“舍勒·汉斯，舍勒·汉斯，一会儿就要被人打死……”

等到了斩首台的时候，约翰·莱希纳认可地看着眼前清扫得干干净净的野地，地上没有任何积雪。刽子手这两天确实干出了一番成绩。除了那个为大轮刑准备的近两米高的木台外，雅各布·奎瑟还在冻得硬邦邦的地上插进了三个木桩，又用横梁把三根木桩连成三角形，以便系上四个绞刑套，为其余的四个强盗备用。在最前排，他给议员大人们摆上了椅子，其他的人只能站在后面观看。

死亡的钟声仍然回荡在空中。等大家都到了刑场后，法院记录官走上了那道狭窄的台阶，到了木台上面。他用两手举起了一根黑色的细木棍。一时间，各种声音都消失了。只能听见城里传来的钟声。啪的一声，他把手里的细木棍掰断了。莱希纳高声朝着人群喊道："以尊贵的斐迪南·玛里亚的名义，我荣幸地被任命为法院记录官，身为他的代理，我现在宣布，开始执行死刑。"

人群一下子欢呼起来，打破了刚才的寂静。又有人扔来雪球，强盗的女人们不得不蹲下来。她们拽着孩子跑到绞刑架后面躲了起来，两个差役设法保护他们，不让他们遭到雄高人的毒打。除了汉斯·舍勒外，其他男人的尸体都可以被家人收走、埋掉。幸亏刽子手说了好话，才让他们获得如此之大的恩典，他们都很感激。雅各布·奎瑟原本有权利要求获得尸体和衣服。用人油、人皮，还有八个窃贼的大拇指，他能做一笔很好的交易。

越来越多的人拥向仅用绳子简单地圈起来的刑场。雅各布·奎瑟看着那些垂涎三尺、因仇恨而变形的面孔，那些因为热酒而变得透明、贪婪的眼睛。

我在看着地，他心里想着。

仍然有人扔来雪球和冰块。一块冰打在了一个强盗的脸上，鲜血马上流了出来。强盗似乎因为喝下两升酒而感觉不到任何疼痛，他只是轻轻摇晃了几下，就连他小儿子的哭声也无法把他再唤回到这个世界上来了。

"快行动吧，"莱希纳小声地对着刽子手的耳朵说，"这些人要见到血。如果你再不下手的话，他们将要看到你的血。"

奎瑟点点头。以前确实经常发生这样的事，如果死刑不像人们期待的那么好，剑子手最后自己也会被人处死。如果刽子手一剑下去人没死，或者一剑下去没砍到位，或者狂杀死囚，他自己很快就会被吊在一棵树上，或者吊在绞刑架上。

雅各布·奎瑟攥紧了拳头，让每根骨头都咯咯作响；这是他开始行刑的一种仪式。他往上拉了拉手套，朝绞刑架走去。

他很快就把四个强盗无声息地吊了起来。刽子手干着这一切，就像一个木匠在搭房顶或者在做一张桌子一样自然。雅各布·奎瑟先带着死囚一个接一个地上了绞刑架的梯子，将绳套套在死囚的脖子上，把绳子在木桩的横梁上绑好，然后他从梯子上下来，最后把梯子拿开。

那些人在空中只踢了一会儿，裤子上湿了一片，然后便像稻草人一样在风中摇晃起来。只有第四个强盗取悦了雄高人，在空中折腾的时间长点，但是最后也完蛋了。

对看热闹的人来说，这并不是什么新鲜事。他们每年至少都能看到一次。但是这只是序幕，好戏还在后面呢。

刽子手看了汉斯·舍勒一眼，土匪头子攥紧了拳头，朝刽子手点点头。然后他登上台阶，走到木台上。

当舍勒站在木台上时，人群中传来一阵长长的欢呼声。舍勒最后扫视了一遍眼前的风光，看着远方的山脉、森林、平缓的山丘。他闭上眼睛，深深地吸了一口一月的寒风。

人还会死在更糟糕的地方，刽子手心里想着，比方说在战场上。

奎瑟手里拿着铁棍，也来到木台上，示意舍勒躺在地上。在木台的一角放着一只用铁皮加固过的大车轮，一会儿，土匪头子将被绑在上面。在木台上，每隔一段距离就插了一个木楔，这样舍勒的肢体就不会平平地躺在上面了。通过这种办法很容易把骨头打断。刽子手将从小腿一点一点地往上打。最后的一击也叫恩典棍，正好打在颈椎上。在那些特别遭人怨恨的犯人身上，他往往免去这一击，把死囚绑在大车轮上，放在露天，让他们慢慢地死去。

“请等一下，奎瑟，”汉斯·舍勒说，“我谢谢你，你……”

刽子手摆摆手。“不用谢。把毒药吃下去，闭上嘴。”

舍勒摇摇头。“还有一件事，你要知道。当我们袭击那三个强盗的时候，我们不仅发现了一瓶香水，还发现了别的东西。我把它全忘了，昨天晚上才想起来。”

刽子手把目光从舍勒身上转向下面沸腾的人群。下面的人变得有些不耐烦了。

“奎瑟，上面怎么了？”有几个人喊道，“你要把他的骨头打断，而不是听他的忏悔！”

有人开始朝刽子手扔雪球，雪球正好打在他的脸上。奎瑟擦掉脸上的雪，不耐烦地看着土匪头子说：“有话快往外吐！快点！”

汉斯·舍勒告诉了刽子手他们在那三个强盗的篝火边发现的其他东西。刽子手不动声色地听着。在下面人的眼里，好像是土匪头子最后一次哭着恳求刽子手大发慈悲。讲完后，舍勒低下了头，小声地念了一段祷文。

“我谢谢你，”雅各布·奎瑟小声地说，“如果有一个公正的上帝，那些人不久就会去找你们。现在该结束了。”

汉斯·舍勒松开了拳头，把那颗小药丸塞进了嘴里，咬了一口。

他只听到很轻的一声“嚓”。

在黑暗像夏天的暴雨一样袭来之前，他及时地躺在了地上。

玛格达莱娜把祭坛上的丝绸推到了一边，然后把自己袋子里的药草都倒在了上面。她眼前马上出现了一堆红色、黑色的小果子，一束束药草和晒干的花瓣。就连那块粪石也还在里面！小袋子在她的裙子下面经历了这么远的路途后受潮了，而且受到了挤压。就连最里面的药草看上去也不会派什么大用场，有些已经开始发霉了。尽管如此，玛格达莱娜还是希望这些药草在她的计划中能起作用。

其实她只需要两种东西。

当她在教堂的凳子下面发现了这只小袋子的时候，她又想起，奥格斯堡的药剂师内普慕克·比尔曼在雅各布斯兄弟进到药店之前，都给她配齐了哪些东西。她差不多把所有的药草都装进了袋子，而且还把桌上给别的客户准备好的药草也装了进去。玛格达莱娜努力回忆着比尔曼都给她装了什么。

麦角、艾草、贯叶连翘、瑞香、颠茄、曼陀罗……

不一会儿，她就在药草里找到了那些小小的干果。它们虽然很小，却可以致人于死地。颠茄和曼陀罗在接生婆和刽子手那里都被认为是很强的毒药，但是也可以当药用。拥有这两种东西是要受惩罚的，因为用它们可以配制著名的女巫药膏，魔鬼撒旦的女伴们用它擦飞行扫帚。玛格达莱娜不知道这些说法是否正确，但是她知道，这两种植物会让人产生噩梦和疯狂的幻想。谁吃了它们，可能真的就能飞起来。可惜很难掌握好曼陀罗的用量。有不少人吃了它以后真的升天了。

玛格达莱娜又想起了帕拉切尔苏斯几百年前讲过的一句话。

毒与药的区别在于剂量……

她严峻地点着头。雅各布斯兄弟应该得到一个直飞地狱的剂量。

玛格达莱娜用指尖把颠茄和曼陀罗籽都挑出来，后者看上去就像老鼠的黑粪粒。她不时地看着门口，怕雅各布斯兄弟又不请自来。但是什么事都没有。

等玛格达莱娜把所有的颠茄和曼陀罗籽挑出来后，她四下看看，想找一件东西当药臼。她的目光落在了一个装饰祭坛的耶稣小铜像上。她把铜像拿下来，用救世主的脑袋把两种药研成了粉末。刽子手的女儿知道，上帝肯定会原谅她这个小小的过错。

但是他是否也原谅她杀人呢？

也许雅各布斯兄弟根本不会死，他只会陷入一种昏迷状态。看着眼前的剂量，玛格达莱娜对此深表怀疑。

在祭坛上摆着一只盛圣酒的酒杯。雅各布斯兄弟已经习惯于每天和玛格达莱娜一起举行一次圣餐礼。刚开始她拒绝参加，但是后来她听天由命，也参加了这个仪式。修士每次给她送的饭只有面包、水和一盘毫无味道的稀面汤。葡萄酒至少能唤醒玛格达莱娜对生活的热情。另外，她不想过于刺激雅各布斯。刽子手的女儿此时已十分肯定，这个修士疯了。他的举止跟他的病有关，总之，他的行为变幻莫测。

玛格达莱娜眼睛不离开门，把药粉倒进了酒杯里。然后她用手指在里面搅了几下，最后把祭坛的丝绸盖好。现在酒里掺进了十粒颠茄籽和十粒曼陀罗籽。她没敢多放，她害怕雅各布斯兄弟在喝酒的时候能尝出毒药的味道。

她跪在教堂的凳子上，双手合十，开始祈祷，等着雅各布斯的到来。

在敲十二点钟的时候，门准时开了。

“玛格达莱娜，我看见你在祈祷。这很好，很好，”雅各布斯兄弟说，“如果你自己祈求上帝，魔鬼就更容易从你体内出来。”

玛格达莱娜垂下了眼帘。“我已经感到上帝离我很近。雅各布斯兄弟，今天中午还允许我接收圣餐吗？”

雅各布斯微笑着说：“允许你。但是我们事先要祈祷。”

在雅各布斯唠唠叨叨的拉丁文中，玛格达莱娜感到就像淋了一场夏天的热雨。她静静地等着自己终于可以走到祭坛的那一刻。雅各布斯会喝出酒里的毒药味吗？如果喝出来，他会做出什么反应呢？

他会强迫她把酒喝下去吗？

祈祷终于结束了。他们跪在祭坛前，雅各布斯兄弟开始举行圣餐礼。他一手拿着圣饼，一手把酒杯举在头上，嘟嘟囔囔地念诵着圣酒转化成耶稣鲜血的话。

“这是我的血，是为立约的，为许多人流出来，使罪得赦。你们每逢喝的时候，要如此行，为的是纪念我。”

说完，他把酒杯送到嘴前，喝了一大口。玛格达莱娜目瞪口呆地看着他嘴角滴下来的酒滚过他没有刮过胡子的下巴，最后滴到祭坛上。雅各布斯擦了擦嘴，把酒杯递给了玛格达莱娜。

他没有感觉到。

刽子手的女儿往酒杯里看了一眼，一下子惊呆了。药粉没有融化！在杯底有一层沉淀物，另外，雅各布斯把酒仅喝了一半！药剂还够吗？

玛格达莱娜微笑地看着修士，拿起酒杯，假装抿了一口。

“你今天喝得很犹豫，刽子手的女儿，”雅各布斯说，“你怎么了？”

“我……我头疼，”玛格达莱娜镇定地说，并把酒杯放回到祭坛上，“喝酒让我感到很疲劳。我今天要保持头脑清醒。”

“为什么？”

“我想告解。”

修士惊奇地看着她，但是同时也感到很高兴。

“现在吗？”

玛格达莱娜点点头。告解是她临时想出来的，但是很正确。她要让雅各布斯在教堂至少还待上半小时。如果修士离开后再倒下，对她来说有什么用？如果她倒霉的话，她将在这里慢慢地渴死、饿死。没人知道，没人听到，在门前躺着一具腐烂的尸体。

“我们这里没有告解室，”雅各布斯说，“但是没关系。我就坐在教堂的凳子上听你的告解。”

他紧挨着她坐下来，她可以闻到堇菜花香味掩盖下的伤口溃烂的臭味。

“愿光照人心的天主，帮助你认识你的过失，及信赖他的仁慈……”

玛格达莱娜闭上眼睛，集中精力。她希望在毒药起作用之前，自己能想出足够的罪过。

“你跟我耍了一个花招，奎瑟！”约翰·莱希纳大喊道，并用手指点着刽子手的胸膛，“而且不仅仅跟我一人！每个雄高人都被你牵着鼻子走了一遭！这会留下后患！”

雅各布·奎瑟两臂交叉抱在胸前，向下看着比自己差不多矮两头的记录官。但是如果比起愤怒和意志来，这个人可以跟任何人较量。在死刑执行完毕后，法院记录官马上把刽子手叫到自己的办公室。他仍然因为那个让人失望的大轮刑而怒气冲天。

土匪头子汉斯·舍勒在木台上没出一声，连轻轻地哼一声都没有，尽管刽子手把他的每根骨头都打断了！莱希纳只听到“砰”、“嚓”地响着，直到最后刽子手才把颈椎打断。下面围观的人也都暴跳如雷。他们等待的是血淋淋的好戏，可是他们所看见的只是一个刽子手很单调地打着一个死气沉沉的人体。

记录官坐在了最前面一排，所以能看见土匪头子嘴边露出的近乎讽刺的微笑。舍勒像睡觉一样闭上了眼睛，肢体松懈得很奇怪，近乎是一种放松状态。罪犯逃脱了他该受到的惩罚，而且莱希纳敢肯定，是刽子手从中做了手脚。

“我目前抓不到你的把柄，”记录官怒斥道，“但是，有一点可以肯定，我能找出来，到时候让上帝怜悯你吧！我把奥格斯堡的刽子手叫来，让他给你上大轮刑！而且要好好地执行！”

“大人，我不知道您在说什么。”雅各布·奎瑟保持镇静，只有仔细看才会发现，在他浓密的大胡子下隐藏着两个浅浅的酒窝。“经常会发生死囚因为害怕而昏死过去的情况。这个我无法改变。”

“胡说八道，你事先给了他药！还是承认吧！”约翰·莱希纳又坐回到自己的桌子后面，用鹅毛笔在羊皮纸上刷刷地写着。“是时候了，我要把你那些该死的瓶瓶罐罐都没收了。你知道，我能这么做。”他的声音带着威胁，“你没有权利给人治病。只有医生才被允许治病。在别的城市，早把你的许可证给撤销了。”

“这样的话，我也不能配制大人跟我要的药水了。等回家后，我马上把罂粟花扔到莱希河去。”

“不要说了。”记录官好像又平静了一些，“我并不是这个意思。你还是想法子制止那种发烧病吧。如果你能把这种病治好，按照我的意思，你随便卖什么都行，爱情药水、蟾蜍卵、绞绳，直到你没东西卖为止。现在，赶紧滚出去，我很忙！”

雅各布·奎瑟沉默地鞠了一躬，从小门走了出去。莱希纳久久地看着他的背影。真是一个犟脑壳！根本就不看什么对城市有用，什么没用！记录官揉了揉太阳穴，看着今天早上收到的信。信里又要求他，让刽子手只管自己的事。

莱希纳轻轻地骂了一句。他妈的，这个写信的大人是怎么想的！他难道是雅各布·奎瑟的保姆不成，要天天地看着他？再说了，这个人有什么权力在他的城市发号施令？莱希纳只接受慕尼黑下来的命令，选帝侯本人或者选帝侯公使下达的命令，怎么会让教会里的一个神职人员随便调遣！

他拿起信封，看了看教会的印章，然后又看了看里面。里面没有像上一次放金币或期票什么的！

他把这封信撕得粉碎，然后把碎纸片全都扔进了火炉里。让这位大人亲自去管刽子手好了。他还有更重要的事情。

不久，刽子手就回到了位于制革区的家里。他女人安娜·玛丽亚正坐在厨房的桌前擦眼睛。

“什么事，老婆？”刽子手问，“是因为双胞胎的事吗？”他把手放在老婆的肩上安慰她，一下子感到了酒精和疲劳的影响。“坚强些。不会是那种发烧病。”

安娜·玛丽亚叹了口气。昨天夜里她几乎没有得到安宁，每次刚刚入睡，就被两个孩子的咳嗽声吵醒了。她也认为他们得的只是一般的感冒咳嗽。其实，她更为自己的丈夫担心，他在行刑的当天早上还喝得酩酊大醉。刽子手的女人整夜都听见他一会儿胡言乱语，一会儿又破口大骂。他大骂世界的堕落，特别是雄高人的道德败坏。安娜·玛丽亚·奎瑟知道，在这种情况下自己帮不了丈夫。所以她就眼睁睁地躺在床上，想着玛格达莱娜。

玛格达莱娜，她如同宝石一样珍贵的大女儿，既顽固又无拘无束，像她父亲一样，到现在还没从奥格斯堡回来。

安娜·玛丽亚坐在桌前，因为苦恼什么都吃不下去。桌上的面包她连动都没动一下。她丈夫现在也不能安慰她。为女儿担心，让她看上去比四十岁要老一些。她从小就引以为傲的长长黑发中已经露出了几绺白发。这一头黑发她也遗传给了自己的女儿。

“玛格达莱娜已经走了一星期，”她唉声叹气地说道，她丈夫的手仍然放在她的肩上，“这有些不对劲。”

“这有什么，”刽子手瓮声瓮气地回答说，“她肯定是在奥格斯堡玩起来了。等回来了，我先打她一顿，就好了。”

安娜·玛丽亚·奎瑟把丈夫的手从肩上推开，立马站了起来。“我敢肯定，是她出了什么事！一个母亲能感觉到。”说完，她一脚把一张小板凳踢到了墙角。“你不管女儿，反而让那个莱希纳指使你到林子里捉土匪强盗！他没有士兵吗？”

雅各布·奎瑟沉默不语。他女人一旦发起火来，谁都制止不了。顶着风走，不如等风停了再走。刽子手的女人一旦发起火来，常常大吵大骂几个小时，可这次她的气很快就消了。

“你给莱希纳和他的那些胖市长们砍头杀人就够了，”她大声地喊着，“这种肮脏的勾当！让那些高贵的大人们自己把手沾上血呀！”

雅各布·奎瑟咧着嘴笑了笑。他爱自己的女人，也爱她的脾气。“我在今天的大轮刑上至少把他们的水给搅浑了。”说着，他给自己倒了一大杯淡啤酒，一口气就喝光了。“至于玛格达莱娜嘛，你不要担心。她会照看自己的。”他用长满汗毛的手背抹了抹嘴唇上的啤酒沫，“她跟西蒙不一样。西蒙正处于危险中，可他自己还不知道呢。”

刽子手的女人马上瞪起眼来。“你别在那里自作聪明，胡说八道。你从哪里知道得那么详细？”

雅各布·奎瑟抓起桌上的面包，转身就走。

“我就是知道嘛。”说完，他连头都没回一下就走出了门，“我要去救西蒙这个大笨蛋。我欠他的。”

刽子手迈着大步走上了莱希桥，把气哼哼的女人一个人留在家里。

“这可倒好！”她朝着他身后大声喊着，“宁可去救那个细皮嫩肉的医生，也不管自己的女儿！见鬼去吧，你这个死脑壳的男人！”

可是雅各布·奎瑟什么都听不见了，他早已消失在风雪中。每走一步，他的头都跟着一跳一跳地疼。

他心里暗暗地骂着，同时希望对医生来说一切还不是太晚。

西蒙弯身看着一本带有彩色绘画的《圣经》，把身边的咖啡杯子撞翻了。棕色的液体洒在桃木桌面上，流到打了蜡的地板上。

“噢，他妈的！”他大声喊道，“对不起。我可能有些累了。”

“不要骂人。上帝会惩罚所有的恶言恶语，即便是有骂人的原因也不行。”奥古斯丁·波南迈尔透过夹鼻眼镜谴责地看着医生，“您面前的《圣经》值几百个古尔登。您要珍惜。”

西蒙点点头，把桌上的咖啡用一片自己写满了字的羊皮纸擦干净。今天一大早，他和贝内迪克塔就坐在施泰因加登修道院的图书馆里。他们一起研读了好多关于普法芬温克尔地区与《圣经》有关的地方的书籍，试图找出罗滕布赫谜语的答案。他们周围堆满了书、大厚本子、羊皮纸卷，西蒙又仔细地看了一遍弗里德里希·威尔德格拉夫的卖地契约。但是直到现在，他们仍然是一无所获。

奥古斯丁·波南迈尔不时地进进出出，看看是否有什么问题；上一次来，他还特意为西蒙在厨房里煮了一杯咖啡。往常由那种黑豆子煮出来的棕色液体能帮西蒙很大的忙，但是这次却不起任何作用。

西蒙很难集中精力，这也跟那两个修士罗塔和约翰内斯有关。这两个人是被派来专门看护他们的，坚守职责，寸步不离图书馆。施泰因加登的修道院院长把他的威胁付诸行动，连眨眼的工夫都不放过西蒙和贝内迪克塔。他们坐着马拉的雪橇，在一片漆黑中回到了施泰因加登，他们两人各在一间外面上了锁的房间过了一夜。西蒙知道，在他们能证明一切之前，他和贝内迪克塔在修道院院长的眼里是两个亵渎教堂的罪人。

为了不被判处死刑、不被分尸，他必须把这个该死的谜语的谜底揭开！

他又看了一眼写在纸上的那句话。

“遗产在施洗者的坟墓里……”他小声地念着，“这个一点用都没有。我不知道哪里有施洗者约翰的坟墓。您呢？”

他把脸转向奥古斯丁·波南迈尔，后者正站在西蒙的身边，看着他手里的纸条。修道院院长皱了皱眉头。

“在圣地耶路撒冷确实有一个地方能找到这座坟墓。可是……”

“这也帮不了我们什么，”贝内迪克塔打断他的话说，“宝物应该藏在普法芬温克尔，不是在圣地耶路撒冷！在这一带难道没有什么被称为‘施洗者的坟墓’吗？”

奥古斯丁·波南迈尔仔细地想了想。“没有坟墓。没有。只有几座小教堂和圣洗池是以圣约翰命名的。可是这在每座教堂里都有。这不可能。”

他拿起了放在角落里的那把宝剑，又用手抚摸了一遍上面的文字。“也许在这把宝剑上哪里还藏着一个暗示。”

西蒙非常否定地摇着头。“我已经检查了三遍，什么都没发现。再也找不到什么文字，也没有暗设的机关，剑柄不是空的。答案肯定就在这些字里面！”他叹了一口气，揉了揉太阳穴，“我的拉丁文就到这个水平了！”

“那我就要把你们交到罗滕布赫的法院去，”奥古斯丁·波南迈尔说，然后转身向门口走去，“不要再演闹剧了！我还有更重要的事情！”

“等一下！”贝内迪克塔喊道，“我可以再看一下那把宝剑吗？”修道院院长犹豫了一下，最后还是转过身，把宝剑递给了贝内迪克塔。她仔仔细细地看着每一个字。

“有点奇怪，”她说，“字并不是正常的写法。字与字之间的距离很大。”

西蒙摆出一副无可奈何的样子说：“我想，这些字要分布在整个剑身上，所以必须留出很大的距离才行。”

“有可能，”贝内迪克塔接着说，“可是间隔的距离是不一样的。为什么？也许……”她停了一下，才继续说：“也许在这中间还有东西？”

西蒙马上跳了起来，差一点又把咖啡撞翻。

“还有字！”他大喊起来，“对！在这中间还有字。当然了，这就是答案！”他又坐了下来，盯着面前的纸条。“问题是，这些话藏在哪里……”

“我想，我们两人都知道，”贝内迪克塔小声地说，“我们只是不想面对事实。”

西蒙从鼻孔里长长地出了一口气，把面前的纸推到了一边。他停了好长一段时间才回答。

“在第二把宝剑——圣普里穆斯的剑上刻着那些字。在最后的谜语里提到了两位圣徒，所以在两把剑上才能找到下一个暗示。我们怎么这么傻！”

奥古斯丁·波南迈尔从贝内迪克塔的手中拿过了宝剑。“我不相信现在还能验证你们的猜测是否正确，”他深表遗憾地说，“罗滕布赫的圣骨现在看守得可能比科隆三圣王的圣物还要严格。”

“您说得对，”西蒙叹了口气说，“也许没有那把宝剑我们也能找出谜底来。现在，我们知道，缺的都是相关的字。”他喝了一大口咖啡，然后拿起了一张纸和一支羽毛笔。他重新把宝剑上的话写在纸上，字与字之间留下了足够的距离。

遗产在施洗者的坟墓。

“我们先不把‘遗产’看作第一个词。这样，这句话的意思就是什么什么的‘遗产’在什么地方，它属于‘坟墓’而且与一个施洗者有关。”

“第一个词很容易，”贝内迪克塔说，“我猜应该是圣殿骑士的遗产。”

西蒙点点头。“很可能。但是什么属于施洗者呢？主要是，这里讲的是哪座坟墓呢？”

贝内迪克塔弯身看着那张纸。“基督教会最著名的坟墓是救世主耶稣的坟墓。”她若有所思地说，“从字间距来看，在‘坟墓’这个词前确实可以加上‘基督’这个词。这样的话，我们就在这里转圈了，因为这座坟墓也不在普法芬温克尔一带。除非是我忽略了《圣经》里一个重要的地方，神甫，您说呢？”

贝内迪克塔看着奥古斯丁·波南迈尔。他的头上突然冒出了许多小汗珠。他脸色苍白，开始紧张地擦起夹鼻眼镜来。

“您怎么了？”西蒙问，“您知道有这样一座坟墓？”

“快说话呀！”贝内迪克塔大声喊道。

施泰因加登的修道院院长并不抬头看他们，继续擦着眼镜。

“这也许完全出于偶然，”他说，“在施泰因加登确实有这么一个地方，是……按照耶路撒冷的圣墓教堂建的。是一座小教堂，很古老的小教堂。”

西蒙感到自己的嘴发干。他的心也开始快速地跳起来。

“那这座小教堂叫什么？”他悄悄地问。

修道院院长又戴上了夹鼻眼镜。一双小而机灵的眼睛从镜片后面露了出来。

“这确实让人感到奇怪，”他一边说着，一边摆弄着手指上的金印戒指，“小教堂叫约翰教堂。就挨着我们的教堂。”

西蒙长吁了一口气。约翰教堂！他们今天早上还从教堂边上走过了呢；他做梦都想不到，在这座不起眼的小教堂里竟然还能藏着一件宝物！他在脑子里又想了一遍宝剑上刻的字。现在他终于可以想象出在另一把宝剑上与此相关的铭文应该是什么。他轻轻地念着想出来的拉丁文句子。

圣殿骑士的……遗产……在……耶稣……坟墓……施洗者……的房子里……

这段话应该是这样！圣殿骑士的遗产藏在仿耶路撒冷圣墓教堂建的约翰教堂里！如果有人知道这两把剑上刻的字是相连的，马上就能找到谜语的答案。西蒙不禁笑了。弗里德里希·威尔德格拉夫把他的谜语编排得多么严密！在派廷古堡遗址看到的圣殿骑士的印章上，两个骑士坐在一匹马上。

两个骑士。两把宝剑。他们都是成双成对的。

西蒙从椅子上跳了起来，向门口奔去。他们马上就要找到了！不久他就能把圣殿骑士的宝藏捧在手里！施泰因加登的修道院院长会放了他们，也许他还会给他们点钱，一枚值钱的胸针、一只金杯……他们至少在揭开谜底的过程中帮了他很大的忙，而且……

直到这时他才注意到，奥古斯丁·波南迈尔已经抢先一步，站到了门口。

“佩服！您真把这个难题解开了。”修道院院长微笑着说。他右手拿着圣殿骑士的宝剑，两只血红的眼睛在擦过的镜片后面兴奋地闪着光，如同听了一段让人开心的笑话。“现在是时候了，我应该介绍你们认识一个忠实的仆人。也许你们已经见过他了？”

说完，他打开了房门。

西蒙一下子惊呆了。在他们面前站着一个穿着黑斗篷的修士，与昨天在罗滕布赫修道院那个一刀刺死雇佣兵的修士是同一个人。他的腰间挂着一把弯匕首，脖子上挂着一条沉沉的金项链。

“这是上帝的旨意，”纳塔内尔兄弟悄悄地说，“是上帝本人把你们引到这里来的。”

当施泰因加登修道院院长把手递给黑衣修士时，西蒙看到，波南迈尔戴的印戒上面也有一个十字，跟修士脖子上的十字一模一样。

一个双横十字。

第十三章

“当我跟在农民胡博家机灵的彼得屁股后偷看的时候，我也犯下罪过，上个星期我偷偷地把牛奶上面的奶皮都吃光了……小时候我朝老贝希托尔德扔过马粪蛋，还从没忏悔过……”

玛格达莱娜吃力地找着合适的词。慢慢地她把所有的罪过都讲完了，可是雅各布斯兄弟仍然没有露出一点中毒的迹象。他坐在旁边的凳子上，低着头，偶尔点点头，或者说声“我赦免你的罪过”。

修士没有一点表示；玛格达莱娜的罪过是小是大，看来他根本不感兴趣。他闭着眼睛，沉浸在自己的神圣世界里，像一只干海绵一样吸收了玛格达莱娜的罪过。

“还有，上个星期天我在教堂里睡着了，还做了梦，还向西蒙抛去了媚眼，而且在唱歌的时候我只是动了动嘴唇而已……”

刽子手的女儿一边告解，一边在心里暗暗地骂着。也许曼陀罗籽和干颠茄太不新鲜了？它们不再起作用了吗？或者这个修士强壮得像一匹马？

这是她最后的招术。如果这个不成，她真不知道怎么办才好。修士点着头，虔诚地念着经文。

“天上的慈父，因他圣子的死亡和复活，使世界与他和好，又恩赐圣神赦免罪过……”

突然，雅各布斯兄弟发生了变化。他的额头上冒出了小小的汗珠，他用舌头舔着干裂的嘴唇。雅各布斯把腿分开，好像从两腿间冒出了火。最后他抬眼看着玛格达莱娜，他的目光让她体内的血液马上凝固起来。他的眼睛睁得大大的，像两只黑洞，瞳孔散得很大；他看上去就像一个化了妆的老妇人。唾液从他嘴角流了出来，他伸手抓向她的大腿。

“啊，玛格达莱娜，罪过！”他轻声地说，“罪过又来袭击我了。救救我，圣母马利亚！救救我，让我保持坚强！罪过！”

玛格达莱娜把他的手推开，但是它们马上又伸了过来。它们像肥肥的蜘蛛，从她的大腿一直爬到她的胸脯。雅各布斯的全身都哆嗦起来了。

“啊，玛格达莱娜！魔鬼钻进了我的体内。太多了。他们在抚摸我不贞洁的地方，他们在舔我的脸，他们在亲吻我的嘴唇，他们在抚摸我的身体。圣母马利亚，救救我！”

修士大喊一声后，便向玛格达莱娜的方向倒下来。他整个人扑向她，在最后一刻，玛格达莱娜从凳子上跳了起来。雅各布斯拽倒了凳子，和它一起倒在了地上。他像一头发了情的公牛，用大腿蹭着板凳。突然他站了起来，玛格达莱娜看见他的长袍下鼓起了一大块。他的眼里闪着兽光。

玛格达莱娜小心地往后退了几步。

该死，我真应该少放点颠茄，多放点曼陀罗籽才对！

她心里暗骂着自己犯的错误。她真应该知道才对！她父亲和接生婆史泰茜琳常用颠茄配制爱情药水。玛格达莱娜没想到会产生这么大的作用。雅各布斯此时浑身汗淋淋的，呼呼地喘着气，话一个字一个字地从嘴里蹦出来。

“玛格达莱娜……真的是你吗？你的乳房……你的白皮肤……不管到哪里……我都跟着你……”

修士面带微笑，黄豆般的汗珠一颗一颗地从额头淌到脸上。玛格达莱娜觉得面前站着的完全是另外一个人。

“奥格斯堡的妓院……”他悄声地说，“我付了那个胖阿格内丝一大笔钱，为的就是让她放你离开。我们……走远点。去……罗马……去……西印度，你的身体不再属于任何人……只属于我！

他撕心裂肺地大喊了一声，便一头扑向玛格达莱娜。玛格达莱娜正入迷地听着他的话，被他突如其来的举止吓了一跳。雅各布斯像狂舞托钵僧一样从空中飞来，一下子把玛格达莱娜扑倒在地。他细细的手指到处摸着，从她的大腿间一直摸到上面的束身衣，把她死死地按在地上，并用自己的嘴寻找着她的嘴。玛格达莱娜大喊大叫地挣扎着，不停地把头转向两边，一股腐烂肉体散发出来的味道让她无法喘气。她现在能很清楚地看见他身上的溃疡一直蔓延到下巴底下，一片片湿乎乎的臭肉重重地压在她的身上。

“玛格达莱娜……”雅各布斯气喘吁吁地说，“罪过……我们……可以……成为……一体……”

突然，他全身抽动了一下，然后便快速地抖了起来，好像几个魔鬼同时在摇晃着他。来得快，去得也快，一眨眼的工夫，雅各布斯就不动了，像一个沉甸甸、湿乎乎的面袋子一样躺在她的身上，两只手臂伸向了旁边。

教堂里一时静了下来，玛格达莱娜只能听到自己的喘气声。

刽子手的女儿犹豫了一会儿，才把雅各布斯松垮垮的身体推了下去。修士滚到了地上，两眼瞪着屋顶，嘴角挂着最后的一丝微笑。他的长袍下面湿了一大片。

“畜生！畜生！畜生！”

玛格达莱娜疯了一样地打着地上的人。从他的鼻子和嘴里流出了鲜红的血。突然，她想起来，雅各布斯可能已经死了。

她匆忙地在他的长袍下寻找着钥匙，急急地跑到门口，开开门，跑了出去。她面前出现了一条黑暗的走廊。她沿着走廊跑着，一直跑着，远远地离开这个人。

在地下的小教堂里，雅各布斯兄弟脸上的表情凝固了，眼睛直瞪瞪看着屋顶，几个胖胖的天使正伴随着天堂的音乐为他载歌载舞。

剑子手忍着一跳一跳的头痛，抄近路赶往罗滕布赫。他避开了大路；他在大路上碰到人的风险太大了，经历了今天的死刑之后，估计有好多人看着他别扭。奎瑟知道，他让这些想痛痛快快庆祝一场的人败了兴。换了别的刽子手，可能早被吊在一棵橡树上了。

一路上，奎瑟一直想着汉斯·舍勒和他的四个同伙。雄高的刽子手并不感到良心受到谴责。杀人是他的职业，他干得干净利落，尽量让死囚少些痛苦。他知道，这五个人都曾经杀过人，很可能比他的手段更残忍。现在他们都去了一个更好的地方，奎瑟为他们争取了，没让他们受到不必要的折磨。可是，大轮刑仍然让他感到不人道，所以他暗喜他给莱希纳和雄高的议员大人们施了个诡计。

他踏在林中覆满积雪的小路上，把帽檐拉得很低，遮挡着迎面吹来的刺骨寒风，把那件千疮百孔的大衣紧紧地裹在身上。他像一只野兽，径直朝着目标走去。刽子手在雄高得知，西蒙和他的女伴昨天中午去了罗滕布赫。他们到现在还没有回来，虽然这说明不了什么，但是他仍然感到不安。

等奎瑟到了罗滕布赫的修道院时，他变得更加不安了。他马上注意到，这里不对头。教堂的大门被上了一把大锁，手拿战戟的哨兵站在门前看守。在前面的广场上站着一群修士和手工匠，他们嘀嘀咕咕地议论着什么。直到现在刽子手才注意到，没有一个人在干活。脚手架上空无一人，站在广场上的人也都两手空空。当奎瑟在一个正指手画脚地讲话的奥古斯丁会修士身边走过时，他听到了一点他们的谈话内容。

“我告诉你们，是魔鬼本人现身……”——“不是，是新教徒。战争还没有结束，他们来抢夺我们仅有的教会宝物……”——“不管是魔鬼还是新教徒，他们都是一样的！世界末日快要降临了！”

雅各布·奎瑟沉思了一会儿。他猜测，西蒙和贝内迪克特在罗滕布赫的旅馆住下了，也许那里的人知道他们在哪里。

在修道院广场附近的第一家旅馆他就得到了消息。敲了好几次门后，店老板才给他打开了门。店老板长着牛一样的粗脖子，挺着啤酒桶一样的大肚子，满头大汗。当奎瑟向他描述完了西蒙和贝内迪克塔的长相后，这个胖子把眼睛眯成了一条缝，看着刽子手。

“就是一个小个子和一个红头发的女人，嗯？你找他们干什么？”

雅各布·奎瑟马上小心起来，店老板像是在对他隐瞒什么。“我在找他们。怎么回事？他们在你这里待过吗？”

店老板愣了一下，然后诡秘地一笑。“我认识你。你是雄高的刽子手！没想到，这么快就查到了那两个亵渎教堂的罪犯。嘿，到处都在议论这件事。”他朝奎瑟的边上看了看，“你的宝剑、绳子、钳子呢？这两人是在罗滕布赫烧死，还是在你们雄高那里，嗯？”

雅各布·奎瑟一下子惊呆了，西蒙的处境比他所担心的更可怕。他决定顺着店老板说。

“你快说，这两个人是不是从你这里逃跑的，”他严厉地说，“你难道没有帮他们逃跑吗？”

店老板的脸马上变得像石灰一样白。“我没有！他们昨天夜里就走了，我已经跟尊贵的修道院院长讲了！他们是坐着施泰因加登修道院的雪橇走的，修道院院长也在上面！”

“修道院院长？”

店老板马上点头说：“对，奥古斯丁·波南迈尔本人坐在上面。我看见这位神甫和他们一起下了楼梯。哈！”他又咧嘴笑了笑，露出了嘴里的黑牙。“也许他带他们去施泰因加登的刽子手那里，你坐在你的绳子、钳子上等着吧！一大笔钱从你手中跑掉了。”说着，他掰起胖手指数落起来，“用钳子、拷问台，很可能还要先把他们的头砍下来，绑在大车轮上，然后才用火烧死。也许还会放在油锅里炸一炸？所有这些加起来要有……”

但是刽子手已经不听他唠叨了。他早就上了去施泰因加登的路。

从旅馆对面的草棚里走出了两个人，他们悄悄地跟在刽子手的身后。这两个穿着雇佣兵制服的人很紧张，更主要的是，早已忘掉的惊恐重新袭来。医生和那个红发女人不知什么时候从他们的眼皮下溜走了，他们在跟那两个该死的黑衣修士的搏斗中失掉了一个人，而且他们的伪装露馅了！现在看来，这个高大的刽子手是他们最后的希望。

他们把帽子拉得很低，遮住了脸，混在那些唉声叹气的奥古斯丁会修士和手工匠中，尾随在刽子手的身后——他正离开满是雪橇和车辆的大路，往森林里走。

也许他能把他们带到目的地。

奥古斯丁·波南迈尔把门锁上，挥手示意西蒙坐下。医生束手就擒，乖乖地坐下来；打击太大了，他一时说不出话来。他惊恐地睁大眼睛，看着眼前的黑衣修士，他靠在门口，手里玩弄着一把弧形匕首。纳塔内尔的嘴上露出了一丝微笑，脖子上挂的十字架像钟摆一样来回摆动着。

施泰因加登的修道院院长坐在西蒙和贝内迪克塔的对面，双手合十，如祈祷一般。他戴着夹鼻眼镜，一头白发，嘴唇紧闭，看上去更像一个深表同情的学校教师正要开始训话，因为对他来说这也不是件愉快的事情。

“对不起，最后走到了这一步，”他说，“但是，很显然是上帝选中你们扮演这个角色。”他把夹鼻眼镜拿下来，又开始擦起来；他尽量避开西蒙和贝内迪克塔的目光。“你们确实带我们找到了圣殿骑士的宝物，基督教会永远感激你们。但是，你们要理解，如果你们继续活下去的话，实在是太危险。任何人都不许知道，这件宝物几百年来一直藏在异教徒的手中，而且是我们用鲜血把它又夺回来了，这……”说着，他用带有谴责意味的目光看着纳塔内尔兄弟，“……嗯，这不仅仅是遗憾。如果这件事公开了的话，影响很不好。总之……”

“您一直都知道这件事！”西蒙打断他说。此时，西蒙又能讲话了。“从一开始，您就把我们当成两只为您寻宝的走狗。您当时特意在修道院里给我们看了卖地的契约，为的是让我们把一切联系起来！”

修道院院长抱歉地耸耸肩。“我知道，您很聪明、好奇，西蒙·福荣威泽。您和刽子手找到了地下墓室的入口，而且多次证明，您的脑子比大多数人转得快；您就像一只寻找骨头的小狗，到处闻、到处翻。我很看重这一点。”波南迈尔停下来，温和地笑了一下，然后又继续说：“当您到施泰因加登来的时候，我考虑了一下，是否拒绝给您看那份契约。但是我转念一想，为什么不让您去找骨头呢？我的兄弟们一直不露声色地跟在您的身边。只是那个刽子手太危险了。所以我安排了一下，让他去干别的事情。”

西蒙叹了口气。“这么说是您给记录官莱希纳写了信，派雅各布·奎瑟去捉土匪强盗！”

“并没有这么直接。但是事实明摆着，不是吗？”修道院院长满意地看着水晶般的眼镜片，“强盗已经上了绞刑架，我们得到了宝物，您的城市也能挣一点钱了。”

显然贝内迪克塔也从刚才的惊吓中清醒过来。“您到我哥哥的葬礼上……”她看着修道院院长，愤怒地说，“您只是为了检查一下，我们是否揭开了谜底。您根本就不关心我哥哥！”

修道院院长看上去有些悲伤地说：“不是这样。您哥哥的死，如我所说的，很遗憾。我想向他最后一次表示敬意，他值得让人敬佩。”然后他又微笑着说：“还有，我想，如果我把考普迈亚的妹妹变成主要怀疑对象的话，能分散一下西蒙对我们的注意力。”

贝内迪克塔一下子跳了起来，好像是要掐修道院院长的脖子似的。

“你该死！……”

西蒙又把她拽到椅子上，以免纳塔内尔兄弟举刀干涉。

“您的诡计差点得逞，”在确保女商人静下来以后，西蒙肯定地说，“我确实怀疑了贝内迪克塔一段时间，以为她杀死了自己的哥哥。我怎么能想到，是施泰因加登修道院院长设下的圈套！”

奥古斯丁•波南迈尔深表遗憾地摇摇头。“把洛伦茨教堂的神甫看成危险的知情人、把他杀掉的命令是从奥格斯堡下来的，是从高层下达的命令。并不是我决定的！当考普迈亚在维修教堂过程中发现了地下墓室的时候，他给主教写了一封信。这样我们才知道，又找到了一件宝物！我也许选择了另外一条路，可是，主教认为最好让他彻底保持沉默。考普迈亚是一个很好的神甫，可惜也很爱讲话。让别人得知这个秘密的危险太大了。考普迈亚不是也向他的妹妹透露了这件事吗？我们必须制止他。你们应该理解！”

“这幕后都是什么人？”西蒙有些激动地问，“是主教吗，还是有其他人？”

波南迈尔轻声地笑了起来。镜片后面的眼睛如同钻石一样闪着光亮。

“我们有好多人，在所有的基督教国家，从普通的修士到主教。就连教皇都不知道我们的名字，但是，在梵蒂冈的最高层也有我们的人。我们与日益增多的异教徒作战，我们抢救教会的宝物，使它们免遭损害。我们长时间地看着路德会教徒、加尔文宗的信徒、茨温礼派教徒、胡斯信徒——管他们都叫什么——亵渎我们的圣地和圣物！”说着，他站了起来，沿着摆满书的书架走来走去，“这群害虫！他们声称以十诫为基础，其实跟一帮罪犯没什么两样！这群新生的魔鬼把神圣的金子熔化了，打造金币，到祭坛上乱拆、乱拿，把圣骨都烧成灰烬！”他的脸变得通红，像煮熟了的螃蟹一样，连眼镜也蒙上了一层哈气。波南迈尔闭上了眼睛，深深地喘了口气。最后，他脸上又露出了笑容。

“我们突然得知有一件基督教会最大的宝藏，而且是通过一个头脑简单的小神甫写来的信，这是上帝在显灵。他希望我们不久就能进行一场最大的圣战。宝物在这里！就在我们的眼前！”波南迈尔停了下来，把双臂伸向天空。“它要装饰这座教堂，朝圣的人将再次像潮水一样向施泰因加登涌来！普法芬温克尔将出现第二个圣地亚哥-德孔波斯特拉[①]！我已经得到了主教的许可，至少有一部分宝藏可以存放在这里。”

他微笑着靠近西蒙和贝内迪克塔，把手伸开，做成祝福的样子。

“你们帮助我们找到了它，把它重新送回教会的怀抱，”他轻声地说，“我们要永远地感激你们。我敢保证，上帝在天堂肯定给你们留了两个特殊的位子。”

“依我看，您也可以到地狱去，我还不想上天堂！”贝内迪克塔一边喊着，一边向门跑去，一把拉开门后，便往外面跑，一头撞在了那两个守在门外的教徒身上。纳塔内尔兄弟伸出强有力的手指，从后面抓住贝内迪克塔的肩膀，又把她拽了回来。修士的匕首刮在她的喉咙上，一丝淡淡的血从她的脖子上流了下来。

“要我……”纳塔内尔问。但是波南迈尔马上摇摇头。

“还不能。我想先把宝物拿到手里。我们先把他们关在图书馆里。窗户太小，他们无法逃出去，门上的锁很结实。我们到时候再来处理他们。”

西蒙想做最后一次努力。“您听着，神甫大人！您正在犯一个很大的错误。人们会找我们。雄高的刽子手肯定已经在找我们了，而且……”

“雄高的刽子手？”波南迈尔打断他，低声地笑了起来，“这个我不信。没人知道你们在这里。即便是……”他看上去是在思考。“谁知道，也

① 圣地亚哥-德孔波斯特拉，西班牙加利西亚自治区首府，是天主教朝圣地之一。

许我该把你们交给罗滕布赫的奥古斯丁会修士。这样的话，雄高的刽子手就会因为亵渎教堂罪把你们一分四瓣，绑在大车轮上处死。这是对毁坏圣费利西亚努斯的圣骨最公道的惩罚，您不这样认为吗？”

“我们可以闭嘴不谈此事！”贝内迪克塔大声喊道，“至于圣殿骑士的财宝，你们把钱都留下，我们一分也不要！上面沾的血太多了。”

“钱？”施泰因加登的修道院院长吃惊地看着她，“您真的以为我们都是为了钱吗？”他几乎是遗憾地摇摇头。“我以为您很聪明。您让我很失望。”

波南迈尔一边摇着头，一边和纳塔内尔兄弟离开了图书馆。门咣当一声上了锁，西蒙和贝内迪克塔瞪着几米高的书架，书架上堆满了大大小小的书籍和羊皮纸卷。

这是我的坟墓，西蒙心里想着。

然后他开始琢磨波南迈尔的最后一句话意味着什么。

您真的以为我们都是为了钱吗……

在他的内心深处有什么东西在敲着门。西蒙突然变得自信起来，他手里攥着所有的马赛克砖。现在他只需把它们正确地拼起来。

第二个圣地亚哥-德孔波斯特拉……朝圣的人涌向施泰因加登……基督教的宝藏……

“当然了！这应该是最终的谜底！”

西蒙跳了起来，开始在书架上寻找一本书。

他如果要死的话，也要知道为什么而死。

刚离开罗滕布赫不久，雅各布·奎瑟就注意到有人跟踪自己。他离开了大路，拐进了森林里的一条只有当地人才知道的小路。尽管如此，他仍然不是一个人。

这是他很熟悉的一种感觉，再加上树丛中不时传来的刷刷的轻微响声，从他没有碰到的松树上掉下来的积雪落地的声音，所有这一切都让他警觉起来。他身后的人隐蔽得很好，但是还不够好。

刽子手突然离开了小路，走进一片覆盖着积雪的干枯的黑莓丛里。他面前出现了一条从外面看不见的兽径。他蹲在树丛里，静静地等着跟踪的人跑过。多年来在森林里的游荡、打猎、采药草，让他学会要与周围的环境融为一体。如果风向对的话，他可以用这种方法捉到一只小鹿，并一掌把它的脖颈击断。

踩在雪地上的脚步声让他知道，跟踪他的人靠近了。他们显然能无声地交谈；只是脚步声表明，他们中的一人进了黑莓丛中，另一个人围着树丛兜圈子。他要一个一个地把他们干掉。刽子手笑了笑。

这对我有利……

雅各布·奎瑟从大衣下面拿出了那根油光铮亮的落叶松木棍，等着第一个人的到来。他终于看见了这个人。陌生人猫着腰，沿着那条兽径搜寻，警惕地向四周看着，手里拿着一把拉上了枪栓的手枪。插着羽毛的大檐帽、破大衣下面的花哨外套，让人一眼就看出，他曾是一个雇佣兵。一个满脸胡子、身经百战的老战士，既强壮又灵活，从小就学会了杀人。一个与过去的奎瑟一样的人。

刽子手静静地等着，让那个人从自己的身边走过，然后才用木棍去打那人的手。

那个人反应很快。

在最后的一刹那，他肯定是用眼角的余光看见了飞来的木棍。雇佣兵骂了一句，就地一滚，滚向了旁边，同时举起手枪，朝刽子手的方向开了一枪。枪声打破了森林的寂静，雅各布·奎瑟感到脸上火辣辣地疼起来，但是他没有时间管这个。他大喊了一声，扑向那个人，那人扔掉了那把没用的手枪，拔出了自己的长剑。但是在这密密的树丛中，他的武器无法发挥作用。雇佣兵向刽子手刺来几剑，便退出了黑莓树丛。在这个人完全失踪之前，雅各布·奎瑟只在他的肩膀上轻轻打了一棍。

剑子手大骂了一句。他的优势全没了；现在两个雇佣兵都站在树丛前，他自己却像一只待在窝里的野猪。他能听见外面的两个人在喘气，透过树枝他能看出他们的轮廓。传来啪的一声，他知道有一个人手里拿着弩弓，另一个人可能正往手枪里装着火药。

必须先知道他们想干什么。否则他们会像打一只疯狗一样把我打死……

雅各布·奎瑟不再犹豫，大叫着冲出树丛。他满脸是血，穿着一件沾满了泥土的破大衣，看上去倒真有些像一只发怒的野猪。他震天的吼叫让那两个人愣了一会儿。仅是一秒钟的惊吓，就对奎瑟很有利。拿着手枪的人马上扔掉枪，慌忙地抽出了长剑。另一个人来不及把弓弦拉紧，弩箭只射到地上，正好把剑子手的皮靴钉在了地面，这让奎瑟又大声地咆哮起来。他挣开了弩箭，一棍子打在那个人的胸口上；那人像一棵被伐倒的大树，直挺挺地躺倒在地。奎瑟又挥起了木棍，朝那个人的头打下去。砰的一声，那人的脑袋像一颗敲碎的核桃一样裂开了。

雅各布·奎瑟转身对付第二个人，这个人企图用长剑抵挡剑子手，在空中刷刷地舞着剑。这个人东蹿一下，西跳一下，一会儿把剑刺过来，一会儿又后退防卫。有一次剑刮到了奎瑟的胳膊，撕坏了大衣，但是剑子手及时躲开了。等这个人再次举剑刺过来的时候，奎瑟及时蹲下身子，躲过了剑，突然站到了他的面前。

“你这该死的畜生，看你还敢跟我捉迷藏。”

剑子手用力扇了这人两个嘴巴，他像一捆散了架的干柴，稀里哗啦地倒在了地上。

过了一段时间，这个人迷迷糊糊地醒过来，看见雅各布·奎瑟蹲在几步远的一小堆篝火前。闪烁的篝火把剑子手的头映在一片红色的光影中。他满脸是血。剑子手正咬着牙，缝脸上的伤口。

当刽子手注意到这个人正朝自己这边看的时候，他咧着嘴笑了笑。

“会留下一个漂亮的伤疤，”他说，“但是这无法跟你的伤疤相比，如果你不马上把话吐出来的话。”

他朝篝火点了点头。那个人的目光透过火苗，停在一把一臂多长的猎刀上不动了，刀刃在篝火中被烧得通红。

这个人决定开口讲话。

玛格达莱娜从地下的小教堂跑了出来，一直沿着那条黑暗的走廊跑，跑上了几级台阶。突然，她面前出现了一条十字廊，她马上停了下来。左右两边都有一条过肩高的通道，墙上插了几支火把。

她在哪里？她要选择哪一条路？

她决定走左边的那一条。这条走廊转了个弯，没几步远就到了一间石房间。在这个由大石块垒成的、近乎正方形的房间里放着两口棺材；这里的墙上也插着火把。在两口棺材的墓碑上各画了一个手持宝剑、身穿盔甲的骑士。玛格达莱娜小心地靠近这两口几吨重的棺材。

她被关在圣殿骑士的坟墓里吗？

直到她的脚趾撞到棺材下的石板时，她才发现那块大理石碑。她一边骂着，一边疼得捂着脚趾在房间里转圈圈。等疼痛减轻了后，她才开始有些费力地读起石碑上的草书体拉丁文，是很古老的拉丁文。

这块石板下面珍藏着巴伐利亚崇高、伟大的诸侯之父韦尔夫六世，及其与之品德相称之子韦尔夫七世的珍贵尸骨。

玛格达莱娜屏住呼吸。显然她是在韦尔夫家族的地下墓室里！据她所知，韦尔夫家族是很有权势的贵族世家，统治了巴伐利亚多年。她的监狱——那座小教堂，应该是家庭墓地的附属教堂！但是，她一点都不知道韦尔夫家族的墓地在什么地方。在慕尼黑？在纽伦堡？

也许是在……奥格斯堡？

直到这时她才听到轻轻的、耳语般的歌声，像她在奥格斯堡主教大教堂听到的那种歌声。等她的眼睛适应了黑暗后，她能隐约地看见从房顶透过的微光。光线是从一块四方形石板周围的缝隙漏下来的。歌声也是从那里传来的。玛格达莱娜心跳加快。她的头顶就是可以救她的人！也许是修士在吟唱，或者是做弥撒的人正唱着结束歌曲。她刚想大声呼救，但是突然又停了下来。

如果又是那些疯子在聚会怎么办？那个由杀人凶手和宗教狂组成的教团，奥格斯堡的主教是他们的首领。如果是他们，怎么办？

玛格达莱娜决定不出声，再到对面的走廊里去看看。

她又回到了十字廊，第一次听到了声音。

听上去好像是从小教堂的方向传来的，嚓……嚓……好像有东西在地上拖着、刮着。玛格达莱娜吃了一惊。难道雅各布斯兄弟没有死？难道是他的灵魂，一个复仇天使在跟踪她？刽子手的女儿像从噩梦中醒来一样，使劲地摇摇头。

你已经看到了鬼魂，这都是……

这次她选择了右边的走廊。转了几个弯后，出现了一道旋转楼梯。她身后又传来了嚓嚓的声音。她决定不去管它，三步并作两步地跑到了楼梯上。

走廊在一堵木板墙前终止了。

她难道走进了死胡同吗？玛格达莱娜站在那里，四下看着，听着。又传来了嚓嚓的声音，她现在听得很清楚。在下面，有什么东西正从楼梯往上爬，一拖一拽，还发出断断续续的呻吟，像是一只巨大的野兽。她绝望地把自己的身子紧紧地贴在木板墙上。墙后面传来闷闷的响声。她要敲墙吗？她要高喊呼救吗？

玛格达莱娜在一生中还从没感到过这样害怕。在她前面可能是那群疯子，在她身后正有一个不知是什么的东西爬上来。她实在不知怎么办才好。她蹲下身子，紧紧地贴着那堵木墙，好像她能钻进去似的。

咔嚓一声巨响。

木板墙随即倒向了前面，玛格达莱娜扑通一下掉进了墙后面的一个房间里。木板和砖头一样大的木块从房顶落了下来。

等灰尘终于散尽后，玛格达莱娜抬起了头，她真不知道是该哭还是该笑。

“您在满世界找什么？”

贝内迪克塔不解地看着西蒙在那些书架里穿梭不停。他的目光在一排排的书中搜索着。

“我在找一本书。”

“真是太妙了！施泰因加登的修道院院长让我们选择，让他的人杀死还是让雄高的刽子手绑在大车轮上，可这位大医生却在找一本书！”

西蒙停了下来。“我不是随便找一本书，而是找一本特殊的书。我有一个想法。如果我们最终知道这个修道院院长是从哪一路来的，也许我们可能……啊，在这里！”

他从书架上抽出了一本皮面的大部头。“我知道，普雷蒙特雷律修会的这种修道院会有这本书。现在让我们看看，我的想法是否正确……”

贝内迪克塔好奇地看着他。“允许我知道您在找什么吗？”

西蒙一边飞快地翻着书，一边说：“这是一本关于圣十字的经典著作。是耶稣会教士弗朗西斯科·德·博尔哈写的《圣十字》。在雅各布·施雷佛阁的书房里也有一本。我肯定，我们在这本书中能找到……”

他翻到了一页，上面画着各种各样的十字。贝内迪克塔认出了拜占庭十字，斜立着的圣安德鲁十字，有八个顶点的马耳他十字。就连圣殿骑士的十字也在里面。在最底下还有一个十字，等她仔细看的时候，她猛地喘不过气来。

一个双横十字。

上面的横梁比下面的横梁短一些。与纳塔内尔兄弟脖子上挂的，以及修道院院长戒指上的十字一模一样。

“这是卡拉瓦卡十字，”西蒙小声地说，“也被称为西班牙十字或者族长十字。上面的横梁代表耶稣十字架上的‘INRI’四个字母，即拉丁文‘耶稣，拿撒勒人，犹太人的君王’的首字母缩写。大主教戴的这个十字，据说是从前跟摩尔人打仗的时候，有两个天使从天堂带下来的。”

贝内迪克塔激动地点着头。“显然是这个奇怪教团的标记。但是为什么呢？”

西蒙的脸上露出了满意的笑容。“啊，现在我们找到了有趣的一段！据说在真正的卡拉瓦卡十字上面有一根木条来自耶稣十字架。我也问过自己，为什么这个教团独独选择这个标记。我现在得出结论，其实只有一个答案……”

“他们在找耶稣十字架，”贝内迪克塔喘了口气说，“当然了！修道院院长和他的学生们在找神圣的十字架！基督教会最大的宝藏！不是黄金，不是白银，也不是宝石……只是一个该死的腐烂的十字架。”女商人的脸上露出了失望的表情。“如果我没搞错的话，有成千上万据说是从圣十字架上拆下来的小木条。每两个村子里的教堂就有这么一根木头，把它们收集起来能建造一座城市！这个腐烂透顶的十字架可能就是成千上万中的一个。”说着，她叹了口气。“我们真应该省了这份力气。”

西蒙摇了摇头，又翻到了另一页。“简直不可思议。我在施雷佛阁那里看过这本书。有一个地方特别引起了我的注意。这儿写着……”他指着带有插图的一段，然后用嘶哑的声音念起来：“康斯坦丁大帝的母亲海伦娜发现了那个十字架，让人把它在耶路撒冷立起来。但是十字架被撒拉森人偷走了，很多年以后才又返回到圣地。从这时起，每次跟异教徒交战都要扛着这个十字架，而且专门有一个兵团来保护这个神圣的十字架……”

“圣殿骑士！”贝内迪克塔喊了起来，“十字架是圣殿骑士的宝藏！”她犹豫了一下又说：“那您为什么相信我们找的这个十字架就是真的呢？它也有可能是两根烂木头，跟其他假的没什么两样。”

西蒙又翻了一页。彩图上画着一队骑士，两个人坐在一匹马上，在战役中冲锋陷阵，冲在最前面的一个人举着一个大十字架。西蒙指着画面。

“这是哈丁战役，”他小声地说着，“也扛着十字架。在1187年的这场圣战中撒拉森的诸侯萨拉丁战胜了十字军。几万基督徒丧生，几百个圣殿骑士死于这场战役。被捉的战俘全被活活地扒了皮……”

突然，从什么地方传来了当当的响声。西蒙停了下来，静静地听着，可是响声又消失了。犹豫了一下后，他继续解释。

“哈丁战役是十字军王国崩溃的开端。就在同一年，耶路撒冷被占领。最糟糕的是，在这场战争中圣物十字架丢失了！据说，几个圣殿骑士在作战时把十字架埋在了沙子里，想打完仗后再去取。但是，从那以后便再也没有找到。”

“您认为，圣殿骑士当时把十字架藏了起来？”贝内迪克塔问。

“我不仅这样认为，而且我知道。”西蒙诡秘地笑了笑，“几天来我一直在想，我在什么地方曾见过德意志圣殿骑士弗里德里希·威尔德格拉夫这个名字。现在讲到圣物十字架时，我又想起来了。”

“怎么回事？”贝内迪克塔着急地问，“快说！”

西蒙满意地合上了那本大厚书，从衣服下掏出了关于圣殿骑士的小书。“在塞灵的威廉写的这本书里也提到了哈丁战役。”说着，他翻开了一页，上面标满了密密麻麻的注解，“这只是一段注解，我刚开始根本没有注意。它主要是关于战役中的几个战士。就像每支军队都有一个扛旗的人一样，在圣殿骑士中也有一个专门扛十字架的人。”他笑着，特意停了好长时间才又继续讲起来。

“在哈丁战役中，是一个叫卡罗鲁斯·威尔德格拉夫的人扛着十字架。我敢打赌，弗里德里希·威尔德格拉夫是这个人的直系后代。”

就在讲完这些的一秒钟内，西蒙看到一堆书从房顶掉下来，而且一本特别厚的大书砸在了他的头上，他扑通一声倒在了地上。接下来又有好多书噼里啪啦地掉了下来，他周围的世界除了黑暗和书，便没有任何东西了。

玛格达莱娜踉跄地走进了突然露出来的出口，完全不知如何是好。她只听到有东西噼里啪啦地掉在地上。等她再次睁开眼睛的时候，她看到自己站在一个大房间里，从地面到房顶都是装满了书的书架。有一部分书架倒在了地上，正好形成了她的出口。灰尘如云雾一样落了下来。在屋子中间，倒下来的书籍堆成了一座小山。

小山在动。

玛格达莱娜伸手抓起了一本特别厚的大书，准备对付意外情况。不管是谁从书山里钻出来，她都要用柏拉图的这本《会饮篇》把他送到地狱去。

两颗脑袋从书堆里钻了出来。玛格达莱娜把眼睛闭上了一会儿，然后又睁开了。

我在做梦……我在做梦……

在她的眼前，贝内迪克塔和西蒙正拨着书，从底下钻上来。西蒙的脸如同石灰一样白，他的头上还留下了一道血痕。两人浑身沾满了灰尘、石膏粉和羊皮纸屑，看上去就像从地狱里出来的一样。

那本《会饮篇》从玛格达莱娜的手里掉到了地上，她两腿发软，不得不扶着书架才能站稳。当西蒙最后在那个洞口看见刽子手的女儿时，他张开了大嘴站在那里，一动不动。

好长时间没有人说话。

“你……”最终还是西蒙打破了沉默。

玛格达莱娜艰难地挺直了身子，双手叉腰站在书山前，愤怒地打量着眼前的这两个人。

“我怎么了？你跟这个女人在这里干什么？”

玛格达莱娜刚刚逃脱了囚禁、毒药和那个疯狂的修士。她在黑暗的通道里逃生，被活活地装在一口棺材里运走。几天以来她的生活简直乱得一塌糊涂。眼前这个浑身沾着羊皮纸屑、摇摇晃晃的西蒙，是她这几天见到的唯一一个真实的人。她忘记了所有的恐惧，把自己的怒气一股脑地朝着西蒙和贝内迪克塔发泄出来。

“你们俩在这里干什么，我想知道！”她大声地喊着，“我才离开家一次，你就跟这个兰茨贝格的小狐狸精寻欢作乐！”

“玛格达莱娜，”西蒙小声地说，试图安慰她，“贝内迪克塔不是狐狸精，我们也不是在这里寻欢作乐。正相反，我们被关在了施泰因加登修道院的图书馆里，亵渎了圣骨，一会儿要么被人刺死，要么被你父亲绑在大车轮上。你能告诉我，你到这里干什么吗！！！”

西蒙的声音到最后变得大了起来。玛格达莱娜睁大眼睛看着他，慢慢地，她又回到了现实中。

“你说，这里是施泰因加登的图书馆？”

贝内迪克塔点点头。“我们是被关在施泰因加登的修道院。”她指了指玛格达莱娜身后的洞口，“现在看来我们至少能逃跑了。我要尽快……”

“再等一下，”西蒙说，“您看见了，她需要休息。还有，我们要知道那边是什么情况。”

西蒙走向玛格达莱娜，握住了她的手。他感到她的脉搏急速地跳着，她的身体慢慢地不再哆嗦了。

刽子手的女儿在一堆书上坐了下来，深深地喘了几口气，然后开始讲述自己的经历。

第十四章

雅各布·奎瑟迈着大步朝修道院走来。那个雇佣兵很快就讲出了一切，所以也没必要用那把烧红了的猎刀熟他的皮。刽子手在那人的右脸颊上烙了一个绞刑架的印记，然后朝他的屁股上踹了一脚，说了声见鬼去吧，就走了。把那个被砸烂了脑壳的人留给野兽吃吧。

奎瑟又仔细想了一遍那个吓得半死的人用颤抖的声音跟他讲的那些话。通过市长的消息和土匪头子舍勒的讲述，刽子手基本上已经知道情况了，只是一些细节还不太清楚。现在通过这个人，终于把这幅画拼起来了。雅各布·奎瑟开始飞跑起来。西蒙处境危险，他要尽快警告这个聪明过人的小医生！希望一切还不是太晚。

在那条狭窄的小路上不时地出现几辆陷在泥雪里的木车和裹得严严实实的行人，他一面跑着，一面想着在罗滕布赫到底发生了什么事，西蒙和贝内迪克塔扮演了什么样的角色。修道院院长是怎么把这两个人带走的呢？罗滕布赫不属于普雷蒙特雷律修会的管辖区。如果医生和女商人在那里犯下了罪，也要在那里受惩罚才对。显然波南迈尔很有手段，可以执行自己的意志。

当雅各布·奎瑟跑过最后一片林子，终于到了施泰因加登的修道院时，黄昏已经降临了。傍晚的天空又降下了厚厚的雪片。与罗滕布赫一样，这里也立着塔楼般的脚手架，上面架着滑轮；工地上挖掘的土坑有五分之一被雪盖住了，刽子手只碰到了几个正沉浸于祈祷的修士。他们穿着白色的长袍，在飞雪中几乎无法看见他们。普雷蒙特雷律修会的修士们正赶往晚上的弥撒，沉闷的钟声已经敲响了。

从几天前刮暴风雪起工地一直停工。那些将来当旅馆的房子房梁上还没有铺一砖一瓦，只需看一眼，刽子手就知道，如果西蒙和贝内迪克塔真的在这里的话，他们应该是被安排在修道院里。他决定敲修道院的门，问问管理员，也许他能知道一些情况。

正当奎瑟向那座几层楼高的白房子走去的时候，右边离他几步远的一座房子的侧门打开了。从那里走出了几个人，但是因为雪花飞扬，他很难看清他们。

刽子手停下了脚步，想仔细地看清楚这几个人。他把眼睛眯成一条缝，在暮色中模模糊糊地看出那几个人的轮廓。在最前面的好像是奥古斯丁·波南迈尔。雅各布·奎瑟从紫红色的腰带认出了他，这是修道院院长的标记。与其他人不一样，他头上戴了顶白帽子，他用手扶着它，以免它被风刮走。他身后跟着两个魁梧的修士，他们也跟修道院院长一样，穿着普雷蒙特雷律修会的白长袍。但是第四个人却穿着一件带风帽的黑色斗篷。这个人走路很敏捷，虽然个儿不高，在斗篷下却露出了结结实实的肌肉。他那种轻快、警觉的走路姿势让雅各布·奎瑟想起了雪貂。

而且是一只非常可恶、危险的雪貂，他心里想着。

刽子手用搏斗者的目光看出这个人并不只是靠祈祷、誊抄书籍打发生活。

那个黑衣修士从离刽子手不远的地方走过去的时候，突然对修道院院长说：“我们真应该把他们除掉才对。那个医生是只狡猾的狐狸，总能找到脱身之处。而且那个女的……”

“不许说话，”奥古斯丁·波南迈尔打断他说，“还是把你的心敞开，迎接基督教会最大的宝藏吧。不久我们就将站在它的面前。其他的都可以等一等。”

奎瑟愣了一下。他认识这个修士的声音！他在洛伦茨教堂里只是很短暂地听到过这个带着奇怪的外国口音的沙哑声音。但是，这个声音却足以让他终生难忘。

雅各布·奎瑟试着把自己与周围的环境融为一体，他蹲在一小堆雪后面。但是他太高了，他的大檐帽子露了出来。突然，那个黑衣修士把脸转向奎瑟的方向。他站在那里不动，眼睛在飞雪中朝这个方向搜索着。刽子手慢慢地把身子转向旁边，希望那个修士也同自己一样，对眼前的一切看得不真切。

踩在雪地上吱吱响的脚步声渐渐地远离，嘟嘟囔囔的说话声也变小了，最后完全消失了。

雅各布·奎瑟等了一会儿，便尾随在这些人的身后。他的大衣上已经落上了一层薄薄的白雪，所以那些修士没有注意到跟在他们身后的这个白色的、几乎无法识别的大块头。

等玛格达莱娜讲完了以后，大家沉默了好长时间。

“奥格斯堡的主教是一个秘密教团的首领，他们不惜一切掠夺教会的宝物。”西蒙摇着头，“而且施泰因加登的修道院院长也是教团的人。世上任何法庭都不会相信我们！”他把目光转向那扇上了栅栏的小窗户，窗外的世界沉浸在一片暮色中。“不管怎么样，我们没有那么多的时间了。波南迈尔也许已经到了约翰教堂，去实现他最大的梦想。然后那个黑衣修士会来解决我们……”

他向玛格达莱娜简短地讲了一下他们目前所发现的东西。最后他指着倒塌的墙壁和后面露出的洞口。

“这里很可能是一条秘密通道，从修道院直通韦尔夫家族的地下墓室。”他说，“显然是很久没有使用了。应该还有一个出口，否则的话，那个修士就不会天天给你送饭去了。”

他看着玛格达莱娜，指着那个出口。

“你认为下面埋伏着什么东西？”

玛格达莱娜点点头，又看了一眼墙上的洞口。从下面冒上来一股冷冷的腐败气味；她只能看到上面的几级台阶，下面黑乎乎的一片，什么都看不见。

“即便下面是真正的魔鬼现身，”贝内迪克塔说，“我们也要下去。这里没有第二条出路！”说完，她从衣服下面掏出了一把小手枪，开始往里面装火药。“至少那个虔诚的修道院院长没有往我的裙子下看。所以我们还能打一枪。”她笑了笑，拿着拉了枪栓的手枪往玛格达莱娜的方向瞄瞄准，然后又把手枪放回到裙子里。

西蒙走到通往秘密通道的楼梯。“下面有火把吗？我什么都看不见。”

玛格达莱娜站到他身旁。“奇怪，”她小声地说，“按理说从这里至少能看见一支火把。有好几支火把等距离地挂在墙上。肯定有人把它们熄灭了……”

“或者是风把它们吹灭了，”贝内迪克塔说，然后转过身，“不管是什么，我们都要带上几个。”说着，她从身边拿起了几本特别厚的书。

“您想干什么？”西蒙大喊着，“您不是要……”

“这些羊皮纸已经存放几百年了，点起火来肯定烧得很旺，”贝内迪克塔打断他说，“如果把它们卷在一起，肯定能当火把用。”

西蒙吃惊地指着贝内迪克塔手里的一本书说：“可这是奥古斯丁的《忏悔录》啊！包括所有的评论！把这本书烧掉，简直就是犯罪！”

贝内迪克塔把这本几百页的大厚书扔给他，又往自己的左胳膊下面塞了几本。“这些应该够了。当然了，你们也可以在黑暗中走，让人不知不觉地把脖子砍断。”说着，她便朝出口走去，“跟我来。不要等到修道院院长回来。”

话音未落，她便在黑暗中消失了。

奥古斯丁•波南迈尔的神经快要崩溃了。他又把夹鼻眼镜拿了下来，慌慌张张地擦着。

“应该是在这里呀！继续找！”他不停地眨着那两只小眼睛，好像这样能在黑暗中看得更清楚，“十字架应该放在他的脚前。”

修道院院长跟纳塔内尔兄弟、新入教的约翰内斯和罗塔一起从图书馆来到了约翰教堂，想找到一个暗示、一个房间或随便一件什么东西，让他们找到耶稣的十字架。一个小时以来，他们敲遍了所有的墙，寻找着各种标记，但是一直到现在，他们碰到的都是冰冷的墙壁。奥古斯丁•波南迈尔又向四周看了看，想着是否忘记了什么。

小教堂很小，是用砂岩石块盖的，东面建了一个很小的供奉马利亚的祭坛。小教堂是圆形的。在门口上方，耶稣坐在宝座上，左右两边是马利亚和约瑟夫。门两边的石板上各蹲着一只石狮子。

除此之外，教堂里面显得光秃秃的。波南迈尔悄悄地骂了一声。

在他的命令下，那三个修士已经开始移动教堂里的神像，把石狮子下面的石板抬了起来，在地上寻找着通往地下的暗门。就连教堂的穹顶都被他们找了一遍。

现在他们又开始重新翻找。

修道院院长大喊大叫，不停地骂着，用脚踢着祭坛，可是这些都不管用。约翰教堂不泄露一丁点儿秘密。

“圣殿骑士的遗产在耶稣坟墓的施洗者的房子里，”波南迈尔激动地重复着这句话，“谜语的答案在这里！它应该在这里，在约翰教堂！这些可恶的圣殿骑士……”他紧咬着嘴唇，深深地喘了几口气。

“把地上的砖石都揭开。”最后他命令说。

约翰内斯兄弟停止了敲打围墙，瞪着大眼睛看着修道院院长。

“神甫！”他喊道，“这可是一个圣地！”

“这是一个隐藏那些该死的圣殿骑士的地方！”波南迈尔吼叫道，“我不想让这些异教徒牵着鼻子走，更何况是在我的地盘上！我们把地上的砖石撬起来！去拿镢头来！马上就去！”

西蒙和玛格达莱娜跟在贝内迪克塔的后面，走下了那道狭窄的旋转楼梯，来到一片黑暗中。刚转了一个弯，医生就知道玛格达莱娜说得对。他的手碰到了一支还是热乎乎的火把。有人刚刚把它熄灭了。

他们头顶的出口投下了暗淡的光线，等再转一个弯后，就完全见不到了。贝内迪克塔停了下来，拿出了一只火绒盒，不一会儿，女商人就点着了一本带来的书，用它当火把为他们照明。西蒙感到自己的心抽了一下。他不想知道哪本书正在经历着火刑。亚里士多德？托马斯·阿奎那？笛卡尔？他不安地看着手里那本奥古斯丁写的《忏悔录》。他还没到把这部辉煌的巨著用火烧掉的地步。

贝内迪克塔举着那本燃烧的书为他们在前面带路。在楼梯脚下是通往十字廊的那条走廊，玛格达莱娜几十分钟前还在那里寻找过可到外面的出口。

“往哪里走？”女商人小声地说。

玛格达莱娜看了看周围说：“我待的那座小教堂在左边。直走是韦尔夫家族的墓室，但是那里没有出口。让我们往右边走吧。”

刽子手的女儿现在也点着了一本书，走到贝内迪克塔的身边，进了一条更窄的走廊。不一会儿，西蒙产生了一种幻觉：火光中出现了两姐妹。一个年纪大一些，红头发高高地挽起一个发髻，穿着裘皮大衣；另一个披着蓬乱的黑发，穿着破衣烂衫，眼里冒着年轻人的怒火。但是，两个人的表情都坚定不屈。

玛格达莱娜看上去又找回了原有的自信。她满脸怀疑地从侧面看着女商人。

“穿着这么沉的大衣，你就跟森林里冬眠的胖熊一样，”她小声地说，“你最好让我在前面走。我年轻，动作快。”

“真是一条小母狗！”贝内迪克塔用法语骂道，“我不信你能救我们，如果我们突然遭到袭击的话。你忘了，我是唯一带着武器的人。”说着，她掏出了手枪，向前迈了一步。

刽子手的女儿嘲笑地看着那把小手枪。“跟女人放出的屁一样。用这个东西你连粪堆上的母鸡都打不死。你真应该看看我父亲从战争中带回来的枪。”

“可惜你父亲不在这里，不能保护他可爱的女儿。”

西蒙恳求地举起双手。“两位女士，我求你们了！先让我们从这里跑出去，然后你们再互相砍脑袋。”

贝内迪克塔轻蔑地朝身后西蒙站的地方看了一眼。“您说得对，我们已经浪费了好长时间。”然后她便走到最前面去了。

玛格达莱娜和西蒙跟在她身后。熄灭了的火把有序地挂在黑乎乎的墙上的架子上，在一个角落里放着一只黑黑的空松节油桶，看来火把的松节油都用完了。在走廊的左右两边不时地出现几个小洞或小走廊什么的，但是他们一直沿着主道跑。突然，玛格达莱娜撞到了贝内迪克塔的身上，因为她突然站在一个岔道前不走了。在这里出现了两条大走廊。

“现在我们往哪面走，绝顶聪明的女士？”刽子手的女儿悄声说。

贝内迪克塔手里举着烧了一半的书，一条很细的灰绳从她脸旁飞过，火焰偏向左面。

“右边的走廊看上去能到外面，”她说，“至少从那里吹来了风。所以我们要……”

就在这时又传来了拖地的声音和呻吟，而且是从他们附近的一个小洞里传来的。或许是远处传来的？咕噜噜，几块碎石滚到了地上，然后又静了下来。

贝内迪克塔拿着手枪，对着暗处。

“谁，不管你是什么东西，快点出来！”她大喊道，“我会给你一个好东西。快来拿！”

一个人咯咯地笑了起来。

西蒙和两个女人马上屏住了呼吸。咯咯的笑声回荡在走廊里，所以无法辨清声音是从哪里传来的。

又传来了声音。是鞋刮在地上的声音。

“你他妈的快出来！”贝内迪克塔大喊道，“你这个该死的家伙，我把你的蛋切下来！”接着她又用法语骂了一句：“我削了你的球，王八蛋！”

尽管西蒙很害怕，但他仍然惊叹，这个女商人竟然能像巴黎的马车夫那样骂人。她是在哪里学来的呢？但是他的思路被打断了，一个沙哑的、乌鸦般的声音从走廊传了过来。

“魔鬼，玛格达莱娜。魔鬼。他们现在钻进了我的体内。他们……通过我……在互相蚕食……玛格达莱娜，你能看见魔鬼吗？”

“噢，上帝，这是雅各布斯兄弟！”玛格达莱娜小声地说，“他没有死！”

“可能还是死了，”贝内迪克塔说，“这个声音听上去可不像……活人的。”

突然，西蒙闻到了一股味，先是很淡，然后变得越来越浓。是一种呛人的烟味，像是烧着了的松节油味；让人难以忍受的臭味钻进了鼻子里。味道是从前面有风的地方传过来的。一团团黑烟像雨前的乌云一样从这三个人的身边飘过去。声音现在变得更大了，像一股吹来的强风。

“魔鬼，玛格达莱娜。他们……在吞食……我……你能看见他们吗？你能看见他们吗？”

就在这时，他们的右前方出现了一只小火球，它飞快地朝他们滚来，而且变得越来越大，最后塞满了整个走廊。

“你能看见他们吗，刽子手的女儿？”

玛格达莱娜像其他两人一样，吓得一动不动。等她看清楚那只火球是燃烧的长袍时，已经太晚了。烈火从长袍的边上烧向里面，一支活生生的火把正朝他们奔来。

雅各布斯兄弟像一个燃烧的噩梦似的向他们扑来。

修士们像掘墓人一样拿着镢头刨小教堂的地面。他们个个累得满头大汗，一边用镢头刨，一边用铁锹挖。石砖、镶着十字的瓷砖以及嵌在地面上的马赛克都被砸得粉碎，扔到了教堂外面。下面露出了干干净净的泥土。

“继续挖！应该在这里。”

修士们气喘吁吁地把硬石头从地上挖起来。土里夹着很多砾石，所以挖起来特别费劲。虽然天气很冷，但是每个人的衣服都湿透了。白色的布料慢慢地变成了棕色。普雷蒙特雷的修士们不停地唉声叹气，他们不习惯干这么重的活。

纳塔内尔兄弟开始时还跟着一起挖，此时他站在了修道院院长的身边。这个多明我会的修士指着地下挖出来的坑。越往下挖，石头越多。

“那个医生肯定搞错了。十字架不在这里！”

波南迈尔忙乱地在教堂里四下看着，小教堂此时变成了一个碎石场。他们还有哪个地方没挖？他们忘了什么地方吗？他的目光落在了唯一一件还没有被砸碎的东西上。

祭坛。

约翰内斯兄弟看到了修道院院长的目光。“神甫，不要碰祭坛！”他叹了口气，“它是神圣的，而且……”

“不要废话，还不快过去。”奥古斯丁·波南迈尔走向那个白色的长方体。它的前面雕刻了一个简单的十字。他把盖在上面的红色丝绒布推到了一边，然后他们站在祭坛的后面，一起推它。修道院院长大声地喊着口令。

“一，二，三——推！”

吱的一声，这个大长方体开始向前倾，最后轰的一声倒在了地上。一团尘雾飞了起来。等尘雾散尽后，波南迈尔紧张地看着下面。

只有光秃秃的土。

那几个累得几乎晕过去的修士一下子全瘫在了地上。

修道院院长深深地喘了几口气，坐在被推翻的祭坛上。他的眼镜片上流满了汗水，所以他看不清周围。他把眼镜拿了下来，开始擦起来。

他忘记了什么东西。可是是什么呢？

谜语的答案是正确的，这一点他能肯定。如果答案是正确的，却在所提到的地方找不到任何东西，那么只能有一个原因：

这个地方发生了变化。

他的目光扫过穹顶，最后落在穹顶中间的拱心石上。上面写着一个数字。他把眼镜戴上，眯着两只眼睛读着上面的字。

1511。

奥古斯丁·波南迈尔轻轻地叫了一声，攥紧了拳头。他怎么能这么傻！他们所在的约翰教堂是1511年才建成的。这里根本不是正确的地方。但是修道院院长从修道院几百年的记录里知道，在施泰因加登曾有过一座约翰教堂。

只是在哪里？

波南迈尔闭上了眼睛，集中精力思考，过了一段时间后，他又想起来了。真的可能吗？他真的快要达到目的了吗？

他的脸上慢慢地露出了微笑。

“把镢头都放下！”他命令大家，“我们到另一个地方去找！”说完，他就走了出去，走进了黑暗。“这次我们要找到那个该死的十字架！即使我把整个修道院都挖遍了也无所谓！”

玛格达莱娜吓得目瞪口呆，她感到雅各布斯兄弟汇聚全身的力量朝自己扑来。她闻到了火的味道，燃烧的火使他整个人变成了一支巨大的火把。她绝望地想把这个燃烧的躯体推开，但是那个修士的手紧紧地把她扣在地上。刽子手的女儿从眼角的余光中看到一种黏稠的东西正像长线一样从上面滴下来。雅各布斯兄弟肯定是把走廊里的那桶松节油抹在了身上。烈火在他的衣服上噼里啪啦地乱蹿，灼热差点让她晕过去。修士的头正好在她的头上；火已经烧掉了他的头发、眉毛和睫毛。他的脸变成了一块黑东西，上面长着两只闪着疯狂之光的白眼睛和一个曾经是嘴的小洞，从那个小洞里正传来孩子般的叫喊。

“回来，玛格达莱娜！……”

玛格达莱娜绝望地把头转向一边，正好看到贝内迪克塔正举枪瞄准修士，同时避免伤到下面的她。手枪左右晃着，雅各布斯紧紧地压着玛格达莱娜不放。长袍已经变成碎片，从他的身上掉了下来，有些地方还粘在他的身上，烧到了肉里。刽子手的女儿感到，火苗也蹿到了自己的衣服上。

砰！走廊里传来了一声枪响。玛格达莱娜近旁的地面蹿起了石块，但是雅各布斯仍然坐在她的身上。玛格达莱娜听到贝内迪克塔在骂。显然她没有射中目标。

刽子手的女儿已感到眼前发黑。呛人的烟味钻到了她的肺里，钻心的疼痛像一群蚂蚁一样爬过了她的腿，那里的裙子已经沾上了火。修士烧焦的脸上那个红色咽喉又张开了。

“抹大拉的马利亚，不要离开我！待在……”

奥古斯丁的《忏悔录》从侧面打中了雅各布斯的脑袋，两只手合力重重地一击，把修士打倒了。西蒙又举起了那本大厚书，打向烧焦了的身体。书着了起来，但是西蒙仍然疯了一样狠狠地打着修士。

一只烧焦的手伸向空中，抓住西蒙的手腕，把他拽倒在地。医生踉跄了几步，倒了下去，仅一眨眼的工夫，全身着火的修士就扑到了他的身上。西蒙惊骇地看着烧成一坨的黑脸，上面只有两只白眼睛在闪光。烧焦的手指掐住了他的脖子。

天哪，他怎么还能活？

修士的脸靠得越来越近。他的手就像两根烧红了的铁棍，紧紧地卡住西蒙的咽喉。西蒙的眼睛快要冒出来了。

他要把我杀死……一个死人在杀死我……噢，天哪……

突然，修士的身体抽动了一下。他的目光一下子变得虚空，像一只泄了气的气球，吱的一声倒向了旁边。他张开嘴，却没有发出任何声音，一切都安静了下来。

在修士身后站着玛格达莱娜，她右手拿着一件亮闪闪的银色东西，上面滴着血。刽子手的女儿看着手里的东西，好像现在才明白自己是用什么刺下去的。

“一把……拆信刀，”她说，“我从图书馆里拿的。我想，我也许能用上它。”

她把刀扔到了地上，用手理了理烧黑了的裙子。

西蒙气喘吁吁地站了起来，看着她。玛格达莱娜的裙边着了火，束身衣上烧了几个洞，密密的黑发也被烧掉了一些。她的身体微微地颤抖着，眼神飘忽不定。但是看上去她已经恢复了镇静。西蒙几乎感到有几分自豪，自己能爱上这个姑娘。

她是一个真正的奎瑟，他心里想着。不是那么容易就被打倒……

玛格达莱娜用脚把曾是雅各布斯兄弟的那堆东西踢到了旁边。

“他得了一种病，让他慢慢地变疯，”她轻声地说，“多么残忍的一种死亡方式……”

“但是也比不上你父亲对我和西蒙的残忍，如果他因为亵渎教堂把我和西蒙活活地用火烧死的话。”贝内迪克塔接过话说，“现在怎么办？”

他们仍站在那个岔道。西蒙向四周看看。

“往哪里走？”他问。

贝内迪克塔朝右边看了看。“这个修士天天都从修道院拿饭拿水给这个姑娘送去。他现在肯定也想逃到那里去，然后改变了主意。让我们朝右边走。”

他们跟在她的身后，走在狭窄的走廊里，上了几级台阶后，走廊一直是上行。不一会儿，他们就站在了一扇木门前。

贝内迪克塔笑了笑，微微地鞠了一躬。“好了，这就是去修道院的门！”说完，她便按下了门把手。

门上了锁。

她使劲地摇晃了几下后，用全身的力量去撞门。那扇门吱吱地晃了几下，但是没有开。

“您难道疯了吗！”西蒙大声地训斥道，“您会把整座修道院里的人都吵醒！”

贝内迪克塔生气地看着他。“什么？那您有更好的主意，能从这里出去吗？”

“先让我们到另一条走廊里看看，”玛格达莱娜插话说，“到时候我们仍然可以再回来，想法把门打开。”

贝内迪克塔点点头。“这个主意不错，刽子手的小女儿。现在走吧！”

他们又走了回去，过了岔道，朝相反的方向走。与刚才相反，这条走廊似乎陷进了无穷的黑暗中。西蒙心里仍然不忍烧一本书；把《忏悔录》这本书毁了，是他在不得已的情况下才做的。所以他跟在两个女人后面，她们手里举着燃烧的羊皮纸卷照明。如果他刚才没看错的话，亚里士多德和托马斯·阿奎那的书在火里燃得正旺。其实他根本不想知道是谁的书。

最后他们来到了一扇小门前，门上的铁片已经生锈。这扇门比刚才的那扇要老很多。门把手和锁头都生了一层绿锈，看上去好长时间都没动过了。

“怎么办？”贝内迪克塔问，并做了一个请西蒙讲话的动作，“您这次想试试您的运气吗？”

就在这时，他们听到了门后的声音。那边，正有人朝这里走来。

戏院紧挨着修道院的东边围墙，还没有完全建好，但是仍然可以很清楚地看出将来会是什么样子。两层楼，四角都有塔形凸窗，上面安上了怪兽饰滴水嘴。在正门的上方雕刻着修道院的院徽，同时还有两张面具——一张笑脸，一张哭脸。

奥古斯丁·波南迈尔迈着大步径直朝这座房子走去，其他的修士紧追慢赶地跟在后面。戏院也是他著名的建筑项目之一，他用了好长时间才说服了自己修会的兄弟。施泰因加登的修道院院长也想像耶稣会的神甫一样，用音乐、灯光和欢乐的场景让人们相信正确的信仰。戏院是天赐的工具，用来对付那些不善于夸张的、敌对的路德会教徒；但是让波南迈尔的神圣戏院充满生命的活力，需要有很多的幻想能力。修道院院长连停都没停一下，就推开了戏院的大门，走了进去。修士们带来的火把马上让观众看戏的房间映在一片淡黄色的火光中，墙上和长廊中出现了跳动的人影。前面有一个用刨光的红松木搭成的近两米高的舞台，舞台前建了一个乐池。舞台上没有布景一类的东西，堆满了一捆捆的布料、木板，绳子和滑轮还吊在没有粉刷的房顶上。

奥古斯丁·波南迈尔看看跟在身后的修士，上了舞台的窄楼梯。

“快点！看在上帝的面上，快点！我们马上就到了！”

修道院院长把一捆布料推到了旁边，走到了舞台中间的一个长方形的木台上。然后他指着房顶吊着的滑轮。

“按右边的闸！”他朝着约翰内斯兄弟喊道，“把闸按下来，把绳子放下来！”

其他的人也跟着他站在那个木台上，看着约翰内斯兄弟慢慢地把绳子放下来。咯吱吱，咯吱吱，长方形木台与台上的修道院院长和修士一起降了下去。

“这是一种活门，可以表演魔鬼、天使和救世主本人升天或消失的场景。”波南迈尔给纳塔内尔兄弟解释说，纳塔内尔兄弟正点着头四处看着，表示钦佩。修道院院长的脸上露出了梦幻一样的表情。“到处都安了滑轮。舞台上会有一个侧景，可以升起和降下帷幕，还有一部制造云彩的机器！不久，在这里看了演出之后走出去的人们就会感到，他们见到了上帝！可以说是一种地上的天堂！我们到了……”

木台咯吱咯吱地落在了地下室的石头地面上。这个房间看上去是由无数个小房间和角落组成的；到处都是支撑着屋顶的柱子，墙上和地上是风化了的墓碑，只能从那些堆满了的箱子、架子和柜子来判断这个拱形地下室真正的大小。一个损坏的马利亚雕像倒在了一只滑轮旁边，地上还有几个被时间和鸽子粪便腐蚀了的石天使和怪兽饰。在这些东西中还有几样奇怪的器械，一下子看不出它们都有什么作用。

“我们在建戏院的时候发现了这个地下室。”波南迈尔说，罗塔兄弟把一支火把递给了他。“是一个很古老的教堂地下室，在战争时期，人们可能躲在了这里。最初我想把这里的坟墓都挪到墓地那里去。但是后来我想，我可以利用它做舞台的密室，储藏戏装。现在……”说着，他走到了一个墓碑前，用手拂了拂上面的灰尘。“我感到，我马上就要达到目的了。”他悄悄地说。

“这是老约翰教堂？”纳塔内尔兄弟怀疑地问，“您为什么这么肯定？施泰因加登的修道院也很古老了。很可能这里也是一个被人遗忘了的地下墓室。”

修道院院长摇摇头，指着那些墓碑。“你们看这些碑文！”他小声说，“这些都是修道院院长和修道院高级神职人员的坟墓。我把他们的死期都好好地看了一遍，最晚的一个是1503年，教堂旁边的那座约翰教堂是在1511年建的！是八年以后建成的。这并不是出于偶然！我敢肯定，这里从前是约翰教堂的地下墓室。经历了这么长的战争年代，人们把它完全忘记了！”说着，他开始敲打起墓碑来。“现在我们只要找到隐藏室的入口。我建议……”

他们的头上吱地响了一声，修道院院长抬头往上看了看。接下来又传来砰的一声，好像一个沉重的袋子倒在了地上。

“约翰内斯兄弟！”波南迈尔喊道，“你在上面搞什么鬼？”

上面的修士没有回答他。

“该死，约翰内斯，我在问你呢！”

但是仍然没有回应。

修道院院长把脸转向纳塔内尔兄弟。“我希望你能到上面去看看。我们没有时间管这些小孩子的事。”

纳塔内尔点点头，把匕首咬在嘴里，抓着滑轮的绳子爬到舞台上。

奥古斯丁·波南迈尔检查着每一块墓碑。上面画着十字交叉的骨头、死人头颅，有时还有一个站着的修士，闭着双眼，双手交叉放在胸前。那些人死去的年代都是用罗马数字标明的。

突然，波南迈尔在一块风化得特别厉害的墓碑前停了下来。

“奇怪，我还没有注意过这段碑文，”他一边说，一边用指尖敲敲墓碑，“我不知道有一个叫这个名字的修道院院长。”说完，他弯下了身子，戴着夹鼻眼镜靠到近前去看。“而且年代也不对。”

他抹掉了墓碑上的灰尘，可以清楚地看见写在十字交叉的骨头下面的文字。

H. Turris CCXI。

“H. 图里斯211。这是什么意思？”波南迈尔自言自语，“也许是一个叫霍拉齐欧•图里斯的贵人，死于公元211年？……是一个罗马官员，在这里找到了最后的安息之地？”

站在一边的罗塔兄弟忙点头应是：“您说得对，大人。”

“傻瓜！”修道院院长严厉地看着这个修士，“这个修道院的年代是很久了，但是还没有这么古老。”

“也许是代表千位数字的字母M被风化掉了，”罗塔兄弟马上接过话，想弥补刚才的错误，“也可能是MCCXI，即1211年？”

修道院院长沉思地摇摇头。“如果是这样，其他的字迹也不会存在了。这里肯定有什么秘密。快把你的火把给我，快！”

修士不解地看着波南迈尔举着火把，从近处仔细地察看碑文和下面的年代。

“H. Turris CCXI。”他一边念着，一边细看下面的年代。突然，他有了一个想法，开始在灰尘里写起字来，写完了，擦掉，擦掉了再写，重复了好几遍。罗塔兄弟不解地看着他。

“神甫大人，您这是在干什么！……”

“闭嘴！你最好拿火把把这边也照得亮一些。”波南迈尔生气地说。修士沉默地举起纳塔内尔留下的火把，看着修道院院长在灰尘里写下的字又被擦掉。

最后，奥古斯丁•波南迈尔停了下来。他的脸上放出了光芒，镜片后面的眼睛眯成了一条缝，嘴角挂上一丝笑容，像一个小学生终于解出了一道难题一样，满意地看着地上的字母。现在，这个名字和年代组成了两个新词。

是两个很有名的新词。

Crux Christi……

“从H. Turris CCXI变成了Crux Christi。耶稣的十字架，”波南迈尔小声地说，“一个字谜。只是把字母换了个位置……这帮该死的圣殿骑士和他们的谜语！现在，这一切都该结束了。”他指着那块墓碑。“快点把它砸开！”

第十五章

从门那边传来了闷闷的声音，越来越响，突然又停止了。西蒙屏住呼吸。他敢肯定，他听到了修道院院长的声音。他们通过秘密通道到了约翰教堂吗？但是这条秘密通道让他觉得很长……医生失去了方向感。他把手指放在嘴上，示意两个女人不要出声。过了一会儿，又传来了当当的声音。在门后好像有人正用镢头刨着一块石板。

西蒙轻轻地按了一下门把手。没想到，那扇覆满了绿苔的小门竟然开了一条缝，然后便卡住了。医生从门缝往里看，除了一堆堆挡住了视线的土堆，他什么都看不见。他用肩膀撞了撞那扇门，小门竟然吱吱地又开大了一些。镢头还在叮叮当当地刨着。现在西蒙完全可以听清修道院院长的声音了。

"快点，快！后面就是门！他妈的，像驴一样，快点！"

突然，从上方传来了一声巨响。肯定有什么又大又沉的东西从上面掉了下来。奥古斯丁•波南迈尔静静地听了一会儿，然后又大声地喊起来。"不管上面是天塌下来还是怎样，我们不能停下来。继续干！"

门缝终于足够宽了，西蒙和两个女人都能钻出去。在门边立着一个巨大的、有些腐烂的架子，他们三人躲在了后面。西蒙朝架子上看了一眼，不由得愣住了。架子上放着好多长着歪鼻子的面具、假发套、假胡子和被蛾子咬出了很多洞的戏服。在架子旁边他还看到了一部他从没见过的怪机器：在一辆小车上横挂着一只木桶，从桶里露出了一个摇柄，木桶本身用布缠了起来。西蒙揉了揉眼睛。他们现在到哪里来了？这不可能是约翰教堂。或许还真是？

医生小心地从架子后面探出头来。他看见了一个杂乱无章的地下穹顶洞，在洞顶中间有一扇小天窗，紧紧地拴着绳子，与地上的一个木台相连。西蒙看到了一个看守图书馆的修士，他正在一个角落里用镢头刨一块墓碑。他身旁是奥古斯丁·波南迈尔，后者正忙着把石块搬到旁边去。等墓碑上的洞足够大的时候，修道院院长整理了一下自己的白长袍，钻进了洞里。

“把火把给我，快点！”

修士把火把递给了波南迈尔。不一会儿，墓碑后面就传来了喊声。

“圣母马利亚，我们找到了！我真的找到了！”

施泰因加登的修道院院长开始歇斯底里地笑起来。罗塔兄弟也好奇地爬进洞里。等修士在洞口消失的时候，西蒙给两个女人打了招呼，他们一起溜到了墓碑前。西蒙一点一点地把脑袋伸进洞里。

他终于鼓足勇气，往里看了一眼。

纳塔内尔兄弟嘴里叼着匕首，抓着绳子到了舞台上面，这时他才发现自己把火把忘在了下面。戏院里如魔鬼的屁股一样黑，伸手不见五指！约翰内斯兄弟有一只灯笼的，可是灯笼不见了，就连那个修士也不见了。

“约翰内斯兄弟！”纳塔内尔喊道，“你在这里吗？”他的声音回荡在空无一人的戏院里，没有人回答他。

纳塔内尔记得，刚才在舞台边的墙上看见了几只烛台。他几乎是如瞎子一般朝那个方向走去，终于抓住了一只铜烛台。他用冻得僵硬的手从长袍下面拿出了自己总带在身上的火绒盒，把烛台上的五根蜡烛点着了。虽然用了一段时间，但是他最终可以模糊地认出舞台和观众席。哪里都没有约翰内斯兄弟。

纳塔内尔手里拿着蜡烛，穿过舞台，在一堆卷在一起的帷幕前停了下来。他刚想下台阶到乐池去，突然看见地上有种亮晶晶的东西。他拿着烛台往那里照了照，看出是从那堆帷幕里流出的液体。

是血。

“真他妈的见鬼……”

纳塔内尔把布卷踢到了旁边，看见约翰内斯兄弟躺在地上，脸上被打得一塌糊涂，像一只扔在垃圾堆里的木娃娃。修士微微地喘着气，鲜血从鼻子和脑后的伤口流出来。纳塔内尔简单地检查了一下他的伤情，然后生气地一脚把他踢到了一边。约翰内斯兄弟的脑袋会有几天疼得嗡嗡响，但是他不会死；现在重要的是要知道，谁在跟踪他们。

“是好样的你就站出来，告诉我，你是谁……”

就在这时有人轻轻地哼了一声，声音很小，一般的人根本听不见。但是纳塔内尔却不同，否则，他不会在西班牙遭到多次的暗杀后，仍然能死里逃生，跑到普法芬温克尔这个小地方的一座戏院里寻找最后的安息之地。他用尽全身的力量向前滚去，因为还算及时，才没被从房顶掉下来的沉重的舞台帷幕砸在下面。帷幕轰然落地，盖住了蜡烛、枝形烛台和约翰内斯兄弟的头。约翰内斯兄弟的呻吟立刻中断了。

纳塔内尔一跃而起，看着房顶。他的目光扫过长廊和侧面的楼梯，手里紧张地玩弄着那把匕首。

“不管你是谁，快点出来！”他喊道，“你这个胆小鬼！出来，像男人一样奋战！”

突然，修士从眼角的余光中看见一束火苗蹿了起来，越烧越旺。纳塔内尔骂了一声。显然是刚才掉下来的蜡烛把帷幕点着了。

他想把火踩灭，突然听到身后的绞车咕噜噜地响了起来。修士转过身，看见一个巨人用左手拽着绳子从房顶下来。这个人的右手握着一根虽然短小，却十分结实的木棍。

“没人叫我胆小鬼，”刽子手愤怒地说，“尤其是你不能叫。对付你我不用在暗处。像你这种微不足道的黑长袍，我一会儿就能弄凉了。”

雅各布·奎瑟一步跨过正在燃烧的帷幕。火焰把舞台映入一片跳跃的火光中，刽子手举起手中的木棍，一步步地逼近准备迎战的修士。

西蒙把自己的脑袋一点点地移过去，直到他能看到洞口里面为止。洞里的空间长宽只有几米，散发出一股腐烂的味道。在火光中，修道院院长和他的助手跪在对面的一个小祭坛前，祭坛上面挂着一个简单的十字架。十字架约齐肩高，看上去很旧、很破。生锈的钉子凑合着把两根木头钉在了一起，歪歪斜斜的。有些地方已经碳化了。但是奥古斯丁·波南迈尔低着头，好像是圣母马利亚站在他面前一样。过了一会儿，他才结束了祈祷，小心地把那个圣十字架从墙上拿下来，亲吻了一下。

“耶稣的十字架！”他悄悄地说，“我们的救世主曾摸过这块木头。你自已看……”他一边说着，一边指着右边的横梁。罗塔兄弟马上弯下身子，仔细地看着那里。“这里，是钉子留下的眼儿！”修道院院长说，“他的手应该是被钉在了这里！”

“神甫……”罗塔兄弟小声地说，声音很低，西蒙几乎无法听清，“十字架……我一直以为这个十字架应该很大……”

“傻瓜！”奥古斯丁·波南迈尔推了一下助手的脑袋，“这只是十字架的一部分，其余部分都被毁坏了！圣殿骑士的任务是在十字军东征的战役中扛着十字架，保护十字架。但是在哈丁战役他们却失败了！十字架落到了敌人的手中，几乎全被毁坏了。扛十字架的人是那个弗里德里希·威尔德格拉夫的先祖！”修道院院长的手紧紧地攥住那根腐烂的木头。“他救出了一部分，并据为己有。从那以后，十字架就被认为是失踪了。现在，它又被找到了，就在我们的施泰因加登。谁会想到呢？”波南迈尔抚摸着那两根腐烂的横梁，就像抚摸好久没见的情人。

西蒙感到玛格达莱娜在身后往前挤，也想看看里面。他能感觉到她柔软的身体慢慢地靠近自己，感觉到她呼出的略带酸味的热气吹到了脖子上。

“西蒙，快告诉我们，”她悄悄地说，“里面在干什么？”

她又靠近了一些，太近了，他觉得自己在慢慢地失去平衡。他向前倒了下去，扑通一声跌倒在墓碑的碎石片上。

奥古斯丁·波南迈尔马上转过身子，他的脸上充满了仇恨。

“福荣威泽！”他大声地训斥道，“我真应该马上把你杀掉！现在也不晚。罗塔兄弟！”他指了指那个修士，后者正从地上拿起一块石头，一步步地逼向西蒙。“你是为上帝而战！这是上帝的旨意！”

“您最好还是放弃吧。”

贝内迪克塔出现在洞口，手里拿着那把刚才用过的手枪。西蒙不知道她在这期间是否又给手枪装上了火药，但是手枪至少起了一定的作用。罗塔兄弟停下了脚步，犹豫地看着修道院院长。玛格达莱娜也出现在洞口。奥古斯丁·波南迈尔看着这三个人，一时不知道怎么办好，然后脸上露出了笑容。他看上去像是改变了计划。

“啊，我看到，有情人又重逢了。多好啊！”施泰因加登的修道院院长朝西蒙走近了一步，“不过我听雅各布斯兄弟说，你的玛格达莱娜野性十足。唉，一个修士又怎么能理解女人呢……”他咧着嘴笑了笑，好像开了一个玩笑似的。“简直就像上帝亲手安排的一样，这个小姑娘在奥格斯堡正好落进了他的手里！以上帝的名义发誓，我们没动她一根汗毛。她只是一种……人质，危险的时候不让她父亲插手此事。雅各布斯兄弟怎么样了？”

“您用他可以把整座该死的修道院都照得透亮，”玛格达莱娜愤怒地说，“他正燃烧着呢，就像我父亲亲手点着的一样。”

修道院院长温和地摇摇头。“这么多仇恨！我提个建议。”说着，他又朝三人走近了一步，右手拿着那个十字架。但是贝内迪克塔用手枪瞄着他的脸。

“不许动，”她小声地说，“否则血将流到这个十字架上。”

修道院院长抱歉地举起双手。“我们不想吵架。如果我没记错的话，罗滕布赫仍然在捉拿你们这两个亵渎圣物的罪人。我已经把你们的名字告诉了罗滕布赫的修道院院长米夏埃尔兄弟。相信我，他今天就想看到你们被火烧死了。但是我也可能搞错了，真正的罪犯是一些土匪。我发誓……”

“这是一个肮脏的谎言，王八蛋！”贝内迪克塔愤怒地骂道。

修道院院长耸耸肩。“谎言还是事实，您想冒险吗？我手里攥着你们的命运。如果杀了我，你们就要像流浪者和逃犯一样在巴伐利亚地区逃命。让我带着十字架走，你们获得自由。”

“我们怎样才能确保您不出卖我们呢？”西蒙问。

波南迈尔面带微笑，举起手放在腐烂的木头上。“我在真正的耶稣十字架前发誓。还有比这更重的誓言吗？”

贝内迪克塔看着西蒙和玛格达莱娜。很长时间没有人说话。最后，女商人叹了口气。

“我本人可以接受这个建议。我以为能找到真正的财宝——一件红宝石首饰或金十字架什么的，一个用丝绒布包着的箱子，天知道都有什么宝藏！但是这个烂十字架跟那些成千上万的也被认为是真正十字架的木条没什么区别，一文不值。我用它挣不了钱，您留着吧！”

“贝内迪克塔说得对，”西蒙朝修道院院长说，“您怎样才能让信徒相信，这个是真正的十字架呢？”

“这个就是真正的十字架！”波南迈尔坚持说，“至少是它的一部分。那些该死的圣殿骑士一直让教会觉得，他们占有这个十字架。罗马教廷一直对他们伸出保护之手，即使发现他们与教廷分道扬镳，变得越来越自负、越来越自私。当法国国王把他们一网打尽的时候，教廷曾希望找到十字架。许多圣殿骑士都被交给了罗马教廷宗教裁判所，但是即便在重刑拷打下也没有找到这件圣物。我们几百年里都在寻找它！我们从异教徒那里抢救了很多圣物，这些异教徒像雨后的毒蘑菇一样，成堆成群地从地上冒出来，可是真正的十字架仍然无影无踪！现在它终于回到了神圣的天主教会的怀抱。一切都会变好的！奥格斯堡的主教将会向教皇报告我们的发现，神圣的教皇将为我们证实这个十字架是真的。”

“您真的相信这些吗？”西蒙问。

奥古斯丁•波南迈尔急忙点点头。“经教皇祝福后，这个十字架就成了基督教会最高的圣物！人们会远道而来，到我们这里朝圣。我已经计划在威斯宝恩霍伏建一座华丽的朝圣教堂……”

“噢，上帝，誓言，这个十字架上沾满了鲜血！”玛格达莱娜打断他说。她指着贝内迪克塔。“她哥哥的血，还有其他人的血！我也差一点因为这个十字架死掉！”说着，她威胁地向修道院院长走了一步，“如果你相信，你我能相安无事地从这里离开，向人继续讲你这些废话，那你真是想得太美了。我将让我父亲揪着你的脖子不放。他要把你的骨头和十字架都打断！”

“玛格达莱娜，你冷静点！”西蒙说，“修道院院长的建议不错。死人已经死了，而且……”

“等一下！”贝内迪克塔打断了他的话，“你们闻到了吗？”

西蒙伸着鼻子闻了闻，一股呛人的烟味钻进了鼻孔。是从他们身后的大房间里传来的。

“着火了！”贝内迪克塔大喊起来，“快离开这里！”

他们一起跑回前面的穹顶房间，浓浓的烟雾从舞台的入口涌了进来。不一会儿，整个屋顶就像十一月的天空被一层乌云遮住一样。修道院院长站在一堆碎石上，把十字架紧紧地抱在胸前，好像他瘦长的身体能抵抗火焰的袭击。

他嘴里唠唠叨叨地念着祷文。

在上面的舞台，火焰蹿到了厚厚的丝绒帷幕上，就像钻进了干草里。火苗很快就爬到了屋顶，钻进长廊，在所到之处马上留下了残灰。不一会儿，整个观众席就被映在一片红红的火光中。虽然是寒冷的一月，但是戏院里灼热难耐。

刽子手和修士像两条转着圈角斗的恶狼，都在等着对方犯下一个致命的错误。最后纳塔内尔兄弟决定先出手。他向右边虚晃了一下，然后拿着匕首从左边向刽子手刺来。雅各布·奎瑟躲了过去，用胳膊肘撞了修士一下，纳塔内尔向前面倒了下去。在栽进燃烧的帷幕之前，他就地一滚，像猫一样，两脚重新在地上站稳，再次进攻。

刽子手没有预料到这个人的动作如此轻快。匕首刮到了他今天下午已被强盗伤了一次的右胳膊。奎瑟忍住痛，挥起木棍打了下去，但只是轻轻地击到了纳塔内尔的肩上。修士转了半圈，突然蹲下去，拿着匕首直刺刽子手的腘窝。奎瑟纵身一跳，躲过了这一击。但是等他在浓烟中看到地上的帷幕呼呼地烧着了的时候，已经太晚了。为了不落在火堆里，他在空中改变了方向。他踉跄地落在了帷幕的前面，刚好抓住了一幅画着蓝天白云和高高在上的上帝的布景画。

当刽子手抓着这幅布景画站起来的时候，沉重的布景墙竟然向前倒了下来。奎瑟和无所不能的上帝一起倒在了地上，被压在布景下面。随着几声轰鸣，其他的布景墙也跟着倒了下来。

一下子静了下来，烈火在噼里啪啦地燃烧着，一个带着外国腔的沙哑声音在讲话。

“我在萨拉曼卡曾遇到过一个像你这样的人，”他轻声地说道，“长得很高，很壮，但是很愚蠢。当他拿着双剑向我砍来的时候，我把他的脖子抹了。在他倒下去之前，他瞪着眼睛，不敢相信地看了我好长时间。”

雅各布·奎瑟试图把粘贴着亚麻布的木框架从自己的身上推开，可是无论他怎么推，木框架都纹丝不动，什么地方卡住了。刽子手在下面听到脚步在布景画周围来回地走动着，修士用匕首刷刷地刮着亚麻布。纳塔内尔用匕首把布景画从上到下划了一条大口子，不一会儿他就能刺到刽子手的脖子。

“教会不是一群前往屠宰场的温顺羊羔，”修士一边说，一边划着，“教会一直都需要像我这样的人，正因为如此，才能存在这么久。教会必须惩罚，必须消灭，就像施洗者约翰对我们的救世主预言的那样。奎瑟，你知道《圣经》里的诗篇吗？他手里拿着簸箕，要扬净他的场，把麦子收在仓里，把糠用不灭的火烧尽了。”匕首停在了刽子手的喉咙上方。“现在你就是糠，奎瑟！”

突然，刽子手的拳头从画上的救世主的嘴里打了出去。他用手紧紧地抓住修士拿着匕首的手腕子，把纳塔内尔使劲地往下拽。修士失去了平衡，跌进了布景里，手里的匕首当的一声掉在了地上。又有一只手从布景里伸出来，紧紧地卡住了纳塔内尔的脖子。这只手像螺丝一样，越攥越紧，修士绝望地想站稳脚。现在刽子手的另一只手也卡在了他的脖子上。纳塔内尔就像一条跳上了岸的鱼，不停地挣扎着，他的手钻过了布景，但是它们够不到下面的那个人。修士挣扎着，划着两只胳膊。纳塔内尔的动作越来越弱，最后他脑门着地，倒在了地上。看上去他好像正在亲吻布景画上的救世主的嘴，然后他向边上滚了一下，便睁着眼睛一动不动地躺在了舞台上。

雅各布·奎瑟从木框下面爬了出来，很可惜地看了一眼地上的多明我会修士。

“你为什么非要说这么多话，”他一边说，一边在衣服上擦着那两只沾满了灰的大手，“如果你想杀人的话，就马上杀，不要说那么多的话。”

直到这时，他才注意到身边地狱般的场景。火焰已经烧到戏院中间的座椅上，就连奎瑟脚前的布景画也着了火。长廊的一根廊柱已经掉了下来。

舞台上的那个洞口除了浓烟外，什么都看不见了。刽子手一边咳嗽，一边走下楼梯，朝大门走去。他摇着头，又向周围看了看。谁现在还在地下室，肯定是必死无疑了，除非他能找到其他的出口。如果现在下去，简直是发疯。

他已经走到了戏院的中部，这时突然听到滑轮吱吱地响了起来。

地下室的浓烟让人什么都看不见了，滑轮的绳子消失在一片灰色的烟雾中。西蒙的脑子飞快地转着。他们走的那条通道现在可能也充满了烟雾。唯一的一条出路就是到上面去。医生跑到那个降下来的木台上，看看如何能把它再升上去。

“这里也应该有一个滑轮！”他朝贝内迪克塔和玛格达莱娜喊道，“一个摇柄，一个闸什么的！快帮我找！”

西蒙从眼角的余光看见奥古斯丁·波南迈尔仍然拿着十字架站在坟墓前。修道院院长两眼直直地看着从舞台上面蹿下来的火苗。忽闪的火光映在他鼻子上斜戴的眼镜上。波南迈尔刚开始的默祷已经变成了大声的朗诵，他毫不在乎头上的戏院马上就要塌下来了。

“第一位天使吹号，”修道院院长高声地朗诵着，“就有雹子与火掺着血丢在地上……”

“那个该死的滑轮在哪儿？”西蒙朝着罗塔兄弟的耳朵大吼起来，罗塔已经吓呆了，正望着上面的浓烟。“如果你想从这里活着出去，快张开你的狗嘴！”

罗塔兄弟指了指放戏装的架子旁边的一个不显眼的摇柄。西蒙不再多问，马上跑过去摇起来。

“快！”他朝两个女人喊，“快到木台上来！我把你们送上去。你们到了上面后，再把它放下来。快！”

玛格达莱娜和贝内迪克塔犹豫了一下，然后跑向木台。西蒙继续摇着摇柄，两个女人一跃而上。

“西蒙，小心！”玛格达莱娜突然喊了起来，“你身后！”

砰的一声，西蒙的脑后遭了一击。在倒下去的时候，西蒙看见修道院院长举着十字架站在面前。

“是你们放的火，对不对？”波南迈尔悄声地问他，“你们想把这个十字架烧掉。但是你们不会得逞！你是什么人，西蒙·福荣威泽？路德会教徒？加尔文宗的信徒？你和圣殿骑士有什么关系？”

“神甫，您冷静些！”西蒙气喘吁吁地说道，“我们为什么要放火？我们不是把自己都烧死了吗？我们要一起……”

十字架又朝他砸了下来。西蒙刚好把手举起来，挡住了脸。但是修道院院长的力气很大，让西蒙一时感到两眼发黑。

一声枪响，西蒙醒了过来。显然贝内迪克塔又往枪里装上了火药。修道院院长仍然站在他的身边，再次举起手里的十字架，准备把西蒙打死。但是他抓住了自己的白色长袍，上面一块红色的血迹慢慢地散开了。他十分惊奇地看着自己手上的鲜血。

“跟我们救世主身上被罗马士兵用长矛刺伤的地方相同，”波南迈尔小声地说，然后欣喜若狂地向上看着房顶，“现在不用再怀疑了。上帝选中了我！”

西蒙想站起来，但是两条腿不听使唤。他躺在地上，看着波南迈尔朝那两个女人跑去，手里舞着十字架，尽管他肚子上挨了一枪。

“你们这些该死的异教徒！”修道院院长大声喊着，“十字架又回到了教会的怀抱！为了让这个地方也变得神圣，上帝把它交到了我的手里！你们不能阻挡我！”

贝内迪克塔蹲了下去，等修道院院长再次挥着十字架打来的时候，她伸腿绊了他一脚，波南迈尔踉跄了几步，眼镜掉在了地上。他磕磕绊绊地撞到了对面的墙上，才站住。他疲惫地靠在十字架上。血从他的长袍下面流了出来，但是他的力量看上去并没有被削弱。

“他妈的，罗塔兄弟！”他一边喘着气，一边朝自己的助手喊。罗塔满眼是泪，像小孩子一样吓得浑身发抖。“你振作起来。你面前站着的是教会的敌人——异教徒！你要按我教你的去做！这是上帝的旨意！”

最后一句话把修士从惊骇中唤醒了。他振作起来，身子不抖了，大喊一声，便朝玛格达莱娜扑去。她正想跑过来帮西蒙。刽子手的女儿经常会给厚脸皮的手工匠几个嘴巴，但是罗塔兄弟确实是另一号人。他身高六英尺有余，膀大腰圆，两只胳膊上长着结实的肌肉，像奥格斯堡的撑筏工一样粗壮结实。他举起手来站在那里，就像一个粮囤。玛格达莱娜东躲一下，西躲一下，跟他绕圈子，跑到了一个架子后面。她没有任何计划，她只知道必须躲开这个修士。也许跑的时候能想出个办法来。玛格达莱娜又绕了几下，但是罗塔兄弟紧紧地贴在她的身后。她钻到架子下面，跳过了一件不知干什么用的器具；她爬上了一口石棺，又跳到了一堆碎石上。

她的右边突然出现了一只巨大的衣柜，里面装满了戏服。玛格达莱娜马上钻了进去，希望那个修士走过去，看不见自己。她闻到了灰尘的味、衣服长时间放在潮湿的地方散发出来的霉味。

刽子手的女儿突然感到自己并不是一个人在柜子里。还有一个人在喘气，浑身散发出汗味。

当她把一件银色的天使戏服推到一旁的时候，她看见贝内迪克塔正蹲在那里。

女商人把手指放在嘴上，示意她不要出声。两个女人离得很近，玛格达莱娜还从没靠近过自己的竞争对手。贝内迪克塔的脸上也是一副惊恐的样子。那些优雅的举止、礼貌和法语一时都不见了。她满头是汗，头发乱蓬蓬地掉在了脸上，那身高雅得体的服装也沾满了黑灰，撕成了条状。但是，在这些外表背后，玛格达莱娜在她身上看到了一种此时才显露出来的东西。贝内迪克塔的眼里闪着一种野性的光芒；刽子手的女儿在里面看到她时刻准备作战、不可抗拒的意志和一种内在的坚强，这个兰茨贝格的女商人无疑比许多男人还胜出一筹。玛格达莱娜曾见过这样的眼睛。

在镜子里。

两个女人对视了几秒钟。吱的一声响，把两人从沉思中唤醒。玛格达莱娜吃惊地看着旁边，她感到柜子在倾斜。

“贝内迪克塔，小心！”

玛格达莱娜从衣柜的背板听到罗塔兄弟在喘气，显然他正在用力推这只大衣柜。不一会儿，衣柜被掀起来了，然后两个女人就被压在了衣柜和一大堆戏服里。此外，她们还闻到了烟味，附近的戏服肯定着火了。

玛格达莱娜吃力地推着衣柜的门，但是门被卡住了。烟越来越浓，她听到身边的贝内迪克塔在咳嗽。刽子手的女儿在惊慌中东敲一下，西打一下。突然，她从衣柜上面的裂缝里看到了一丝光线。她用胳膊使劲地撞上面的木板，木板最后咣的一声跟衣柜分开了，落在了地上。光线和空气一起涌进衣柜里，等两个女人连咳带喘地从柜子里钻出来的时候，正好看见修道院院长带着十字架站在木台上往上升。罗塔兄弟在下面疯狂地摇着那个摇柄。

“十字架得救了！”奥古斯丁·波南迈尔一边喊着，一边看着上面的舞台出口，“在异教徒下地狱的时候，它正升入天堂！可惜，这场戏永远不会上演，否则肯定能拥有很多观众！”

说着，修道院院长就在一团浓浓的黑烟中消失了。一部分舞台开始塌下来。

快到大门口的时候，雅各布·奎瑟又转过身朝舞台看了一眼，看见一个穿着白色长袍、身上沾满鲜血的人从下面升上来了。他手里拿着一个齐肩高的十字架，嘴里正喊着什么，但是因为燃烧的烈火，奎瑟根本听不清这个人在喊什么，只听到了“天堂和地狱”。刽子手并不是十分虔诚的信徒，但是他有一刻真以为看见了救世主流着血从火中来到了人间，来审判人类。

难道最后的审判开始了吗?

雅各布·奎瑟眨眨眼睛，现在才认出来，这个穿着白长袍的人是施泰因加登的修道院院长，显然他受了伤，正踉跄地走在舞台上。波南迈尔正在寻找可下到观众席的出路，台阶已经着了火。刽子手愣了一下。天哪，舞台下面到底发生了什么?奎瑟刚刚听到了一声枪响，下面好像经历了一场搏斗。和谁呢?

此时，奥古斯丁·波南迈尔已经认出了浓烟后面的刽子手。修道院院长尖声地叫着，并用手指着雅各布·奎瑟。

“你也不能阻止我!”他大喊道，“魔鬼把你派来了，奎瑟!但是上帝站在我这边!”

波南迈尔手里拿着十字架向舞台的左侧跑去，那里有一道小旋转楼梯直通上面的长廊。最上面的几级台阶已经变成了烧红的木炭，但是修道院院长并不畏惧。他纵身一跃，抓住了长廊上的扶手。他仅用一只手抓住扶手，悬在熊熊燃烧的观众席上空，右手仍然拿着十字架。

“您快把十字架扔掉吧!”奎瑟喊道，“否则的话，您的上帝马上就站在您对面了!”

但是修道院院长在熊熊的烈火中根本听不见刽子手的话。他完全沉浸在一个充满烈火、仇恨和疯狂的世界里。他死命地攥着十字架，想拽着长廊的栏杆荡过去。他就像一只吊在上面的钟摆，两条腿来回地摆动着。突然，燃烧的栏杆承受不住了，波南迈尔大叫了一声，便头朝下栽进了下面蔓延在观众座椅间的烈火中。

十字架在空中停了一秒钟，最后也啪的一声跟着修道院院长掉了下去。

有那么片刻，奎瑟觉得他看见从观众席间伸出了一只手，在空中乱抓了几下；之后，燃烧着的木头和砖瓦像冰雹一样噼里啪啦地掉了下来。奥古斯丁·波南迈尔仅仅是留在记忆中的一个人了。刽子手站在敞开的大门前，看着烈火燃烧。整座戏院变成了一个火刑堆。

冒着烟的木头块和烧成灰的帷幕如倾盆大雨一样落在西蒙和两个女人的身上。空气炙热得让人无法喘气，浓浓的烟雾熏着眼睛，钻进了肺里。烈火从上面的舞台慢慢地烧到了下面的地下室。

把修道院院长用木台送到了上面后，罗塔兄弟想把木台再放下来。但是绳子已经着火，木台从上面吱吱地坠下来，撞在地上，摔坏了。修士紧张地看着周围，现在，他跟那些他刚才还想统统杀死的人一起困在了下面。他们会来袭击他吗？为什么修道院院长把他扔下不管了？

现在西蒙又能站起来了。他的头很疼，鼻子流出了血，太阳穴也受了伤，但是他现在可以跑了。

“我们必须从那条秘密通道出去，”他费力地喘着气说，“从那扇锁上的门出去。快点，这里马上就要塌了！”

这三个人不管那个修士，猫着腰向那扇小矮门跑去，他们周围不停地有燃烧着的木块掉在地上。罗塔兄弟像岩石一样一动不动地站在屋里，不知如何是好。最后，他也跟着那几个人跑了。但是，屋里的烟雾很浓，他看不清这几个人跑向了哪里。这个六英尺多高的大汉在烟雾里一边咳嗽，一边东摸西窜，撞到了一个架子上，把上面的神像都撞了下来。

“等等我！”他大声地喊着，“你们在哪里？你们在哪儿……”

就在这时，修士头上的一块天花板掉了下来。罗塔兄弟只向上看了一眼，便被掉下来的、着火的房梁砸在了下面。不一会儿，就听不见他的喊声了。

西蒙和那两个女人打开了他们刚才进到地下室的那扇门。医生很高兴地注意到，秘密通道里的烟雾不是那么浓了。看来门挡住了烟雾。他们在通道里跑着，跑过了那条岔道，最后又来到了那扇通往修道院的门前。像上次一样，贝内迪克塔用尽全身的力气去撞门，但是，小木门连动都不动一下。她一边骂，一边揉着自己的肩膀。

“让我来试一试！”西蒙说。

他向后退了几步，然后冲上来，用尽全身的力气去撞木门。一阵钻心的疼痛流过腿部，可是木门连晃都不晃一下。他们身后的走廊里突然冒出了一团黑烟来。

“但愿你们把地下室的门又关上了吧？”西蒙有些不安地问。

贝内迪克塔耸耸肩，指着玛格达莱娜说：“我想，她应该……”

“哈，这真是越来越好了！”刽子手的女儿马上接过话说，“先是没有打中修道院院长，现在又把责任推给别人！”

“你在最后，你这个白痴女人！”贝内迪克塔大声喊着。

“安静！”西蒙也喊了起来，“我没时间听你们俩吵架！如果不发生奇迹的话，我们就会像狐狸一样憋死在这个洞里。我要把这该死的门撞开！”

他又往后退了很远，重新大喊大叫地向木门冲来。

等他注意到木门悄声地打开了的时候，已经太晚了，一个修士正骇然看着他。

“天哪……”

西蒙一头撞进了修士的怀里，跟他一起倒在了地上。

“对不起，打搅了，”西蒙一边气喘吁吁地说，一边从地上站了起来，“但是情况紧急，你们的修道院着火了！”

“修道院着火了？我要马上告诉院长去！”

西蒙跟在两个女人身后跑上楼梯。“这个想法恐怕不是太好，”西蒙回头向修士喊道，“神甫现在肯定很忙！”

他们上了楼梯，又来到一扇门前。与前面的那扇相反，这扇门很容易就打开了。他们跑了出去，西蒙认出来，他们是在他和贝内迪克塔第一次见到波南迈尔的那条十字廊里。

一群穿着白色长袍的普雷蒙特雷修士慌张地朝着他们的方向跑来，出乎西蒙的预料，他们根本就没注意到这三个外来者，所有的人都跑向十字廊的后侧。从远处传来了尖厉的钟声。

“着火了！着火了！”周围传来了喊声，“戏院着火了！”

借着混乱，三个人跑在修士的后面。他们跑出修道院后，看到修道院的围墙后面被火光照得通亮，熊熊火焰蹿向夜空，人们大喊大叫地跑来跑去。

“戏院！”贝内迪克塔喊了起来，“十字架显然不在约翰教堂，而是在戏院里！那条地下通道与戏院和十字廊相连。真是一座迷宫！”

西蒙很快看出，燃烧的房子已经无法得救了。两层楼的房子只剩下了烧得红彤彤的框架。就在这时，屋顶稀里哗啦地塌了下来。他一边看着眼前的火景，一边摇头。戏院！在寻找答案的时候，他肯定忽略了什么。但是这一切对他来说都无所谓了。西蒙暗问自己，修道院院长是从戏院出来了呢，还是在里面烧死了呢？

和他在一起的还有那个耶稣的十字架……

突然，他觉得两条腿像是灌了铅，这几天来的压力一下子把他压垮了。玛格达莱娜和贝内迪克塔看上去也很疲劳。他们一起拖着沉重的脚步走到附近的一块墓地，从那里观看熊熊燃烧的大火。

“找了这么久，都白费了！”西蒙最后骂道。他朝着夜空扔了一块冰。“梦想得到一大笔钱！现在，我将以贫穷的雄高医生的身份结束我的一生……”

贝内迪克塔什么话都不说。她手里攥着一个雪球，直到融化了的雪水从手上流下来。

“波南迈尔那个疯子逃出来了吗？”玛格达莱娜问。

西蒙继续盯着大火。“我不知道。如果他没有逃出来，我们的处境就很危险。如果修道院院长讲了真话，全世界都会知道我和贝内迪克塔亵渎了罗滕布赫的圣物。波南迈尔是唯一一个能帮助我们的人。”

贝内迪克塔朝地上吐了一口，看来她又找回了自己的声音。“您真的还相信他能帮我们，如果他还活着的话？我告诉您他将干什么。他将拿着那个十字架，津津有味地看着刽子手把我们的骨头打断。”

“我不打断骨头，”突然，从他们身后传来了一个声音，“肯定不把西蒙的骨头打断。”

三个人马上回过头，看见雄高的刽子手正骑在一块墓碑上。为了挡风，他把大衣的领子竖了起来。他正吸着烟斗，朝夜空吐着烟圈。

西蒙看着刽子手，如同看一个鬼魂。

“您……怎么……到这里来了？”他结结巴巴地问。

“这个我正想问我女儿呢，”刽子手说着，把脸转向了玛格达莱娜，“你在奥格斯堡待不住了，嗯？又想回到你的情人身边了？”他咧着嘴笑了笑。“你们女人都一样。”

“并……不完全是这样，父亲，”玛格达莱娜反驳道，“我是……”

“你以后可以给我讲，”雅各布·奎瑟打断她的话，从墓碑上跳了下来，“现在你们先告诉我，施泰因加登的修道院院长为什么在里面烧成了灰。”他指着他们身后熊熊燃烧的大火。火光把他的脸映得通红。“我骨子里能闻到你们跟这件事有关。对吗？”

“波南迈尔真的死了吗？”西蒙问。

剑子手点点头。“就像火刑堆上的女巫一样。快说，怎么回事。”

“跟十字架有关，”西蒙开始向剑子手解释，“圣殿骑士把耶稣十字架藏在了戏院下面。谜语把我们引到了这里……”他简短地讲了刚才发生的事。

雅各布·奎瑟沉默地听着。等西蒙讲完了，他从嘴里吐出了一大口烟。

“找来找去，就为了找这么一个烂十字架，”他气愤地说，“现在这个烂十字架也被烧毁了。我看得清清楚楚，灰是灰，尘是尘。很可能这是最好的结果。除了死亡和不幸，这个十字架没有带来任何好处。”

“让我们离开这里吧，”贝内迪克塔从她站着的雪堆上说，“不要等到修士发现我们。”

“姑娘，你哪里都不要去，”剑子手突然对她说，“除非是到斩首台去。”

“您在说什么？”西蒙惊讶地看着剑子手，“这个女人是从兰茨贝格来的正派女士。不能这样跟她讲话……”

“她是个烂货，”奎瑟在墓碑上磕着他那已经变凉了的烟斗，“她不是一位正派的女士，她也不是兰茨贝格来的。”

好长时间没人讲话。最后玛格达莱娜犹豫地张开了口。

“不是兰茨贝格来的？我不明白……”但是，她父亲打断了她的话。

“也许她想自己告诉我们她到底叫什么。在奥格斯堡她叫伊莎贝尔·德·谢博格，在慕尼黑是夏洛特·勒曼，在英格尔施塔特又成了卡塔琳妮，鬼知道都叫什么！但是我相信，没有一个是她的真名实姓。”

剑子手威胁地走到了女商人跟前，在离她还有一步远的地方停了下来。“他妈的，我要知道你真正的姓名！马上说出来！否则我要把烧红的木条插在你油光光的指甲下面，直到你嘤嘤地哭泣求饶为止！”

西蒙和玛格达莱娜把目光都转向了双手紧紧抱着一块墓碑的贝内迪克塔。她眼里闪着怒火，咬紧嘴唇，朝着刽子手大喊。

“您怎么敢这样污蔑我！如果我哥哥还活着的话……”

“闭嘴，你这个恬不知耻的女人！”雅各布·奎瑟怒斥道，“你玷污我们神甫的好名声这么长时间！我找到了信使的邮包，从那以后我就开始侦查。现在，一切都结束了，你听着！结束了！”

“什么……邮包啊？”西蒙插嘴问。

刽子手在他的冷烟斗上猛地吸了几口。等到稍微平静下来后，他才继续说：

“捉舍勒那伙强盗的时候，我在他们的山洞里发现了一只皮包。是一只在我们这一带送信的信使用的邮包。舍勒告诉我，这只包是他们从另一伙强盗那里抢来的。”他又停了好长时间，往烟斗里装着烟。西蒙刚想说话，刽子手又讲开了：“我把所有信件都看了一遍，特别是日期。都是在胖神甫给他亲爱的妹妹贝内迪克塔寄信前后写的。如果所有的信件都被偷了的话……”

“兰茨贝格的贝内迪克塔根本不能收到她哥哥的信！”西蒙叫了起来，“但是她怎么……”

“纯属偶然，什么都不是，”贝内迪克塔说，并笑着看着西蒙，“您不会相信……”

“我要告诉你们，这个聪明的女人到底是谁，”雅各布·奎瑟打断她的话说，“她在巴伐利亚的各座城市冒用假名，声称是商人，以掩护她的同伙，让他们袭击运货的人。”

“您怎么会编出这么一套瞎话？”贝内迪克塔斥责道。

“你们中的一个人亲口告诉我的。”

“瞎说！”贝内迪克塔大叫起来，还加了一句法语，“这不可能！”

“相信我，”刽子手一边用木条点着烟斗，一边说，“时候一到，每个人都会在我这里讲话。”他咂了几下烟斗，让烟草着起来。“然后就再也不开口了。”

贝内迪克塔吃惊地看了他一会儿。然后，她扑向刽子手，用拳头像敲鼓一样打着他的胸脯。

“你把他们都杀了！”她大喊着，“你这个畜生把他们都杀了！”

雅各布·奎瑟抓住了她的手腕，把她从自己身边推开，她像一只木娃娃一样撞在了一块墓碑上。

“他们是土匪强盗，杀人凶手，”他说，“跟你一样。”

接下来是一阵沉默，能听见远处的烈火在燃烧，修士们大喊大叫地救火。

玛格达莱娜不敢相信地看着蹲在墓碑旁的所谓的女商人，后者也正看着玛格达莱娜，眼里闪着冰冷、充满仇恨的怒火。

“你们这伙人抢劫了那个信使，读了那封信！”玛格达莱娜大声喊道，“肯定是这样！她在信里读到，考普迈亚发现了一个宝贵的东西，然后她自称为他的妹妹，来探听情况。”

“不仅仅是她一个人，她的整个团伙都一直在跟踪我们。”西蒙摸着自己的头，轻声地叹了口气，“我在韦索布伦森林里看见的人是您的同伙，对吗？在罗滕布赫修道院与修士搏斗的也是您的同伙。我怎么这么傻！”

不久前还是贝内迪克塔·考普迈亚的那个女人微笑着。是一种悲哀的微笑。那种誓死决战的斗志突然一下子都没有了。她像一只空壳一样靠在墓碑上。

“他们的任务是保护我们，”她小声地说道，“不仅是我，也保护你，西蒙。我们比你们先知道，还有人也在寻找圣殿骑士的宝物。而且我们知道跟这些人不能开玩笑。”

“我们第一次去施泰因加登的时候，在森林里遭到土匪的袭击，”西蒙恍然大悟地说，“是您的朋友把我又扶到了马背上。是不是这样？我还以为是做了个梦，但是那些人确确实实在场。”

他对面站着的女人点了点头。“他们一直在保护我们。”

“都是瞎话！”刽子手大声喊道，“他们在，是不想失掉宝物。西蒙，别那么傻！如果你们找到了那个宝物的话，她那些伙伴会毫不犹豫地把你的脖子抹了，她肯定在旁边看着。所以，我马上来到了施泰因加登——为了警告你，这个女人如何危险！”

西蒙看着那个眉清目秀的红发女人，这么长时间以来，他一直把她看成最理想、最有教养的女人。“这么说，您根本不是法国人？”他小声地问。

她微微地笑了一下，有一刻又成了贝内迪克塔·考普迈亚。“我确实是出生在一个胡格诺派的世家。但是，我从小就决定在街上生活。我要自由，不想成为一个自以为是的胖商人的乖太太。”

“谋杀、欺骗、抢劫，你决定了干这些！”刽子手怒喝道，“我让市长去打探这个女人都干了什么好事。他们这个团伙的足迹遍及整个巴伐利亚。慕尼黑，奥格斯堡，英格尔施塔特……她总自称是能干的商人，在酒馆里从那些有钱的商人嘴里套出他们的路线，等她的同伙来到酒馆后，她再向他们详细汇报。如果夫人有兴致的话，也会亲自跟着去抢劫。”说着，雅各布·奎瑟向那个所谓的商人走去。“说，你在雄高一共参加了几次抢劫？一次？两次？你自己说，你害死了多少人！奥格斯堡的维亚？霍尔茨侯伏的长工？”

那个女人沉默不语，刽子手继续说：“在兰茨贝格确实有一个贝内迪克塔·考普迈亚。但是，她生活得很简朴。她从市长那里才得知了她哥哥的死讯。”

“这么说是卡尔·塞莫尔给您提供了重要的线索？”西蒙好奇地问。

“我真应该早点知道才是，”雅各布·奎瑟说，“舍勒跟我提到过，他在另一伙强盗的宿营地发现了一瓶香水。我当时怀疑是那个散发着堇菜花香味的修士的香水。在斩首台上舍勒才告诉我，他在那伙强盗那里还发现了一件东西。”

“什么东西？”玛格达莱娜想知道。

刽子手笑了笑。“一个发卡。我还没见过戴发卡的男人。”

西蒙嗵的一声坐在了一堆雪上。他仍然不能相信，自己落入了一个女骗子的圈套。

“这是一个多么宏伟的计划，”他叹了口气说，但是声音里仍然带着一种敬佩，“一个走南闯北的女人在酒馆里探听商人的运输线路。她知道他们去哪里，车上装的是什么货，哪些车没有或者很少有人看护。她的同伙只需在路边等着抢劫就行了。只是一次偶然的机会，他们得知有一笔巨大的财富……”

“我们抢了那个信使，因为我们希望在他的邮包里找到些值钱的东西，”红头发女人小声说着，“一张期票、几枚金币什么的，但是邮包里全是信件！我出于好奇，读了几封信，突然读到了这封神话般的信！信里提到了一个圣殿骑士的坟墓和谜语。圣殿骑士在我的家里总是话题和故事的源泉。小时候在法国，我父亲就给我们讲了圣殿骑士传奇般的财富。这本应该成为我们的最后一次打劫……”她站了起来，把雪从衣服上擦掉。“您想拿我怎么办？”

“你先到雄高的地牢，”雅各布·奎瑟说，“然后我们看看再说。很可能你要被送到慕尼黑去审判。”

这个没有名字的女人弯下了腰，把裙边上的雪擦干净。“在地牢里您会折磨我吗？”她小声地问，同时又把靴子上的雪也擦干净了，“西蒙跟我讲过什么火锅、火钳之类的东西……”

“如果你坦白交代，我会想办法，在审判之前不动你一根汗毛，”奎瑟严厉地说道，“这个我可以以我的名誉……”

突然，这个小巧的女人站了起来，朝刽子手的脸上扔了一把雪，眨眼的工夫便在林立的墓碑间消失了。

“站住，你这该死的婊子！”雅各布·奎瑟咆哮起来，把眼睛上的雪擦掉。然后，他看着西蒙和玛格达莱娜，两人都呆呆地愣在那里。“你们瞪着眼睛像两个傻子似的站在那里干什么？快去追！她的人也杀了雄高人！”说着，刽子手就迈开大步去追那个逃跑的人。

西蒙也从惊呆的状态中醒过来了，紧紧地跑在刽子手的身后。他看见一个红头发的人在一块墓碑后面闪了一下，然后就不见了。西蒙决定向左拐，到小墓地的围墙边上去找。如果她想从小栅栏门逃跑的话，他可以在路上截住她。他跑到了围墙的尽头，能看见刽子手在右边的一块块墓碑后面搜寻着，但是却看不见玛格达莱娜的踪影。

等西蒙到了墓地的尽头时，他站在那里四下看着。那个曾是贝内迪克塔的女人好像是从地面消失了！他转过身，慢慢地往回走，在每块墓碑后面都看了一眼，但是没有任何结果。

也许这样更好些，他心里想着。

突然，西蒙从右侧听到轻微的喘气声。他踮着脚溜进了边上的一条通往一小块家族墓地的小路。圣母马利亚面带温和的微笑，在一道拱门上看护着死者，结了冰的常春藤围绕在左右两边的柱子上。一扇生锈的栅栏门后面，有几级台阶通往下方挡住坟墓入口的大理石板。

西蒙仔细地看着地面。台阶上的雪里留下了一些新踩上去的脚印。

是一些小小的、轻轻的脚印。

西蒙越过那扇栅栏门。在台阶下面蹲着那个一星期来自称是兰茨贝格富有商人的贝内迪克塔·考普迈亚。她双手搂着腿，浑身冻得直抖，头发蓬乱地散落在脸上，脸上的粉妆也乱得一塌糊涂，她正抬头看着站在上面犹豫不决的西蒙。这个女人的眼里流露出一种无声的恳求，她的嘴角上露出了一丝微笑，一种孩子般恳求原谅的微笑。

西蒙看了她很长时间。在高雅的举止、虚荣、肆无忌惮和贪婪的背后突然露出了一个赤裸的人。西蒙觉得自己知道她到底是谁。

“怎么样？”从远处传来了一个声音，是刽子手的声音，“你找到她了吗？”

西蒙又看了一眼那个红发女人，然后转身走了。

“没有，这里没找到她！”他大声地回答说，“我们到那边去看看吧。”

他们又毫无结果地找了半个多小时，最后三个人都到了墓地的小栅栏门前。他们发现，不仅是贝内迪克塔，她的马也不见了。女骗子显然是逃之夭夭了。玛格达莱娜没有跟着他们一起找，而是靠在一块墓碑上等着这两个男人。

“我不喜欢这样的追捕，”她说，“虽然我不喜欢她，但是她不应该落得那样的下场。”

“你这只笨母鸡！”雅各布·奎瑟骂道，“这个女人毫不留情地让十几个人丧命！她是一个杀人凶手，难道这些东西进不到你那个木头脑袋里吗？”

“在我们面前她不是杀人凶手，”西蒙说，“相反，在派廷后面的森林里她还救了我的命呢。”

刽子手审视了西蒙很长时间。“你真的没在墓地里看见她吗？”最后他问道。

“我以为我看见了她，但是我搞错了。”

说完，他踏着雪，向黑暗中的修道院走去。

第十六章

后半夜他们是在施泰因加登附近的一个富农家里度过的。老汉斯·哈登贝格看到雄高的刽子手突然站在面前，马上画了三次十字，但是他不敢抗拒这个脸上挂着伤口、胳膊上缠着流血的绷带、像熊一样强壮的巨人。他们在这个农民温暖的小屋子里一直待到天蒙蒙亮。

西蒙一直靠着玛格达莱娜坐在壁炉旁的窄凳子上。他怎么都睡不着，并不是因为躺在地上的刽子手不停地发出号声一样响的鼾声，而是因为他的脑子太乱，好多想法都在里面翻腾着。他怎么这么容易就中了贝内迪克塔的圈套！她利用了他，而他就像一只小狗似的跟在她的身后。但是蹲在小坟墓台阶下的贝内迪克塔看他最后一眼时，却完全不同。也许她真的对他产生了好感？不管怎样，她和他现在被当成圣物的亵渎者受到追捕！西蒙还不知道，如何把自己的脑袋从绞刑套中抽出来。而且他在憧憬幸福和财富的美梦中把他和玛格达莱娜的关系也押了进去！刽子手的女儿现在像一具僵尸一样躺在自己的身旁。当他胆怯地碰了她一下的时候，她马上转过身去，不再理他了。但是他能感到，她也没有睡。

天快亮的时候，玛格达莱娜坐了起来，两眼充满怒火地看着他。她蓬乱的头发上挂着干草，额头上还出现了一道深深的皱纹。

"你说，"她训斥道，"你和她到底有没有那回事？你快吐出来，你这个不要脸、没用的东西！"

西蒙咬着嘴唇，赶紧摇头。他知道，如果他点头的话，玛格达莱娜立马就会拿起一根燃烧的木棍朝自己打来。

"什么都没有，"他悄悄地说，"相信我。"

"你发誓！以所有圣徒的名义发誓！"

西蒙微微一笑。"还是不要圣徒的好。他们现在不会为我说好话。我以我们的爱情发誓，还不够吗？"

玛格达莱娜犹豫了一会儿，然后很严肃地点点头。"以我们的爱情发誓。但是，你现在要恳求我原谅。现在，马上。"

西蒙谦逊地闭上眼睛。"我请求你原谅。我是一个该打的傻瓜，你从一开始就比我看得清楚。"

玛格达莱娜微笑着又躺到了他身边装满干草的枕头上。西蒙能感觉到，她的身体不再像刚才那么僵硬了，他温柔地理着她的头发。好长时间两个人都没有说话，只能听见他们脚下躺着的刽子手在呼呼地打着呼噜。

"我本可以得到菲利普·哈特曼，"玛格达莱娜小声地说，"奥格斯堡富有的刽子手。我可以过着不缺吃、不缺穿的富裕生活。可我干了什么？我爱上了一个瘦瘦的江湖医生——他还经常跟其他的女人打情骂俏，一个我不能跟他结婚的人……"说着，她叹了口气。"肯定是傻透顶了。"

"我向你保证，我们有一天会结婚的，"西蒙轻声地说道，"即使没有这笔财富也没关系。我们到另一个城市去，没有人知道你是刽子手的女儿。我将成为受人尊敬的医生，你帮我采药草、配制药，而且……"突然，她紧紧地握住了他的手，疼得他差点喊了起来。"怎么了？"他问。

"没什么，"她回答说，"继续讲。接着讲，直到我做起梦来。"

他把她搂在怀里，继续讲着他们两人的共同生活。过了一段时间，他发现自己的手被她的眼泪沾湿了。

第二天早上，他们在一片蔚蓝的天空下上路了。虽然还是一月，但是已经开始解冻。路边农民的房檐上滴着水；太阳暖融融的，苍头燕雀和知更鸟在林子里唧唧喳喳地叫着。西蒙知道，这种淡淡的春意只能持续一天，所以他更加珍惜，尽情地享受着照在脸上的温暖阳光。

在雄高，人们刚结束星期天早上的弥撒。大家都用怀疑的目光看着走在市场广场上的这三个人，嘀嘀咕咕地议论着。医生的儿子跟奎瑟家的人在一起！有些老女人十分肯定，刽子手的女儿使年轻的福荣威泽堕落。这么漂亮的小伙子，奎瑟家的女巫婆竟给他施了魔法，这是无可争议的事情。

三个人不理会周围那些刺人的目光，径直走向硬币街，直奔公爵府。雅各布·奎瑟坚持要西蒙跟自己去见一下法院记录官。但是他并不透露原因。

“不要问那么多，”他只是不耐烦地跟他说，“你这么爱打听，早晚都要把你送进坟墓。”然后他挤了挤眼睛，不再管西蒙的好奇心了。

法院记录官约翰·莱希纳像往常一样坐在公爵府一层的办公间里的写字桌后面，翻看着一本本记事簿。三个人进来时，他吃惊地抬起了头。

“如果你是为那场让人失望的死刑来道歉的话，奎瑟，我会让你很失望。”法院记录官又把头转向了手里的文件，“所有的戏都要有一个结尾。我听说梅明根刽子手的二儿子正在找职位。你们奎瑟一家好几代都在这里砍头，但这并不意味着可以保持不变。”

雅各布·奎瑟并不理会他的威胁，反而在对面的板凳上坐了下来。“另一伙强盗不存在了。”他说道。

“什么？”记录官又抬起了头。

“我说了，第二伙强盗不存在了。我把他们在施泰因加登附近都干掉了，只是让那个女强盗头子跑掉了，但是我肯定，她不会再到我们这里来了。”

“可是你是一个人。”记录官说。

雅各布·奎瑟耸耸肩，一副无所谓的样子。“一共只有四个人。都是有经验的雇佣兵，但是我把他们一个接一个地干掉了。您现在又可以派商人上路了。没有人再探听他们的运输路线了。”

“奎瑟，奎瑟……”约翰·莱希纳笑着摇摇头说，“你总是出人意料。现在你不要让我把神经绷得太紧！到底发生了什么事？这伙强盗干了什么？”

刽子手向他讲了假贝内迪克塔·考普迈亚以及她如何探听运输路线的事。他讲了他如何在施泰因加登的森林里跟那伙强盗搏斗。他尽量不提有多少强盗，也不提戏院里发生的事情。记录官紧张地听着。

“原来是这样，”莱希纳最后说，“那个女人在塞莫尔的客栈里经常坐在那些商人中间。她偶尔问一下可行的路线。谁会知道，她和那些强盗穿着一条裤子！”

“而且还不止这个，”雅各布·奎瑟说，“这个不要脸的女人和他的同伙还想偷抢罗滕布赫两位圣徒的圣骨。他们先在修道院到处打探，然后跟修士们打了起来。有一个土匪长得很像我们年轻的福荣威泽……”

西蒙愣愣地从侧面看着刽子手。雅各布·奎瑟想干什么？

“长得像年轻的福荣威泽？”莱希纳不解地问。

“我可以作证，”奎瑟回答说，“我差点也把他当成了西蒙。问题是，罗滕布赫的人认为，我们的医生跟这件事情有关。他们想把他四分五裂，点火烧了，最好今天就把他烧死。”

约翰·莱希纳哈哈大笑起来。“西蒙·福荣威泽亵渎了圣物？他亵渎了我们的处女还差不多。”说着，他开心地摇摇头，“这种想法太可笑了。我将给罗滕布赫的修道院院长写封信，告诉他这是一个误会。这个事情就解决了。”

他拿起了纸和鹅毛笔开始写起来。西蒙偷偷朝着刽子手笑了笑。雅各布·奎瑟又一次为他解围了。

“非常感谢大人，”西蒙说着，向记录官行了一个鞠躬礼，“很抱歉，我自己都不知道是怎么……”

“没问题，没问题，”记录官打断了他的话，“还是以行动来感谢吧。我们还需要我们的医生把这个愁人的发烧病治好呢，不是吗？自从您走了以后，又有三人死于这种疾病。您父亲，可以说，并不怎么看好您。”

西蒙的脸一下子变得火烫，他想起来，自从他回雄高以后还没有回家，也没有去看小克拉拉。

“您说得对，”他深感内疚地说，“我应该马上去干活。”

他匆匆告别后，马上朝市场广场边上的施雷佛阁家跑去。为了找圣殿骑士的宝物，他几乎完全忘记了，雄高正蔓延着一种可怕的疫病！在他追求梦想的时候，很多人死去了。就连克拉拉他都给忘记了。

刚敲过门，玛丽亚·施雷佛阁就打开了房门。她脸色苍白，手里攥着念珠。

“太好了，您又来了，”她悄声地说，“我们克拉拉的病情又严重了。从昨天起她就一直昏迷不醒，不吃不喝，吐出来的都是红色的浓痰！我丈夫在上面。万福马利亚，主与你同在，你在妇女中受赞颂……”

西蒙不理会祈祷中的玛丽亚·施雷佛阁，急忙跑上楼梯，进了克拉拉的房间，雅各布·施雷佛阁正紧紧地握着躺在病榻上的养女克拉拉滚烫的手，西蒙也在他身旁跪了下来。议员只抬头看了他一眼，又继续擦着克拉拉头上的汗。小姑娘的呼吸很弱，但是快得像一只小鸟，她干枯的嘴里偶尔还会发出吱吱的响声。

医生马上看出来，如果病情没有好转的话，克拉拉不会活太久了。这种现象他最近在雄高看到了太多。如果病人开始吐血的话，不久就会响起天堂的号角。

“我希望您这次旅途有很大收获，”雅各布·施雷佛阁小声地说，眼睛仍然看着克拉拉，“现在全世界的黄金对我都没有任何意义。克拉拉是我们的眼珠子。如果她死了的话，我的一部分也没有了。”

西蒙摇了摇头。“我们又没有找到任何结果。但是这个一点儿都不重要了。重要的是要把您女儿的病治好。圣殿骑士的财富救不了她的命。看现在这样，我也救不了了。现在只有上帝能救她。”

“上帝！”议员闭上了眼睛，“您说话就像我太太！我们总是信任上帝，可上帝却扔下我们不管！难道就没有一种药，到现在还没有试过的药，能救我的克拉拉吗？”

“我不知道。”西蒙站了起来，“耶稣粉可能能救她。可是我没有这种药粉了，威尼斯的商人在四月前不会来到雄高。也许在奥格斯堡还……”他突然停下了，脑子里有了一个想法。

耶稣粉……

刽子手不是说过，玛格达莱娜被派到奥格斯堡去买药草和成药吗？他怎么把这个给忘记了！也许那里面也有些药剂可以帮他解决难题！

“对不起，”西蒙说着，站了起来，“我要去检查一下。也许还真有一种能救您女儿的药。”

雅各布·施雷佛阁满怀希望地看着他。“那，快去呀！每秒钟都很重要。”

西蒙又跑回了市场广场，在那里碰到了玛格达莱娜。离开莱希纳后，她又去了铁匠那里。脾气暴躁的老瓦利跟西蒙出行了几次后，急需一副新马掌。

“玛格达莱娜，你在奥格斯堡买的药还有吗？”

刽子手的女儿吃惊地看着他。“还有。还都在我这里，可是……”

“那我们快到我家去，”西蒙喊着，转身就走，“我想看看，里面是否有可以治发烧病的药。”

“西蒙，等一下，我……”

但是西蒙已经跑进了葡萄酒街，朝着他父亲的房子跑去。要马上抢救克拉拉！拖延一分钟，就意味着面临死亡！不能治好人们的疾病，他感到良心受到谴责，因为他前两天没有为这个与他心心相印的小女孩做任何事情。如果他在克拉拉这里失败了，他能感到，他将永远不会成为与此称呼相配的医生。他将成为……

像他父亲？

还没等西蒙敲门，伯尼法茨·福荣威泽就一把拉开了房门。

“啊，儿子大人又回来了？”他气哼哼地说，“这里的人像苍蝇似的从我手里死掉了，可你非要跟着一个漂亮夫人转世界，赞美周围的修道院。”

西蒙张开了嘴，但是他父亲不许他打断自己的抱怨。“你不要对我撒谎！在雄高这样的城市事情马上就传开了。先是这个放荡的刽子手的女儿，然后又是从兰茨贝格跑来的小狐狸精。你给我和福荣威泽这个名字带来了耻辱！”

玛格达莱娜从西蒙身后钻了出来。“西蒙，我要告诉你一件事……”她小声地说，但是伯尼法茨·福荣威泽马上又开始骂起来了。

“这不，她来了！刚说到鬼，鬼就出现了！你不要碰我儿子一根指头，你懂吗？马上滚！我们是正派人家。我们跟你们刽子手这些痞子没有任何关系！”

“咳，你，你赶紧闭上你那张该死的臭嘴，”西蒙突然大喊起来，“我受不了你的唠叨，你这个江湖医生！”

与此同时，他为自己的话而震惊。他显然是太过火了！伯尼法茨·福荣威泽也大吃一惊。他张着嘴，好像下巴掉下来了一样，脸上失去了所有的颜色；西蒙看到周围房子的窗户后面站着几个好奇的人，正看着他们。最后，还是那个瘦瘦的老人沉默地把衣服扣系好，迈步向市场走去。

西蒙知道，父亲很可能是去那边的酒馆买上一大杯啤酒，把对这个不争气的儿子的气恼都喝到肚子里。西蒙摇着头，走进了福荣威泽的房子。他永远不能满足父亲！当儿子不能，就连当了医生也不能！但是现在这些都无所谓。他要救克拉拉，这是唯一一件重要的事情。

"快，玛格达莱娜！快给我看，你都带什么回来了！"西蒙急忙进了屋里，直奔窗户前的那张放满了瓶瓶罐罐的大桌子，"也许里面能有我们用得上的东西。你有耶稣粉吗？快说，有耶稣粉吗？"

玛格达莱娜什么都没说，从裙子下面拿出了那只小布袋，把里面的东西倒在了桌子上。

西蒙看着桌上那些粘在一起的绿白相间的东西，上面挂满了细细的灰色丝线；这团湿乎乎的东西不知是何物，闻上去已经腐烂，掺杂着各种药草的芬芳。

"这是……什么？"西蒙吃惊地问。

"是我从奥格斯堡带回来的药草，"玛格达莱娜说，"有麦角、艾草、瑞香……我还装了些我不认识的药草。可是所有这些东西都发霉了！我把它们一直放在裙子下面，可能时间太长了。我一直都想告诉你，可是你根本不听！"

西蒙哑口无言地盯着桌上的这摊烂东西。奥格斯堡的药草曾是他最后的希望。

"没……关系，玛格达莱娜，"他最后说，"我们总算试了一下。"

他刚想把这摊湿乎乎的东西扫到地上，但是马上又停了下来。他不能让雅各布·施雷佛阁失望！西蒙希望在议员的眼里再次看到光彩。如果他现在两手空空地回去，不用等他的养女死去，施雷佛阁就将因为痛苦而崩溃。西蒙凭经验知道，对病人和家属都很重要的是，他们要相信病能治好。信仰有时是最好的药。

而且经常也是唯一的好药，西蒙心里想着。

医生把生了白毛的小球放到了一只研钵里，把它们研成细细的粉末。

“你干什么？”玛格达莱娜问他，“药草都腐烂了！它们不会起作用了！”

“克拉拉应该得到她的药，”西蒙一边研着药末，一边嘟嘟囔囔地说，“剩下的就不是我能管的了。”

研了一会儿后，西蒙往药粉里加了点蜂蜜和酵母，把它们捻成小球，然后放在一只小罐子里，在火上把它们烤干；玛格达莱娜一直皱着眉头看着他默默地做这一切。最后，西蒙把这些小球装在了一只光亮的樱桃木小匣子里，匣子上面有几个炼金术的符号。他把小木匣子合上，用手摸了摸，还轻轻地念了一段祷文。

“至少能让我们的药起点儿作用，”西蒙说着，脸上露出了一丝苦笑，好像是被人看穿了秘密，“否则它不会生效。”

玛格达莱娜直摇头。“把发了霉的药草当药，谁听说过！千万不要让我父亲知道。”突然，她在西蒙的脸上亲了一口，“这个不能让你父亲知道。”

西蒙感到一股热流从肚子蹿到了头上。他将永远爱这个姑娘，不管他们两人的父亲和其他雄高人怎么看！

他温柔地理着她的头发，把她拽到自己的怀里，她闻上去有股汗味和变凉了的炭灰味。但是玛格达莱娜把他推开了。

“我想，医生现在没有时间亲热。”她脸上露出了微笑，“他今天夜里可以到我的窗户下来见我……”

西蒙叹了口气，点点头。他最后理了一下玛格达莱娜的头发，把那只小木匣子装进了大衣兜里，然后便抄近路赶去看盼望着他归来的施雷佛阁一家。

“我丈夫已经讲了您的灵丹妙药！”玛丽亚·施雷佛阁在大门口就喊了起来，手里仍然攥着那串念珠，“感谢上帝！也许真有救了！”

“我不能向您保证这个药能起作用，”西蒙马上说，“这是……一种刚从中国运来的、特别贵的新药。那里的医生把这种药称为‘霉菌’，就是长在草上的霉菌。”

“长在草上的霉菌？”施雷佛阁的太太不解地看着他。

“我本人更愿意把它叫成‘草菇’。”西蒙马上接过话说。

玛丽亚·施雷佛阁点点头。“这个听上去还不错，而且听起来更像药。”

西蒙三步并作两步地朝楼上跑去。在病房里，雅各布·施雷佛阁仍然跪在克拉拉的病榻前，和西蒙离开的时候一样。议员大人的脸变得跟他的养女一样灰白，瘦了好多。

“您找到药了吗？”施雷佛阁急忙问他。

西蒙点点头，小心地打开了那只小木匣子，从里面拿出了三粒药丸，塞进了克拉拉的嘴里。她的嘴唇已经干得像皮革一样粗糙。西蒙拿起了一杯水，给她喝了一口，怜爱地摸了摸她汗淋淋的额头。

“我只能做这些了。”他悄悄地说。

雅各布·施雷佛阁恭顺地点点头，闭上了眼睛。西蒙感到，议员在过去的几个小时内一下子老了许多；他的金发中已经冒出了几绺白发，嘴角也多出了许多皱纹。

突然，西蒙产生了一个灵感，也跪在了施雷佛阁的身边，把手合起来。

“让我们一起来祈祷吧。”他小声地说。

两人开始还有些犹豫，但是很快就一同念起了从孩提时代就熟悉的令人感到安慰的话语。

“耶和华是我的牧者，我必不至缺乏。他使我躺卧在青草上，领我在可安歇的水边……”

这是西蒙很长时间以来向上帝送去的第一个诚恳的祈祷。他不是一个很虔诚的信徒，但是他突然感到，自己的内心想要信仰上帝。上帝已经让许多灾难发生而不去干涉，恐惧总有一天要结束才行！

“噢，上帝，如果你真的存在，就请你帮帮这个小姑娘……如果你让她活下来的话，我将到旧厄廷去朝拜黑圣母，在冬天光着脚去！”

等医生过了一会儿再朝克拉拉看的时候，他觉得在她的脸上看见了一丝淡淡的微笑。她的呼吸也变得平稳、有序，眼皮不再跳动了。西蒙马上停止祈祷，跑到床边，弯下身子，摸着克拉拉的脉搏。

她的脉搏一起一伏、慢慢地跳着，跟一个熟睡的健康孩子一样。

这简直不可能……还是可能？

直到这时，西蒙才看到，在他眼前的墙上挂着一个东西。这个东西很平常，所以他现在才注意到，就好像从前那里什么都没有似的。

在克拉拉床的上方挂着一个很不起眼的小木十字架。

尾声

阿尔滕施塔特的巴西利卡教堂的钟声当当地回荡在雄高附近的上空。市民们成群结队地拥进宽敞的教堂里，庆祝1660年2月2日的圣烛节。在雄高的市场广场上已经摆满了各种摊位，有人卖烤香肠、炒果仁，有人卖准备接受祝福的一臂长的白色蜡烛。还有一个特意从慕尼黑赶来的马戏班。

按照古老的风俗，圣烛节预示着冬天的结束。从外围的村子也来了好多人，准备在这座方圆几十英里之内最大的教堂里共同庆祝这一节日。尽管在巴西利卡教堂里还冷得要命，但是人们穿着节日的盛装、干净鲜艳的衣服，各个都显得轻松愉快。

这主要也跟另一件事有关：那种长期困扰雄高的可怕疫病——“雄高高烧病”终于被除掉了。在大街小巷，人们到处都在议论年轻医生的灵丹妙药“草菇”，或者如很多人都捂着嘴悄声说的——“中国霉菌”。医生把这种从那个遥远国家运来的小圆球给病人吃，他们不久就全都恢复了健康！从那以后，人们在街上碰到福荣威泽的儿子都会表示出敬佩；人们摘下帽子向他问候，只有少数的人还在嘲笑他跟刽子手女儿的暧昧关系。有一两个议员和几个有钱的人确实在考虑，这个福荣威泽与自己的女儿联姻是否是一桩好亲事。现在，他正踏着他父亲的足迹，将来会成为一个有钱而受人尊敬的医生。他穿着他在奥格斯堡买的裁剪得体的衣服，短尖髯精心修剪过，虽然个子矮了一点，但看上去确实很精神；当然，可以不用考虑他出身低贱……

西蒙在阿尔滕施塔特大教堂里找了一个后排的位子坐下来，透过前排坐着的人的肩膀，他能看到施雷佛阁一家和康复后的小克拉拉也坐在前面。离他们不远的地方是那个耸立在祭坛上方、挂在屋顶的大木十字架。自古以来，“阿尔滕施塔特的伟大上帝”一直在上面仁慈地看着下方的信徒。医生加入众人高声的合唱，享受着自己的声音与主祷文的吟唱合为一体的感觉。“我们在天上的父……”

自从两星期前经历了克拉拉的事情以后，西蒙完全改变了与上帝的关系。难道是他亲身经历的一次上帝显灵吗？还是那种药丸起了作用，不仅治好了克拉拉，还治好了其他人的病？到今天医生也不知道，为什么那些生了霉菌的药草会起作用。雄高的刽子手曾跟他讲过，霉菌可以消炎。所以雅各布·奎瑟有时会特意把一块长了霉的烂抹布放在病人的伤口上；可是这些白白的线状的东西能退烧、止咳，对刽子手来说也是一件新鲜事。

现在，这种神奇的药丸已经用完了。从那以后，西蒙就不停地问玛格达莱娜，她在奥格斯堡的药店都装了哪些药草。但是刽子手的女儿怎么都说不上它们的名字来。

西蒙叹着气。也许他再也不会制出这种药了。但是至少他在雄高的威望通过这种药提升了许多，就连他父亲现在也正眼看他了。伯尼法茨·福荣威泽坐在儿子身边，用沙哑的声音吟唱着“我们在天上的父”。他昨晚喝了很多酒，现在闻上去仍然有浓浓的烧酒味，但是今天早上他特意跟西蒙一起来到了教堂，这已是好久没有见到的事情了。

西蒙斜眼往右边看了看，看见玛格达莱娜也在女人那边的后排座位上。刽子手的女儿跪在凳子上，双手合十，闭着眼睛。她好像感受到了西蒙的目光，突然转过头，朝他挤了挤眼睛。医生的肚子里马上涌起一股麻酥酥的感觉。也许在今天晚上的圣烛节上他能跟玛格达莱娜单独待一会儿……

“你要小心，唱赞美诗的时候别让眼睛掉下来，”他身边突然传来了一个恶狠狠的声音，“如果我今天晚上看见你跟玛格达莱娜在一起，念十遍‘我们在天上的父’都不管用。”

刽子手朝他做了个鬼脸，挤到凳子上坐下来。平时他的座位是在最后一排，但今天是圣烛节，神甫显然不是很严格。

“你什么时候去朝圣还愿啊？”刽子手大声地问道。有几个人回头看了他一眼。“如果你等到夏天的话，光着脚走就成了散步。我想，上帝肯定想看你遭点罪。”

西蒙又暗中骂自己，为何把在克拉拉病榻前许愿的事告诉了刽子手。“可是这里还有很多事情要做，”西蒙轻轻地说，“我的病人……”

“你父亲可以管这些病人，”刽子手打断他的话说，“我已经跟莱希纳讲了，你下星期出行。”

“您说什么？……”西蒙的声音也大了起来，就连前面的神甫都听到了，“可是……”

“玛格达莱娜觉得这样也不好，”雅各布·奎瑟叹了口气，放低了声音又说，“她不放心你一个人在路上。所以，我不得不答应她，允许她陪你一起到旧厄廷去。你们走慕尼黑，在那里你们要为我买些药草和几本书。那个阿塔纳修斯·基歇尔又写了一本新书，是关于瘟疫及其治疗方法……”刽子手咧嘴笑了笑。“如果你今明两天不乖的话，我就要想想是否也跟着一起去。”

西蒙简直不敢相信自己的福气。他将好几个星期跟玛格达莱娜在一起，远远地离开这个给她打上了刽子手女儿的烙印的地方！没有人认识她！

“奎瑟，我怎么感激您才好？……”他悄悄地问。

“不要谢我，还是感谢上面的那个人。”刽子手抬头看着“阿尔滕施塔特的伟大上帝”，“是他说服了我。现在我已经给他做了两件好事。”

“两件好事……”西蒙不解地问。

雅各布·奎瑟吸了一口冷烟斗，就像是在家一样。“他身后的落叶松木已经烂了，”他说道，“木匠巴尔塔扎·黑默勒昨天特意为圣烛节把救世主整修了一下。他缺一根好木头。一根结实的、已经在背后扛了一千六百年的木头……”

西蒙慢慢地醒悟过来。

“施泰因加登的耶稣十字架……”他说。

“我从火里救出了一根，想当作纪念。它正好可以代替救世主身后的那一根。”

西蒙抬头看着“阿尔滕施塔特的伟大上帝”。突然，他有一种感觉，好像在木雕的耶稣脸上看到了一丝笑容。

当然，这只是一种幻觉。

后记

前一段时间我去了霍恩谢夫特拉恩看望我八十五岁的祖母。她住在一幢有二十个房间的老式农民宅院中，屋里装满了老式家具，墙上挂满了古老的绘画，还有一些她几十年来在巴伐利亚的跳蚤市场上买来的各种各样的东西。宅院还附有一座已经荒芜的花园、黑暗的地窖和四面透风的阁楼（我从前与表弟躺在厚厚的羽绒被下面睡觉的地方）。这座房子里的每个房间、每件东西都有一个自己的故事。

在那间大厨房里，我小时候经常在桌子下面看漫画书，祖母和我坐在里面，整晚为我讲着先祖的故事，奎瑟家的故事：讲我倔犟的高祖父马克斯·奎瑟，在20世纪20年代，他带着全家移民到巴西；讲我的曾祖伯父爱德华，他写童话，而且我跟他长得很像；讲我的曾祖姑姑莉娜，她曾在慕尼黑的艺术学院上大学，不顾一切地爱上了一个法国画家；讲那些我只从一些变黄了的画像中才认识的先祖们。祖母讲着，讲着，直到我听着这么多人的故事和轶事，听得晕头转向为止。

自从我的第一本书《刽子手的女儿》出版后，我的家庭莫名其妙地一下子变大了。我不断地收到也属于奎瑟这个大家庭的人打来的电话或寄来的书信。他们都想了解一下远方的曾祖伯父，或者一个失踪了的姑姑，他们跟我一起按照家谱一代一代地数回去，有时追溯到几百年前，但是最终我们都撞上了我们共同的祖先——刽子手雅各布·奎瑟。

这个雅各布·奎瑟到底是一个什么样的人，我们永远无法知道。关于他，我唯一敢肯定的是，在17世纪他是雄高的刽子手，是巴伐利亚的刽子手世家——奎瑟家族的几位先人之一。在我们的家族里一共有十四个人当刽子手。

在雄高的城市档案中只提到过几次这个雅各布·奎瑟。有报道说他打死过一条狼；在档案里也提到他的一个女儿叫玛格达莱娜，他的太太叫安娜·玛丽亚，有一对双胞胎叫乔治和芭芭拉。（还有两个孩子，我因为故事情节的原因没有提到他们。）

雅各布·奎瑟一直活到八十二岁；他三十六岁的时候才接管了雄高刽子手这个职位，在这之前是他的父亲和外祖父干这个职业。他在这之前干了什么，文件里没有任何记录。我这位祖先很有可能当了雇佣兵，奋战在德国各地的战场上。我想象他有一段很长、很幸福的婚姻生活。从这里我开始发挥自己的想象力。

每本书有一个自己的主题。我事先没有预料到，我的第二本书会成为一本宗教题材的书。它有关于一个本应让人对上帝产生怀疑的时代，宗教所造成的疯狂与妄想，以及它给人的安慰和保护。也许在这个拥有众多修道院和虔诚信徒、美如圣境的普法芬温克尔地区只能写出这样一本书。有时候事实比想象力更奇异。

许多事情，比如罗滕布赫那无数的让人看了感到有些害怕的圣物，并不需要我去发明；它们只是在那里静静地等着有人来讲述。它们像我的家族史一样，也先于我长久存在。我只需要把它们稍微地修饰一下，并且写在纸上。

在去霍恩谢夫特拉恩拜访祖母的那天晚上，我带着儿子和女儿前往山上紧挨着教堂门口的奎瑟墓地。我把被常春藤盖住的名字指给他们看，我们沉默地站在那里，待了很久，直到周围都暗了下来。从那以后，我就试图向自己的孩子讲解，一个家庭并不只有父亲和母亲，这可以是一个很大的团体，是一座让人感到安全的要塞——是一个永远讲不完的故事。

回到祖母的房子，我一个人在厨房里待到了深夜，修改了这本书的第一稿。坐在一幢我的好几代祖先生活过、工作过、大喊大笑过的房屋里，真是一种奇怪的感觉。我几乎感觉到、看到他们的影子投过来，想看看关于他们这个古老、庞大的家族，他们的后人在书里都写了什么。

我希望他们对我写下的故事感到满意。

您在这本书里所读到的故事来源于长时间的远足和骑自行车旅行，是在好多人的建议和信息的滋养下完成的。

可惜我在这里不能一一述说。但是我特别想对雄高的县志管理员赫尔穆特·施密特保尔表示感谢。他向我讲述了阿尔滕施塔特圣殿骑士的事迹，没有他广博的知识，我根本无法写出第一本和这本小说。在此我也向维布克·施赖埃尔深深地表示感谢，他带我参观了奥格斯堡，而且还提出了许多想法和建议，足以写出三本书来。但愿曼弗雷德·海姆教授把我关于巴伐利亚历史的错误都改正过来了。而且他是一位很出色的拉丁文教师！

慕尼黑大学的克劳迪娅·弗利姆贝格博士填补了我关于巴伐利亚圣殿骑士的知识空白，德国木筏协会的马蒂亚斯·梅德勒知道木筏的行驶速度，知道什么季节才能在河上行使。埃娃·拜亚改正了我那点可怜的法语，选用了地道的巴黎脏话。药剂师赖纳·维西哈默尔对古老的药方和药剂了如指掌，而且在他位于罗特塔勒的宅院里有一套特别的藏书，是带有格言和图画的折纸，直到20世纪初还被当作保护和治病的《圣经》。（玛格达莱娜的那条护身项链跟赖纳·维西哈默尔赠给萨哈让镇米尔勒-彼得博物馆的那条项链看上去几乎一模一样。也许有一天您会到这一带来。)

我的所有关于刽子手的知识都来源于我已故的亲戚弗里茨·奎瑟收集的档案，至今我仍然被允许从他整理的记录中提炼、创造。

我也非常感谢我的校稿人乌塔·路布莱希特，是她发明了“草菇”这个药名，我也感谢我的经纪人格尔德·鲁姆勒请我吃了一顿丰盛的意大利餐，席间又产生了许多小说题材。而且，最后——并不是不重要——我感谢我这个大家庭：我的太太、我的孩子、我的父母、我的兄弟和我的祖母，以及所有在我周围像一层密网一样支持我的姑姑、叔叔、表兄妹们。没有你们，没有你们的耐心，没有你们的故事，没有你们的自豪和鼓励，可能永远不会有这些书。

奥利弗·珀奇，2008年9月

普法芬温克尔指南

如果您也属于我这类人，在读一本小说之前先读后记的话，您现在最好不要读下去。因为这本书是一场谜语旅行，它会把您引向巴伐利亚最美的地方。如果已经知道了谜底，还有什么意思呢？所以，现在要停下来，不要读下去！

停！！！

如果您已经把这本书读完了的话，您现在要舒舒服服地坐下来。凭着下面几页的描述，您可以计划一下普法芬温克尔之旅，那是我最喜欢的阿尔卑斯山山麓地带。如果我要给一个外星人解释，巴伐利亚是什么，它闻上去如何，它感觉如何，我会让这个外星人站在派森贝格山上，原地转一圈。他会看到一幅五颜六色的风景画，就像巴伐利亚色彩浓艳的巴洛克式绘画一样——有修道院、小教堂、湖泊、起伏平缓的山丘以及阿尔卑斯山脉的山峰。在刮焚风的时候，阿尔卑斯山脉近在咫尺，好像过了一片牧牛的草地便能到山脚下一样。

这里的人虽然都跟我的祖先雅各布·奎瑟的类型相似（即倔犟、脾气暴躁和不爱说话），但是如果您谦虚地接近他们，问候万能的上帝，而且在教堂里把帽子摘下来，您不会发生任何意外。要鼓足勇气！

我在小说中描写的地方，今天都能在地图上找到。还有什么要犹豫的呢？把您想象中的旅游变成现实，到历史的现实中去寻找所有谜语的答案。为了便于更好地身处奎瑟那个时代的境地，您最好是徒步或骑自行车去，因为在那个时代，时间没有像现在这么快。我在为这本书进行实地考察的时候，也七拐八拐地走了好多弯路，在阿默河谷多次转向，不知如何是好。为什么不让我的读者也经历一下呢？

说得够多了，现在您把这本小说装在双肩包里，带上一双结实的远足鞋、一只水壶和一张地图，您陪我先去……

阿尔滕施塔特的洛伦茨教堂

为了寻找我这个故事的开端，我用了很长时间。从前的洛伦茨教堂位于阿尔滕施塔特的边缘地带，圣洛伦茨街的尾端。教堂虽然是在12世纪建的，但是在1812年改建成了农民的房屋。在我第一次去考察的时候，我两次都从它旁边走过，最后迷失在隔壁的一家公司的停车场上，直到我透过浓密的常春藤，终于认出这座位于城边的老房屋就是从前的教堂。只有那些大大的凝灰岩石块和一座单廊式建筑还能证明，那个时代，像胖神甫安德烈亚斯·考普迈亚这样的人在那里为他的羔羊们布道。清澈的顺纳河从旁边轻快地流过，长满芦苇的河谷和长着一排排欧洲花楸的林荫大道让我在内心能感受到这里从前应该是什么样子。我肯定，您也会如此。

在罗马时代和以后的中世纪，阿尔滕施塔特应该是一个很重要的商贸枢纽。那条著名的、阿尔卑斯山北部最大的罗马公路——克劳迪亚·奥古斯塔路，在中世纪是一条重要的穿越阿尔卑斯山的盐商路，与贝希特斯加登地区和阿尔高区域相连。但是众多的商人和游人也引来了土匪强盗和敌人的军队，所以在13世纪的时候，市民决定迁居到几英里之外的、可以防守的山上。这就诞生了雄高；阿尔滕施塔特——德语里是老城的意思——从此进入了睡美人的沉眠状态。

据说，在19世纪改建洛伦茨教堂的时候，人们在地下发现了特大的人腿骨。这是否是一个圣殿骑士的坟墓，至今无从考证。但是圣殿骑士在这一带很活跃，确实是毋庸置疑。至今在从前的小教堂附近还有一条“圣殿骑士街”。而且确实有一份在1289年由普雷蒙特雷律修会与一个叫弗里德里希·威尔德格拉夫（德意志和斯拉夫地区圣殿骑士团团长）共同签署的买卖合同。这份合同属于极少的能证明圣殿骑士在巴伐利亚有据点的文件之一。当我第一次把这份文件的复印件拿在手里时，我就知道了，这是下一本小说的开端。

请您跟我到这个地方的中心去……

阿尔滕施塔特圣米迦勒巴西利卡教堂

从圣殿骑士从前的所在地，可以看见我在普法芬温克尔最喜欢的教堂。在周围那些富丽堂皇的巴洛克式教堂的映衬下，圣米迦勒巴西利卡教堂以其简朴宏伟的外观，以及两座结实的高塔、高高的围墙和圆形的拱门，显得很特别，它看上去更像一座罗马式的城堡而不像教堂。

在教堂正门的上方有一幅浮雕，上面是两个骑士正在与一条火龙搏斗，这是我第二个谜语的依据。据猜测上面的两个骑士应该是该隐的儿子以诺和先知以利亚。这个我没有进行核实，是县志管理员赫尔穆特·施密特保尔告诉我的。而且他的话，以上帝的名义发誓，是不可反驳的！谁愿意的话，可以跟他辩驳一下。您肯定会碰到一个巴伐利亚—普法芬温克尔的犟脑壳，跟雅各布·奎瑟一样。

“阿尔滕施塔特的伟大上帝”——教堂里那个巨大的十字架造于1200年，在巴伐利亚远近闻名。每当我站在这个雕刻得很简单的十字架前，看着救世主那副既悲哀又仁慈的面容，我都会像西蒙一样——一个实际上很开明的人，突然充满了信仰。对我来说这是一个很美的想法，在这个简朴的十字架里有一块木头来自于真正的圣十字架——只是我找不到任何证据。

北侧长廊的十四位保护神的壁画已经模糊不清。没人能向我证明，那上面是否真的有一位圣弗里德里希。至于教堂外面的墓碑，我坦率地承认，纯属我的发明创造。

我们现在走后面的路去……

雄高

雄高其实并不是一个谜语之地，但它是我第一本和这本小说的中心。这是一座让人一目了然的小城市，保留着一道中世纪的护城墙和许多古迹，大部分都能在雅各布·奎瑟的历险中找到。

在此，我介绍一条追溯我祖先足迹的城市漫步路线：

您可以像爱好喝咖啡的西蒙一样，先在市场广场喝一杯浓咖啡，然后进入巴林大厦，它的白色阶梯形房顶让人一眼就能认出来。这里是当年的市政府，您可以参观楼上的会议厅，法院记录官和雄高的绅士们在这里决定了舍勒这伙强盗的命运。屋顶的木雕完工于16世纪；那个绿色的壁炉在我的第一本小说里起了一个很小，但却十分关键的作用。

贝内迪克塔所住的那座属于塞莫尔家族的金星客栈紧挨着巴林大厦，如今它是一所音乐学校。内部装饰富丽的浮雕天花板以及家族小教堂仍能让人看出，从前只有有钱的人才能住得起金星。

西蒙和雅各布·奎瑟可能只出入于巴林大厦后面的小酒馆。从这里您走过“老入口”，通过城门走到城墙外，然后向右转。从前这里是“女巫塔”，在雄高历史上骇人听闻的女巫事件中，曾有六十多个女人在那里等着被判处死刑。

从“老入口”左转走到莱希门，然后便可以沿着繁华的兰茨贝格大街走到从前位于河边的制革区，现在那里建了一座通往派廷的桥。雅各布·奎瑟的房子曾经位于城外这个皮革匠加工皮革的臭气熏天的地方。可惜，现在什么都看不见了。但是莱希河仍然像从前一样流淌不息，正如当年玛格达莱娜坐木筏去奥格斯堡的情形。

您再进到城里，在护城墙上往圣塞巴斯蒂安墓地方向走一段，就是在这个神秘的背景下，在《刽子手的女儿》这本小说里，雅各布·奎瑟和西蒙·福荣威泽深更半夜把小孩的尸体从坟墓里挖出来。在旁边曾是雄高的地牢和刑房。这个曾经实施法律和法规的地方，如今是雄高的警察局所在地。再走几步，不远处便是民政事务处。这里曾是公爵府，记录官约翰·莱希纳和雅各布·奎瑟曾在这里计划如何捉拿强盗。

现在您走过中世纪时代保留下来的马克斯城门，最后来到确实值得一见的雄高市博物馆，这里曾是雄高医院。您可以看见行刑宝剑、约翰·莱希纳父亲的画像，以及我的祖先奎瑟曾用来当药房的那个大柜子。

看完了吗？

现在您应该尽情地享受一顿晚餐，明天我们一起去……

派廷的古堡遗址

派廷是莱希河对岸的一个小村庄。您不要感到太失望，山上的韦尔夫城堡只剩下了一些残垣断壁，但是仍然值得漫步到山上，纵观派森贝格山脉的全景。齐腰深的草地覆盖在曾是庄严城堡的地基上，在森林里还能看到那些种在城堡林荫大道上的古老橡树。

1155年皇帝红胡子腓特烈一世曾亲自来到韦尔夫公爵的城堡。此后城堡落入斯陶芬王室手中，再后来落入维特尔斯巴赫王室手中。1348年的地震摧毁了一部分城墙，随着时间流逝，这座城堡一点一点地失去了它的重要意义。1632年，在三十年战争中，这座城堡完全被摧毁了，所以在1660年，当西蒙和贝内迪克塔来到山上时，那里确确实实变成了一座废墟。它从前是什么样子，这完全取决于您的想象力。

您现在要站稳，因为从派廷山上下去，马上就到了阿默河谷。那里等着您的是……

施莱耶瀑布

当我第一次去找施莱耶瀑布的时候，走了一段路后，我不得不转身往回走，因为我发现自己完全走错了方向。第二次，我没过阿默桥便转了弯，从河的背面一点一点地下去，直到我眼前突然出现了一个陡峭的深谷。我脚下三十米处，阿默河在咆哮。再往前走一步，可能就没有这本书了……我累得大汗淋漓，饥肠辘辘，但是我仍然不愿相信自己迷了路，便继续无目的地瞎转，最后到了一片幽静的花草地。可惜我花粉过敏。四下根本没有什么瀑布，但是遇见了几个热心的骑车人，他们虽然不知道如何去施莱耶瀑布，但却能告诉我如何走回我最初来的地方。

在我以后的考察中，我简直为施莱耶瀑布痴迷。等我终于发现它的时候，我略微感到失望。可能在历尽千辛万苦之后我想见到的是像尼亚加拉那样的大瀑布。可是施莱耶瀑布很小，从长满青苔的岩石上流下来，就像一幅由喷雾织成的银色窗帘一样。如果谁运气好，来这里时不是在旺季，这里就只有他孤身一人，犹如置身于卡斯帕·大卫·弗里德里希的油画中。

这一带有很多山洞，可以藏下一个军团的土匪强盗，所以在我的小说里这个地方最适合用烟把强盗从洞里熏出来。

对所有不想像我一样在山中迷失方向走错路的人，我这里提供一条最好的路线：从巴特绍尔格鲁布方向来，下山到阿默河。过了桥再往山上走，走过水电站，然后向右边急转。二十分钟后便会发现一条通往河谷的蜿蜒小路，沿着这条小路一直走下去，便会来到施莱耶瀑布脚下。请您在下面为我驻足，多停留一会儿，然后请跟我继续前往……

韦索布伦修道院

韦索布伦离其他的谜语之地有点远。您最好开车去，或骑自行车做一次远行。您既可以从雄高出发，也可以从阿默湖出发。谁如果跟我一样骑自行车从迪森方向而来，那么先要骑上一段很长的陡坡。有时候我真觉得，徒步走路会更快一些。但是在整段路上我没有一次从自行车上下来——您也要像我一样！

之后在三泉旁边的小憩让人觉得更加甜美舒畅。三泉紧挨着当年的本笃会修道院，修道院位于阿默湖南部的一座小山上。从前在这一带住着欧洲最好的灰泥艺术工匠，现今的修道院和村庄好像都处于一种沉睡状态。这里的人都是站在花园的篱笆后面看着陌生人。当我第一次向一个上了年纪的韦索布伦人询问，是否有空客房可以住一晚上的时候，他用怀疑的目光打量了我很长时间。在早餐桌上我才得知他的悲惨生活，还从他那里知道了一条骑自行车去雄高的最佳路线。普法芬温克尔的人干什么事情都需要时间。

在当地房屋的门上还挂着一些当年大艺术家的名字。如果愿意的话，您可以参观邮政客栈里面的舞厅，它的天花板修建于当年的鼎盛时期。在村庄的东面是一片红豆杉林，小说中的西蒙和贝内迪克塔骑马穿过这片森林，碰上了所谓的强盗。

修道院的修女们提供非常优秀的向导，带游客参观修道院的设施。看到屋顶那些富丽堂皇的艺术作品后，人们就会明白，为什么韦索布伦的灰泥艺术工匠名声会远达佛罗伦萨。走廊和房间的布局为我提供了施泰因加登图书馆的素材。

在那座位于修道院边上的古老的罗马式塔楼里，西蒙和贝内迪克塔看见了修道院的珍贵藏书。这座塔楼是否真的被当作图书馆来使用，我无法考证。这座结实的塔楼在三十年战争期间肯定为人们提供了藏身之地。

那本所谓的韦索布伦祷文是用德语写的最古老的祷文之一，在西蒙和贝内迪克塔的那个时代它确实保存在这所修道院里。现今它保存在巴伐利亚的国家图书馆里。

离开修道院后，向右转，一直沿着修道院的院墙走，大约十分钟的时间，便到了那棵著名的塔西洛椴树前，西蒙在那里差点把脖子摔断。如果谁想到树上看看是否真有一块小金牌的话，一定要小心，树上有马蜂窝！所以还是赶紧去……

罗滕布赫修道院

确实有普里穆斯和费利西亚努斯的圣骨！但是并不是像三十年战争时期那样立起来，手持宝剑、戴着桂冠，而是被装在雕刻着丰富图案的神龛里，几乎看不见。您可以在众多的天使和神像中寻找他们！我本人用了很长时间，而且还是在一位好心的修女帮助下才找到他们俩的。

书中修道院院长米夏埃尔·皮斯卡托如数家珍地讲到的那些圣骨、圣物，当时确实是在修道院里。圣比诺萨的牙齿、圣母马利亚的头发和衣物，还有这些圣徒的圣骨和圣物，如潘克拉提乌斯、布拉休斯、瓦勒留斯、维尔吉留斯、约翰、菲利普斯、巴托洛梅乌斯、特克拉、布里吉达……这只是这些财富的一小部分。

如果被从前的奥古斯丁律修会修道院教堂里沉甸甸、金灿灿的巴洛克式豪华浮雕压得喘不过气的话，我建议您离开这座教堂，通过那扇小门到修道院的后面去。从那里您可以去阿默河谷尽情地远足，让森林、草地上的牛群和无数的小教堂从身边掠过。在普法芬温克尔到处都住着上帝。

或者您跟着我继续走，去……

施泰因加登普雷蒙特雷律修会修道院

决战！最初我想把最后一场安排在施莱耶瀑布，但是我偶尔看到了一份1803年的修道院图纸，上面画了一座戏院。修道院里有一座戏院！从那以后我便无法摆脱这个想法，想彻底地发挥一下我恶作剧的本性。

这座戏院现在不再属于修道院，归私人所有，与我想象中的修道院戏院没有任何共同之处。图书馆、地下秘密通道和关押玛格达莱娜的小教堂纯属我个人的想象。对不起。您最好在修道院前面的小馆子里喝上一杯白啤酒，闭上眼睛，想象一下应该是什么样子。我可以带您去看以教堂为中心的罗马式十字廊，西蒙在那里第一次见到了奥古斯丁·波南迈尔。（当时的修道院院长确实叫这个名字！他名字的正确写法后来像一道符咒一样紧贴着我，拿不下去了。）约翰教堂也存在，而且最初确实是建在另一个地方。当然了，在教堂下面也有韦尔夫家族的墓穴。一块厚厚的石板立在墓穴的入口，上面刻着我书中引用的碑文。我没敢把它搬起来。也许下面真的有一条秘密通道，谁知道呢。

如果您想在我的小说里寻找那座属于施泰因加登的维斯教堂的话，纯属徒劳。巴伐利亚的巴洛克之星是在18世纪才建成的。您当然要参观一下这座富丽堂皇的巴洛克式教堂。

我这里还有一个建议：在派廷、罗滕布赫和施泰因加登之间有一条远离主干道、风景特别幽美的自行车道，正好是一天的行程，最好每个人都用心地去体会一下。没有什么能比这更让您了解普法芬温克尔地区了。

在我进行实地考察的时候，无论是骑自行车、开汽车还是步行，我都会认识无数个小地方。我看到了歪在路边的十字架、破落的小教堂、无法穿行的森林、深深的峡谷、威严高耸的教堂、小石头人、十字廊和孤寂的小池塘。每个地方都有自己的故事，可惜它们实在装不进我的小说里了。

但是也许它们有一天会出现在我的下一本书里，谁知道呢。

祝您在读这本书的时候充满乐趣，祝您旅途愉快！

奥利弗·珀奇